D. Celestin

Biblische Numismatik oder Erklärung der in der heil. Schrift erwähnten alten Münzen

Anatiposi

D. Celestino Cavedoni

Biblische Numismatik oder Erklärung der in der heil. Schrift erwähnten alten Münzen

Unveränderter Nachdruck der Originalausgabe von 1855.

1. Auflage 2023 | ISBN: 978-3-38200-884-0

Anatiposi Verlag ist ein Imprint der Outlook Verlagsgesellschaft mbH.

Verlag: Outlook Verlag GmbH, Zeilweg 44, 60439 Frankfurt, Deutschland
Vertretungsberechtigt: E. Roepke, Zeilweg 44, 60439 Frankfurt, Deutschland
Druck: Books on Demand GmbH, In de Tarpen 42, 22848 Norderstedt, Deutschland

Biblische Numismatik

oder

Erklärung der in der heil. Schrift erwähnten alten Münzen

von

D. Celestino Cavedoni.

Aus dem Italienischen übersetzt und mit Zusätzen versehen

von

A. von Werlhof,

Königlich - Hannoverschem Ober - Appellationsrathe.

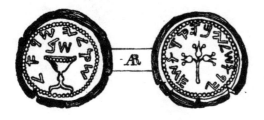

Mit einer Tafel Abbildungen.

Hannover.

Hahn'sche Hofbuchhandlung.

—

1855.

Dem

Herrn Obergerichts-Director

Ernst August von Werlhof,

Doctor der Rechte, Commandeur erster Classe des Guelphen-Ordens,
Präsidenten des Königlichen Obergerichts zu Hannover,

seinem väterlichen Freunde und Oheim,

widmet

in Verehrung und Liebe

diese Arbeit

der Uebersetzer.

Biblische Numismatik

oder

Erklärung der in der heiligen Schrift erwähnten
alten Münzen.

Vorwort des Uebersetzers.

Der den Numismatikern durch vielfache Untersuchungen im Gebiete der antiken Numismatik
rühmlichst bekannte Verfasser, Abbé Cavedoni,
liess das gegenwärtige Werk 1850 zu Modena im
IX, X und XI Bande der dritten Reihefolge der
Abhandlungen aus dem Gebiete der Religion,
Moral und der Literatur, und in einem Separat-
Abdrucke erscheinen. Die bei dem Verfasser
mit seinen archäologischen Kenntnissen vereinigte
Bekanntschaft mit den theologischen Wissenschaften giebt seinen Untersuchungen einen grossen

Vorzug vor denen der meisten Bibel-Erklärer, denen in der Regel die Numismatik durchaus fremd ist. Dieses Buch wird deshalb, wenn es in weiteren Kreisen Beachtung finden sollte, dazu beitragen können, manche bei den Exegeten hergebrachte Erklärungen numismatischer Gegenstände zu berichtigen. In der That hat dasselbe auch auswärts verdiente Anerkennung gefunden, und ist namentlich 1850 von der Academie des Inscriptions zu Paris mit dem Preise „Allier de Hauteroche" gekrönt worden. Der Unterzeichnete, welcher sich für die vom Verfasser besprochenen Gegenstände lebhaft interessirt, hat es deshalb unternommen, durch eine Uebersetzung das Werk dem deutschen Publicum zugänglicher zu machen. Er hat es sich dabei zum Grundsatze gemacht, den Text des Verfassers getreu wiederzugeben, und selbst einige kleinere — übrigens unwesentliche — Ausfälle auf Protestanten stehen zu lassen, indem er sich auf Anmerkungen und Zusätze beschränkt, zu denen ihn theils Arbeiten deutscher, dem Verfasser nicht bekannt gewordener Schriftsteller, theils neuere

Forschungen des bekannten französischen Numismatikers de Saulcy besonders veranlassten. Dem
vom Verfasser häufig gegebenen Text der Vulgata
ist Luther's vortreffliche Uebersetzung hinzugefügt.
Herr Professor Herrmann hieselbst hat die Güte
gehabt, die hebräischen Worte, welche im Originale
sich nur mit lateinischen Lettern nach italienischer
Aussprache wiedergegeben finden, allenthalben mit
Sorgfalt in hebräischer Schrift hinzuzufügen, wodurch dieser Uebersetzung ein nicht unwesentlicher
Vorzug zu Theil geworden ist.

Die dem italienischen Werke beigegebene,
nicht besonders gelungene Tafel Abbildungen ist
durch eine andere bessere und mit zahlreicheren
Münzen ausgestattete ersetzt.

Da der Verfasser nur das sogenannte heilige
Geld der Juden erörtert, manche Leser aber vielleicht eine Darstellung der auch von den Städten
in Galiläa, Samaria und Judäa geprägten Münzen
wünschen möchten, so werden dieselben auf des
Uebersetzers Handbuch der griechischen Numismatik (Hannover 1850), Seite 231 folg., und die

daselbst und auf Seite 11 folg. und Seite 19 folg. gegebenen Nachweisungen verwiesen.

Schliesslich habe ich die Umsicht und Sorgfalt, mit welcher der Herr Archivsecretair Dr. C. L. Grotefend in Hannover einzelne Fehler des Uebersetzers verbessert, und der Correctur des Drucks sich unterzogen hat, mit lebhaftem Danke anzuerkennen.

Celle im Mai 1855.

A. v. Werlhof.

Inhalt.

Biblische Numismatik

oder

Erklärung der in der heiligen Schrift erwähnten alten Münzen.

———

Die Vergleichung und Untersuchung der jüdischen und fremden Münzen, welche ehemals in Palästina Curs hatten, ist für das richtige Verständniss der heiligen Schrift von grosser Wichtigkeit. Nicht geringer als der Nutzen ist jedoch das Vergnügen, welches die Beschäftigung mit diesem Gegenstande gewährt, weil z. B., so oft eine Darike der persischen Könige, ein Sekel oder eine andere Münze von Simeon dem Makkabäer, oder eine solche von einem der Herodes aus der Zeit des Erlösers uns aufstösst, wir uns in die Zeiten Esra's, der Makkabäer, oder unseres Heilandes und der Apostel versetzt wähnen. Ebenso, nehmen wir einen Denar August's oder Tiber's zur Hand, so können wir nicht umhin, zu denken: eine dieser Münzen ging vielleicht durch die Hand des Welterlösers, als er von den übelwollenden Pharisäern versucht, ihnen sagte: „Weiset mir die Zinsmünze," und als sie ihm einen Denar (oder nach Luthers Uebersetzung Groschen) reichten, ferner fragte: „Wess

1

ist das Bild und die Umschrift?" (Ev. Matth. 22, v. 19 fg.) Allerdings haben sehr Viele mit diesem eben so nützlichen als angenehmen Gegenstande sich beschäftigt [1]), aber nur Wenige in einer befriedigenden Weise, und vielleicht Keiner hat den in Angriff genommenen Stoff erschöpft, theils weil damals das Studium der antiken Numismatik überhaupt noch nicht genügend vorgeschritten war, theils weil sie nicht die Kenntniss des biblischen und numismatischen Stoffs gleichzeitig in sich vereinigten, obwohl doch nur bei solchem Zusammentreffen aller geeigneten Kenntnisse der einen und der andern Wissenschaft der Zweck erreicht werden kann.

[1]) Unter vielen neueren namhaften Schriftstellern, welche von den biblischen Münzen handeln, genüge es zu erwähnen den gelehrten Ackermann (Archaeol. Bibl. §. 115—117. Wien 1826), und den Abt Glaire, Professor der theologischen Facultät zu Paris (Introduction à l'Ecriture Sainte, T. II, p. 262—273. Paris 1843), deren Arbeiten etwas mager und nicht immer genau sind. Die Abhandlung des P. Calmet „sopra l'antichità della Moneta coniata", mit wenigen Zusätzen und Abänderungen wiedergegeben in: „Sacra Biblia di Vence dal ch. Cav. Drach", und abermals in Mailand gedruckt (Dissertazioni, T. I. p. 132—161) wimmelt dermassen von Fehlern und Ungenauigkeiten, dass nach allen Untersuchungen und Entdeckungen der vielen Alterthumsforscher der neuesten Zeit es besser wäre, sie gänzlich umzuarbeiten. Sehr gelehrt und genau sind die von Daniel Schimko zu Wien in den Jahren 1835 und 1838 bei Gelegenheit der Wiederkehr der Geburtsfeste der Kaiser Franz I und Ferdinand I publicirten zwei „Commentationes de Numis Biblicis"; aber diese gelehrte Arbeit ist durchaus unvollständig, da sie nur von den bei den Israeliten cursirenden persischen und griechischen Münzen handelt; zu geschweigen verschiedener Mängel, weil der Verfasser nicht Numismatiker von Fach, und ausserdem Protestant ist, und in Folge dessen bisweilen auch rationalistischen Ansichten Raum giebt. — Der Aehnlichkeit des Titels halber darf ich noch das folgende ungedruckte Werk des Spaniers Agostino Saluzio: „Tratado breve de las Monedas, que se hallan en la Sagrada Escritura, y su verdadero valor" (s. Bayerius, p. 39) erwähnen. [Vgl. auch noch: Akerman „The new Testament of our Lord and Saviour Jesus Christ. With historical notes and numismatic illustrations." Lond. 1844. 8.]

Was mich angeht, der ich einen guten Theil meines Lebens dem Studium der antiken Münzen und gleichmässig der heiligen Schrift gewidmet habe, so hoffe ich Andern nicht anmassend zu erscheinen, wenn ich es mir angelegen sein lasse, den wichtigen Gegenstand auf einem besseren Wege zu erklären, indem ich mich der Anweisung der gelehrtesten, und umsichtigsten Numismatiker und der ausgezeichnetsten Erklärer und Kenner des Textes beider Theile der heiligen Schrift bediene.

Um den sehr reichen Stoff in einer gewissen Ordnung zu behandeln, wird es angemessen sein, zuerst von dem Alter und dem ersten Ursprunge des Geldes, hierauf von den Münzen des jüdischen Volkes zu reden; sodann von fremdem Gelde, welches in Palästina in Umlauf war; und zuletzt von den blossen Rechnungsmünzen, wie auch von dem Preise der Sachen und Waaren, von denen sich Andeutungen in der heiligen Schrift finden.

Erstes Capitel.

Vom Ursprunge des Geldes bei den alten Völkern,
und von der Art des Verkehrs bei den Hebräern,
bevor sie eigenes Geld hatten.

Die erste Erfindung und der Gebrauch geprägten
Geldes, welches die Bequemlichkeit und den Nutzen der
menschlichen Gesellschaft so wesentlich fördert, und welches einmal eingeführt und verbreitet niemals wieder
ausser Gebrauch kommen konnte, bietet einen starken
und deutlichen Grund für die Richtigkeit der mosaischen
Chronologie und dafür, dass der Ursprung der geschaf-
fenen Dinge und der Völker in eine nicht so entlegene
Zeit fällt, als unbegründeter Weise einige Völker des
Alterthums und nicht wenige ungläubige Philosophen
unserer Zeit annehmen. Die Wahrheit möge oben bleiben. Nach dem Gutachten Eckhel's und anderer gelehrter und einsichtiger Alterthumskenner ist das erste Geld
nicht früher als in der Zeit der Gründung Roms, oder
des Anfangs der Olympiaden geprägt. Unter den verschiedenen Traditionen und Ansprüchen der alten Völker
haben diejenigen, welche den Argiver P h i d o n zum
Erfinder des geprägten Geldes machen, indem sie sagen,
dass durch ihn zuerst Geld in Aegina geprägt sei, die
Zustimmung der ausgezeichnetsten Archäologen erhalten
(Eckhel, Doctr. T. I. p. VII; Müller, Handbuch §. 98;
Böckh, Corp. Inscr. Gr. T. II. p. 301, 316, 335), und dies

hat guten Grund, weil die ersten und gewissermassen
unförmlichen noch vorhandenen Münzen von Aegina eben
die einzigen sind, welche man einer so sehr entfernten
Zeit beimessen kann [2]).

In den Zeiten vor Erfindung des geprägten Geldes
bestand der Handel zuerst in einfachem Tausche ent-
behrlicher gegen andere nothwendige und nützliche Gegenstände; später, beim Zunehmen der Lebensbedürfnisse,
fing man an, den schönsten, seltensten und nützlichsten
Metallen einen bestimmten Werth beizulegen, nämlich dem
Golde, dem Silber und dem Kupfer, welche gereinigt und
in Massen und Stangen gebracht, gewogen und zum Ent-
gelt für Waaren gegeben wurden. Von den ersten der
gedachten ursprünglichen Arten des Handels kam es,
dass anfänglich die Waaren nach dem Werthe abgeschätzt
wurden, welchen die nützlichsten Hausthiere hatten, die
vorzugsweise den Unterhalt und Reichthum der Patriar-

---

[2]) Allerdings erzählt Herodot (Hist. I, 94) von den Lydiern:
„dass sie, so viel uns bekannt, die ersten der Menschen gewesen,
welche sich geprägter Gold - und Silbermünzen bedient,“ aber trotz
aller Nachforschungen und Untersuchungen kennt man keine antike
Gold - óder Silbermünze, welche man den Lydiern zuschreiben
könnte, es möchte denn jemand geneigt sein anzunehmen, dass
einige der sehr alten und unförmlichen Dariken von den lydischen
Königen herrühren könnten, und dass auch diese sich des Typus
des Bogenschützen bedient hätten, wie später die Perser. Auch
kann man die Vermuthung aufstellen, dass die Lydier zuerst ein
Zeichen den Gold - und Silberbarren aufdrückten, um den Werth
und die Güte zu vergewissern, damit sie einen desto ungehindertern
Umlauf im Verkehre hätten. Und dasselbe darf vielleicht von den
Phöniciern als ersten Erfindern des Geldes gesagt werden: ἐξ ὁλο-
σφύρου γὰρ ἴσον μερισμὸν διείλοντο, πρῶτοι χαρακτῆρα ἔβαλλον (s. ἐνέβαλ-
λον) εἰς τὸν σταθμὸν τὸ πλέον καὶ ἔλαττον (Rhetor. Gr. XIII, ed. Ald.
p. 180; vgl. Schimko, de Num. Bibl. P. I. p. 5). Aber es ist Thatsache, dass keine der vorhandenen phönicischen Münzen auf ein
so entlegenes Zeitalter zurückgeführt werden kann, als die ältesten
äginetischen.

chen-Familien bildeten, und dass späterhin die kostbaren
Metalle abgetheilt wurden in dem Werthe eines Ochsen,
eines Schafs oder andern Thieres entsprechende Theile[3]).
Aus dem ursprünglichen Gebrauche, die Metalle auf der
Wage zu wiegen, ist es herzuleiten, dass die Namen
dieser Gewichte nach Erfindung der Prägekunst in der
Bedeutung geprägten Geldes beibehalten wurden, und
also der Sekel bei den Hebräern, die Drachme bei den
Griechen, das As oder Pondus (Pfund) bei den Römern
zuerst bestimmte Gewichte, hernach aber Münzen von
dem betreffenden Gewichte bedeuteten.

Die in den Handelsverkehr gebrachten Metallstücke
hatten meistentheils die Gestalt einer Platte oder Stange;
daher scheint der Name der griechischen ὀβολός genannten Münze abgeleitet von ὀβελός, *obelo* (s. Interpr. ad
Hesych. v. Ὀβελοῖς)[4]). Wenn die Stangen oder Obolen

---

3) Hierdurch verdeutlicht sich der Grund des Namens *pecunia* bei
den alten Römern, und des *Kesita* קְשִׂיטָה bei den Hebräern zur Zeit
der Patriarchen; welches Wort nach Uebereinstimmung der alten
Uebersetzungen Schaf oder Lamm bedeutet, aber von einem Stücke
nicht geprägten Silbers verstanden werden muss, entsprechend dem
Werthe dieses kostbaren und nützlichsten Vierfüssers (vgl. 1 B. Mos.
XXXIII, 19; Apostelgesch. VII, 16). Nach der Vulgata (3 B. Mos. V, 15)
würde es scheinen, dass zu Moses Zeiten ein schöner Widder auf
zwei Sekel geschätzt worden sei, aber der hebräische Text hat
einen andern Sinn (vgl. Mariana und Malvenda zu dieser Stelle).
Aehnlich war der von Achilles bei den Spielen des Patroclus als-
Preis ausgesetzte Dreifuss auf 12 Ochsen geschätzt, und das in weiblichen Arbeiten erfahrene Frauenzimmer auf 4 Ochsen (Ilias Ψ, 702;
vgl. Eckhel, T. I. p. VIII). Es scheint, dass bei den Aegyptern
die werthvollen Metalle auf der Wage gewogen wurden, indem
man dem Werthe eines Ochsen, einer Ziege, oder eines Frosches
entsprechende Gewichte auf dieselbe legte (vgl. Rosellini, Monum.
Civ. T. II. p. 286; III, 185). — [Ueber den Frosch vgl. Schwenk,
Mythol. der Aegypter. Frankf. 1846, p. 100.]

4) Der unglückliche Achan bekannte seine Sünde an Josua,

von Kupfer oder Eisen waren, so ist anzunehmen, dass
man, ohne zu wiegen, eine Handvoll nahm; hieraus leitet
man das griechische Wort δραχμή, δραγμή, δράγμα her,
welche sechs Obolen ausmachte, oder so viele Obolen,
als mit einer Hand man fassen konnte (Plutarch, in Ly-
sandro c. XVII; vgl. Hesych. v. 'Οβελός). Eine Handvoll
gedachter Stangen band man zuweilen in ein Bündel, wie
gefolgert werden kann aus den LXX, die durch δεσμὸς
ἀργυρίου das hebräische Wort *Tzeror* צְרוֹר (1 B. Mos. XLII, 35)
übersetzten, welches nachher in die Bedeutung Sack oder
Beutel Geld überging (s. Gesenius, Thesaur. p. 1188;
vgl. Schimko, P. I. p. 6). In andern Stellen der heiligen

---

indem er sagte: *Vidi inter spolia ducentos siclos argenti regulam-
que auream* (Gr. γλῶσσαν μίαν χρυσῆν, Hebr. *linguam auri*)
quinquaginta siclorum (Josua VII, 21). Der Gebrauch von Stangen
edlen Metalls, vornämlich von Gold, dauerte auch nach Einführung
des geprägten Geldes noch fort; es wird genügen an Goldstangen
zu erinnern, welche in unsern Tagen in dem werthvollen Schatze
von Cadriano zugleich mit vielen Tausenden römischer Silberdenare
gefunden sind, und welche in der Zeit des Bürgerkrieges zwischen
Caesar und Pompejus verborgen wurden (vgl. Schiassi, Ritrovamento
ecc. p. 24, ed. 2). In einer griechischen Inschrift von Titorea aus
der Zeit des Nerva wird der flüchtige Sklave um siebenzig Platten
Silbers gestraft, ἀργυρίου πλάτη ἑβδομήκοντα (Curtius, Anecd. Delph.
p. 20); aber man kann vermuthen, dass das Wort πλάτη in Phocis
doppelte Bedeutung gehabt habe, wie das italienische Wort *Piastra*,
welches zugleich eine Platte und eine Geldsorte bedeutet. Andern
alten Völkern gefiel eine andere Form, und die Aegypter z. B.
pflegten das Gold, aus welchem eine gewisse Anzahl Ringe eines
gegebenen Gewichts gemacht war, zu wiegen (Rosellini, Monum. Civ.
T. III. p. 189). Hieraus kann vielleicht der Sinn des Wortes τετράδραχμον hergeleitet werden, welches bei den alexandrinischen Inter-
preten (Iob XLII, 12) dem hebräischen *Nezem* נֶזֶם, welches Ring
bedeutet, entspricht (Gesenius, Thesaur. p. 870); deshalb kann man
mit Grund annehmen, dass die im ägyptischen Handel gebrauch-
ten Goldringe vier Drachmen oder zwei griechische Goldstateren
wogen, denn man weiss, dass die alexandrinische Drachme das
Doppelte der attischen wog (vgl. Schimko, P. I. p. 16. 17).

Schrift wird die Geldbörse *Kis* כִּים oder *Charitim* חֲרִיטִים
genannt (Sprichwört. I, 14; Jesaias XLVI, 6) [5]).

Es scheint, dass für den kleinen· Verkehr, wo man
Betrug oder erheblichen Irrthum nicht zu fürchten hatte,
kleine Silberstücke eines bestimmten Gewichts in Umlauf
waren, welche man, ohne zu wiegen, ausgab und annahm.
Der Knabe, welcher Saul begleitete, fand in seiner Tasche
ein Stückchen Silber, an Werth ein Viertel Sekel oder
etwa 80 Centesimi der jetzigen italienischen Lira (1 Sam.
IX, 8). Von einem sehr kleinen Silberstückchen hat man
die Worte zu verstehen (1 B. Samuel. II, 36): *offerat
numum argenteum et tortam panis,* „um einen silbernen
Pfennig und Stück Brod." Die alte Vulgata hat *obolum
argenti,* und der hebräische Text: *Agorah Keseph* כֶּסֶף אֲגוֹרַה,
welches dem lateinischen *stips* zu entsprechen scheint,
oder einer geringen als Almosen erbetenen Münze (vgl.
Gesenius, Thesaur. p. 22), welche, wenn sie dem Obol
entsprach, gleich sein würde 13 oder 14 Centesimi der
italienischen Lira, oder einem Silbergroschen.

Aber im grossen Verkehr, und beim Kauf und Verkauf liegender Güter wog man das Silber und das Gold,
und musste einen bestimmten Titel der Reinheit und Güte
haben. Die Güte beider Metalle konnte man mit dem
Probierstein, *lapis Lydius, coticula* (Plinius XXXIII, 43)
ermitteln, oder auf andere Weise; wenn man auch nicht

---

[5]) Als der Syrer Naeman den leichtfertigen Gehasi beschenken
wollte, *ligavit duo talenta in duobus saccis* (nach Luther: „und band
zwei Centner Silber in zwei Beutel") und gab sie ihm (2 B. d. Kön.
V, 23). Das hebräische Wort *Charitim* חֲרִיטִים, entsprechend dem
saccis, würde nach Gesenius (Thesaur. p. 519) bedeuten: zugespitzter
Beutel, von der Form eines umgekehrten Kegels; und dieses wird
bestätigt durch Vergleichung der ägyptischen Denkmäler (Rosellini,
Mon. Civ. T. III. p. 186; Tav. CX, 2); nur dass hier die Beutel für Geld
oder werthvolle Metalle die Form eines aufrechten Kegels haben.

annehmen will, dass die Handeltreibenden mit einem
übereingekommenen Zeichen die Gold- und Silberstangen
gezeichnet hätten: deshalb ward das feine Silber von
der Zeit Abrahams her (1 B. Mos. XXIII, 16) genannt:
*argentum transiens apud mercatores, argentum probatae mo-
netae publicae,* ἀργύριον δόχιμον ἐμπόροις, „Silber, das im
Kauf gäng und gäbe war" (vgl. Gesenius, Thesaur. p. 982;
Schimko, P. I. p. 6; Ackermann, Archaeol. §. 115).

Diese alten und einfachen Gewohnheiten waren übrigens zu sehr Betrügereien ausgesetzt, die vielleicht eben
so alt sind als das Menschengeschlecht selbst. Seit
Moses Zeiten muss bei Schlechten und Geizigen die
Sitte eingerissen sein, doppelte Gewichte bei sich zu
tragen, grössere für den Kauf und kleinere für den Verkauf, da man ihnen dieses Verbot nachdrücklich ein-
schärft: *Non habebis in sacculo diversa pondera, majus et
minus,* „Du sollst nicht zweierlei Gewicht in deinem Sack,
gross und klein haben" (5 B. Mos. XXV, 13; vgl. Sprichw.
XVI, 11; XX, 10). Die habsüchtigen Monopolisten,
Unterdrücker der Armen, sagten bei sich: *Imminuamus
mensuram, augeamus siclum, et supponamus stateras dolosas:* „dass wir den Epha ringern, und den Sekel steigern, und die Wage fälschen" (Amos VIII, 5); das
heisst soviel, dass sie beim Verkauf sich geringen schlechten Masses bedienten (Micha VI, 10 u. 11), und indem sie
dafür den verabredeten Preis in Silber oder anderm Metall abwogen, den rechten Sekel übersteigende Gewichte
anwendeten; denn der Sekel war damals nicht der Name
einer geprägten Münze, wohl aber der eines bestimmten
Gewichtes, welches man im Verkehr als Einheit annahm.
Der Sekel ward eingetheilt in 2 *Bekah* בֶּקַע, in 4 *Rebah*
רֶבַע, und in 20 *Gherah* גֵרָה oder Obolen.

Um so viel als möglich den vorhin bezeichneten
Betrügereien, die weit mehr bei den heidnischen Völkern
eingerissen sein werden, vorzubeugen, haben zuerst die
Griechen Silbermünzen mit einem öffentlichen Glauben
geniessenden Gepräge geschlagen, damit die innere Güte
und das Gewicht derselben vergewissert würden. Hierauf haben die Perser, anscheinend dem Beispiele der
Griechen folgend, und hernach auch die Phönicier eigene
Münzen in Gold und Silber geprägt. Die Hebräer, stets
ihre Aufmerksamkeit dem Handel zuwendend, bedienten
sich um die Zeit der babylonischen Gefangenschaft der
persischen, phönicischen und griechischen Münzen, und
prägten zuletzt ihr eigenes Geld, wie wir nachher sehen
werden: aber bis zur Zeit der Gefangenschaft, und vielleicht auch nachher, beharrten sie bei der alten einfachen Gewohnheit, die Metalle mittelst der Wage zu
wiegen [6]), wie man es aus den späteren Erzählungen der
heiligen Schrift entnimmt.

Der Patriarch Abraham war neben dem Besitze vieler Heerden von Schafen und Rindern schon reich an
Gold und Silber (1 B. Mos. XIII, 2; XX, 16). Als er
von Ephron einen Acker mit einer Höhle zum Begräb-
niss seiner verstorbenen Sara kaufte (1 B. Mos. XXIII, 16),

---

[6]) Man darf kein Gewicht darauf legen, dass die Hebräer so lange
bei dem alten Gebrauche beharrten, hartnäckig, wie sie seit ihren
frühesten Einrichtungen waren, und lange Zeit den Königen von
Assyrien und Persien unterworfen oder von ihnen abhängig: zu
geschweigen, dass das unter der Dynastie seiner Pharaonen so mächtige und blühende Aegypten kein anderes Geld hatte als auf der
Wage gewogenes Gold und Silber, und hernach unter der persischen Herrschaft bis auf Alexander den Grossen, nur verschiedene
fremde Geldsorten, während des letzteren Nachfolger zwar eigenes
Geld schlugen, aber immer mit griechischen Typen und Aufschriften
, (vgl. Rosellini, Monum. Civ. T. III. p. 187 fg.).

appendit pecuniam, quam Ephron postulaverat, audientibus filiis Heth, quadringentos siclos argenti probatae monetae publicae: „und wog ihm das Geld dar, das er gesagt hatte, dass zuhöreten die Kinder Heth's, nämlich vierhundert Sekel Silber, das im Kauf gäng und gäbe war." Diese Abwägung des Silbers zeigt, dass es sich hier nicht um geprägtes Geld handelte. Damit jedoch nicht etwa Jemand in einen Irrthum gerathe, indem er bei den Worten der Uebersetzung stehen bleibt, welche ungenau sich der Worte *pecunia, moneta, Geld*, bedient, ist darauf aufmerksam zu machen, dass der hebräische Text wörtlich folgendes sagt: *Et appendit Abraham Ephroni argentum, quod dixerat, in auribus filiorum Heth, quadringentos siclos argenti transeuntis apud mercatorem* (LXX: δοκίμου ἐμπόροις) [7].

---

[7] Der Patriarch Jacob *emit partem agri, in quo fixerat tabernacula, a filiis Hemor patris Sichem centum agnis* (1 B. Mos. XXXIII, 19; nach Luther: „um hundert Groschen"). Der heilige Stephanus sagt (Apostelgesch. VII, 16), dass Jacob den Acker für einen Preis in Gelde, τιμῆς ἀργυρίου (nach Luther: „ums Geld") gekauft habe. Um diesen anscheinenden Widerspruch aufzulösen, meint der berühmte Monsign. Wiseman (Conferenza IX), in Uebereinstimmung mit dem gelehrten Münter, dass Jacob Zahlung geleistet habe mit 100 phönicischen Silbermünzen mit dem Gepräge eines Schafes oder Lammes, von welchem Gepräge Dr. Clarke in Citium auf Cypern ein Stück nach seiner Meinung gefunden hat. Aber diese angeblich alte phönicische Münze ist nichts Anderes als eine derjenigen, welche auf der einen Seite den Typus eines Schafes oder Widders zeigen, und auf der andern das asiatische Symbol des Hakenkreuzes (*crux ansata*), dessen Umkreis durch Kügelchen oder Perlen gebildet ist; nicht etwa mit phönicischen Charakteren, sondern denen eines unbekannten Alphabets von Cilicien oder dem benachbarten Cypern. Diese Münzen sind später als die Herrschaft des ältern Cyrus, und folglich etwa 1000 Jahre nach der Zeit des Patriarchen Jacob geprägt (s. Raoul-Rochette, Acad. des Inscr. T. XVI. P. II. p. 340, 343, 356; Gesenius, Thesaur. p. 1241). Die älteste bekannte von den Phöniciern geprägte Münze

Als der Patriarch Joseph seinen Brüdern in Aegypten Getreide verkaufte, befahl er seinen Dienern: *ut implerent eorum saccos tritico, et reponerent pecunias singulorum in sacculis suis,* oder nach Luther: „Und Joseph that Befehl, dass man ihre Säcke mit Getreide füllte, und ihr Geld wiedergäbe, einem Jeglichen in seinen Sack" (1 B. Mos. XLIII, 21); und als sie nach Aegypten zurückgekehrt waren, um ferneres Getreide zu kaufen, sagen sie ihrem noch immer ihnen unbekannten Bruder: *invenimus pecuniam in ore saccorum, quam nunc eodem pondere reportavimus;* nach Luther: „Und da wir in die Herberge kamen, und unsere Säcke aufthaten, siehe da war eines Jeglichen Geld oben in seinem Sack mit völligem Gewicht; darum haben wir es wieder mit uns gebracht" (1 B. Mos. XLIII, 21). Das was in der Vulgata ungenau .

---

ist die von Marathus, welche früher Camarina in Sicilien beigelegt wurde, und ebenfalls neuer ist als die Herrschaft des älteren Cyrus (vgl. Raoul-Rochette a. a. O. p. 354); da sie veraltete griechische Aufschrift hat, so ergiebt sich hieraus, dass die Phönicier die Kunst Geld zu prägen von den Griechen erlernt haben. Kehren wir demnach zu dem oben bezeichneten anscheinenden Widerspruche zurück, angenommen dass das Wort *Kesitah* קְשִׂיטָה des Mosaischen Textes wirklich *agnus, agna* bedeutet, wie es übereinstimmend die Uebersetzungen erklären, so steht nichts im Wege anzunehmen, dass Jacob behuf des erwähnten Kaufs hundert Silberstücke von einem bestimmten Gewichte bezahlt habe, jedes im Werthe einem Lamme gleich (vgl. Note 2 u. 3 oben). Zu den Zeiten des Königs Joas (2 B. d. Kön. XII, 10. 11) „banden des Königs Schreiber und der Hohepriester das Geld zusammen und zählten es, was für des Herrn Haus gefunden ward" — *effundebant et numerabant pecuniam, quae inveniebatur in domo Domini;* aber der in späterer Zeit schreibende heilige Verfasser konnte sehr wohl aus Ungenauigkeit das Wort *numerabant* anstatt *appendebant* gebrauchen; oder man kann auch annehmen, dass die für den Tempel bestimmten Gaben in Stücken Silbers bestanden, welche nicht geprägt, übrigens jedoch dem rechten Gewichte eines Sekels oder halben Sekels gemäss geschnitten waren (vgl. 2 B. d. Kön. XXII, 4).

pecunia genannt wird, heisst im Original-Texte כֶּסֶף, Silber, und die Worte, dass es in demselben Gewichte wieder- gebracht wurde, zeigen überzeugend, dass das Geld zu jener Zeit nicht gezählt, sondern mittelst der Wage gewogen wurde.

Zu Davids Zeit war dieser Gebrauch, die Silber- stücke zu wiegen, noch im Gange; deshalb antwortet derjenige, welcher sich nicht getrauete Hand an die Person des aufrührerischen Absalon zu legen, dem Joab: *Si appenderes in manibus meis mille argenteos, nequa- quam mitterem manum meam in filium regis;* nach Luther: „Wenn du mir tausend Silberlinge in meine Hand ge- wogen hättest, so wollte ich dennoch meine Hand nicht an des Königs Sohn gelegt haben" (2 Sam. XVIII, 12). Dasselbe kann man aus den Zeiten des Jesaias, Amos und Jeremias sagen, wie sich aus folgenden Texten ergiebt: *Qui confertis aurum de sacculo et argentum sta- tera ponderatis:* „Sie schütten das Gold aus dem Beutel, und wägen dar das Silber mit der Wage" (Jes. XLVI, 6). *Imminuamus mensuram et augeamus siclum, et supponamus stateras dolosas:* „dass wir den Epha ringern, und den Sekel steigern, und die Wage fälschen" (Amos VIII, 5). *Et emi agrum ab Hanameel, et appendi ei argentum, septem stateres et decem argenteos* [8]); nach Luther: „und wog ihm das Geld dar, sieben Sekel und zehn Silberlinge" (Jeremias XXXII, 9). Denn auch nach der Rück- kehr aus der babylonischen Gefangenschaft ward das Silber bei den Juden lediglich gewogen, wie aus folgen- den, zur Zeit des Darius Hystaspis geschriebenen Wor-

---

[8]) Man muss bemerken, dass der hebräische Text siebenzehn Sekel Silber hat.

ten des Propheten Sacharja erhellet: *Et dixi ad eos: Si bonum est in oculis vestris, afferte mercedem meam; et si non, quiescite. Et appenderunt mercedem meam triginta argenteos.* „Und ich sprach zu ihnen: Gefällt es euch, so bringet her, wie viel ich gelte, wo nicht, so lasst es anstehen. Und sie wogen dar, wie viel ich galt, dreissig Silberlinge" (Sacharja XI, 12) [9].

Noch ist zu bemerken, dass in Uebereinstimmung mit dem bisher Gesagten in den heiligen Schriften aus der Zeit von den Makkabäern kein Wort gefunden wird, welches den Begriff geprägten Geldes ausdrückt, und dem griechischen Worte νόμισμα oder dem lateinischen *nummus* entspricht, sondern bloss die Worte *Keseph* כֶּסֶף und *Nechoscheth* נְחֹשֶׁת, um Geld oder Werth im Allgemeinen zu bezeichnen (Jesaias LV, 1; Ezechiel XVI, 36; vgl. Gesenius, Thesaur. p. 703. 875), entsprechend dem griechischen ἀργύριον und dem lateinischen *aes* [10].

---

[9] Einige Kritiker, oder vielmehr Hyperkritiker in Deutschland behaupten, dass die letzten sechs Capitel der Prophezeiungen des Sacharja einem Propheten vor der Zeit der babylonischen Gefangenschaft angehören, aber der gründliche und gelehrte Ackermann hat siegreich diese Meinung widerlegt (Introd. in libros Vet. Test. P. II. §. 155).

[10] Gleichwie das griechische ἀργύριον und das lateinische *aes* Werth oder Vermögen im Allgemeinen bedeuten, eben weil der ursprüngliche Handelsverkehr bei den Griechen mittelst Silbers und bei den Römern mittelst Kupfers oder Bronze vermittelt wurde; ebenso liefern die hebräischen Worte *Keseph* כֶּסֶף und *Nechoscheth* נְחֹשֶׁת, welche ebenfalls Vermögen im Allgemeinen bedeuten, einen Grund anzunehmen, dass auch bei den alten Hebräern der Handel mittelst der gedachten beiden Metalle betrieben sei, indem man nämlich Silber nach Gewicht für Waaren grösseren Werthes, und Kupfer für Dinge geringerer Bedeutung gab.

Zweites Capitel.

Von den den Hebräern eigenthümlichen Münzen,
aus der Zeit Simeon's des Makkabäers, bis zur
gänzlichen Zerstreuung des Volkes.

Das Recht Geld zu prägen war jederzeit ein Zeichen
der Autonomie oder der höchsten Gewalt, oder es hing
manchmal von der ertheilten Erlaubniss des Oberherrn
ab (vgl. Eckhel, T. I. p. LXX). Deshalb konnten die
Hebräer, welche vor der babylonischen Gefangenschaft
eigenes Geld nicht hatten, nachher, während der Zeit
ihrer Unterwerfung unter die Könige von Assyrien und
Persien, solches eben so wenig haben. Nach dem Falle
des persischen Reichs waren sie abhängig von den Königen von Syrien und Aegypten, je nachdem die Macht
des einen oder des andern Reichs vorherrschte. Später,
als der gottlose Antiochus Epiphanes, nach Entheiligung
des Tempels von Jerusalem, auf das Heftigste die Verehrung des lebendigen Gottes und die ihrem Gesetze
gehorsamen Israeliten verfolgt hatte, ergriffen diese, nach
langen Leiden, die Waffen, und eroberten den heiligen
Ort und ihre eigene Freiheit wieder. Nach manchen,
bald günstigen, bald unglücklichen Wechselfällen, erreichte
die Angelegenheit der Juden unter der Regierung Demetrius II den glücklichen Ausgang, dass sie im Jahre 170
der seleucidischen Aera (143 vor unserer Zeitrechnung)
durch Zugeständniss dieses Königs die Freiheit wieder

erlangten, und eine neue Zeitrechnung begannen: *Anno CLXX. ablatum est jugum gentium ab Israel, et coepit populus Israel scribere in tabulis et gestis publicis:* ANNO PRIMO SVB SIMONE SACERDOTE MAGNO, DVCE ET PRINCIPE IVDAEORVM (1 Makkab. XIII, 41 u. 42); nach Luther: „Im hundert und siebénzigsten Jahr ward Israel erst wieder frei von den Heiden, und fieng an zu schreiben in ihren Briefen und Geschichten, also: Im ersten Jahr Simons, des Hohenpriesters und Fürsten der Juden." Im folgenden Jahre, am 23sten Tage des zweiten Monats, betraten die Juden fröhlich und festlich von Neuem die Burg oder Citadelle von Zion, welche der tapfere Simeon den Händen der Heiden entrissen hatte (1 Makkab. XIII, 51). Im vierten oder fünften Jahre der neuen Zeitrechnung seit Befreiung Israels schrieb Antiochus VII, welcher seinem Bruder Demetrius II in der Herrschaft über Syrien gefolgt war, an Simeon einen freundschaftlichen Brief, in welchem er nach Bestätigung der ihm von seinem Vorgänger gemachten Zugeständnisse, sagt: *et permitto tibi facere percussuram proprii numismatis in regione tua; Jerusalem autem sanctam esse et liberam* (1 Makkab. XV, 6. 7); nach Luther: „Und gebe dir Gewalt eigene Münzen in deinem Lande zu schlagen, und Jerusalem und das Heiligthum sollen frei sein." Aber bald hernach, obgleich Simeon ihm zweitausend Mann zur Hülfe gegen den Usurpator Tryphon nebst vielem Gold und Silber zugeschickt hatte, nahm der undankbare und treulose Antiochus nichts von diesem an, *sed rapit omnia, quae pactus est cum eo antea, et alienavit se ab eo* (1 Makkab. XV, 26. 27); nach Luther: „Aber Antiochus nahm solches nicht an, und hielt nicht, was er zuvor gesagt hatte, und wendete sich ganz von Simon." Alle diese Thatsachen erhalten völ-

lige Bestätigung durch die in den Jahren I, II, III und
IV der Zeitrechnung nach Befreiung Israels geprägten
noch vorhandenen Münzen, auf denen Jerusalem heilig
und Simeon Fürst genannt wird. Der Name Zion fängt
erst auf Münzen des Jahres II an zu erscheinen; und so
muss es sein, weil am 23sten Tage des zweiten Monats
in diesem Jahre die Israeliten die Burg des Berges Zion,
welche bis dahin von einer Besatzung des Königs von
Syrien gehalten war, wieder erlangten. Mit dem Jahre
IV endigen die Münzen bestimmter Zeitrechnung; und
steht dies in Uebereinstimmung mit der Nachschrift des
heiligen Geschichtschreibers, in Folge der in diesem
oder dem folgenden Jahre erfolgten Entfremdung des
treulosen Antiochus von Simeon [11]).

Diese und andere Bestätigungen, welche die halb-
canonischen Bücher der Makkabäer aus der prüfenden
Vergleichung der gleichzeitigen Denkmäler erhalten, sind

---

[11] Frölich (Annal. Reg. Syriae p. 83) war der Meinung, dass
Simeon, als er die Entfremdung des Gemüths des Antiochus wahrnahm, aufgehört habe eigenes Geld zu schlagen, *ne alienatum regis
praepotentis animum amplius irritaret, et spem aliquam restituendae
pacis faveret*; und Bayer (p. 121) erinnert zu dessen Bestätigung
an die hundert Talente Silbers, welche Simeon dem Athenobius
behuf Beseitigung der ungerechten Ansprüche des Antiochus auf
Joppe und Gaza geboten hatte (1 Makkab. XV, 35). Eckhel (T. III.
p. 466) stellt die Vermuthung auf, dass Simeon nach dem vierten
Jahre seiner Regierung es unterlassen habe, auf den Münzen die
Jahreszahl nach der Befreiung Israels anzugeben; und dieses mochte
er thun, um nicht durch Erwähnung dieser für die Israeliten glorreichen Epoche den heftigen Antiochus zu reizen. Lenormant,
welcher neuerlich über die Münzen Simeon's des Makkabäers geschrieben hat (Revue numismat. 1845, T. X. p. 173—195), versucht
einen andern Weg, um die Lücke, welche die übriggebliebenen
jüdischen Münzen in der Reihe der Jahre der Herrschaft der Hasmonäer lassen, auszufüllen; aber die Meinung Frölich's, Bayer's
und Eckhel's scheint mir durchaus den Vorzug zu verdienen.

eben so beachtenswerth als willkommen, weil ihre Autorität sowohl von den Protestanten, als von den Ungläubigen und Rationalisten unserer Zeit angefochten war.

§. 1. Münzen von Simeon Makkabaeus und andern hasmonaeischen Fürsten.

Die folgenden jüdischen Münzen sind grösstentheils im Laufe der ersten vier Jahre der Aera der Befreiung Israels, oder vom Jahre 143 bis 140 vor unserer Zeitrechnung geprägt, und endigen mit denen des Königs Antigonus, des letzten aus dem königlichen Geschlechte der Hasmonäer, welcher durch M. Antonius um das Jahr 716 nach Erbauung Roms, 38 vor Chr. Geb., aus dem Leben geschafft wurde [12]).

1. SCHEKEL JISRAEL. שֶׁקֶל יִשְׂרָאֵל (Sekel von Israel).

Kelch (Calix), über welchem ein Aleph (𐤀) oder ein

---

[12]) Die Beschreibung der folgenden jüdischen Münzen ist entnommen aus dem ausgezeichneten und glänzenden Werke des gelehrten Archidiaconus von Valencia, Francesco Perez Bayer, betitelt: „De Numis Hebraeo-Samaritanis" (Valentiae Edetanorum, MDCCLXXXI), aus Eckhel (T. III. p. 455—498), aus Mionnet's „Description" und „Supplément", und dem „Trésor de Numismatique" (Rois Gr. Pl. LVII—LIX), wo dieselben nach der neuen Methode Collas' sich treu abgebildet finden. Um den Modulus oder die verschiedenen Grössen der Münzen zu bezeichnen, bin ich der Scala Mionnet's gefolgt. Ich bedaure, dass ich von den „Vindiciae" des gedachten Bayer nicht habe Gebrauch machen können, mit Ausnahme des Wenigen, was Eckhel aus ihnen berichtet. Da übrigens in unseren Druckereien hebräische Lettern, und noch viel mehr samaritanische fehlen, so habe ich den Wortlaut der hebräischen Aufschriften der Münzen Simeon's und der andern hasmonäischen Fürsten so gut als möglich in unsern Buchstaben wiederholen müssen. (Der Uebersetzer weicht hier von dem Verfasser insoweit ab, dass er nicht in italienischer Aussprache und Schreibweise die hebräischen Worte wiedergiebt, sondern in deutscher, und daneben den Urtext, jedoch bei den 21 ersten Nummern in hebräischen statt in samaritanischen Lettern.)

Schin (ש) begleitet von einem Bet (ב) oder einem Gimel (ג) steht, d. h. im Jahre I, II, III.

R) JERVSCHALEM KEDOSCHAH. יְרוּשָׁלֶם קְדוֹשָׁה oder JERVSCHALAIM HAKEDOSCHAH. יְרוּשָׁלַיִם הַקְּדוֹשָׁה (heilige Jerusalem, das heilige Jerusalem). In drei Theile gespaltener Zweig, welcher in drei Blumen ausläuft, ähnlich einer Lilie oder Hyacinthe. (vgl. Nr. 1 der Abbild. und die Titelvignette.) Arg. 6.

2. Wie die vorige, aber mit der Aufschrift CHAZI HASCHEKEL. חֲצִי הַשֶּׁקֶל (Hälfte des Sekel) auf der Vorderseite, und mit einem Schin (ש) nebst einem Bet (ב) oberhalb des Kelches. (Abbild. Nr. 2.) Arg. 4$\frac{1}{2}$.

3. SCHENAT ACHAT LIGVLLAT JISRAEL. שְׁנַת אַחַת לִגְאֻלַּת יִשְׂרָאֵל (im ersten Jahre der Freiheit Israels). Lulab oder das durch drei Knoten gebundene Bündel Zweige der Palme, Myrte und Bachweide, welches die Juden beim Laubhüttenfeste tragen; neben demselben eine grosse Cederfrucht.

R) JERVSCHALEM. יְרוּשָׁלֶם. Verschlossene Pforte, mit von 4 dorischen Säulen getragener Vorhalle. Arg. 7.

4. Andere ähnliche, aber mit einem Schin und einem Bet, gefolgt von der Aufschrift LECHERut JISRAEL. לְחֵרוּת יִשְׂרָאֵל (im Jahre II der Befreiung Israels) auf dem Avers; und dem Namen SCHIMEON. שִׁמְעוֹן neben der Vorhalle, oberhalb deren ein Stern. Arg. 7.

5. Andere der vorhergehenden ähnlich, aber ohne Angabe des Jahres, und mit der Aufschrift LECHERVT JERVSCHALEM. לְחֵרוּת יְרוּשָׁלֶם (der Befreiung von Jerusalem) auf der Vorderseite. (Abbild. Nr. 3.) Arg. 7.

6. SCHIMEON. שִׁמְעוֹן. Weintraube.

R) ש ב (Schin und Bet). LECHERut JISRAEL. לְחֵרוּת יִשְׂרָאֵל (im Jahre II der Befreiung Israels). Prae-

fericulum oder Opferkrug, daneben ein Palmenzweig.
(Abbild. Nr. 4.) Arg. $4^{1}/_{2}$.

7. SCHIMEON. שִׁמְעוֹן. Weintraube.

R) LECHERVT JERVSCHALEM. לְחֵרוּת יְרוּשָׁלֵם.
Zwei Posaunen oder Flöten, aufrecht, mit der Oeffnung
nach obenstehend; eine Kugel in deren Mitte. Arg. $4^{1}/_{2}$.

8. Aehnliche, aber mit einer dreisaitigen Zither anstatt der Blasinstrumente. (vgl. Abbild. Nr. 5.) Arg. $4^{1}/_{2}$.

9. SCHIMEON. שִׁמְעוֹן, innerhalb eines Kranzes.

R) LECHERVT JERVSCHALEM. לְחֵרוּת יְרוּשָׁלֵם.
Zwei aufrecht stehende Posaunen. Arg. 4.

10. Andere ähnliche, aber mit einer gehenkelten
Vase anstatt der Posaunen. Arg. 4.

11. SCHENAT ACHAT LIGVLLAT JISRAEL.
שְׁנַת אַחַת לִגְאֻלַת יִשְׂרָאֵל (im ersten Jahre der Befreiung
Israels). Weinblatt, oder Diota, oder Zither.

R) SCHIMEON NESI JISRAEL. שִׁמְעוֹן נְשִׂיא יִשְׂרָאֵל
(Simeon Fürst von Israel). Palme, oder Stamm einer
Palme innerhalb eines Kranzes von Lorbeer oder von
Weinlaub. Bronze 10. 6.

12. SCHIMEON. שִׁמְעוֹן. Palme mit Früchten.

R) Schin und Bet nebst der Inschrift LECHERVT
JISRAEL. לְחֵרוּת יִשְׂרָאֵל (Jahr II der Befreiung Israels).
Weinblatt. Br. 6.

13. SCHENAT SCHETAIM. שְׁנַת שְׁתַּיִם (im zweiten
Jahre). Diota oder Trinkgefäss mit gestreiftem Bauche.

R) CHERVT ZION. חֵרוּת צִיּוֹן (Befreiung Zions).
Weinblatt. Br. 4.

14. Andere ähnliche, aber mit der Inschrift SCHENAT
SCHALOSCH. שְׁנַת שָׁלֹשׁ (im dritten Jahre) auf dem Avers,
und einer Trinkschale, meistentheils mit einem Deckel
versehen. Br. 4.

15. SCHENAT ARBA CHAZI. שְׁנַת אַרְבַּע חֲצִי (im vierten Jahre, Hälfte). Limone oder Cederfrucht, zwischen zwei Luḷab, oder Bündeln stark belaubter Zweige.

R) LIGVLLAT ZION. לִגְאֻלַּת צִיּוֹן (der Befreiung Zions). Fruchttragende Palme in der Mitte zweier mit Datteln oder andern Früchten angefüllter Körbe. Br. 6.

16. SCHENAT ARBA REBIA. שְׁנַת אַרְבַּע רְבִיעִי (im vierten Jahre, Viertel). Zwei Lulab.

R) LIGVLLAT ZION. לִגְאֻלַּת צִיּוֹן (der Befreiung Zions). Frucht der Limone oder Ceder. . Br. 5.

17. SCHENAT ARBA. שְׁנַת אַרְבַּע (im vierten Jahre). Lulab in der Mitte zweier Limonenfrüchte.

R) LIGVLLAT ZION. לִגְאֻלַּת צִיּוֹן (der Befreiung Zions). Kelch, ähnlich dem der Sekel und halben Sekel. (Abbild. Nr. 6.) Br. 5. 4¹/₂.

18. SCHIMEON. שִׁמְעוֹן. Palme.

R) LECHERVT JERVSCHALEM. לְחֵרוּת יְרוּשָׁלֵם (der Befreiung Jerusalems). Weinranke. (Abbild. Nr. 8.) Br. 6.

19. SCHIMEON. שִׁמְעוֹן. Palme.

R) LECHERVT JERVSCHalem. לְחֵרוּת יְרוּשָׁלֵם (der Befreiung Jerusalems). Weintraube. Br. 6.

20. SCHIMEON. שִׁמְעוֹן. Dreisaitige Zither.

R) LECHERVT JERVSCHALEM. לְחֵרוּת יְרוּשָׁלֵם (der Befreiung Jerusalems). Zweig oder Stamm einer Palme innerhalb eines Lorbeerkranzes, dessen Spitze mit einer grossen runden Gemme verziert ist. (Abbild. Nr. 7.) Br. 6.

21. Kranz, innerhalb dessen geschrieben ist: JEHOCHANNAN HACKOHEN HANNASI. יְהוֹחָנָן הַכֹּהֵן הַנָּשִׂיא (Jehochanan, der Priester, der Fürst) oder: JONATHAN HACKOHEN HAGGADOL VEABR....... יוֹנָתָן הַכֹּהֵן .... הַגָּדוֹל וְאַבר (Jonathan, der Hohepriester und....), oder andere Namen und Titel.

R) Zwei in ihren unteren Enden sich berührende Füllhörner, und ein in deren Mitte sich erhebender Mohnkopf; auf der Fläche einige samaritanische Buchstaben. Br. 3.

22. - Weinkrug, dessen unterer Theil spitz zuläuft; auf der Fläche der Münze zwei samaritanische Buchstaben.

R) Weintraube mit einem Theile der Rebe. Br. 3.

23. Achtstrahliger Stern, umher samaritanische Buchstaben.

R) ΒΑΣΙΛΕΩΣ ΑΛΕΞΑΝΔΡΟΥ. Anker, versehen mit dem dazu gehörigen Ringe und zwei Querhölzern. Br. 3.

24. ΒΑΣΙΛ. ΑΛΕΞ. Anker wie auf voriger Münze.

R) Caduceus in der Mitte zweier Füllhörner. Br. 3.

25. Zwei Füllhörner oder nur eines, mit samaritanischen Buchstaben in der Mitte oder am Rande.

R) ΒΑΣΙΛΕΩΣ ΑΝΤΙΓΟΝΟΥ, entweder innerhalb, oder ausserhalb eines Kranzes. Br. 6. 4½.

Inschriften.

Auf den Münzen des Jahres I ist der Name JERV-SCHALEM, יְרוּשָׁלֵם, fortwährend bloss mit sechs Buchstaben geschrieben; auf denen der folgenden Jahre dagegen mit sieben Buchstaben, indem ‫ז‬ (Jod) hinzugefügt ist, so dass JERVSCHALAIM, יְרוּשָׁלַיִם, im Dualis scheint gelesen werden zu müssen. Man sah die grosse Hauptstadt Judäas als aus zwei Städten, der obern und der untern, bestehend an; und deshalb nannten die Israeliten sie in der spätern Zeit Jeruschalaim im Dualis. Während im Jahre I die Israeliten sich nicht im völligen Besitze der Stadt befanden, schrieben sie auf den Münzen Jerusalem; aber als sie gegen das Ende des zweiten Monats des Jahres II

die Burg Zion, welche auch die Stadt' Davids genannt
wurde, wiedererlangt 'hatten, fing man an, den Dualis
Jeruschalaim zu schreiben, und auf einige Münzen den
Namen *Zion* zu setzen, welcher auf denen des Jahres I
gänzlich fehlt (Bayer, p. 106, 103, 119, 221) [13]. Jerusalem ist ferner KEDOSCHAH, קְדוֹשָׁה, *sancta,* genannt,
nicht allein in Rücksicht des Zugeständnisses der syrischen Könige (1 Makkab. X, 31; XV, 7), sondern besonders

---

[13] Gesenius (Thesaur. Philol. p. 629), welcher die Dualis- oder
Pluralis-Form des Namens יְרוּשָׁלַיִם nicht zulässt, schreibt: *praeter V. T. Hierosolymorum nomen etiam in numis Simeonis Maccabaei
Hebraeis, iisque tamen antiquioribus, scriptum reperitur, et duplici
quidem modo; tum defective in epigraphe numorum minoris moduli:
JERVSCHALEM KEDOSCHAH,* יְרוּשָׁלֶם קְדוֹשָׁה, *tum plene in epigraphe numorum paullo majorum: JERVSCHALAIM HAKKEDO-
SCHAH,* יְרוּשָׁלַיִם הַקְּדוֹשָׁה; *ex quo apparet, duo illa scribendi genera
eodem tempore usitata fuisse, et, utrum optatum sit, illis certe temporibus
ex arbitrio fere pependisse.* Aber dieser gelehrte Orientalist, welcher
sich nicht genügend mit den numismatischen Wissenschaften vertraut gemacht hat, ist hier in schweren Irrthum verfallen; denn es
ist Thatsache, dass auf den Münzen ein und desselben Jahres,
ohne Unterschied der Grösse, ebensowohl die kürzere Inschrift
Jeruschalem, als die vollständige *Jeruschalaim* vorkommt; und gewiss
war es nicht die Eingeschränktheit der Flächen der kleineren Münzen, welche den Stempelschneider veranlasste, die defective Schreibart *Jeruschalem* anzuwenden, da ja auf den halben Sekeln des Jahres I
Jeruschalem, und auf denen des Jahres II *Jeruschalaim* gelesen wird.
Deshalb hatte der Gebrauch dieser beiden verschiedenen Schreib-
arten, weit entfernt von der Willkür des Künstlers abzuhängen,
damals einen besonderen Grund; nämlich, dass nach Wiedererlangung Zions die Stadt Jerusalem im Dualis genannt wurde (vgl. des
Verf. Spicil. num. p. 287, not. 242). Die abgekürzte Form *Jeruschalem*
findet sich auch auf dem Sekel mit den Typen des Lulab und der
Tempelpforte, welcher mit Recht von dem scharfsinnigen Bayer auf
das Jahr I bezogen ist; denn jetzt kennt man einen ähnlichen
mit der ausdrücklichen Aufschrift SCHENAT ACHAT, שְׁנַת אַחַת
(*anno primo*). Vernünftigerweise kann man also aus diesen Umständen abnehmen, dass die Münzen Simeon's ohne Zeitangabe
grösstentheils dem Jahre I seiner Regierung, gleichzeitig dem ersten
der Epoche der Befreiung, angehören.

wegen des genau die Zeiten der Makkabäer bezielenden
prophetischen Ausspruchs (Joel III, 17; hebr. Text IV, 17;
Luth. III, 22): *Et erit Jerusalem sancta* (וְהָיְתָה יְרוּשָׁלַ‍ִם קֹדֶשׁ;
„Alsdann wird Jerusalem heilig sein"; vgl. des Verf.
Spicil. num. p. 287).

Obschon die Inschriften dieser Münzen in reiner hebräischer Sprache sind (vielleicht nur mit Ausnahme des der
Mischna angehörigen Wortes *Cheruth*, חֵרוּת), so sind doch
phönicische oder, wie man sagen muss, samaritanische
Schriftzeichen gebraucht. Dieses Alphabet, welches man
jetzt vollständig kennt, indem man nur noch von drei
Buchstaben die Form nicht gefunden hat (Gesenius, Monum.
Phoenic. p. 79), ward auch von den Hebräern zu den
Zeiten Simeon's des Makkabäers in bürgerlichen oder
gewöhnlichen Schriften angewendet; und der Gebrauch
derselben behauptete sich wenigstens bis zu den Zeiten des
Kaisers Hadrian, denn man begegnet ihm auf römischen
Denaren, welche bei der wüthenden Erhebung des Bar-
cocheba um das Jahr 132 n. Chr. zu jüdischen Münzen
umgeprägt worden sind (vgl. Eckhel, T. III. p. 471;
Borghesi, Iscr. di Burbuleio p. 64) [14]. Andererseits

---

14) Im Königlich Estensischen Museum wird einer der von Barcocheba überprägten römischen Denare aufbewahrt, welcher auf
der die Traube darstellenden Seite die Ueberbleibsel der zum Theil
abgeflachten lateinischen Buchstaben ... PSER ... zeigt, woraus
hervorgeht, dass diese jüdische Münze (im Werthe eines Rebah
oder Viertel-Sekels) über einen Denar des Servius Galba geprägt
ist. Andere ähnliche sind grösstentheils römische oder griechische
Denare Trajan's, ebenfalls überprägt, wahrscheinlich zum Trotze
gegen das Gesetz des Zins-Denars, welchen die Juden den Römern
zahlen mussten (Matth. XXII, 19; vgl. Eckhel, T. VI. p. 404). Auch
war der Denar zu den Zeiten des Erlösers der gewöhnliche Lohn
eines Tagewerks (Matth. XX, 2), und die gedachten Münzen des
Barcocheba haben wahrscheinlich zur Löhnung seiner zahlreichen
Söldner gedient. [Vgl. über diesen Gegenstand R. Sainthill:

zeigen die Worte unseres Herrn und Heilandes (Matth.
V, 18): *Jota unum, aut unus apex non praeteribit a lege,
donec omnia fiant* („Es wird nicht zergehen der kleinste
Buchstabe, noch ein Titel vom Gesetz, bis dass es alles
geschehe"), dass, gleichwie in jener Zeit für Schriften
des bürgerlichen Verkehrs bei den Hebräern das oben
gedachte samaritanische Alphabet in Gebrauch war, das
Gesetz, oder der heilige Text des alten Testaments mit
den davon sehr verschiedenen Charakteren eines heiligen
Alphabets geschrieben gewesen sei, in welchem der
Buchstabe Jota oder Jod von so kleiner und zarter Form
gewesen, dass er vergleichsweise ein blosser *apex* (Spitze,
Tüttelchen) wohl genannt werden konnte, denn das Jod
des hebräisch-samaritanischen Alphabets ist von grosser
und zusammengesetzter Gestalt (Z, N) wie alle übrigen
Buchstaben dieses Alphabets. Daneben hat das Jod in
den verschiedenen Alphabeten der semitischen Sprachen
nicht eine solche Gestalt, die einem Apex verglichen werden könnte, ausser im heutigen hebräischen Alphabet (ʾ),
welches folglich um die Zeit des Erlösers das von den
Hebräern beim Schreiben der Gesetze der heiligen Bücher
gebrauchte heilige Alphabet war. Dieses dient zu einer
schönen Bestätigung der Meinung des heiligen Hieronymus und anderer alter Schriftsteller, dass das heutige,
auch Assurit genannte hebräische Alphabet dasjenige
sei, welches die aus der Gefangenschaft zurückkehrenden
Juden von Assyrien mitbrachten, und welches von Esra
zum Schreiben der heiligen Bücher bestimmt wurde
(S. Hieronym. in Prolog. galeat.; cf. Drach, ap. de Cor-

„The use of the Samaritan language by the Jews until the
reign of Hadrian," in Numismat. Chron. Oct. 1851. Vol. XIV.
Nr. 3. p. 89.]

rieris, de Sessor. Basil. Reliq. p. 248). Dass aber die
Hebräer vor der Gefangenschaft nur ein Alphabet gehabt
haben, ähnlich dem auf ihren späteren Münzen, und vom
phönicischen Alphabet hergeleitet, scheint aus der Vergleichung des Tau (✕) auf diesen Münzen, welcher die
Form eines geraden oder überzwerch (*decussatim*) gelegten
Kreuzes hat, und den Worten des Herrn bei Ezechiel
IX, 4 geschlossen werden zu können: *Signa Tau super
frontes virorum gementium et dolentium* („zeichne mit
einem Zeichen an die Stirn die Leute, so da seufzen und
jammern"), weshalb der heilige Hieronymus (Comment.
in Ezechiel l. c.) daselbst bemerkt: *antiquis Hebraeorum
literis, quibus usque hodie utuntur Samaritani, extrema Tau
littera crucis habet similitudinem* [15]).

Ein Blick auf die Paläographie der jüdischen Münzen lässt zwei verschiedene Formen des Schin wahrnehmen, die eine winkelig (W), die andere rundlich (ɯ).
Leicht könnte Jemand, wie Souciet es gethan hat (bei
Bayer, p. 101. 103), hieraus ableiten, die letztere sei
ein Anzeichen einer weniger von uns entfernten Zeit;
aber diese Vermuthung ist irrig, weil auch ein Sekel
vom Jahre II der Befreiung vorhanden ist, auf dessen

---

[15]) Scaliger und andere Hyperkritiker tadeln den heiligen
Hieronymus, dass er auf diese Weise blindlings dem Origenes folge,
wenn er behauptet, dass das samaritanische Tau die Form eines
Kreuzes gehabt habe, ohne das samaritanische Alphabet zu Rathe
zu ziehen. Aber sie sind in einem theilweisen Irrthum, indem sie
das veränderte Alphabet samaritanischer Codices mit demjenigen
verwechseln, welches in Gebrauch war zu der Zeit des grössten
Lehrers, welchen Gott seiner Kirche zum Zweck richtiger und tiefer Erklärung der heiligen Schrift gegeben, und welcher lange
Zeit an einem den Samaritanern benachbarten Orte lebte und stu-
dirte (vgl. Oper. S. Hieronym. T. V. col. 96, ed. Vallarsi; Raoul-
Rochette, Acad. des Inscr. T. XVI. P. II. p. 297 f.; Gesenius, Monum.
Phoenic. p. 47. 48).

einer Seite das winkelige Schin, und auf der anderen dasselbe rundlich gebraucht ist (Trésor de Numismat. Rois Gr. Pl. LVII, 10) [16]).

Typen.

Die Typen der jüdischen Münzen sind, im Allgemeinen betrachtet, auch in der Hinsicht bemerkenswerth, dass sie niemals menschliche oder thierische Gestalten darstellen, weder wirkliche noch ideale; es ist dies eine Folge des mosaischen Gesetzes (5 B. Mos. IV, 16—18): *Ne forte decepti faciatis vobis sculptam similitudinem aut imaginem masculi vel feminae, similitudinem omnium jumentorum, avium, reptilium sive piscium* („Auf dass ihr euch nicht verderbet, und machet euch irgend ein Bild, das gleich sei einem Manne, oder Weibe, oder Vieh auf Erden, oder Vogel unter dem Himmel, oder Gewürm auf dem Lande, oder Fische im Wasser unter der Erde.") [17]).

---

[16]) In ähnlicher Weise trifft man selbst auf griechischen Münzen einen wechselnden Gebrauch zweier verschiedener Formen des Sigma, nämlich Σ und C (Eckhel, T. I. p. CII. CIII).

[17]) Der heilige Gesetzgeber Israels fährt fort, indem er sagt: *Ne forte, elevatis oculis ad caelum, videas solem et lunam et omnia astra caeli, et errore deceptus adores ea et colas* („dass du auch nicht deine Augen aufhebest gen Himmel, und sehest die Sonne und den Mond und die Sterne, das ganze Heer des Himmels, und fallest ab, und betest sie an, und dienest ihnen." Vgl. Flav. Jos. Ant. Jud. XVII, 6, 2). Diesem Verbote könnte die Darstellung des Sternes nicht entsprechend scheinen, welcher auf einem anscheinend von dem frommen Simeon Makkabaeus geprägten Sekel oberhalb der Tempelpforte (Nr. 4), und auch auf einer kleinen Münze des Jannaeus (Nr. 23) erscheint. Aber der Stern auf dem Sekel Simeon's mag sich auf die Weissagung Bileam's beziehen (4 B. Mos. XXIV, 17): *Orietur stella ex Jacob* („Es wird ein Stern aus Jakob aufgehen" etc.), welche er theilweise erfüllt ansehen konnte durch die glücklichen Erfolge der ersten Jahre seiner Regierung. Auf den Münzen von Alexander Jannaeus erscheinen zusammen mit dem Sterne zwei

Der Kelch und der dreigespaltene in Blumen auslaufende Zweig auf Sekeln und halben Sekeln (Nr. 1 u. 2)
und auch auf einer Kupfermünze des Jahres IV (Nr. 17)
würde nach der Meinung des Rabbi Moses Nachmani-
des, welcher fast sämmtliche Numismatiker folgen, die
Manna-Urne und den durch ein Wunder blühenden Stab
Aaron's vorstellen, welche in der Bundeslade, oder in
deren Nähe, an der heiligsten Stelle des Tabernakel aufgestellt standen (vgl. Interp. in Epist. ad Hebr. IX, 4).
Diese Meinung ist jedoch sehr unwahrscheinlich, um
nicht zu sagen offenbar falsch. Da im zweiten Tempel,
zu der Zeit als Simeon Makkabaeus Hoherpriester war,
die Bundeslade nicht mehr existirte, so konnte auch
weder die goldene Manna-Urne, noch Aaron's grünender
Stab existiren (vgl. Ackermann, Archaeol. §. 327). Ferner
ist der Kelch der Münzen Simeon's, gleich unsern zur
Aufbewahrung des heiligen Abendmahls im Tabernakel
bestimmten Büchsen, ohne Deckel und im Innern der
Schaale leer (Bayer, p. 126): wogegen die mit dem
himmlischen Manna angefüllte goldene Schaale, welche
bei der Bundeslade stand, mit einem Deckel versehen
sein musste, schon in Rücksicht auf das hebräische Wort
ZINZENETH, צִנְצֶנֶת, welches ein zur Aufbewahrung
taugliches Gefäss zu bezeichnen scheint (vgl. Gesenius,
Thesaur. p. 1175; vgl. Offenbarung II, 27). Von den

Füllhörner nebst einem Mohnkopfe, oder bisweilen einem Caduceus
(Trésor de Num. Rois Gr. Pl. LIX, 6. 13), welche vereint mit der
Neuheit einer griechischen Inschrift neben der hebräischen mir eine
Gleichgültigkeit in Hinsicht der Religion auszudrücken scheinen,
wie sie dem Alexander Jannaeus, einem Manne von unruhigem
und grausamem Gemüth, sehr wohl beigemessen werden darf (vgl.
Bayer, p. 193; Pellerin, Lettres, p. 5. 6; Neumann, Num. Popul.
P. II. p. 88; Barthélemy, Acad. des Inscr. T. XXIV. p. 57. 58).

Septuáginta wird das Manna-Gefäss στάμνος genannt (Exod.
XVI, 33), ebenso von Paulus (Hebr. IX, 4), welches
Wort bei den Griechen ohne Widerrede eine mit zwei
Henkeln versehene Vase bedeutet zu haben scheint
(Kuinoel in Epist. ad Hebr. IX, 4; Gerhard, Annali dell'
Inst. T. VIII. p. 154) [18]), während die angebliche Manna-
Vase unserer Münzen gänzlich ohne Henkel ist. Auch
hat der dreitheilige blühende Zweig durchaus keine Aehn-
lichkeit mit Mandelblüthen, welche wunderbarer Weise
aus Aaron's Ruthe aufgeblüht waren (4 B. Mos. XVII, 8;
vgl. Bayer, p. 81). Ich will deshalb eine andere Er-
klärung dieser beiden beständigen Typen der Sekel
Simeon's versuchen.

Einen Kelch, ähnlich dem der israelitischen Sekel, auf
den goldenen Tisch des Heiligthums von Jerusalem gestellt,
und im Triumphe zu Rom getragen, sieht man zusammen
mit dem goldenen Candelaber auf dem Bogen des Titus
dargestellt (de Rubeis, Veteres Arcus August. Triumph.
tab. III). Auf diesem heiligen Tische, neben den Schau-
broden, waren verschiedene Arten von Vasen zur Aufbewahrung und Mischung des Weines (vgl. Ackermann,
Archaeol. §. 319). Unter diesen Schalen und Kelchen
befindet sich auch der der israelitischen Sekel. Es waren
in der That *crateres ad vina fundenda* („Schalen und
Kannen aus und ein zu giessen"; 4 B. Mos. IV, 7; hebr.
KESAVOTH, קְשָׂוֹת; LXX: σπονδεῖα) und Krüglein (*or-
ciuoli,* hebr. MENAKKIJOTH, מְנַקִּיּוֹת), welche auch auf

---

[18]) In dem Lexicon des Photius (cf. Interpr. ad Hesych. v. Σταμνεῖον
Θάσιον) lieset man: Σταμνία τὰ Θάσια κεράμια; und in der That die
Münzen von Thasus in Thracien (Mionnet, Suppl. T. II, Planche
à pag. 545) zeigen eine Vase mit zwei Henkeln, welche die nicht
sehr weite Mündung des gedachten Gefässes überragen.

anderen der vorhin beschriebenen Münzen von Simeon
(Nr. 6. 13. 14) mir dargestellt zu sein scheinen; um so
mehr als auf ihnen sowohl der Krug als der Kelch, mit
oder ohne Deckel, der Weintraube und dem Weinblatt
gegenüber stehen, wodurch. dieselben als Weingefässe
bezeichnet werden.

Es erscheint sehr angemessen, dass der Hohepriester
Simeon diese heiligen Gefässe auf seinen Münzen abbil-
dete, da er *sancta glorificavit, et multiplicavit vasa sanc-
torum* („auch das Heiligthum wiederum herrlich anrich-
tete, und mehr heiliges Geräthe darein machen liess";
1 Makkab. XIV, 15), gleichwie sein gottesfürchtiger Bruder Judas, da der gottlose König Antiochus Epiphanes
aus dem Tempel weggenommen hatte *mensam propositionis
et libatoria et phialas et mortariola aurea* („den Tisch,
darauf die Schaubrode lagen, die Becher, Schalen und
goldenen Kellen"), nach Wiedererlangung und Reinigung
des heiligen Orts, zusammen mit gutgesinnten Israeliten,
machen liess *vasa sancta nova, et intulerunt candelabrum
et altare incensorum et· mensam in templum* („und liessen
neue heilige Gefässe machen, den goldenen Leuchter,
den Rauchaltar und den Tisch, und brachten es wieder
in den Tempel." 1 Makkab. I, 23; IV, 49). Uebrigens
ist der Rand des auf den Sekeln dargestellten Kelches
des heiligen Tisches mit einem Kranz von Perlen oder
richtiger Edelsteinen verziert (vgl. Fl. Jos., Ant. Jud.
XII, 2, 9).

Der andere Typus der Sekel, nämlich der dreitheilige blumige Zweig, hat Blumen mit drei Blättern oder,
wenn man so sagen will, Petalen, welche aus einem
länglichen kugelförmigen Kelch sich erheben, so dass sie
der Blüthe einer Hyacinthe oder Lilie nicht unähnlich sind.

Da diese Blumen die ersehnten Boten des Frühlings sind,
so möchte ich vermuthen, dass sie als Symbol dienen sollen
für die Blüthe und das Glück des israelitischen Staates
beim Beginn der neuen Zeitrechnung nach der Befreiung
unter der Leitung des tapferen und frommen Simeon,
gemäss den Worten des Propheten (Jesaias XXVII, 6;
XXXV, 1): *Florebit et germinabit Israel,* — und *Florebit
quasi lilium* ("Es wird dennoch dazu kommen, dass
Israel blühen und grünen wird," — und "wird blühen
wie die Lilien"); vgl. Gesenius, Thesaur. p. 440.

Auf der Vorderseite der andern drei Sekel (Nr. 3. 4. 5)
erblickt man ein Bündel verschiedener stark belaubter
Zweige, deren einer, bedeutend länger als die anderen,
sich aus der Mitte derselben erhebt, und ein Zweig oder
junger Schoss einer Palme zu sein scheint [19]). Ottius hat
zuerst den festlichen Lulab richtig erkannt, zusammengesetzt aus Zweigen der Palme, der Bachweide und der
Myrte mit ihren Knospen oder Beeren, welche die
Hebräer nach Mosis Vorschrift (3 B. Mos. XXIII, 40) festlich
in einer Hand tragen mussten, während sie in der andern
eine schöne Limonen- oder Ceder-Frucht halten mussten,
zur Feier des ersten Tages des Festes der Lauberhütten
oder der Stiftshütte: *Sumetisque vobis die primo fructus*

---

[19]) Der hebräische Text hat CAPPOT TEMARIM, כַּפּוֹת תְּמָרִים,
welches nach Gesenius (Thesaur. p. 706; vgl. Bayer p. 129) wörtlich *curvitates palmarum* bedeuten würde; aber auf den Münzen
Simeon's erhebt sich der Hauptzweig des Lulab gerade und ohne
Krümmung. Auf den Sekeln hat er die Gestalt einer *spatha,*
spathula, σπαθάλιον, weshalb der heilige Hieronymus mit Recht
schrieb: *spatulas.* Uebrigens scheint auf diesen Münzen der Zweig
in der Mitte des Lulab vielmehr der Strunk oder die Gerte einer
Palme zu sein, welchem das Wort κράδη des Fl. Jos. (Ant. Jud.
III, 10, 4) und θύρσος des zweiten Buchs der Makkabäer (X, 6; vgl.
Schneider, v. Θύρσος; Forcellini, v. *Turgio, Turio*) entspricht.

arboris pulcherrimae, spatulasque palmarum, et ramos ligni densarum frondium, et salices de torrente („Und sollt am ersten Tage Früchte nehmen von schönen Bäumen, Palmenzweige und Maien von dichten Bäumen, und Bachweiden" [20]). Bayer (p. 129, 138) und andere beziehen den Typus des Lulab ausschliesslich auf das Fest der Lauberhütten oder der Stiftshütte, welches die Israeliten im siebenten Monate des Jahres feierten; aber ich möchte vielmehr glauben, dass der Lulab der Münzen Simeon's sich auf das Altarfest *Encaenia,* Ἐγκαίνια, welches am 25sten Tage des neunten Monats gefeiert wurde (1 Makkab. IV, 59; Ev. Joh. X, 22), beziehe, und welches von seinem gottesfürchtigen Bruder Judas Makkabaeus in Anlass der Einweihung und Reinigung des von Antiochus Epiphanes entweiheten Tempels angeordnet worden war. Zu dieser Ansicht komme ich durch die Betrachtung, dass das Fest des Altars, *Encaenia,* auch *Scenopegia,* Lauberhütten, genannt und mit denselben Gebräuchen begangen wurde, wie das Fest der Stiftshütte (2 Makkab. I, 18; X, 6. 7): *Et cum laetitia diebus octo egerunt in modum tabernaculorum, recordantes, quod ante modicum temporis diem solennem tabernaculorum in montibus et in speluncis more bestiarum egerant; propter quod thyrsos et ramos viri-*

---

[20] Der Meinung des Ottius schliesst Bayer sich entschieden an (p. 128); aber Eckhel (T. III. p. 470) lässt die Sache in Zweifel, obwohl er in der beigesetzten Cederfrucht das erkannte, was die Israeliten bei dem Lauberhüttenfeste in der Hand trugen. Lenormant (Revue numismat. T. X. p. 193), anscheinend Mionnet folgend, bezeichnet sie als Korngarbe, zeigt sich jedoch hernach als der Meinung Bayer's beipflichtend; so gross ist deren Wahrscheinlichkeit. — Uebrigens glaube ich den Lulab, zusammen mit einer Weintraube und einem Weinkruge, auch auf dem Fragmente eines antiken Glases von den Friedhöfen des christlichen Roms zu erkennen (Buonarroti, Tav. II, 5).

*des et palmas praeferebant ei, qui prosperavit mundari
locum suum* („Und sie hielten mit Freuden acht Tage
Feier, wie ein Fest der Lauberhütten, und gedachten
daran, dass sie vor einer kleinen Zeit ihr Lauberhütten-
fest in der Wildniss und in den Höhlen, wie die wilden
Thiere, gehalten hatten. Und trugen Maien und grüne
Zweige und Palmen, und lobten Gott, der ihnen den Sieg
gegeben hatte, seinen Tempel zu reinigen") [21].

Weniger glücklich war der gelehrte Bayer in Erklärung des auf der anderen Seite der Sekel mit dem Lulab
sich zeigenden Gebäudes, indem er das Unterste zu oberst
betrachtete und abbilden liess, und sodann darin eine
Darstellung des von Simeon zu Ehren seines Vaters und
seiner in Modin begrabenen Brüder errichteten Mauso-
leums erblickte, worin einige, hierin seiner Ansicht folgend, übereinstimmen (Ackermann, Archaeol. §. 204), obgleich es durchaus unglaublich ist, dass der Hohepriester
die heilige Freude der andern Typen seiner Münzen, die
man auch dem Tempel darbringen musste, durch das
Bild eines Grabes habe trüben und gewissermassen be-
flecken wollen, wie ich dieses schon früher bemerklich
gemacht habe (Spicil. numism. p. 288). Weit besser schon
sieht Eckhel (T. III. p. 470) einen Theil des Tempels oder
eines andern Gebäudes zu Jerusalem in der Darstellung
der Münze: aber er lässt die Sache auf diese Weise unent-

---

[21] Der griechische Text hat θύρσους καὶ κλάδους ὡραίους, *thyrsos
(turiones) et ramos pulcros (vel tempestivos)*, welches weit besser auf die
Zweige des Lulab hindeutet (vgl. Josephus, Ant. Jud. XIII, 13, 5).
Uebrigens pflegen die Ausleger bei dieser Stelle die Bedeutung
des Wortes θύρσος, *thyrsus*, nicht genügend zu erklären, welches
„Schoss" bedeutet, und nicht etwa „Bacchusstab", wie mit Unrecht
Plutarch (Sympos. IV, Quaest. 6, 2) meint, wo er die jüdischen
Gebräuche beim Lauberhüttenfeste beschreibt (vgl. R. Rochette,
Hercule Assyr. p. 237 f.).

schieden. Lenormant (Revue numism. T. X. p. 195) bezeichnet das Gebäude als Tempel von nur vier Säulen (anstatt der sechs, welche da sind), um in dem im Innern des Tempels Aufgestellten die Bundeslade erblicken zu können: aber er scheint vergessen zu haben, dass im zweiten Tempel die Bundeslade fehlte (Ackermann, Archaeol. §. 327); zu geschweigen, dass das, was ihm als Bundeslade erscheint, keineswegs deren wahre Gestalt hat [22]. Mir ist es sehr wahrscheinlich, dass dieser Typus eines der prachtvollen Thore des Tempels vorstelle, und zwar wohl das östliche Thor, auch das schöne, θύρα ὡραία (Ap. Gesch. III, 2) genannt, welches mit einem von vier dorischen Säulen gestützten Propyläum versehen war (Flav. Jos. Ant. Jud. XI, 4, 7; B. Jud. V, 5, 3). Seine verschlossenen Thorflügel waren mit Buckeln und anderer erhabener Arbeit von Metall, wahrscheinlich Gold

---

[22] Die Bundeslade war ein Kasten oder eine Kiste, anderthalb Ellen breit und hoch, und dritthalb Ellen lang, mit flachem Deckel; wohingegen der Gegenstand, welcher sich auf diesen Sekeln in der Mitte der vier Säulen zeigt, mehr hoch als breit, und oben von gebogener Form ist. Ehedem muthmasste ich, es sei der אָרוֹן (Aron), bestimmt zur Niederlegung und Aufbewahrung der heiligen Bücher (vgl. Buonarroti, Vetri tav. II. III); jetzt aber halte ich es mit mehr Wahrscheinlichkeit für die „mit Thorflügeln verschlossene Pforte, versehen mit Buckeln und anderen Zierathen." Bayer, der das Gebäude verkehrt genommen hatte, glaubte eine Zither in der Mitte der Säulen hängen zu sehen, indem er die Wölbung dieser Zither in dem oberen gewölbten Theil der Pforte fand. Durch diesen groben Irrthum eben so wenig gewarnt als Eckhel (T. III. p. 470) setzt er an den Fuss des Gebäudes eine gekrümmte Linie, welche in Wirklichkeit nichts Anderes ist, als ein Theil der architektonischen Verzierung des Propyläum-Gebälks (vgl. Trésor de Numism. Rois Gr. Pl. LVII, 8. 9. 10; cf. R. Rochette, Hercule Assyr. p. 80—82); und ich meinerseits muss von der früher von mir vorgeschlagenen Conjectur zurücktreten (Spicil. numism. p. 288), - nämlich der, dass diese wellenförmige Linie fliessendes Wasser am Fusse des Tempelthores vorstellen könne (cf. Tacit. Hist. V, 11. 12).

oder Silber, verziert (Joseph. l. c.). Die heiligen Tempel-
pforten waren von dem gottlosen Antiochus verbrannt
und profanirt (1 Makkab. IV, 38; 2 Makkab. I, 8; VIII, 33);
und bei der Wiederherstellung des von dem tapfern Judas
Makkabaeus wiedereroberten Tempels schmückten die
Israeliten (1 Makkab. IV, 57) „den Tempel mit goldenen
Kränzen und Schildern, und machten neue Thore und
Zellen": *Et ornaverunt faciem templi coronis aureis et
scutulis, et dedicaverunt portas et pastophoria, et imposue-
runt eis januas.* Uebrigens ist die dorische Form der
Säulen-Capitäle des Propyläum oder Pylon der Tempel-
pforte bemerkenswerth, weil sie zeigt, dass diese Münzen
älter sind als die Zeit Herodes des Grossen, welcher beim
Wiederaufbau dieses Tempels den Säulen corinthische
Capitäle gab (Flav. Jos. Ant. Jud. XV, 11, 5).

An die Weihe des von Judas wieder gereinigten
Tempels und an die dabei gefeierten Feste erinnern auch
andere Typen der Münzen seines Bruders Simeon. Die
kleinen Silbermünzen (Nr. 6—10) mit dem Praefericulum,
den zwei Trompeten und der Zither auf der einen, mit der
Weintraube und dem festlichen Kranze auf der andern
Seite, und so auch einige der Kupfermünzen, besonders die,
welche die Zither mit dem mit Edelsteinen geschmückten
Lorbeerkranze und mit dem Palmenzweige verbindet,
deuten die Freude der festlichen Tage, so wie das Geräth
und den Schmuck des Tempels an. Gleichwie durch die
vorhergehende Profanation des Tempels und der heiligen
Stadt (1 Makkab. III, 45) *ablata est voluptas a Jacob, et
defecit ibi tibia et cithara,* „alle Herrlichkeit von Jacob
war weggenommen, und man da weder Pfeifer noch Harfer
hörete;" so ward dieser Tempel erneuert und geweiht
(1 Makkab. IV, 54) *in canticis et citharis et cinyris et in*

3*

cymbalis; „mit Gesange, Pfeifen, Harfen und Cymbeln;“
und ebenso hernach, als Simeon die Burg Zion wieder
erobert und gereinigt hatte (1 Makkab. XIII, 51), kehrten
die Israeliten in dieselbe zurück *cum laude et ramis
palmarum et cinyris et cymbalis et nablis et hymnis
et canticis;* „mit Lobgesang und Palmenzweigen und allerlei Saitenspiel.“ Die Vorderseite des gereinigten Tempels
war mit goldenen Kronen geschmückt (1 Makkab, IV, 57),
und unter den Zierathen des Tempels werden auch Palmen und Zweige von Gold erwähnt (2 Makkab. XIV, 4),
weshalb es denn auch hinreichend wahrscheinlich ist, dass
der innerhalb eines mit einer kreisförmigen Gemme verzierten Lorbeerkranzes gesetzte Stamm oder dünne Zweig
einer Palme (Nr. 20), welcher das Gegenstück zu der
Zither bildet, auch an die Erneuerung und Weihe des
Tempels erinnern soll [23].

Diejenigen Münzen, welche auf einer Seite das Bild

---

[23] Der Schmuck der runden Gemme bei den Lorbeerkränzen
der Alten, in demjenigen Theile derselben, welcher über der
Stirn des Bekränzten seinen Platz erhielt, ist von Visconti besprochen und erläutert (Mus. Pio-Clem. T. VI. tav. XL. p. 185,
ed. Milan.). Der Lorbeerkranz der Münzen Simeon's ist auch in
Ansehung seines unteren Theiles bemerkenswerth, wo die Enden
der beiden Lorbeerzweige sich einander nähern, aber sich nicht
verbinden, oder mit dem Lemniscus oder einem Bande, wie auf
profanen Denkmälern, zusammengebunden sind (s. Bayer, p. 153).
Man kann muthmassen, dass auf diesen heiligen jüdischen Münzen
der Lemniscus als eine Sache von profanem Geschmack weggelassen
sei, weil auch der König oder Dynast Bacchius Judaeus auf den
Münzen des Aulus Plautius in der ausgestreckten Rechten einen
einfachen Zweig des friedlichen Oelbaums hält, wohingegen auf
den ähnlichen Münzen des M. Aemilius Scaurus der König Aretas
einen Olivenzweig trägt, von welchem ein Lemniscus oder, wenn
man so sagen will, eine Vitta herabhängt. Auch die von Nero in
Judäa geprägten kleinen Münzen haben einen Lorbeerkranz, welcher
in seinem unteren Theile, anstatt des Lemniscus etwas einem X
Aehnliches zeigt.

zweier Lulabs, und auf der anderen eine fruchttragende
Palme zeigen, die sich in der Mitte zweier mit Früchten
gefüllter Körbe erhebt, scheinen sich auf das Fest der
Stiftshütte zu beziehen, bei dessen Feier in der Hand
der Lulab und eine der schönen Früchte nach Vollen-
dung der Ernte der Früchte des Landes getragen wurde
(3 B. Mos. XXIII, 39): *A quintodecimo ergo die mensis
septimi, quando congregaveritis omnes fructus terrae, cele-
brabitis ferias Domini septem diebus. Tolles de cunctis
frugibus tuis primitias et pones in cartallo* (gr. καρτάλλῳ,
hebr. TENE, אֶנֶא): *suscipiensque sacerdos cartallum de
manu tua ponet ante altare Domini Dei tui;* „So sollt ihr
nun am funfzehnten Tage des siebenten Monats, wenn ihr
das Einkommen vom Lande eingebracht habt, das Fest
des Herrn halten sieben Tage lang. So sollst du nehmen
allerlei erste Früchte des Landes, die aus der Erde kommen; und sollst sie in einen Korb legen; Und der Priester
soll den Korb nehmen aus deiner Hand, und vor dem
Altar des Herrn, deines Gottes, niedersetzen" (5 B. Mos.
XXVI, 2. 4; vgl. Jerem. VI, 9). Die Weintraube und
das Weinblatt können ausser den vorhin berührten Grün-
den des Gebrauchs des Weins beim Gottesdienst zugleich
sich auf die ausserordentliche Fruchtbarkeit Judäa's,
namentlich in den ersten Friedensjahren der Herrschaft
Simeon's beziehen, wo damals (1 Makkab. XIV, 8. 12)
*unusquisque colebat terram suam, et terra Juda dabat
fructus suos, et ligna camporum fructum suum; — et sedit
unusquisque sub vite sua et sub ficulnea sua, et non erat
qui eos terreret;* „jedermann bauete sein Feld in gutem
Frieden; und das Land war fruchtbar, und die Bäume
trugen wohl; — und ein jeder besass seinen Weinberg
und seinen Garten mit Frieden, und durfte nichts besor-

gen." Dasselbe ist zu sagen von der Weinrebe, zusammengestellt mit dem Weinkrug (Nr. 22) auf kleinen Bronzemünzen mit einigen samaritanischen Buchstaben [24]). Der auf den Münzen des Alexander Jannaeus sich zeigende Anker mit zwei Querhölzern, scheint nicht der der Seleu-

---

[24]) Auf diesen kleinen Münzen scheint die hängende Weintraube mit ihrem Reis oder Schoss eine zum Aufbewahren bestimmte Art Tafeltrauben anzudeuten, indem nach der Mittheilung des Plinius (XV, 18, 4. 5), Einige vorschreiben: *Uvas cum malleolo sarmenti duro in dolio picato recenti servari*; und Andere: *sic cum palmite in gypso condunt, capitibus ejus (palmitis) scillae infixis utrimque.* Ebenfalls sagt Plinius, indem er an einer anderen Stelle (XIV, 3, 7) von den verschiedenen Arten Trauben frisch zu erhalten spricht: *Aliae decoctae in musto dulcescunt, aliae vero sobolem novam in matre ipsa exspectant, translucidae vitro;* und Hardouin erklärt dieses: *adeo tenui membrana seu cute, ut per eam, ceu per vitrum, succus inclusus vinaceique transluceant*; aber diese in Anlass der aufbewahrbaren Trauben gemachte Bemerkung ist wahrhaft ἀπροςδιόνυσος. Vielmehr zeigen die deutlichen Worte des römischen Naturforschers, wie alt der noch immer in Ländern von warmem Klima bestehende Gebrauch ist, vermöge dessen man die noch ganz zarte Traube in eine leere am Rebstock befestigte Glasflasche hineinsteckt, worin dieselbe wächst, reift und sich auch während der Wintermonate bis zum Frühling des folgenden Jahres erhält.

Die in eine stachlichte Spitze, oder wie in einen gabelförmigen Fischschwanz auslaufende Amphora scheint zur Befestigung in der Erde oder im Sande gemacht, wie solches von den Weingefässen bei den Römern bekannt ist (Ackermann, Archaeol. §. 69). Aber sie konnte auch zur Aufnahme hängender, zur Aufbewahrung bestimmter Weintrauben dienen, und würde *cadus*, κάδος (hebr. KAD, כד) genannt werden können, welches übrigens bei den alten Hebräern mehr ein für Wasser als für Wein bestimmtes Gefäss war (Gesenius, Thesaur. p. 660). Uebrigens kann ich nicht begreifen, wie der gelehrte Bayer (p. 203) hat in Zweifel sein können, ob eine Manna-Urne auch diese unten zugespitzte Amphora sei, während der στάμνος der Manna unbedenklich ein Gefäss von solcher Gestalt war, dass es aufrecht stehen konnte (vgl. oben Note 18).

Die Amphora oder das Gefäss mit gestreiftem Bauche (Nr. 13) findet ihre Erläuterung in der Beschreibung der von Ptolemaeus Philadelphus dem Tempel dargebrachten goldenen und silbernen Vasen (Flav. Jos. Ant. Jud. XII, 2, 9), auf deren Bauche ῥάβδωσις ἀνεγέγλυπτο.

ciden zu sein, welcher nur ein Querholz hatte. Er scheint
vielmehr ein Symbol eines Hafens oder der Seemacht
zu sein (vgl. Flav. Jos. Ant. Jud. XIII, 15, 4; vgl.
1 Makkab. XIII, 29; XIV, 5).

Werth der Münzen Simeon's.

Man darf auf den Mangel der Aurei in der ansehn-
lichen Reihe der Münzen Simeon's kein Gewicht legen,
weil auch in der noch reichhaltigeren Suite der seleucidischen Münzen nach Seleucus II die Goldmünzen gänzlich
fehlen (Revue numism. T. X. p. 178; vgl. Schimko, P. II.
p. 5). Nicht etwa, als ob damals in Judäa Gold gefehlt,
oder auch nur selten gewesen wäre; denn im fünften Jahre
der Regierung Simeon's kam Athenobius, der Freund des
Königs Antiochus VII, nach Jerusalem, *et vidit gloriam
Simonis et claritatem in auro et argento, et apparatum
copiosum, et obstupuit;* „und da er sahe das herrliche
Wesen Simon's, und die Pracht mit Gold und Silber,
und wie er sonst gerüstet war, wunderte es ihn sehr"
(1 Makkab. XV, 32; vgl. 26 u. 35). Dieses zeigt, dass in
Judäa, und ebenfalls in Syrien, damals ausser den Goldmünzen der ersten Seleuciden und der derzeitigen Beherr-
scher des benachbarten Aegypten, das Gold grösstentheils
nach dem Gewichte, und nicht gemünzt ausgegeben worden sei, wie es auch bei den Römern bis um die Zeiten
Caesar's gebräuchlich war. Auch wird Simeon sich be-
wogen gefunden haben, eigene Münze von Silber und
Kupfer namentlich in Rücksicht auf die grossen Ausgaben
zu prägen, welche er beim Beginn seiner Regierung zu
bestreiten hatte; denn nach dem Tode seines Bruders
Jonathan (1 Makkab. XIV, 32): *Tunc restitit Simon, et
pugnavit pro gente sua, et erogavit pecunias multas; et*

armavit viros virtutis gentis suae, et dedit illis stipendia;
„Da machte sich Simon auf, und führte den Krieg wider
unsere Feinde, und schaffte unserm Heer Waffen, und
gab ihnen Sold von seinem eignen Gold und Gut."
Aber sein Hauptzweck beim Prägen der ganzen und
halben Sekel und anderer Münzen geringeren Werths
wird dahin gegangen sein, der Frömmigkeit der Israeliten
Münzen von richtigem Gewicht und Werth, und frei von
profanen Bildern darzubieten, die sie zu den schuldigen
und freiwilligen Opfern für den Tempel benutzen könnten.
Die Silbermünzen Simeon's gehen nicht über das Jahr III
seiner Regierung hinaus, wogegen die von Bronze auch
aus dem vierten Jahre reichlich vorhanden sind, und
seine Nachfolger nichts prägten als wenige Münzen in
Klein-Bronze. Es erscheint dieses besonders merkwürdig,
da Johannes Hyrcanus nach Eröffnung von David's Grabe
daraus dreitausend Talente Silbers entnommen hatte (Jos.
Flav. Ant. Jud. XIII, 8. 4; XVI, 7. 1). Es scheint jedoch,
dass die übermächtigen Könige von Syrien nach dem
dritten Jahre Simeon's den Fürsten von Judäa nicht ferner
erlaubt haben, anderes eigenes Geld zu prägen als nur
von Bronze.

Sekel (SCHEKEL, שֶׁקֶל) hiess zuerst eine bestimmte
Quantität Gold oder Silber, bestehend aus 20 kleineren
Stückchen, GHERAH, גֵּרָה, oder auch Obolen genannt.
Das auf den grösseren Silbermünzen Simeon's des Makkabäers erscheinende Wort SCHEKEL, שֶׁקֶל, ist eines der
ältesten Beispiele, dass Münzen die Bezeichnung ihres
Werths oder Gewichts aufgeprägt ist (Eckhel, T. I.
p. XXXVIII), und vergewissert dadurch von dem wahren
wirklichen Gewichte des hebräischen Sekels, welches
sonst ungewiss geblieben sein würde. Flavius Josephus

(Ant. Jud. III, 8, 2) sagt, der Sekel sei eine hebräische Münze im Werthe von vier attischen Drachmen. Aber eine genaue Untersuchung, welche der gelehrte und einsichtige Barthélemy mit dem Gewichte von sieben Sekeln anstellte, hat gezeigt, dass Josephus dem jüdischen Sekel ungefähr ein Fünftel seines Gewichts und Werths zu viel gegeben hat, indem das Gewicht der Sekel eine Verschiedenheit von 272 bis 256 pariser Gran ergab, wogegen eine attische Tetradrachme ungefähr 320 Gran wiegt (Eckhel, T. III. p. 464). Flavius Josephus ist in demselben Irrthum, wenn er sagt (B. Jud. II, 21, 2), dass die Münze oder der Stater von Tyrus vier attische Drachmen werth sei. Der heilige Hieronymus hat den wahren Werth und Gewicht des Sekels besser erläutert (in Mich. Prophet. c. XIV), indem er sagt: *Siclus viginti obolos habet, et quarta pars sicli quinque sunt oboli;* und 20 attische Obolen geben genau 267 pariser Gran, welche als das Durchschnittsgewicht der jüdischen Sekel angesehen werden können *).

Dessenungeachtet muss die Gleichstellung des Sekels mit der Tetradrachme, und des halben Sekels mit der Didrachme bestehen bleiben, weil die Eintreiber der Abgabe des halben Sekels, welche jährlich jeder erwachsene Hebräer dem Tempel bezahlen musste, vom heiligen Matthäus Eintreiber oder Erheber der Didrachme genannt werden, und weil der Herr zur Bezahlung für sich und den heiligen Petrus ihnen einen Stater oder eine Tetradrachme in Silber gab, welche folglich einem Sekel gleich sein musste (Matth. XVII, 24). Und in der That entspricht das Gewicht der Sekel Simeon's genau dem der

---

*) [Vgl. die bei Boeckh, Metrolog. Unters. S. 56 zusammengestellten Resultate verschiedener Abwägungen.]

Stateren oder Tetradrachmen in Silber der syrischen
Könige, welche in den ihnen unterworfenen und Judäa
benachbarten Städten Phöniciens geprägt sind (vgl. Mionnet, Poids, p. 189—192)²⁵). Auch einige silberne Dariken im Gewichte von 3 Gros und 24 par. Gran, welche

---

²⁵) Eine schöne phönicische Tetradrachme Antiochus VII, Königs von Syrien, und Zeitgenossen Simeon's des Makkabäers, wiegt
nach Lenormant's Versicherung (Revue numism. T. X. p. 181)
14,20 Grammen; und der Sekel Simeon's vom Jahre I entspricht
genau diesem Gewichte. Derselbe, in Folge der Wahrnehmung, dass
das Gewicht anderer von ihm untersuchter Sekel von 13,85 Grammen
bis 13,50 Grammen variirt, meint, dass die leichteren Sekel aus der
Zeit nach Simeon herrühren möchten, namentlich die mit dem Typus der Tempelpforte. Aber diese Gewichtsverschiedenheit, welche
gleichmässig bei Vergleichung der Münzen anderer alter Völker
und Städte auch vor ihrem Verfall wahrgenommen wird, bestätigt
vielmehr die geringe Sorgfalt, welche die Alten auf das richtige
und genaue Gewicht der einzelnen Münzen verwendeten, wie solches
auch durch die Wahrnehmung bestätigt wird, dass man sich daran
genügen liess, in einer gegebenen Geldsumme das richtige Gewicht
zu haben, welches aus wechselseitiger Ausgleichung der einzelnen
Stücke sich ergab, deren einige unter dem Durchschnittsgewichte
blieben, während andere dasselbe überstiegen. Letronne (Cons.
sur l'évaluat. des Monnaies Gr. et Rom. p. 43), hat durch genaue
Untersuchung des Gewichts von 1900 römischen Familien-Denaren
ermittelt, dass das rechte Gewicht des römischen Denars aus der
Zeit der Republik 73,0597 pariser Gran beträgt, entsprechend dem
vierundachtzigsten Theile eines römischen Pfundes; aber dass das
Gewicht der einzelnen Stücke durch Uebergewicht bis zu 81 Gran
und durch Mangel bis zu 63 Gran variirt (vgl. Bayer, p. 71). Ueberdem hat er wahrgenommen, dass, so oft man mehrere Haufen, jeden
zu 80 oder 100 Denaren machte, immer beinahe das gedachte durch-
schnittliche Gewicht sich ergab. Folglich scheint mir, dass, gleichwie die Römer nur darauf ihr Augenmerk gerichtet haben, ein
Pfund Silber in 84 annähernd unter sich gleiche Theile zu theilen,
so auch die Hebräer beim Scheiden oder Giessen des zum Prägen
ihrer Sekel bestimmten Silbers sich begnügt haben werden, eine
Mine Silbers in 25 ungefähr unter sich gleiche Stücke zu theilen.
Damit gelangten sie gewissermassen zu einer Nachahmung der Einfachheit der Natur, welche die Körner der Hülsenfrüchte und des
Getreides unter sich zwar jedes ein Weniges an Gewicht verschieden,

genau dem Gewicht der phönicischen Stateren entsprechen
(Mionnet, Poids, p. 189—193), können als von den Phöniciern unter Herrschaft der persischen Könige geprägt
angesehen werden. Diese beachtenswerthe Uebereinstimmung scheint mir eine beweisende Thatsache zu sein,
dass der hebräische Sekel anfänglich nichts Anderes war,
als das vermöge Uebereinkommen im Lande Canaan seit
der Zeit Abrahams beim Kauf und Verkauf übliche Gewicht, und dass das Sekelgewicht im Laufe so mancher
Jahrhunderte sich sowohl bei den Israeliten als bei den
Phöniciern unverändert erhielt, denn sonst würde es nicht
glaublich sein, dass Simeon beim Prägen seiner Sekel,
die in jeder Hinsicht eine heilige Münze zu sein bestimmt
waren, sich bei Bestimmung des Gewichts nach den heidnischen und profanen Münzen Phöniciens gerichtet haben

---

aber übrigens doch so darbietet, dass, wenn man eine gewisse Anzahl
oder ein Mass nimmt, man ein festes und fast gleichmässig bleiben-
des Gewicht hat (vgl. Eisenschmid, de Pond. p. 57). Der über-
triebene Abgang an Gewicht, welchen Bayer an einem Sekel der
Königlichen Bibliothek zu Madrid (p. 66. 70) wahrgenommen, scheint
einer andern Ursache beigemessen werden zu müssen. Da Bayer
nicht erwähnt untersucht zu haben, ob er von solidem Silber sei,
so möchte ich vermuthen, dass er ein Pelliculatus oder Subaeratus
sein möchte, um so mehr, als Bouteroue einen Sekel von Kupfer
mit dem Typus der Tempelpforte gesehen hat (Bayer, p. 142), welcher nichts Anderes sein konnte, als die Anima eines Subaeratus.
Uebrigens ist das Silber der Sekel Simeon's nicht von der Güte,
wie man im Hinblick auf einen Satz der Schrift erwarten möchte
(Psalm. XII, 7): *Argentum igne examinatum, probatum terrae, pur-
gatum septuplum*; „Die Rede des Herrn ist lauter, wie durchläutert
Silber im irdenen Tiegel, bewähret siebenmal." Der Sekel der
Königlichen Bibliothek zu Madrid hat nach Bayer's Versicherung
(p. 66) ein Sechstel Kupfer dem Silber beigemischt. Es scheint,
dass Simeon hierin sich nach den Zeit- und Ortsverhältnissen
gerichtet hat, indem auch die Münzen der späteren Könige von
Syrien, so wie die Denare von Parthia, ebenfalls von sehr geringhaltigem Silber sind (Eckhel, T. L. p. XXV; T. III. p. 542).

würde.[26]). Dass aber die Sekel wirklich eine heilige, besonders für den Tempel bestimmte Münze waren, und

---

[26]) Lenormant ist der Meinung, dass Simeon Makkabaeus beim Prägen seiner einheimischen Münze sich nach der Drachme von Aegypten, welche im benachbarten Phönicien Cours gehabt, gerichtet habe. Aber diese fragliche Drachme muss anstatt ägyptisch, als phönicisch oder canaanitisch bezeichnet werden (vgl. Hero, ap. Hemsterhuis ad Polluc. IX, 86). Nach der Meinung des Rabbi Raschi (bei Esgers, Adnot. ad Maimon. de Siclis, p. 15. 16), ward der Sekel gemacht „secundum mensuram Selae Tyriae, 24 Main," d. i. übereinstimmend mit dem Sekel (oder Stater) von Tyrus, zu 24 Obolen. Aegypten hat Münzen eigenen Gepräges erst seit der Gründung von Alexandria und der Monarchie der Lagiden, während es unter seinen Pharaonen anderes Gewichtsystem gehabt zu haben scheint (Rosellini, Mon. Civ. T. III. p. 184. 185), welches vielleicht der alexandrinischen Drachme, die für das Doppelte der attischen gilt (Schimko, P. I. p. 16), die Entstehung gegeben hat. Die Uebereinstimmung des Gewichts der Tetradrachmen oder Stateren der Ptolemäer mit dem der Tetradrachmen der phönicischen Städte scheint daraus erklärt werden zu müssen, dass die ersten Münzen der Lagiden in Tyrus, Sidon, Tripolis und in andern phönicischen Städten geprägt wurden, welche einen Theil ihres Reichs ausmachten, wie sich aus Vergleichung der Monogramme und Symbole ergiebt, welche auf der Area · der Stateren der ersten Ptolemäer angetroffen werden. Die sehr bedeutende Gewichtsverschiedenheit, welche die Vergleichung eines Sekels Simeon's mit einer attischen Tetradrachme oder einem Stater ergiebt, zeigt übrigens die · Falschheit der Behauptung Schimko's (P. II. p. 4. 5), dass der Sekel Simeon's ad rationem monetae Atticae fusus gewesen sei. Gesenius (Lexic. Hebr. man. v. שֶׁקֶל) bemerkt, dass die LXX Dolmetscher das hebräische Wort SCHEKEL, שֶׁקֶל, häufig durch das griechische Δίδραχμον wiedergegeben haben, und fügt sodann hinzu: quod cum Josephi verbis et numorum hodie superstitum pondere ita conciliari possit, ut siclus ante exilium Babylonicum et ante monetae cusae usum minoris fuisse ponderis statuatur. Aber gegen · ihn macht die oberwähnte Uebereinstimmung der phönicischen Stateren mit den hebräischen Sekeln sich geltend; zu geschweigen, dass, wie aus den Wahrnehmungen bei andern Völkern (namentlich den Römern) bekannt ist, völlig das Gegentheil eintrat, nämlich dass mit der Zeit das Gewicht des Geldes verringert, nicht aber vermehrt wurde. Auf der andern Seite ist es · eine wohlbegründete Meinung vieler Gelehrten, dass die alexandrinische oder ägyptische Drachme das

nicht etwa für den gegenseitigen Verkehr mit Völkern
der Nachbarschaft, scheint mir sowohl aus den auf den
heiligen Cultus sich beziehenden Typen derselben, als
auch aus der Eigenthümlichheit der Prägung halber Sekel
gefolgert werden zu können, welche offenbar zu Gunsten
der jährlichen Abgabe eines halben Sekels für den Tempeldienst erfolgte, zu der jeder erwachsene Jude verpflichtet war [27]); wohingegen unter den zahlreichen Mün-

Doppelte der attischen Drachme gewogen habe, so dass das Δίδραχμον der alexandrinischen Uebersetzung einer attischen oder vielmehr
phönicischen Tetradrachme entsprechen würde. (vgl. Schleussner,
Lexic. N. et V. Test.; Schimko, de Num. Bibl. P. I. p. 17). Allerdings erklärt Letronne (Journ. des Savants, 1833, p. 337) die alexandrinische Drachme beinahe egal einem römischen Denar zu 96
auf das Pfund; aber abgesehen davon, dass seine Berechnungen
sich nicht auf in jeder Hinsicht gewisse Daten stützen, steht nichts
entgegen anzunehmen, dass man in Alexandria nach zwei verschiedenen Arten von Drachmen gerechnet habe, deren eine die phönicische der ptolemäischen Tetradrachmen, die andere die alte
ägyptische von doppeltem Gewicht gewesen. Gewiss ist, dass Festus
(v. *Talentum*, p. 359 Müller) ein alexandrinisches Talent zwei attischen gleichstellt (vgl. Schimko, P. I. p. 16. 17).

[Vgl. über die äusserst schwierige und verworrene Lehre des
ägyptischen Münzsystems die tiefeingehenden, von den Resultaten
unseres Verfassers abweichenden Erläuterungen Boeckhs (Metrolog.
Unters. S. 137—160 und S. 69.]

[27]) *Hoc autem dabit omnis, qui transit ad nomen, dimidium sicli,
juxta mensuram templi. Siclus.viginti obolos habet: media pars sicli
offertur Domino:* „Es soll aber ein jeglicher, der mit in der Zahl
ist, einen halben Sekel geben, nach dem Sekel des Heiligthums
(ein Sekel gilt 20 Gera). Solcher halbe Sekel soll das Hebopfer
des Herrn sein“ (2 B. Mos. XXX, 13). Das von den Israeliten
nach der Rückkehr aus der Gefangenschaft gegebene Versprechen:
dare tertiam partem sicli per annum ad opus Dei nostri; „dass wir
jährlich einen dritten Theil eines Sekels geben zum Dienst im
Hause unsers Gottes“ (Nehem. X, 32), scheint eine freiwillige und
ausserordentliche Darreichung gewesen zu sein (vgl. Esgers, ad
Maimon. de Siclis, p. 20), weil die gesetzliche Abgabe des halben
Sekels oder einer Didrachme sicherlich bis zu den Tagen unsers
Erlösers Jesus Christus fortbestand (Matth. XVII, 24). Deshalb

zen von Tyrus, Sidon und andern phönicischen Städten nur äusserst selten ein Semistater oder eine Didrachme gefunden wird.

Die folgenden kleinen Silbermünzen (Nr. 6—10), deren jede ungefähr 60 pariser Gran wiegt (Mionnet, Poids, p. 192), können als Quadranten oder Viertel-Sekel angesehen werden, um so mehr, als bekannt ist, dass schon zur Zeit des Propheten Samuel (1 B. Sam. IX, 8; vgl. Gesenius, Thesaur. p. 1259) für kleine Ausgaben Silberstückchen vom Gewichte eines Rebah oder Viertel-Sekels im Gebrauch gewesen zu sein scheinen. Da vier dieser Silbermünzen, zu 60 Gran jede, nicht genau das richtige Durchschnittsgewicht des Sekels erreichen, so wird man wahrscheinlich deshalb das Gewicht etwas zu gering gemacht haben, damit dadurch die Mehrausgabe ausgeglichen würde, welche die Prägung von vier Stücken im Vergleich zu der nur eines Sekels veranlasste (vgl. des Verf. Appendice al Saggio, p. 141. 142) [26]).

wird in der „Biblia di Vence" (Dissert. T. I. p. 754, ed. Milan.) mit Unrecht gesagt, dass der dritte Theil eines Sekels ein Silberstück gewesen sei, womit die Juden zur Zeit der babylonischen Knechtschaft die Abgaben bezahlt hätten (vgl. Eckhel, T. VI. p. 404). Schimko nimmt an (P. II. p. 4, not. 2), dass zu den Zeiten Nehemia's (Nehem. X, 32) der heilige Sekel der Zeiten Mosis nicht mehr bekannt gewesen, und dass man an die Stelle der Darbringung des halben mosaischen Sekels die des Drittheils eines persischen Sekels gesetzt habe. Aber auf diese Weise wird Alles verwirrt. Der persische oder, richtiger gesagt, babylonische oder assyrische Sekel war gleich sieben und einem halben Obol der attischen Drachme (Xenoph. Anab. I, 5, 6), oder 89 bis 90 pariser Gran. Gesetzt, ein Drittheil des persischen Sekels sei einem halben mosaischen Sekel gleich gewesen, so würde die Tempelabgabe zur Zeit Nehemia's 30 Gran Silber betragen haben, zu der unsers Erlösers aber 2 Drachmen oder 126 Gran Silbers, was doch auf keine Weise glaublich ist.

[26]) Ich will übrigens bemerken, dass einige der besagten Silbermünzen dritter Grösse vielleicht aus der Zeit des Barcocheba her-

Unter den Kupfermünzen verdienen diejenigen eine besondere Beachtung, deren Gewicht und Werth auf dem Gepräge bezeichnet ist (Nr. 15 und 16); dieses sind:

rühren, welcher Münzen ungefähr von diesem Gewicht zur Erneuerung des glorreichen Andenkens Simeon's des Makkabäers prägte (vgl. Note 14). [Siehe u. a. Abbild, Nr. 5.]

[Des Verfassers Unbekanntschaft mit der deutschen Literatur muss es entschuldigen, dass er bei seinen Untersuchungen auf die durchaus widersprechenden Ansichten der deutschen Gelehrten über den Werth und Gehalt des Sekels nicht ausreichend Rücksicht genommen hat; es würde ihm sonst zu grosser Befriedigung haben gereichen müssen, dass seine Untersuchungen mit den von Boeckh (Metrolog. Unters. Berlin 1838, S. 55) festgestellten und von Bertheau (Zwei Abhandl. z. Gesch. der Israeliten) weiter ausgeführten Resultaten zusammenstimmen. Diese Resultate stehen indess den bisherigen traditionellen Ansichten so sehr entgegen, dass es nicht unangemessen sein wird, noch einen Augenblick bei dem Gegenstande zu verweilen, um möglichst jeden Zweifel gegen die bisherige Erörterung zu beseitigen. In aller Kürze stelle ich deshalb zuvörderst die verschiedenen Ansichten mehrerer biblischer Archäologen zusammen:

1) Für die auch hier als die richtige erkannte Meinung, dass der Sekel vier attischen Drachmen gleich und etwa ein Loth schwer gewesen, sprechen sich u. a. aus: Lundius, Jüdische Heiligth. Hamb. 1738, S. 233; Schneider, Allg. bibl. Lexic. Th. III. Frankf. 1731, S. 207; Bibl. Encyklopädie, vierter Band, Gotha 1798, S. 123.

2) Winer (Bibl. Realwörterbuch, Bd. II, Leipz. 1838, S. 520), sich mit Eisenschmid auf die durchaus willkürliche Annahme stützend, die 20 Gerah, welche der Sekel wiegt, wären Johannisbrodbohnen, deren 20 = 96 oder 97 pariser Gran wiegen, schätzt den Sekel auf 7 Groschen Conv.-Münze, während de Wette ihn zu 8 Groschen Preuss. Cour. berechnet.

3) Jahn (Bibl. Archäol. Th. I, Bd. II, Wien 1818, S. 50) berechnet den Sekel auf ⅓ Gulden oder genauer 26 Kreuzer 3 Pfennige, wobei er sich ebenfalls auf die Eisenschmid'sche Bohnenrechnung stützt.

4) Saalschütz (Das mosaische Recht, Th. I, Berlin 1846, S. 203) findet auch diese Werthberechnung zu hoch und dem früheren höheren Werthe des Geldes nicht entsprechend. Aus diesem Grunde will er unter *Gerah* ein Gerstenkorn verstanden wissen, deren 240 auf ein Loth gehen. Hiernach soll der Silberwerth eines Sekels nur 2 Ggr. Cour. betragen.

CHA I, חֲצִי (Hälfte) und REBIA, רְבִיעָה (Quadrans oder Viertel). Eckhel (T. III. p. 464. 470) und Bayer (p. 72. 125) scheinen geneigt, darunter Hälfte und Viertel eines

---

Wie einer im eigentlichsten Sinne mit Händen zu greifenden Wahrheit gegenüber so verschiedene Behauptungen haben aufgestellt werden können, ist kaum zu begreifen — sehr zu beklagen ist aber, dass deren Uebergang in die Bibel-Commentare sehr viel zur allgemeineren Verbreitung des Irrthums beigetragen hat. Dass aber in diesem Falle die Wahrheit mit Händen zu greifen ist, wird derjenige nicht bestreiten wollen, der einen ächten Sekel, und auf demselben dessen Werthbezeichnung als Sekel gesehen hat; denn selbst der weniger Geübte wird zugeben müssen, dass die Münze nach ihrer Dicke und Schwere etwa ein Loth Silber wiegt, wie denn auch die verschiedenen von Romé de l'Isle, Barthélemy, Boeckh u. a. mitgetheilten Nachweisungen Simeonischer Sekel 260 bis 270 par. Gran ergeben haben. (Ein Sekel Simeon's mit der Tempelpforte in des Uebers. Sammlung wiegt 258 par. Gran, ein anderer [s. oben Nr. 1, Jahr I] von zweifelhafter Aechtheit 270 Gran.) Erklärbar wird der Irrthum nur durch völlige Unkenntniss der Numismatik, und dadurch, dass man an deren Stelle Theoreme gesetzt hat, die nicht auf Thatsachen beruhen, sondern den Zeugnissen des Josephus und anderer Schriftsteller des Alterthums widersprechen. Namentlich hat die Annahme, dass 20 Bohnen des Johannisbrodbaumes das Gewicht des Sekels ergeben, durchaus keinen Halt, wie auch schon Hussey (Essay on the ancient weights and money. Lond. 1835, S. 168 fg.) genügend nachgewiesen hat. „Der Name *Gerah* oder *Korn* für den Obolos, — sagt Boeckh (l. c. S. 58) — welcher von den Griechen nach der ursprünglichen Form des Metalls, kleinen Stäbchen oder Nadeln, benannt war, mag daher kommen, dass das kleinste Gewicht oder Geld die Form von Körnern oder Schroten hatte, nicht aber vom Gewicht irgend eines Böhnchens oder Kornes, obwohl die Rabbinen das Gewicht des Sekels nach Gerstenkörnern bestimmen, für einen Sekel 384 (Maimonides de Siclis, Ausg. von Esgers, Leid. 1714, S. 2; Eisenschmid, S. 57). Das Gewicht von 384 Gerstenkörnern ist auch das ohngefähre des alten Sekels, gleich vier Denaren. Alle Angaben, die des Josephus über den Leuchter der ewigen Lampe in der mosaischen Stiftshütte, der ein Talent von 100 attischen Minen wog; die des Ezechiel über den Werth der Mine in Sekeln, welche bei ihm ebenfalls wie in der mosaischen Urkunde 20 Gerah haben; endlich das Gewicht der Sekel des Simeon, vereinigen sich in einem übereinstimmenden System, dem babylonisch-äginäischen. Ist dies schon

Sekels zü verstehen; aber diese Annahme scheint mir unzulässig, weil der Fall nicht eintreten konnte, dass bei den Israeliten ein gegebenes Silbergewicht nichts mehr

das mosaische gewesen, so kann daran nicht gedacht werden, dass das Sekelgewicht erst durch die babylonische Gefangenschaft nach Judäa gekommen sei; vielmehr, da zumal die Phönicier es ebenfalls schon früh gehabt haben müssen, erscheint es als frühzeitig in diesen Gegenden verbreitet. Noch viel weniger kann es irgend erst später von den Griechen, Macedoniern, Ptolemäern oder Seleuciden entlehnt sein. Als Simeon die Sekel prägte, war bei den Griechen das äginäische Geld, und namentlich das vollwichtige, nicht mehr herrschend, sondern das attische, mit welchem das Sekelgewicht nicht übereinstimmt; als aber Alexander Palästina erobert hatte, kann nicht etwa von den Macedoniern dies Gewicht dorthin gebracht worden sein, weil, obgleich Macedonien vor Alexander dasselbe Gewicht hatte, es gerade von Alexander abgeschafft worden war. Nun finden wir freilich unverkennbar eben dasselbe Gewicht auch in Aegypten, und zwar unter den Ptolemäern; da nun diese etwa ein Jahrhundert die Oberherrschaft in Palästina hatten, so könnte das simeonische Sekelgewicht dem ptolemäischen nachgebildet erscheinen. Allein abgesehen von den übrigen Gegengründen hat es gar keine Wahrscheinlichkeit, dass Simeon, der unter der Oberherrschaft und mit Genehmigung der Seleuciden zuerst Geld schlug, das ptolemäische System zu Grunde gelegt habe. Endlich kann der simeonische Sekel auch nicht von dem Gelde der Seleuciden entlehnt sein, denn die Seleuciden prägten auf attischen Fuss. Man kommt also nach allen diesen Betrachtungen wieder dahin zurück, das hebräische Gewichtsystem sei ein altes einheimisches; und was lässt sich von Simeon, dem Wiederhersteller des Staates, Anderes erwarten, als dass er den ächten alten Sekel, den *Schekel Jisrael* des heiligen Jerusalems, wie er ja auch bezeichnet ist, nach der Vorschrift des Herrn im Ezechiel, bei seiner Ausprägung zum Grunde legte?"

Wenn nun der Metallwerth des Sekels zu etwa 21 Ggr. oder mehr als 3 Franken anzunehmen ist, so muss dabei noch berücksichtigt werden, dass der Werth des Geldes im Alterthume höher war als jetzt. Michaelis (Th. V, §. 243) sieht denselben, wohl irrig, funfzigmal höher an als jetzt; Boeckh (Staatshaushalt der Athener, S. 66) zehnfach; Schlosser (Gesch. d. alt. Welt, Th. I, b. S. 86, Anm.) nimmt den Werth des Geldes zur Zeit des Perikles wenigstens um das Sechs- oder Achtfache höher an, als der jetzige Geldwerth beträgt. Im fünften Capitel wird dieser Gegenstand weiter besprochen werden (vgl. Note 123).]

4

als das Doppelte des Werths eines gleichen Quantums Bronze oder Kupfer gegolten habe, denn der Silbersekel wiegt nach Bayer's Angaben (p. 69, 143) 252 bis 289 Gran, und der von ihm untersuchte Chazi in Bronze (p. 124) 262 Gran, welchen etwa noch 10 oder 12 Gran hinzuzurechnen sein dürften, weil er auf der einen Seite dieser im Uebrigen gut erhaltenen Münze Abgang am Metall wahrnahm.

Ich möchte deswegen vermuthen, dass die jüdischen Münzen in Bronze erster Grösse (wie eine solche das Titelblatt des Werks von Bayer ziert) den Werth eines Gerah oder Obols, d. i. des zwanzigsten Theils eines Silber-Sekels, gehabt; dass die andere, von etwas geringerer Grösse, an Gewicht etwa die Hälfte der ersteren ausmachend, und mit dem Werthzeichen *Chazi* bezeichnet, einen halben Gerah oder, wenn man so sagen will, Obol, gegolten; und dass die übrigen, noch geringer, sowohl an Grösse wie an Gewicht, und mit dem Werthzeichen *Rebia* versehen, dem Viertel eines Obols entsprochen haben [29].

---

[29] Die grosse Bronze-Münze, welche man unter den jüdischen antrifft (vgl. Trésor de Numism. Rois, Pl. LVII, 15; Bayer, in fronte libri; Eisenschmid, de Pond. et Mensur. Tab. I, f. X), wiegt nach Versicherung des zuverlässigen Eisenschmid (l. c. p. 56) eine Unze und ein pariser Gros, und scheint durch den Verkehr etwa ein halbes Gros verloren zu haben; folglich würde ihr ursprüngliches Gewicht dem von zwei und einem halben Sekel oder 50 Obolen in Silber zu entsprechen scheinen; so dass, angenommen, sie sei ein Kupfer-Obol, nach dem Münzsystem Simeon's des Makkabäers ein Silber-Obol den Werth von 50 Kupfer-Obolen gehabt haben würde, und hiernach der Werth des Silbers funfzigmal grösser als der der Bronze oder des Kupfers sein würde. Der Chazi oder halbe Obol von Kupfer, welcher ungefähr 272 Gran wiegen müsste (Bayer, p. 124), hat ziemlich das Gewicht eines halben Obols; und der Rebiah, dessen Gewicht von 184 bis 202 Gran variirt (Bayer, p. 96, 125), entspricht ziemlich dem Gewichte eines Viertel-Obols. Die kleinen Kupfermünzen, welche 92 bis 132 Gran wiegen (Bayer,

Diesen Hypothesen zufolge würde der Werth des Silbers
bei den Israeliten zur Zeit der Makkabäer, der Bronze
gegenüber, dem Verhältniss von 50 zu 1 ungefähr entsprochen haben. Es dient dieses zur Bestätigung der
vorhin entwickelten Annahme, indem zu jener Zeit der
verhältnissmässige Werth beider Metalle beinahe derselbe
auch in Aegypten, Griechenland und in Rom war [30]).

---

p. 126. 150. 151; vgl. Eisenschmid, p. 56), werden Achtel-Obole
gewesen sein; und die andern noch kleineren, im Gewicht von 39
bis 61 Gran (Bayer, p. 105) kann man für Sechzehntel-Obole halten.
Wer Gelegenheit hat, das Gewicht vieler Kupfermünzen Simeon's
zu untersuchen, wird leicht die vorstehenden Annahmen, welche
zum Theil nur auf Muthmassungen beruhen, bestätigen oder berichtigen können. Mir sind nur zwei dieser Münzen zur Hand, nämlich
die mit dem Lulab in der Mitte zweier Limonenfrüchte und mit
dem Kelch (Nr. 17), und die andere mit der Zither und dem Palm-
zweige innerhalb des mit Gemmen verzierten Lorbeerkranzes (Nr. 20).
Die erste derselben wiegt 6 Gramm 20, die andere 5 Gramm 70.

[30]) Letronne (Consid. sur l'évaluat. des Monnaies, p. 18;
Journ. des Savants 1833, p. 338) hat gezeigt, wie in Athen der
Chalcus oder die Drachme von Kupfer den 48sten Theil einer
Silber-Drachme werth gewesen, und wie in Alexandria in Aegypten
um das Jahr 146 vor unserer Zeitrechnung die Silber-Drachme
ungefähr 60 Kupfer-Drachmen gegolten habe. Er fügt hinzu, dass
in Rom um das Jahr 562 das Verhältniss des Silbers zum Kupfer
in Gemässheit der „lex Papiria" wie 56 zu 1 gewesen sei; aber es
ist jetzt bekannt, dass die „lex Papiria", welche den römischen As,
bis dahin Uncial-Gewicht, auf das Gewicht einer halben Unze reducirte, aus dem Jahre Roms 665 herrührt (vgl. des Verf. Append.
al Saggio, p. 140; Giorn. Arcad. T. XLI, p. 124), so dass sie um
50 Jahre jünger ist als die Münzprägung Simeon's des Makkabäers.
Uebrigens ist mir nicht unbekannt, dass Bernardino Peyron
(Memorie della R. Accadem. di Torino, Ser. II, T. III, p. 77) das
Verhältniss des Silbers zum Kupfer in Aegypten wie 120 zu 1 annimmt; aber sein Raisonnement stützt sich auf Hypothesen einer
Theurung, welche sehr viel grösser sein konnte, als er voraussetzt
(vgl. Boeckh, Staatshaush. der Athen. I, 15 not. 425. 427. 432. 434).
Ausserdem ist bekannt, dass gemünztes Kupfer den doppelten Werth
von dem anzunehmen pflegt, welchen es nach seiner Natur dem
Silber gegenüber haben würde (vgl. Schimko, P. II, 19, 2).

§. 2. Jüdische Münzen von Herodes dem Grossen und seinen Nachfolgern.

Von den vielen vom Könige Herodes dem Grossen und den Fürsten, welche ihm unter verschiedenen Titeln nachfolgten, geprägten Münzen halten wir für angemessen, nur diejenigen zu beschreiben und zu erläutern, welche auf religiöse Gebräuche des mosaischen Gesetzes sich beziehende Typen aufzuweisen haben, oder deren Gepräge nicht das Bild eines Menschen oder Thieres zeigt, die vielmehr mit auf den Cultus sich beziehenden Typen und Symbolen zu dem Ende versehen zu sein scheinen, damit sie dem Tempelschatze in Jerusalem dargebracht und dort aufbewahrt werden könnten [31]).

I. Herodes der Grosse.

1. BACIΛ. HPΩ. Schiffsanker mit einem Ring und zwei kleinen Querbalken.

R) Zwei mit ihren unteren Enden sich berührende Füllhörner, und ein in ihrer Mitte sich erhebender Caduceus.   Æ. 3.

2. Bebuschter Helm mit einem Palmenzweige zur Seite.

R) ΒΑΣΙΛΕΩΣ ΗΡΩΔΟΥ. Brennender Altar; auf einer Seite L Γ (Anno III), auf der anderen Henkelkreuz oder ein ähnlicher Gegenstand.   Æ. 6.

---

[31]) Damit die Besucher des Tempels heilige Münze zum Opfer für das Heiligthum in Bereitschaft hätten, hielten sich in der Vorhalle des Tempels die Wechsler (κολλυβισταί, *nummularii*) mit ihren Geldtischen auf, um den gläubigen Israeliten heiliges Geld gegen profanes, mit nicht geringem Vortheil, zu wechseln (Matth. XXI, 13; Joh. II, 20; vgl. Lamy, Harmon. Evang. p. 207; Esgers, ad Maim. de Siclis p. 30). Die Beschreibungen der folgenden Münzen sind entnommen aus Eckhel, Mionnet und den getreuen Zeichnungen des „Trésor de Numismatique" (Rois Gr. Pl. LIX, LX).

3. Schild, ähnlich dem macedonischen.

R) ΒΑΣΙΛΕΩΣ ΗΡΩΔΟΥ. Bebuschter Helm; im Felde ΕΙ (Anno XV). Æ. 5.

II. Archelaus.

4. ΗΡШΔΟΥ. Weintraube mit einem Theile ihrer Rebe.

R) ΕΘΝΑΡΧΟΥ. Bebuschter Helm; daneben ein kleiner Caduceus. Æ. 3.

5. ΗΡШΔΟΥ. Weintraube.

R) ΕΘΝΑΡΧΟΥ. Caduceus. Æ. 3.

III. Herodes Antipas.

6. HR (sic) ΤΕΤΡΑ. Rohr, oder ähnliche Pflanze, mit langen halb heruntergebogenen Blättern.

R) ΤΙΒΕΡΙΑC, innerhalb eines Lorbeerkranzes. Æ. 3.

7. ΗΡШΔΟΥ ΤΕΤΡΑΡΧΟΥ. L ΛΓ (Anno XXXIII). Zweig einer Akazie, oder eines ähnlichen Baumes.

R) ΤΙΒΕΡΙΑC, innerhalb eines Lorbeerkranzes. Æ. 6.

8. Aehnlich, aber mit L ΛΔ (Anno XXXIV). Æ. 4½.

9. ΗΡΩΔΗC ΤΕΤΡΑΡΧΗC. Stamm oder Zweig einer Palme; im Felde L Μ Γ (Anno XLIII).

R) ΓΑΙΩΙ ΚΑΙCΑΡΙ ΓΕΡΜΑΝΙΚΩΙ, innerhalb eines Lorbeerkranzes. Æ. 4.

10. Andere ähnliche, aber mit einiger Verschiedenheit der Aufschrift des Reverses, z. B. ΓΑΙΩΙ. ΚΑΙCΑ. ΓΕΡΜ. CΕΒ. Æ. 4.

IV. Agrippa II.

11. ΒΑCΙΛΕШC ΑΓΡΙΠΠΑ oder ΑΓΡΙΠΑ. Schirm oder Baldachin, rings mit Franzen verziert.

R) L Ε, oder S, Z, Θ (Anno V, VI, VII, IX). Drei Aehren mit sehr kurzen Stielen, aus ein und derselben Pflanze herausgewachsen (Abbild. Nr. 9.). Æ. 4.

12. BACIΛEOC (sic) MAPKOY AΓPIΠΠOY. Eine rechte Hand, welche zwei Aehren und zwei Mohnköpfe hält. R) ETOYC. AI. TOY. K. im Kreise geschrieben, und ∝ in der Mitte, das Ganze in einem Lorbeerkranze. Æ. 3.

13. ET. ∝ K. geschrieben neben einem Schiffsanker, versehen mit einem Ringe und einem Ankerstrick. R) XAΛKOYC. im Kreise um eine im Centrum der Münze befindliche Kugel geschrieben. Æ. 3.

Diese und andere Münzen von Herodes dem Grossen und seinen Söhnen und Nachkommen sind sämmtlich von Bronze, während von Gold oder Silber keine bekannt sind; in Rücksicht der ungeheuren Reichthümer des Herodes ist dies bemerkenswerth (vgl. Flav. Jos. Ant. Jud. XVI, 7, 1). Es scheint also, dass der römische Senat bei Gestattung der Regierung ihm das Prägen der Silbermünzen nicht erlaubt habe, welches man unter dem Kaiserthume nur Städten erster Classe, als Alexandria in Aegypten, Antiochia in Syrien, Caesarea in Cappadocien, Tarsus in Cilicien, und wenigen andern gestattete (Eckhel, T. I. p. LXXI), obschon auch einigen Königen, als denen von Thracien und vom Bosporus. Aber Herodes, der die Regierung durch Vergünstigung von M. Antonius und Octavian erhalten hatte, scheint immer eine besondere Abhängigkeit und Verehrung gegen Rom gezeigt zu haben (Jos. Ant. Jud. XVII, 2; vgl. Sanclementii de Vulg. Aerae emend. p. 438) [32]).

---

[32]) Die jüdischen Silbermünzen nach dem Jahre III Simeon's des Makkabäers rühren aus der Zeit Hadrian's bei Gelegenheit der Empörung des Barcocheba gegen die Römer her (vgl. Note 14).

Die erste der drei obbeschriebenen Münzen Herodes
des Grossen, welche völlig denen des Alexander Jannaeus
gleicht (vgl. Mionnet, Descr. num. 49, 68), ist von Herodes vielleicht kurz nach seiner Rückkehr von Rom geprägt,
um sich als den legitimen Nachfolger des Alexander
Jannaeus kund zu geben, im Gegensatze seines Nebenbuhlers Antigonus, welchen die Parther 714 auf den
Thron gesetzt hatten, wohingegen er vom römischen
Senat zum König von Judäa war erklärt worden. Die
übrigen können späteren Zeiten zugeschrieben werden,
indem der Schiffsanker sich auf den von Herodes dem
Grossen erbauten prachtvollen Hafen von Caesarea bezieht
(Eckhel, T. III. p. 428).

Die zweite wird nach Eckhel's Meinung im Jahre
Roms 718 geprägt sein, welches das dritte Jahr der
Thronbesteigung Herodes des Grossen sein würde. Aber
das auf der Fläche dieser Münze bezeichnete Jahr III
(L Γ) ist vielleicht besser vom Jahr 714 Roms, d. i. vom
Datum des Senats-Consults an, mittelst dessen ihm das
jüdische Reich zugesprochen war, zu rechnen, weshalb
er als die Jahre seines Reichs auch die der gewaltsamen
Usurpation seines Nebenbuhlers Antigonus rechnen konnte,
wie bekanntlich in ähnlichen Fällen auch die Monarchen
des benachbarten Aegypten gethan haben (vgl. Letronne,
Rec. des Inscr. de l'Egypte, T. I. p. 71). Hiernach würde
Herodes diese Münze im Jahre Roms 716 geprägt haben,
damals als er in den vollen Besitz seines Reichs und der
Hauptstadt Jerusalem gelangte. Der Helm in Begleitung
des Palmzweiges kann seine Tapferkeit und seine Siege
über Antigonus andeuten; und der angezündete Altar
zeigt ihn schon im Besitze der heiligen Stadt und des
Tempels, für dessen Erhaltung bei Eroberung Jerusalems

er sich sehr bemühete (Flav. Jos. Ant. Jud. XIV, 16, 2. 3).
Seitwärts vom Altar erblickt man ein Zeichen, welches
bisher für ein Monogramm angesehen wurde, zusammengesetzt aus einem T und einem Omikron darüber; aber
nach dem mit der getreuen Methode Collas (Trésor de
Numism. Rois, Pl. LIX, 14) gegebenen Facsimile ist der
verticale Schaft des vermeintlichen T von ovaler Form;
weshalb ich vielmehr darin das Symbol des Henkel-
kreuzes erkennen möchte, welches nicht nur in Aegypten,
sondern auch in vielen Gegenden Asiens als Zeichen des
ewigen Lebens im Gebrauch war (Raoul-Rochette, Acad.
des Inscr. T. XVI. P. II. p. 285) [vgl. Barth, Wanderun-
gen I, 220; Dunker, Gesch. des Alterth. I, 51]. Nachdem ich diese Wahrnehmung gemacht, bemerke ich, dass
auch Raoul-Rochette (Hercule-Assyr. p. 385) dasselbe
gethan, weshalb ich um so mehr ihrer Richtigkeit traue.

Der macedonische Schild in Verbindung mit dem
bebuschten Helme auf der dritten Münze von Herodes
dem Grossen scheint auf seine militairische Tapferkeit
und sein Heer sich zu beziehen, dessen Kern in der
nach macedonischer Art eingerichteten Phalanx bestand,
und welches wahrscheinlich auch aus in Thracien und
Macedonien geworbenen Soldaten gebildet war (vgl. Flav.
Jos. Ant. Jud. XIV, 15, 4; vgl. XVII, 8, 3). Die Jahreszahl XV (ЄI), welche man auf einigen dieser Münzen
neben dem Helm erblickt, giebt einen Grund anzunehmen, dass sie im Jahre XV der Regierung des Herodes
geprägt seien, damals als er einen Anfang mit der
Wiedereroberung des Tempels machte (Flav. Jos. B. Jud.
I, 21, 1; vgl. Interpr. ad Johan. Evang. II, 20) [33]. Die

[33) Nach dieser Annahme würde Herodes sich bei Bezeichnung

Namen des Antipater, Archelaus, Philippus, der Berenice
und anderer aus dem Hause des Herodes, nicht minder
die von Dium, Pella und anderen macedonischen Städten
in dem benachbarten Decapolis geben genügenden Grund
zu vermuthen, dass Herodes Anspruch auf Abstammung
vom macedonischen Königsstamme machte.

Die kleine, durch die Inschrift ΗΡѠΔΟΥ ΕΘΝΑΡΧΟΥ
sich auszeichnende Münze, welche von Einigen Herodes
dem Grossen beigelegt wurde, muss wenigstens seinem
Sohne Archelaus wiedergegeben werden, welcher sich
mit dem den Fürsten dieser Familie gemeinsamen Namen auch ΗΡΩΔΗΣ ὁ Παλαιστῖνος (Dio LV, 27) nannte,
wie der gelehrte Maffei (Ant. Gall. p. 113) bemerklich
gemacht hat; eben deshalb hatte er von Augustus ausdrücklich den Titel ΕΘΝΑΡΧΟΥ erhalten (Flav. Jos. Ant.
Jud. XVII, 11), welcher niemals für seinen Vater Herodes den Grossen sich schickte [34]). Er, als erster Testa-

der Jahre seiner Regierung auf Münzen zweier verschiedener Epochen bedient haben, deren eine vom Jahre Roms 714 datirt, in
welchem er zu Rom zum Könige erklärt wurde, wohin er von
M. Antonius gleich zu Anfang seiner Regierung eingeladen worden war (Flav. Jos. Ant. Jud. XIV, 14, 5), und die andere vom
Jahre 716, in welchem er zum vollen Besitz des jüdischen Reichs
gelangte; es macht indess dieser Umstand keine Schwierigkeit, weil
dem Flavius Josephus die verschiedene Art, die Regierungsjahre
des Herodes zu zählen, sehr wohl bekannt war, weshalb er an
einer Stelle seiner Geschichten den Anfang der Wiedererbauung
des Tempels in das funfzehnte Regierungsjahr des Herodes, und an
einer andern in das achtzehnte setzt (Antiq. Jud. XV, 11, 1; B. Jud.
I, 21, 1). Anderswo (Ant. Jud. XVII, 8, 1) sagt er, Herodes habe
34 Jahre seit dem Tode seines Nebenbuhlers Antigonus, und 37
seit der durch die Römer erfolgten Erklärung zum Könige regiert.
Im funfzehnten Regierungsjahre erhielt Herodes von Augustus die
Herrschaft über Trachonitis, Batanea und Auranitis (Flav. Jos. B.
Jud. I, 20, 4).

[34]) Ἐθνάρχης (gentis princeps) im Gräcismus der heiligen Schrift,

mentserbe seines Vaters, konnte vor den übrigen Fürsten
des Hauses des Herodes sich den Typus des Helms als
väterliches Zeichen aneignen, indem er hernach mit demselben den Caduceus als Symbol des Friedens und Glücks
vereinigte [35]).

Die folgenden fünf Münzen (Nr. 6—10) rühren ohne
Zweifel von Herodes Antipas, Tetrarch von Galiläa, her,
welcher Johannes den Täufer tödten liess, und unsern
Herrn und Erlöser verspottete (Ev. Lucae XXIII, 11).
Auf der ersten derselben ist ausser der Schrift HR (wahrscheinlich ein Fehler des an das lateinische Alphabet
gewöhnten Stempelschneiders) anstatt HPωδου, der Typus
des Rohrs bemerkenswerth; ich möchte glauben, dass
dieses der *Calamus odoratus* sei, welcher bei einem See
eines Thales des Libanon gedieh (Plinius XII, 48, 1;
vgl. Gesenius, Thesaur. p. 1991), und auch in der lieblichen Gegend des Sees Tiberias fortkam (Flav. Jos. B.
Jud. III, 10, 8). Der auf den andern beiden Münzen von
Herodes dem Tetrarchen (Nr. 7. 8) sich zeigende Zweig

---

wird zuerst Simeon der Makkabäer genannt (1 Makkab. XIV, 47;
XV, 1. 2).

35) Ich will mich denen nicht widersetzen, welche hier eine
Anspielung auf den Namen HPΩΔΟΥ wahrnehmen, in Hinblick auf
die Auslegung HPON: ειρήνην — HPOΣ: συνθήκη (Hesych.). Der der
Weintraube beigesetzte kleine Caduceus hat denselben Sinn, welchen
die Worte der Schrift (1 Makkab. XIV, 11. 12) ausdrücken: *Fecit
pacem super terram, et laetatus est Israel laetitia magna: et sedit
unusquisque sub vite sua et sub ficulnea sua, et non erat qui eos
terreret* („Er hielt Frieden im Lande, dass eitel Freude in Israel
war. Und ein jeder besass seinen Weinberg und seinen Garten
mit Frieden, und durfte sich nichts besorgen"). Auch kann die
grosse und schöne Traube Bezug haben auf das vorzügliche Wein-
gewächs in Judäa, namentlich der Weinberge von Engaddi (Gesenius,
Thesaur. p. 1019; Flav. Jos. Ant. Jud. XVII, 13, 1; Shaw, Voyage
T. II. p. 60. 61).

wird von den Numismatikern gewöhnlich als Palmenzweig bezeichnet; aber dies ist nicht ausgemacht, da er viele aufwärts gebogene Seitenzweige hat, wogegen die Palmblätter nach unten gebogen sind (s. Trésor de Numism. Rois, Pl. LIX, 16. 17). Nachdem wir eine aus der Umgegend von Tiberias kommende Pflanze angetroffen haben [36]), möchte ich dafür halten, dass der auf den in dieser Stadt geprägten Münzen dargestellte Zweig, welcher mit acht oder zehn Nebenzweigen, bedeckt mit kleinen Blättern, versehen ist, und am unteren Ende als von seinem Baume losgetrennt erscheint, nichts Anderes als ein Akazienzweig oder vom Holz *Settim* sei, welches zur Erbauung des Tabernakels benutzt worden, und dass er am unteren Theile von den langen und spitzen Dornen, mit denen er im natürlichen Zustande versehen ist, gereinigt worden (vgl. P. Belon, Observ. L. II. ch. 56, fol. 123; Prosp. Alpini Plant. Aegypt. cap. IV. p. 15) [37]). Auch auf dem Avers der beiden letzten Münzen (Nr. 9 und 10) glaubt man einen Palmenzweig dargestellt; aber so viel ich aus sehr getreuen Zeichnungen abnehmen kann, halte ich ihn für ein Ende oder den Wipfel einer jungen Palme, sei es als Anspielung auf den Lulab (s. oben Note 20. 21) oder auf die Ausbreitung dieses

---

[36]) Reisende erzählen, dass sie den See Tiberias mit schönen Oleander-Pflanzen (Laurier-rose) und Napeca (Gerambe, Pelerinage à Jérusalem, Lettre XXXIX. T. II. p. 253; P. Belon, Observ. L. II. ch. 90) umgeben und gleichsam bekränzt gefunden haben; aber die Zweige dieser Pflanzen sind von denen, welche man auf den gegenwärtigen in Tiberias geprägten Münzen erblickt, durchaus verschieden.

[37]) Es kann nicht eingewandt werden, dass die Akazie besonders in Arabien und Aegypten wächst, denn nach Flavius Josephus (B. Jud. III, 10, 8) gedeihen in der Umgegend des Sees Tiberias manche Baumarten, die sowohl heissen als kalten Klimaten eigen sind.

edeln Baumes auf die von Plinius (Hist. N. XIII, 8) bezeichnete Weise: *Seruntur autem palmae et trunco duorum cubitorum longitudine, a cerebro ipso arboris fissuris diviso atque defosso* (vgl. Xenoph. Anab. II, 3, 9) [38].

Die Münzen Herodes des Tetrarchen mit der dedicatorischen Aufschrift an Cajus Caligula, ΓΑΙΩΙ ΚΑΙCΑΡΙ ΓΕΡΜΑΝΙΚΩΙ in einen Lorbeerkranz eingeschlossen, sind im Jahre 43 seiner Herrschaft (L ΜΓ) geprägt, und werden wahrscheinlich als Zeichen der Ehrerbietung gegen diesen Kaiser damals geschlagen sein, als Herodes, gereizt von seinem ehrgeizigen Weibe Herodias, sich nach Rom begeben wollte zu dem Zwecke, den Königstitel zu erlangen, und anstatt dessen das Exil erreichte (Flav. Jos. Ant. Jud. XVIII, 7). Das auf diesen Münzen angegebene Jahr XLIII liefert für Noris und andere Chronologen einen starken Grund, um es als Todesjahr Herodes des Grossen, und folglich auch als Geburtsjahr unsers Herrn Jesus Christus zu erklären, welches erweislich nicht später sein kann, als 749 nach Eroberung Roms; hieraus ergiebt sich auch, dass der Anfang der christlichen Zeitrechnung, welchen Dionysius der Kleine (Exiguus) auf das Jahr 753 nach Erbauung Roms fixirt hat, nothwendig um wenigstens vier Jahre anticipirt werden muss (Eckhel, T. III. p. 487—490) [39].

---

[38]) Uebrigens will ich mich denjenigen nicht widersetzen, welche den noch zarten Schoss einer Palme wahrzunehmen glauben, entsprechend den Worten des Maimonides (*Hilcoth Rosch Hasschanah*, Cap. VII, 1. ap. Bayer p. 129): *Cappoth themarim, de quibus in Lege fit mentio, sunt rami palmae quando germinant, antequam a se invicem folia hinc inde separentur, sed dum adhuc sunt instar sceptri: et hoc est quod Lulav vocamus.*

[39]) Der gelehrte P. Sanclemente (de Vulg. Aerae emend. p. 490) sucht zu beweisen, dass unser Erlöser im Jahre Roms 747,

Auf dem Avers der ersten beiden Münzen von
Agrippa II (Nr. 11) erblickt Eckhel mit Anderen ein
Tabernakel, in Bezug auf das Fest der Stiftshütte, und
auf dem Revers die Erstlinge des Getreides, welche nach
dem Gesetze dem Tempel dargebracht wurden. Aber
was von den Numismatikern Tabernakel genannt wird,
scheint vielmehr ein Baldachin zu sein, denjenigen sehr
ähnlich, welche in der katholischen Kirche beim Trans-
porte des heiligen Sakraments des Altars in Gebrauch
sind. Auf einem Sarcophage des unterirdischen Roms
(Bottari, T. II. p. 96. tav. LXXXVI) erblickt man einen
sehr ähnlichen Schirm über der Person des von den
Wellen des stürmischen Meeres aus dem Schiffe gewor-
fenen Jonas. Auch Denkmäler von Niniveh und Perse-
polis zeigen einen ähnlichen Schirm, welchen ein Sklav
über den Kopf des Vornehmen hält zum Schutz gegen
die Sonnenhitze (Revue num. T. III. p. 275). Bei dem
heissen Klima Palästinas bediente man sich vielleicht
eines ähnlichen Schirms bei den heiligen Ceremonien der
Darbringung der Erstlinge des Getreides, welche in der
That durch den Typus des Reverses angedeutet zu sein
scheinen [49].

---

in welchem in der ganzen Welt Frieden herrschte, geboren sei.
Dureau de la Malle meint, dass die Geburt des Erlösers in das
Jahr Roms 743 gesetzt werden müsse (Economie des Romains,
p. 194).

[40] Diese Münzen Agrippa's II mit den Vorschriften des mosai-
schen Gesetzes entsprechenden Typen zeigen, dass er in der That
dasjenige war, was der Apostel Paulus vermuthete (Apostelgesch.
XXVI, 27): *Credis, rex Agrippa, prophetis? Scio, quia credis*
(„Glaubest du, König Agrippa, den Propheten? Ich weiss, dass du
glaubest"). Er fing an mit dem Jahre V und fuhr fort bis zum
Jahre IX; daraus erhellt, dass Agrippa nicht in den ersten vier
Jahren seiner Regierung, sondern erst von da Geld zu schlagen

Auf dieses Opfer des ersten Getreides, welches am
zweiten Tage des Osterfestes dargebracht werden musste
(Ackermann, Archaeol. §. 342; vgl. Shaw, Voyage T. II.
p. 57), scheint auch der Typus der rechten Hand, welche
zwei Aehren und zwei Mohnköpfe hält, auf der Hauptseite der anderen kleinen Münze von Agrippa II bezogen
werden zu müssen [41]). In der Mitte des Reverses dieser
kleinen Münze erblickt Pellerin. (I Suppl. Pl. I. 1. p. 1)
einen zierlichen Kranz von Lorbeer, und Mionnet (Descr.
nr. 100) anstatt dessen einen kleinen Elephantenkopf;
aber das mit der zuverlässigen Methode Collas gegebene
Facsimile (Trésor de Numism. Rois, Pl. LX, 15) lässt
vielmehr deutlich das Zahlzeichen des Episemon *Vau* in
Gestalt eines liegenden ㄥ erkennen, welches in ähnlicher
Weise auf Münzen des benachbarten Syrien angetroffen
wird (Eckhel, T. IV. p. 383). Es scheint deswegen, dass
gelesen werden muss: ЄΤΟΥϹ. ΑΙ. ΤΟΥ. Και ㄥ (Anno $\overline{XI}$,
qui et $\overline{VI}$), was so viel sagen will, als im Jahre XI der
Regierung Agrippa's, welches auch das Jahr VI der Herrschaft Nero's war, oder auch VI der Regierung Agrippa's
selbst, wenn man die Jahre von 806 an zählt, in welchem
er von Claudius zur Uebernahme der Herrschaft der
Tetrarchie des Philippus versetzt war, nachdem er zuerst

anfing, als er im Jahre Roms 806 von Claudius versetzt war, um
die Tetrarchie des Philippus zu regieren (Flav. Jos. Ant. Jud.
XX, 7, 1).

[41]) Es ist allerdings nicht zu verschweigen, dass der Mohn,
welcher schon auf sehr alten jüdischen Münzen mit samaritanischer
Inschrift vorkommt (Eckhel, T. III. p. 474), von den Heiden ebenfalls gebraucht wurde; aber man muss ihn für ein Zeichen der
Jahreszeit halten, in welcher die Aehren reifen, und für ein hüb-
sches Ornament der ersten Handvoll derselben, welche dem Tempel
dargebracht wurden.

fünf Jahre in Chalcis geherrscht hatte (Eckhel, T. III.
p. 493) [42]). Dass ferner das K bei solcher Beschränktheit des Raumes dort statt Καί stehen könne, ergiebt
deutlich die Vergleichung einer Münze der Antiochener
von Ptolemais mit den Siglen ΑΣ ΚΑ (Pellerin, Rec. Pl.
LXXXIV, 6), welche bedeuten: Ασύλου Καὶ Αὐτονόμου
(Eckhel, T. III. p. 307).

Die letzte der vorhin beschriebenen Münzen (Nr. 13)
ist von Eckhel unter die Münzen von Antiochia in Syrien
gezählt, wiewohl mit der Bemerkung, dass sie besser
ihren Platz unter denen von Commagene finden würde
(T. III. p. 286). Ich bin geneigt sie Judäa zuzuschreiben,
indem sie gleich den andern jüdischen ohne irgend eine

---

[42]) Eckhel, hierin Pellerin folgend, führt zur Bestätigung sei-
ner falschen Lesart ΑΙΤΟΥ, im Sinne von ἐνδεκαΤΟΥ, eine Münze
der Cleopatra mit vorausgesetzter analoger Inschrift an, ϹΤΟΥϹΚΑ-
ΤΟΥ ΚΑΙ C, welche er erklärt: ἔτους εἰκοστοῦ πρώτου καὶ διακοσιοστοῦ
(Anno XXI supra CC); aber Letronne (Rec. des Inscr. de l'Egypte,
T. II. p. 90; Journ. des Savants 1842, p. 715) hat bewiesen, dass
vielmehr so gelesen werden muss: ϹΤΟΥϹ ΚΑ, ΤΟΥ ΚΑΙ Ε (Anno
XXI, qui et VI), zufolge der doppelten Aera der Regierung dieser
Cleopatra. Aehnlich findet man auf einer Inschrift von Philae aus
der Zeit Augusts das doppelte Datum LK ΤΚΑΙϹ (Anno XX, qui et V;
Letronne, Rec. T. II. p. 125, 129). Uebrigens muss ich bemerken,
dass auf dem Facsimile unserer Münze des Agrippa ich die Buchstaben ΤΟΥ, welche Pellerin und Mionnet darauf lesen, nicht recht
deutlich sehe, und dass zwischen K und ϹΤΟΥϹ, welche kreisförmig
geschrieben sind, etwas wie ୪ zwischenzutreten scheint (vgl. Neumann, P. II. p. 87). Gesetzt, dass ΤΟΥ ΚΑΙ ⚌ das Jahr VI des
Nero bezeichne, so würde das doppelte Datum ein Gegenstück in
den antiochenischen Tetradrachmen finden, welche mit den Jahren
der Regierung Nero's und denen der Aera Caesariana versehen
sind (Eckhel, T. III. p. 281). Für die andere Hypothese, dass
Agrippa II die Jahre seiner Regierung in doppelter Weise berechnet
habe, giebt Flavius Josephus einen Anhalt, welcher dem Vater desselben, Agrippa I, sieben Regierungsjahre giebt, und hernach von
ihm sagt, dass er im dritten Jahre seiner Herrschaft über das ganze
Judäa gestorben sei (Ant. Jud. XIX, 8, 2).

menschliche oder thierische Figur ist, und überdem das
Zahlzeichen ⋈, welches sich auf der vorhergehenden
Münze Agrippa's II findet, hat (Nr. 12). Der Anker
kommt auf einer Münze Herodes des Grossen (Nr. 1) vor,
nicht zu gedenken anderer der Hasmonäer; und auf gewissen Münzen Agrippa's zeigt der Typus der Trireme
sich wiederholt (Mîonnet, Descr. n. 120. 121. 134). Wenn
die im Centrum des Reverses befindliche Kugel eine
Olive genannt werden kann, so würde dies ein anderer
Typus des Namens *Agrippa* sein, weil Ἄγριππος der Oelbaum heisst (vgl. Schneider, Lexic. Gr. h. v. et Hesych.
v. Ἄγριφος). Das Jahr XXVI (ϵΤ ΚϚ) kommt auch auf
andern Münzen desselben Agrippa vor (Eckhel, T. III.
p. 494. 495).

§. 3. Jüdische Münzen mit den Namen der ersten römischen Kaiser geprägt.

Man findet kleine Bronze-Münzen von Augustus bis
Nero, welche Eckhel und Andere mit gutem Grunde für
in Judäa geprägt halten, theils weil sie dem jüdischen
Gebrauche gemäss niemals ein menschliches oder thieri-
sches Bildniss zeigen, theils weil nicht wenige derselben
den Typus einer Palme wiederholen, und mit Regierungsjahren der Kaiser versehen sind, was der Gegend von
Judäa eigenthümlich ist [43].

---

[43] Die Beschreibung der folgenden Kaisermünzen Judäa's ist
den Werken Eckhel's und Mionnet's entnommen, jedoch nicht
ohne einige Berichtigungen, welche sich aus der Vergleichung mit
Originalen oder guten Abbildungen ergeben haben [vgl. den Anhang am Ende des Buches].

I. Augustus.

1. KAICAPOC. Gebogene Aehre.

R) L Λ, ΛΓ, ΛS, ΛΘ, M, MA (Anno XXX, XXXIII, XXXIV, XXXVI, XXXIX, XL, XLI). Fruchttragende Palme. [S. Abbild. Fig. 10.]   Æ. 3.

2. KAICAP. Diota und Palmenzweig; im Felde LΛ (Anno XXX).

R) Verwischte Inschrift. Weinblatt, welches die ganze Fläche einnimmt.   Æ. 3.

3. Andere ähnliche, aber ohne den Namen KAICAP (Revue num. T. X. p. 185).   Æ. 3.

II. Livia oder Julia Augusti uxor.

4. IOYΛIA, innerhalb eines Kranzes.

R) L A (Anno I). Diota.   Æ. 3.

5. IOYΛIA. Weintraube.

R) L A (Anno I). Diota.   Æ. 3.

6. IOYΛIA, innerhalb eines Kranzes.

R) L Γ, S (Anno III, VI). Drei Blumen, der Lilie ähnlich, welche aus dem nämlichen Stiele hervorspriessen.   Æ. 3.

7. IOYΛIA, innerhalb eines Kranzes.

R) L B (Anno II). Palmenzweig.   Æ. 3.

III. Tiberius allein, und mit seiner Mutter.

8. TIBЄPIOY KAICAPOC. CЄ. Capeduncula.

R) IOYΛIA CЄ. Lilie.   Æ. 3.

9. TIBЄPIOY KAICAPOC. L H, IA, IS (Anno VIII, XI, XVI). Capeduncula.

R) IOYΛIA KAICAPOC. Drei zusammengebundene Aehren.   Æ. 3.

10. TIB. KAICAP, innerhalb eines Lorbeerkranzes.
R) IOYΛIA. L A, Δ, Є, Θ, IA, IΔ (Anno I, IV, V, IX,
XI, XIV). Palmenzweig.   Æ. 3.
11. KAI—CAP, in zwei Linien innerhalb eines Lor-
beerkranzes; das Ganze in einem Kreise kleiner Kugeln.
R) TIB. Zwei Füllhörner, zwischen welchen L B
(Anno II); das Ganze innerhalb eines Kreises kleiner
Kugeln. (Herzogl. Museum in Parma.)   Æ. 3.
12. TIBЄPIOY KAICAPOC. Augurstab.
R) L IZ, IH (Anno XVII, XVIII), innerhalb eines
Kranzes.   Æ. 3.

IV. Claudius und Agrippina.

13. TI. KΛAYΔIOC KAICAP ГЄPM. L IΔ (Anno XIV).
Zwei Palmenzweige oder kreuzweis gestellte Aehren.
R) IOYΛIA AГPIΠΠINA, innerhalb eines Lorbeer-
kranzes.   Æ. 3.

V. Nero und Britannicus als Cäsaren.

14. NЄPWN KΛAY. KAICAP. Zwei Schilder und
zwei Spiesse oder Pfeile kreuzweis.
R) BPIT. KAI. L IA (Anno XI). Fruchttragende
Palme.   Æ. 3.
15. NЄPWN KΛAY. KAICAP. Zwei Schilder und
zwei Pfeile oder kleine Spiesse kreuzweis liegend.
R) BPIT. KAI. L IΔ (Anno XIV). Fruchttragende
Palme.   Æ. 3.

VI. Nero Augustus.

16. NЄP—WNO—C, innerhalb eines Lorbeerkranzes.
R) KAICAPOC. L Є (Anno V). Palmenzweig. Æ. 3.

Aufschrift'en.

Die einfache Bezeichnung KAICAP, KAICAPOC
(Nr. 1, 2), ohne den Titel Σεβαστός, zeigt, dass die Juden
sich Anfangs bemüheten, einen Titel wegzulassen, welcher
einem Menschen gleichsam eine göttliche Verehrung beilegte; ein Titel, welcher übrigens hernach dem Tiberius
gegeben ward und seiner Mutter Livia, welche nach dem
Tode des Augustus Julia genannt wurde. Die verschiedenen Jahre, welche auf den Münzen der Julia, wie auf
denen ihres Sohne Tiberius sich angegeben finden, sind
die der Regierung des Tiberius; und wie sie mit der
Umschrift TIBЄPIOY KAICAPOC (Nr. 8, 9, 10) im Zusammenhang stehen, so bilden sie ein vortreffliches Seitenstück zu den Worten des Evangelisten Lucas (Ev. III, 1):
„In dem funfzehnten Jahre des Kaiserthums Kaisers Tiberii." Livia wird IOYΛIA KAICAPOC genannt, wobei nach
Eckhel's Dafürhalten das Wort μήτηρ zu subintelligiren
ist, nämlich Mutter des Kaisers Tiberius [44]; aber vielleicht könnte man γυνή hinzudenken, nämlich Gemahlin
des Kaisers Augustus [45].

---

[44]) Vorausgesetzt, dass bei der Inschrift IOYΛIA KAICAPOC
das Wort μήτηρ zu subintelligiren ist, so würde dies ein Seitenstück
zu der elliptischen Phrase Μαρία 'Ιωσῆ des Evangelisten Marcus
(XV, 47) sein; und wenn das Wort γυνή zu subintelligiren wäre,
so würde Μαρία ἡ τοῦ Κλώπα (Joh. XIX, 25; vgl. Kuinoel in Luc.
VI, 14—16) ein Seitenstück sein. Der der Livia schmeichelnde
römische Senat machte den Vorschlag: *ut nomini (Tiberii) Caesaris
adscriberetur IVLIAE FILIVS* (Tacit. Annal. I, 14).

[45]) Auf einem Stein von Carteja (Letronne, Inscr. de l'Egypte,
T. II. p. 370) ehret das Volk ΛΕΙΒΙΑΝ ΑΥΤΟΚΡΑΤΟΡΟΣ ΚΑΙΣΑΡΟΣ
ΓΥΝΑΙΚΑ, und auf einer seltenen alexandrinischen Münze wird
Cleopatra genannt: Γ. Μ. Α. Τ. d. h. Γυνὴ Μάρκου Αὐτοχράτορος Τρί-
τον (Eekhel, T. IV. p. 23) ὁ τῶν ...

Die Jahre XXX bis XLI (L Λ—MA), welche auf den
Münzen des Augustus vorkommen, beziehen sich nach
Eckhel's Dafürhalten auf die actische Zeitrechnung, welche
mit dem Jahre Roms 723 ihren Anfang nahm [46]); aber
es lässt sich auch annehmen, dass sie auf die alexandrinische Zeitrechnung, zu rechnen vom Jahre Roms 724,
sich beziehen, sowohl weil Palästina, vordem von M. Antonius abhängig, vielleicht nicht vor der Einnahme Alexandria's in vollen und festen Besitz August's kam, als
auch, weil die zuverlässig alexandrinischen Münzen ebenfalls mit dem Jahre XXX beginnen und wenig über die
jüdischen hinausgehen, nämlich bis zum Jahre XLIII
(L Λ — L MГ, s. Eckhel, T. IV. p. 45—47). Das Jahr
XXX der jüdischen Münzen des Augustus, mag man nun
von 723 n. Erb. Roms oder von 724 rechnen, fällt in die
Regierungszeit des Archelaus, welcher Ethnarch von Judäa
von 750 bis 759 war (Sanclementii, de Vulg. Aerae emend.
p. 375). Archelaus war durch seines Vaters Testament
zum Könige von Judäa bestimmt; aber Augustus, indem
er die letztwilligen Verfügungen Herodes des Grossen
bestätigte, fügte die Bedingung hinzu, dass Archelaus
Judäa mit dem einfachen Titel eines Ethnarchen, 'Εθνάρ-
χου, regieren solle, jedoch mit der Zusage, ihm den Titel
und die Macht eines Königs zu verleihen, wenn er sich
durch Verdienst und Handlungen dessen würdig gezeigt
haben würde (Flav. Jos. Ant. Jud. XVII, 11, 4). Deshalb erscheint es wahrscheinlich, dass Archelaus, von Rom

---

[46]) Den Gebrauch der actischen Zeitrechnung in Judäa bestätigt
auch Flavius Josephus, welcher die von Quirinius vorgenommene
Schatzung setzt: τριαχοστῷ χαὶ ἑβδόμῳ ἔτει μετὰ τὴν 'Αντωνίου ἐν
'Αχτίῳ ἧτταν ὑπὸ Καίσαρος, d. h. im Jahre Roms 760 (Flav. Jos.
Ant. Jud. XVIII, 2, 1; vgl. Sanclementii, de Vulg. Aerae emend.
p. 375. 376).

nach Judäa zurückgekehrt, zuerst eigenes Geld mit dem Titel ΕΘΝΑΡΧΟΥ geprägt habe, und dass hernach aus Unterwürfigkeit gegen Augustus, oder vielleicht aus Furcht, hierdurch schon die Gränzen seiner Befugniss überschritten zu haben, er oder das Volk das Prägen anderer Münzen mit dem Namen Caesar Augustus fortgesetzt habe [47].

Livia oder Julia, die Mutter Tiber's, wird allein oder zusammen mit ihrem Sohne genannt vom Jahre I bis zum Jahre XVI seiner Regierung (L A — L IS), und nicht weiter, weil sie im Jahre 782 Roms, dem sechszehnten der Regierung Tiber's, starb. Kurz vor dem Tode des Augustus hatte sie von Salome, der Schwester des Herodes des Grossen, Jamnia und ihre ganze Toparchie, nicht weniger Phasaelis und Archelais geerbt, wo sich ein bedeutender Palmenwald von ausgezeichnetem Fruchtertrage befand (Flav. Jos. Ant. Jud. XVIII, 2, 2); hieran erinnert wahrscheinlich der Palmenzweig, welcher sich auf den Münzen der Julia findet [48]. Die drei Lilien-

---

[47] Dieser Titel eines Ethnarchen scheint in der That eine besondere Abhängigkeit von einem Oberherrn anzudeuten, wie auch aus den Worten des Apostels Paulus (2 Corinth. XI, 32) geschlossen werden kann: Ἐν Δαμασκῷ ὁ ΕΘΝΑΡΧΗΣ ΑΡΕΤΑ ΤΟΥ ΒΑΣΙΛΕΩΣ ἐφρούρει τὴν Δαμασκηνῶν πόλιν („Zu Damaskus, der Landpfleger des Königs Areta verwahrete die Stadt der Damasker“).

[48] In drei Inschriften von Thyatira in Lydien (Corp. I. Gr. Nr. 3484. 3498) wird von Titus Antonius (oder Antoninus, wie gelesen werden muss) Alphenus Afignotus, welcher um die Zeit des Caracalla blühete, ausser verschiedenen militairischen und bürgerlichen Aemtern, welche er bekleidete, gesagt, dass er auch das eines Ἐπίτροπος Σεβαστοῦ Ἀρχῆς (al. Ἀρχῆς) Λιουϊανῆς (al. Λειβιανῆς) versehen habe. Boeckh, welcher die Lesart ἀρχῆς vorzieht, erklärt dies: Curator Augusti arcae Livianae, ohne angeben zu können, welche Bewandniss es mit der arca Liviana möge gehabt haben. Ich möchte jedoch an der Lesart ΑΡΧΗΣ festhalten, welche sich in sehr genauen Abschriften wiederholt findet, und annehmen, dass

blumen und der Kranz, welcher den Namen der Julia
oder Livia umgiebt, sind vielleicht eine Anspielung auf
diesen Namen, weil LIVIAH, לִוְיָה, im Hebräischen Kranz
oder Blumengewinde bedeutet (Gesenius, Thesaur. p. 747).
Agrippina und ihr Sohn Nero nebst Britannicus sind
auf jüdischen Münzen des XIten und XIVten Regierungs-
jahrs des Claudius erwähnt, wahrscheinlich in Rücksicht
des Fürworts der Agrippína bei ihrem Gemahl, dem
Kaiser, zu Gunsten der Juden, als diese im Jahre XI
des Claudius in Rom gegen die Samaritaner eine Strei-
tigkeit führten (Flav. Jos. Ant. Jud. XX, 6, 3).

Ich vermag keinen Grund dafür anzuführen, weshalb
alle jüdische Münzen des Nero dem fünften Jahre seiner
Regierung zukommen, es möchte denn der sein, dass in
diesem Jahre seine alexandrinischen Münzen fortfuhren,
die „Vorsehung" des neuen Augustus zu verherrlichen
(Eckhel, T. IV. p. 54). Der gänzliche Mangel jüdischer
Münzen, eben so wie alexandrinischer von dem Wüthrich
Cajus Caligula, dürfte seiner Verfolgung der Juden zuzuschreiben sein, so wie seinem unklugen Verlangen, sein

---

Alphenus Arignotus *Procurator Augusti Principatus seu Toparchiae
Livianae* gewesen sei, nämlich der Herrschaft, welche Livia von
Salome in Palästina geerbt hatte, und welche nach ihrem Tode
dem kaiserlichen Hausvermögen einverleibt worden war, bei dem
sie bis zu den Zeiten Caracalla's mochte verblieben sein. Alphenus,
welcher auch Logista von Seleucia Pieria war (Corp. I. Gr. Nr. 3497;
vgl. Bullet. dell' Inst. 1843, p. 195); konnte wahrscheinlich auch die
Einkünfte dieser in dem nicht fernen Palästina belegenen liviani-
schen Herrschaft sehr wohl verwalten (vgl. Furlanetti, Append. v.
Livianus, Nr. 2; und Wesseling, Vet. Rom. Itin. p. 718). Das Amt eines
ἐπίτροπος Ἰαμνίας, welches seit Tiber's Zeiten erwähnt wird (Flav.
Jos. Ant. Jud. XVIII, 6, 3), scheint dasselbe als ἐπίτροπος Σεβ. ἀρχῆς
Λιουϊανῆς in späteren Zeiten, weil Jamnia den vorzüglichsten Theil
der Toparchie ausmachte, welche Salome der Livia hinterlassen
hatte.

eigenes Bildniss im Tempel von Jerusalem verehren zu lassen (Flav. Jos. Ant. Jud. XVIII, 8).

Typen.

Die fruchttragende Palme, die einfache oder dreifache Aehre, die Weintraube, die Diota und die Lilie können sämmtlich auf die Fruchtbarkeit der schönen Gegenden Judäa's und auf den heiligen Gebrauch bezogen werden, wie schon oben gesagt ist (§. 1. Typen).

Die beiden sechseckigen länglichen Schilde, kreuzweis mit zwei Pfeilen oder kleinen Speeren (Morelli, in Claud. Tab. XIII, 13—14; Pellerin, Mel. I. Pl. I, 1), könnten als Attribute der beiden Cäsaren Britannicus und Nero in ihrer Eigenschaft als „Principes Juventutis" angesehen werden; aber ich zweifle daran, weil die barbarische Form dieser beiden Schilde sich zu sehr von der der Parma oder des Clipeus Romanus, wie solche den „Principes Juventutis" eigenthümlich sind (vgl. Eckhel, T. VI. p. 172), entfernen. Betrachte ich sodann, wie die beiden sechseckigen gekreuzten Schilde dieser jüdischen Münzen aus den Jahren XI und XIV des Claudius völlig denjenigen ähneln, welche man auf römischen Münzen desselben Claudius in Begleitung der Umschrift DE GERMANIS antrifft, so neige ich zu dem Glauben, dass die Juden durch diesen Typus auf den Ruhm der germanischen Siege des Claudius und seines Vaters Drusus haben anspielen wollen (vgl. Eckhel, T. VI. p. 239).

Die beiden andern Typen, der beim Opfer gebräuchlichen Capeduncula [49]) und des Augurstabes, sind auf jüdischen Münzen in der That eine etwas seltsame Er-

---

[49]) Eckhel (T. III. p. 497. 498) nennt es *Simpulum;* ich glaube jedoch, dass er mit diesem Ausdruck dasselbe Opfergeräth gemeint

scheinung. Pellerin (Lettres p. 5. 6) wundert sich mit
Recht über diese jüdische Licenz, auf einheimischen
Münzen den Lituus darzustellen, der nur auf thörichte
Gebräuche der Augurn bei den Römern, und deswegen
auf heidnischen Aberglauben Bezug haben konnte. Neumann (Num. Pop. P. II. p. 88) zieht sich aus der Verlegenheit, indem er sich auf dasjenige beruft, was Barthélemy (Acad. des Inscr. T. XXIV. p. 57. 58) rücksichtlich der Symbole des Füllhorns und des Caduceus
gesagt hat; aber wenn dieses auch in einiger Beziehung
genügen mag (vgl. oben Note 17), so kann das doch nicht
gleichmässig von dem Lituus des Augurn gesagt werden.
Man könnte jedoch die Darstellung des Lituus und der
Capeduncula auf jüdischen Münzen unter Tiberius zum
Theil entschuldigen, wenn man den ersteren als reden-
des Symbol der Augurwürde, und letztere als Symbol
des Pontificatus maximus des Tiberius ansieht [50]; auf
keine Weise werden übrigens die Juden jener Zeit wegen
einer übel verstandenen Toleranz in Bezug auf Religion
gänzlich entschuldigt werden können; und so dient auch
dieser Umstand zur Bestätigung der Worte des Erlösers
(Matth. XXIII, 24): *Duces caeci excolantes culicem, came-
lum autem glutientes* („Ihr verblendete Leiter, die ihr
Mücken seiget und Kameele verschlucket“).

---

hat, welches Capeduncula bezeichnet (vgl. Catal. Mus. Caes. P. I.
p. 249, Nr. 4; Doctr. T. VI. p. 184. 261).

[50] In dieser Rücksicht bildet die Capeduncula den Haupttypus
einer von den Gaditanern geprägten Münze des Tiberius (Florez,
Tab. XXVII, 2); und den Lituus erblickt man auf manchen Münzen von Paestum neben dem Kopfe Tiber's (Morelli, in Tiber. Tab.
XIII, 19; Carelli, Num. vet. Ital. Tab. CXXXV). Auf einigen ephesischen Didrachmen des Nero trifft man den Lituus neben der
Capeduncula (Mionnet, Suppl. T. VI. p. 128).

Die beiden Füllhörner der unedirten Münze des herzoglichen Museums zu Parma (Nr. 11), welche mir durch Gefälligkeit des Cav. Lopez mitgetheilt ist, sind entweder den Typen der hasmonäischen Fürsten entnommen, oder beziehen sich auf Tiberius, welcher auf seinen Münzen (wiewohl in späterer Zeit) den Typus der beiden Füllhörner mit dem Caduceus anwendet, muthmasslich eine Andeutung seines Glückes (vgl. Eckhel, T. VI. p. 190; Sueton. Tib. 5; Bullett. Arch. 1849, p. 88).

Werth und Gewicht.

Die numismatischen Schriftsteller haben zum grössten Theile sich nicht die Mühe gegeben, das Gewicht dieser kleinen jüdischen Kaisermünzen zu untersuchen und anzugeben, wie sie es nicht einmal mit den im vorigen Paragraphen beschriebenen Münzen des Herodes und seiner Nachfolger gethan haben; dennoch würde dieses für die Werthbestimmung der einen wie der andern sehr nützlich gewesen sein, und sehr dienlich zur Erklärung einiger Stellen der Evangelien, wo Geld erwähnt wird, welches zur Zeit Christi und der Apostel in Judäa in Umlauf war.

Es wird indessen dienlich sein, das Gewicht derjenigen unter ihnen anzugeben, welche sich im königlich estensischen Münzcabinet befinden, um sodann danach ihren Werth und den Namen, welchen man ihnen zu jener Zeit beilegte, zu erforschen.

1. Münze vom Ethnarchen Archelaus mit den Typen des Helmes und der Traube: Gramm. 2.10.

2. Sechs Münzen von Agrippa II mit den Typen des Schirms und der dreifachen Aehre:

                    Gramm. 3.10 — 2.20.

3. Vier Münzen des Kaisers Augustus mit den Typen der Aehre und der fruchttragenden Palme:

Gramm. 1 . 70 — 1 . 30.

4. Zwei Münzen Nero's mit den Typen des Lorbeerkranzes und des Palmenzweiges:

Gramm. 2 . 20 — 2 . 30.

[Die Gewichte der Münzen in der Sammlung des Uebersetzers stimmen hiermit ziemlich genau überein. Zwei Münzen Agrippa's wiegen 3 Gr. und $2\,^7/_{10}$ Gr., zwei Münzen des Augustus $2\,^1/_2$ und 2 Gr., und drei Münzen des Nero $2\,^2/_{10}$ und 2 Gr.]

Andere Münzen der Fürsten aus dem Hause des Herodes von etwas grösserem Umfange, welche ich nicht zur Hand habe, wiegen nach Angabe Schimko's (P. II. p. 24) das Doppelte der vorerwähnten; folglich übersteigt ihr Gewicht 4 Grammen um etwas [51]). Das Gewicht dieser von den Zeiten August's bis zum Jahre V Nero's geprägten jüdischen Münzen stimmt mit dem der Semisse von Augustus und Nero und des Quadrans von Nero überein. Es giebt eine reiche Reihe kleiner römischer Münzen in Kupfer, von den Münzmeistern des Augustus in der Zeit vom Jahre Roms 731 bis 742 geprägt, von

---

[51]) Die Worte des gedachten Schriftstellers lauten: *Supersunt minimi numi principum Herodiadum, quorum aliquot lance examinavimus, pondusque in aliis 25 — 29 gr. Austr. in aliis 44 gr. reperimus, qui postremi quadranti Romano apprime respondent.* Ich muss hier bemerken, dass Schimko das römische As zu den Zeiten des Augustus als semiuncial annimmt, wohingegen es in Wirklichkeit, wie wir hernach sehen werden, schon auf das Gewicht einer Viertel-Unze reducirt war; deswegen sind die grösseren Münzen der Herodiaden, von denen er sagt, sie entsprächen dem römischen Quadrans, vielmehr dem römischen Semis der Kaiserzeit entsprechend, und der Quadrans der Kaiserzeit entspricht den kleinen Münzen, welche die Hälfte der ersteren bilden.

denen wir jetzt wissen, dass sie nichts Anderes sind als
der kaiserliche Semis, oder der achte Theil des neuen
Sesterz in Kupfer (Borghesi, im Bullet. archeol. 1845,
p. 153); da ihr Gewicht ziemlich dem der grösseren
Kupfermünzen der Herodes entspricht, so müssen dieselben ebenfalls für Semisses angesehen werden [52]. Die
unzweifelhaften Semisses des Nero, kenntlich durch das
Werthzeichen S (*Semis*), wiegen ungefähr 3.80 Grammen.
Andere Münzen eben desselben, deren Gewicht zwischen
2.10 Grammen und 2.40 schwankt, werden deshalb
Quadranten sein [53].

Erwägt man nun einerseits diese merkwürdige Uebereinstimmung des Gewichts der jüdischen und gleichzeitigen römischen Münzen, und ist es andererseits eine
bekannte Thatsache, dass Maecenas dem Augustus den
Rath gegeben hatte, in allen Provinzen des Reichs römische Münzen, Masse und Gewichte einführen zu lassen
(Dio, LII, 30); so scheint es mir gewiss, dass die grösseren

---

52) Nach Untersuchung des Gewichts von etwa 70 dieser kleinen
Münzen der Münzmeister des Augustus, welche übrigens grossen-
theils nicht sonderlich erhalten sind, finde ich, dass ihr Gewicht
zwischen 3.00 bis 3.50 Grammen variirt. Die halbe Gramme,
welche ungefähr fehlt, um das richtige Gewicht des kaiserlichen
Semis herzustellen, muss theils der erlittenen Abnutzung dieser
Münzen, theils dem knappen Gewichte zugeschrieben werden,
welches der Münzmeister ihnen in Rücksicht auf die grösseren Spe-
sen der Ausprägung zweier Semisses im Vergleich zu einem As
geben musste (vgl. des Verf. Append. p. 142). Ein ΧΑΛΚΟΥΣ von
Antiochia in Syrien, herausgegeben von Pellerin (Lettres p. 192,
Pl. IV, 2), im Gewicht von 40 pariser Gran oder 2.126 Grammen,
anscheinend aus der Zeit Nero's entspricht dem kaiserlichen Quadrans, mithin dem Λεπτόν der Evangelisten.

53) Die sichern Asse Nero's, denen das Zeichen I aufgeprägt
ist, wiegen 8.10 bis 8.30 Grammen, und seine Dupondii, bezeichnet
II, wiegen eine halbe Unze (Eckhel, T. VI, p. 283).

Münzen der Herodes Semisses, die kleineren aber, sowohl von ihnen als den Kaisern, römische Quadrantes sind.

Nach Vorausschickung dieser Bemerkungen kann, wie ich glaube, mit fast völliger Gewissheit bestimmt werden, welche Münze das Λεπτόν [54]), *Minutum,* oder kleine Geldstück gewesen, welches von der im Evangelium erwähnten armen Wittwe im Tempel dargebracht wurde. Unser Herr Jesus Christus, eines Tages sich im Tempel befindend, setzte sich dem Opfertische gegenüber und beobachtete, wie das Volk Geld in diesen Kasten legte; und er sah viele Reiche ansehnlich hineinwerfen, und eine arme Wittwe, welche zwei kleine Geldstücke, nämlich Quadranten, hineinlegte (Marc. XII, 42): *Cum venisset autem vidua una pauper, misit m i n u t a d u o, q u o d e s t Q u a d r a n s* (λεπτὰ δύο ὅ ἐστι κοδράντης) — „Und es kam eine arme Wittwe und legte zwei Scherflein ein, die machen einen Heller." Es sind jetzt mehr als drei Jahrhunderte, seit die Ausleger der heiligen Schrift unter Benutzung aller Hülfsmittel der geistlichen und weltlichen Gelehrsamkeit sich bemühen, den

---

[54]) Hesychius (v. Λεπτὰς καὶ παχείας) berichtet, dass Zaleucus in seinen Gesetzen erwähnt Drachmen λεπτὰς καὶ παχείας, und dass erstere die zu sechs Obolen, die andern aber die von grösserem Gewichte seien; aber diese Auslegung halte ich für ganz unzulässig, weil die griechische Drachme, von welchem Gewicht sie auch sein mochte, beständig aus sechs Obolen bestand. Auch möchte ich vermuthen, dass Zaleucus, welcher seine Gesetze in Griechenland schrieb, wo dünne bracteatenartige, vertieft geprägte Münzen (λεπταί) und später andere von dicker, fast kugelförmiger Gestalt (παχεῖαι) in Umlauf waren, die Absicht gehabt habe, mit diesen beiden Worten die zu seiner Zeit cursirenden beiden Münzsorten zu bezeichnen (vgl. Eckhel, T. I. p. LXV. 149). Man kann hieraus ein neues Argument entnehmen, um Zaleucus für einen Schüler des Pythagoras (Diodor. XII, 20) zu halten, mithin für nicht so alt als Andere annehmen.

Werth und die Gattung dieser kleinen Münze zu erklären; aber alle ihre Bemühungen und Nachforschungen sind so lange vergeblich geblieben, als sie die noch vorhandenen, zur Zeit des Erlösers in Palästina cursirt habenden jüdischen Münzen nicht der Betrachtung und Vergleichung unterzogen [55]).

---

[55]) Unter Andern ist hierher der gelehrte Schimko zu zählen, welcher mit grossem Eifer und gelehrter Ausrüstung neuerdings hierüber geschrieben hat (De Numis Bibl. P. II. p. 16—27). Indem er zuerst das Lepton des Evangeliums mit der attischen Drachme und dem römischen Denare vergleicht, kommt er am Schlusse seiner Berechnung dahin, dass der hundertste Theil eines Franken oder einer italienischen Lira zwei oder drei Lepta ausmachen; aber er selbst fühlt, dass ein solche ausserordentliche Kleinheit antiker Kupfermünzen durchaus nicht denkbar ist. Nachher beschwert er sich über die Ungenauigkeit auch der besseren alten Kirchenväter in Ansehung der gegenwärtigen Frage, indem er zum Beispiel hervorhebt, dass die Heiligen Hilarius und Ambrosius die von der armen Wittwe geopferten kleinen Münzen Denare nennen; aber man muss erwägen, dass diese beiden Kirchenväter durchaus nicht beabsichtigt haben, durch die Benennung „Denare" die antiken römischen Silber-Denare zu bezeichnen, wie er mit Unrecht voraussetzt, sondern die kleinen, damals kaum mit einem Schein des Silbers gefärbten Kupfermünzen, welche zu ihren Zeiten in Curs waren, und deren Grösse und Gewicht gerade den kleinen jüdischen Münzen aus der Zeit unseres Herrn Christi entspricht. Dass nämlich diese kleinen Kupfermünzen um die Zeit Constantins und auch früher Denare genannt worden sind, scheint mir durch genügende Zeugnisse bewiesen zu werden. Der Kaiser Valerianus befiehlt dem Präfecten von Rom in einem Rescripte (ap. Vopisc. in Aureliano, c. IX), ihm zu liefern: *aureos (numos) Antonianos diurnos binos, argenteos Philippeos minutulos quinquagenos, aeris denarios centum*. Und solche Kupfer-Denare sind auch bei den Preisen und Taxen des berühmten Edicts von Diocletian zu verstehen; wenn zum Beispiel der Lohn für eine ländliche Tagearbeit daselbst auf 25 Denare festgesetzt ist, so zeigt dies genügend, dass der Denar ungefähr 3 Centesimi der italienischen Lira gleichgesetzt. War es kann aber nicht, wie angenommen wird, beweisen, dass man hätte 25 Silber-Denare geben müssen, welches ungefähr 18 Lire würde entsprochen haben. In demselben Edicte ist der Preis des Schweinefleisches auf 12 Denare, und der des Rindfleisches auf 8 Denare für

Zunächst will ich deswegen darauf hinweisen, dass
die Hebräer an dem heiligen Orte nur jüdische Münzen
darbringen konnten, weil alle fremden bald mehr, bald
weniger irgend eine menschliche oder thierische Figur
hatten, und es ein Act der Entweihung gewesen sein
würde, sie nach den heiligen Orten zu bringen und dort
zu lassen. Aus diesem Grunde standen im Vorhofe des
Tempels die Wechsler (*Numularii*, Κολλυβισταί) mit ihren
Tischen, um den herbeikommenden Andächtigen, freilich
nicht ohne Gewinn, jüdische Münzen gegen fremde und
profane zu geben (s. Interpretes ad Joh. Evang. II, 15;
Matth. XXI, 12). Marcus (XII, 42) sagt, die Wittwe
habe in den Opferkasten geworfen λεπτὰ δύο, ὅ ἐστι
κοδράντης (Vulgata: *duo minuta, quod est quadrans;*
Luther: „zwei Scherflein, die machen einen Heller") [56].

das Pfund festgesetzt; und unter Severus Alexander war der Preis
des Fleisches *octominutalis* (Lamprid. in Alex. 22); woraus erhellet,
dass der damalige Denar dieselbe Münze als das Minutum (*aes*) gewesen ist. Auch sagt Macrobius, welcher bald nach den gedachten
beiden Kirchenvätern schrieb (Saturn. I, 71): *cum pueri denarios
in sublime jactantes, CAPITA AUT NAVIA, lusu teste vetustatis,
exclamant.* Hiernach nannte man *Denar* eine kleine Kupfermünze,
welche zu seiner Zeit dem Werthe des alten römischen As entsprach (vgl. Letronne, Consider. p. 36. 37). Daher kommt es, dass,
um den wahren Silber-Denar von dem kupfernen zu unterscheiden,
man in griechischen Inschriften lieset ἀργύρια δηνάρια (Corp. I. Gr.
Nr. 2832). Schimko legt auch Werth darauf, dass der heilige
Johannes Chrysostomus die von der armen Wittwe dargereichten
zwei kleinen Geldstücke *Obolen* nennt, als ob jener Kirchenvater
Obolen von Silber im Sinne gehabt hätte, während er mit dem
Worte *Obol* doch nur eine kleine zu seiner Zeit cursirende Kupfermünze zu bezeichnen beabsichtigte (s. Du-Cange, de Numis infer.
aevi, §. XCII); und auch wir sagen überall sprichwörtlich: „der
Obol der Wittwe", um eine Münze von sehr geringem Werthe zu
bezeichnen.

[56] Die vom Evangelisten Marcus gegebene Erläuterung des
griechischen Wortes λεπτόν, indem er die jüdische Münze mit dem

Lucas (XXI, 2) nennt bei Erzählung derselben Begebenheit die Geldstücke Λεπτὰ δύο, ohne weiteren Zusatz, weil er für griechische Christen schrieb (s. Schott, 1. c. §. 33). Diese kleinen Münzen, Λεπτά, *Minuta,* waren also jüdische Münzen von solchem Gepräge, welches nichts Heidnisches hatte; und dieser Art sind eben die oben beschriebenen Münzen des Herodes und die in Judäa geprägten Münzen der ersten Kaiser. Deswegen bleibt kein anderer Zweifel übrig als der, ob sie von der grösseren oder kleineren Art gewesen sind. Die Worte des heiligen Marcus lassen dem Zweifel Raum, ob er die Absicht hatte, den römischen Quadrans nur einer oder beiden kleinen jüdischen Münzen gleichzustellen, welche die arme Wittwe geopfert hatte; aber mir scheint nachgewiesen werden zu können, dass er hat sagen wollen, ein Λεπτόν, *Minutum,* sei vom Gewicht und Werth eines kaiserlichen Quadrans. Denn erstlich, wenn es seine Absicht gewesen wäre, auszudrücken, dass zwei der kleinen Geldstücke einem Quadrans gleichkämen, so würde er haben schreiben müssen ἅ ἐστι, anstatt ὅ ἐστι κοδράντης, und die Vulgata bleibt auch sehr richtig bei dem Numerus singularis stehen, indem sie *quod est,* nicht aber *quae sunt* übersetzt. Zweitens wird es aus den beiden Parallelstellen des Evangeliums deutlich, dass der Quadrans dieselbe Münze ist, wie das Λεπτόν, *Minutum;* denn den von Matthäus (V, 26) berichteten Worten des Herrn, ἔσχατον κοδράντην, entspricht bei Lucas (XII, 59) das ἔσχατον λεπτόν [57]). Drittens,

---

römischen Quadrans vergleicht, dient trefflich zur Bestätigung der vom heiligen Hieronymus erzählten Tradition (De viris illustr. cap. VIII, Oper. T. II. p. 827, ed. Vallarsi): *Marcus rogatus Romae a fratribus breve scripsit Evangelium* (vgl. Schott, Isag. in N. Test. P. I. cap. I. sect. II. §. 28).

[57]) Maldonatus und andere Ausleger nehmen an, dass, um

Euthymius Zigabenus, der unter den alten Auslegern wohl derjenige ist, welcher mit der grössten Genauigkeit den Sinn der Worte des heiligen Marcus bestimmt und seine Erläuterungen von Chrysostomus und andern Kirchenvätern der ersten Jahrhunderte entnimmt; Euthymius, sage ich, ist der Ansicht, dass der heilige Evangelist den Quadrans gleichstellt einem Lepton oder Heller [58]).

genaue Uebereinstimmung beider Evangelisten zu haben, es genüge, dass das Λεπτόν wie der Κοδράντης kleine Münzen gewesen, wenn auch an Gewicht und Werth etwas verschieden. Aber die Werthverschiedenheit würde nach ihrer Hypothese doch zu bedeutend gewesen sein, wenn der Quadrans das Doppelte des Lepton ausgemacht hätte; nach unserer Hypothese dagegen, nach welcher der Quadrans genau dem Lepton entsprach, musste es für die beiden heiligen Evangelisten gleichgültig sein, ob sie des einen oder des andern dieser Worte sich bedienten.

[58]) Ich führe hier die Worte des Euthymius nach der lateinischen Uebersetzung des Hentenius an, weil ich den zuerst von Matthäi 1792 herausgegebenen griechischen Text nicht zur Hand habe: *Quod puta Minutum est apud Hebraeos sive dicitur Quadrans. Dicitur quoque alio modo Obolus, sive Λεπτόν.* Die Lexicographen stellen den Quadrans bald einem Λεπτόν, bald zwei Λεπτά gleich (vgl. Hesych. v. Κοδράντης; Schleusner, Lexic. N. T.; Acad. des Inscr. T. XXVIII. p. 699; Du-Cange, de Num. inf. aevi §. XCIII. XCIV). Die syrische Uebersetzung des Marcus übersetzt die griechischen Worte δύο λεπτά mit dem syrischen SCHOMUNE TERIN, ܫܡܘܢܐ ܬܪܝܢ, d. i. „zwei Achtel" (vgl. Acad. des Inscr. T. XXVIII. p. 702). Die neueren Commentatoren stellen grösstentheils den Quadrans zwei Minuta oder zwei Hellern gleich. Unter ihnen schreibt Maldonatus (in Marc. XII, 42): *Dubium autem videtur esse, utrum horum verborum sensus sit, unumquodque Minutum, an simul utrumque esse Quadrantem. Euthymius singula Minuta singulos Quadrantes fuisse putat, quae opinio validissima videtur posse ratione confirmari; nam quod Matthaeus (V, 26) dicit novissimum Quadrantem, Lucas (XII, 59) dicit novissimum Minutum, quasi quadrans et minutum idem sint.* Nachher führt er an, dass er die Meinung des Euthymius in seinem Commentar über den Matthäus widerlegt habe; aber die dort gesagten Gründe sind nicht zutreffend (vgl. die vorhergehende Note 57). Deswegen glaube ich mit aller Sicherheit mich der Meinung des Euthymius anschliessen zu können, welcher

Endlich, die entgegenstehende Annahme, dass nämlich der Quadrans gleich gewesen sei zwei Λεπτά, gleichwie der kaiserliche Quadrans jener Zeit nur reichlich
zwei Grammen wog, würde mit sich bringen, dass unter
den jüdischen Münzen zur Zeit des Erlösers einige
von dem Gewichte einer Gramme, oder etwas mehr,
existirt haben müssten; aber derartige kleine jüdische
Münzen kenne ich nicht; und dennoch mussten die beiden Heller, welche aus der Hand der armen Wittwe
kamen, keine seltene Geldsorten, sondern ganz gewöhnliche und allgemein gebräuchliche sein, wie dies eben
mit den jüdischen Münzen des Ethnarchen Archelaus und
Agrippa II, und andern vom Kaiser Augustus und Tiberius der Fall ist, von denen wir angenommen haben,
dass sie es gewesen, von denen die arme Wittwe in die
Casse des Opferstocks warf.

Diese allzulange Abschweifung wird nicht überflüssig
erscheinen, wenn man erwägt, von welcher Wichtigkeit
eine klare und bestimmte Vorstellung über eine Stelle
der heiligen Schrift ist, deren Sinn bisher bestritten war,
und an welche die heutige Redensart vom Scherflein der
Wittwe, welche in Jedermanns Munde ist, erinnert.

---

nach dem Zeugnisse des gedachten Maldonatus (in Matth. XVII, 18)
im Allgemeinen *in verborum proprietatibus observandis diligentissimus*
gewesen ist.   Auch der Cardinal Jacopo Sadoleto (Oper. T. I.
p. 219, ed. Veron. Libr. IX, epist. 9) sagt bei Erwähnung des Euthymius: *cui ego sententias Basilii Chrysostomique referenti in
Epistolis Pauli enodandis tribuo plurimum* (cf. Ernesti, Interpr.
N. Test. P. III. cap. IX. §. 24; Fabricii Biblioth. Gr. T. VII. p. 474).

Drittes Capitel.

Ueber die in der heiligen Schrift erwähnten fremden Münzen, welche zu verschiedenen Zeiten bei den Hebräern, besonders in Palästina, in Umlauf waren.

Ich möchte es weder zu behaupten noch zu verneinen wagen, dass bei den Hebräern in Palästina vor der babylonischen Gefangenschaft fremde Münzen Umlauf gehabt haben [59]), indem bis zu jener Zeit vielleicht irgend ein

---

[59]) Man muss sorgfältig das Geld, welches wirklich bei den Hebräern Curs hatte, von demjenigen unterscheiden, welches in der heiligen Schrift bei der Geschichte der der Gefangenschaft vorhergehenden Zeiten lediglich als Prolepsis erwähnt wird, oder auch, um eine Berechnung oder Vergleichung den Lesern der Uebersetzung, bisweilen auch des Urtextes selbst, deutlich und leicht zu machen. Im ersten Buche der Chronik (Cap. XXIX, 7) wird erzählt, dass die Fürsten der Stämme Israels zur Ausschmückung des Tempels bei David's Zeit fünftausend Talente Gold und zehntausend Dariken (hebr. ADARKONIM, אֲדַרְכּוֹנִים) gegeben haben. Zu David's Zeiten existirten jedoch überall keine geprägten Dariken, und ebensowenig irgend eine andere wirkliche Münze mit Gepräge; aber der Verfasser der Bücher der Chronik, wahrscheinlich Esra, welcher nach der Gefangenschaft, als die Dariken allen Israeliten wohl bekannt waren, schrieb, schlägt den Werth dieses Geldes vergleichungsweise auf 10,000 Dariken an. Und der heilige Hieronymus, mit einem noch kühneren Anachronismus, hat das Wort ADARKONIM, אֲדַרְכּוֹנִים, durch das lateinische *Solidi* wiedergegeben, weil die zu seiner Zeit cursirenden Goldmünzen gemeiniglich *Solidi* genannt wurden, obwohl dieselben den Werth der Dariken längst nicht erreichten. Mehr gerechtfertigt ist der anachronistische Gebrauch der Worte *Obolus* und *Stater* beim heiligen Hieronymus in seiner Uebersetzung vieler Stellen des alten Testa-

persischer Darike hinansteigen könnte, zu geschweigen
die Münzen von Aegina und andern Gegenden Griechenlands; aber es ist wohl nicht anzunehmen, dass sie schon
damals in Phönicien und Judäa eingeführt gewesen. Nach
Verlauf der 70 Jahre der Gefangenschaft hatten wahrscheinlich nicht wenige der dem Handel ergebenen Juden
viele Dariken in ihrem Besitze; und nach der Heimkehr
zum Lande ihrer Väter contrahirten und rechneten sie
meistens nach Dariken, wie wir hernach sehen werden.
Nach dem Sturze der persischen Monarchie durch die
Eroberung Alexanders des Grossen waren die Juden bald
den Königen von Syrien, bald denen von Aegypten unterworfen oder von ihnen abhängig, je nachdem die Macht
der einen oder der andern vorherrschte, und zuletzt
mussten sie der römischen Herrschaft gehorchen; es folgt
hieraus, dass die vorzüglichsten fremden Münzen, welche
ausser den persischen in Palästina Curs hatten, die grie-

---

ments, in denen von Zeiten die Rede ist, welche der Prägung der
griechischen Obole und Stateren weit voranliegen (vgl. 2 B. Mos.
XXX, 13; 1 B. Samuel. IX, 8; 2 B. d. Kön. VII, 1), indem der
griechisch-phönicische Stater genau dem Gewicht des hebräischen
Sekels entspricht, und ebenso der griechische Obol den Gerah,
oder den zwanzigsten Theil des hebräischen Sekels ausmacht (vgl.
oben Note 25). Mit noch kühnerer Ungenauigkeit macht Flavius
Josephus (Ant. Jud. XI, 1, 3) in dem Briefe des Cyrus bei der
Rückkehr der Israeliten aus der Gefangenschaft die Berechnung
nach griechischen Drachmen. Die sechstausend Goldstücke, welche
der Syrer Naeman mit sich nahm, als er sich nach Palästina zum
Propheten Elisa aufmachte (2 Kön. V, 5) — Luther sagt „Gulden",
d. i. Goldgulden —, werden Stücke Gold von einem gewissen Gewicht,
vielleicht von dem Gewicht eines hebräischen Sekels, aber nicht
geprägt gewesen sein, denn im neunten Jahrhundert vor unserer
Zeitrechnung existirte wahrscheinlich noch überall kein geprägtes
Geld; oder aber der heilige Schriftsteller einer späteren Zeit bedient sich des Ausdrucks proleptisch (vgl. Eckhel, T. V. p. 39).

chischen und römischen waren [60]), daher denn das gegenwärtige Capitel passend in die drei folgenden Paragraphen zerfällt.

§. 1. Persische, in den Büchern des alten Testaments erwähnte Münzen.

Die mächtige persische Monarchie besass zur Zeit der babylonischen Gefangenschaft, und vielleicht schon früher, zahlreiche Münzen in Gold und Silber; aber in der heiligen Schrift scheinen nur Münzen von Gold erwähnt zu werden, und dieses sind die nachfolgenden [61]).

1. Bärtiger mit der Stola bekleideter Mann, eine *Tiara cristata* auf dem Kopfe, welcher, mit dem rechten Knie auf die Erde gestützt, in der Rechten eine umgekehrte kurze Lanze und in der ausgestreckten Linken einen Bogen von einfacher Form hält.

R) Länglich eingeprägtes Quadrat von unregelmässiger Tiefe. [Abbild. Fig. 12.]   Aur. $3^1/_2$.

---

[60]) Ich sage „die vorzüglichsten", weil in Palästina auch die parthischen Münzen der Arsaciden Curs haben konnten, namentlich während der kurzen Regierung des Antigonus, des Letzten der hasmonäischen Fürsten, welcher im Jahre 714 Roms auf den Thron der Parther, welche Syrien, Phönicien und Palästina eingenommen hatten, gesetzt war (vgl. Eckhel, T. III. p. 480. 529).

[61]) Die Beschreibung dieser seltenen Dariken in Golde stützt sich auf die treuen Zeichnungen des „Trésor de Numismatique" (Rois, Pl. LXV, 1—4) und auf Mionnet (Rec. de Planches, XXXVI, 1; Suppl. T. VIII, Pl. XIX, 2, 3), so wie auf ein aus der Welzl von Wellenheim'schen Sammlung in das königlich estensische Münz-Cabinet gekommenes Exemplar. Uebrigens sind die Dariken der Mehrzahl nach nicht etwa rund, sondern von unregelmässiger oblonger Form, wie auch die ursprünglichen Münzen von Aegina und andern Gegenden Griechenlands und Kleinasiens.

2. Dieselbe Vorderseite.

R) Halbgeschnäbeltes Schiff, mit hohem Vordertheil
und Verzierungen.   Aur. 3¹/₂.

3. Unbärtiger Mann in gleicher Kleidung und Stellung, aber mit einem scythischen Bogen.

R) Eingeprägtes Viereck, in dessen Vertiefung eine
sitzende nackte Figur dargestellt erscheint, den linken
Arm zurückgebogen über den Kopf, im Zustande der
Ruhe, und an der einen Seite eine bärtige Maske.

Aur. 3¹/₂.

Der Haupttypus dieser Goldmünzen, ebenso wie der
ähnlichen Silbermünzen, scheint ohne Zweifel das Bild
des Königs darzustellen, welcher bei den Persern heilig
und als Gottheit verehrt war. Die Tiara, welche das
langhaarige Haupt des persischen Monarchen bedeckt,
pflegt als *corona radiata* bezeichnet zu werden; aber bei
genauerer Betrachtung ist sie vielmehr eine hutartige
Kopfbedeckung von gleichsam cylindrischer Form, am
oberen Theile mit vier oder fünf Spitzen versehen,
welche mit einem Hahnenkamme Aehnlichkeit haben.
Dieser Pileus oder diese Tiara entspricht der Bezeichnung Strabo's (XV. p. 734), welcher sie πίλημα πυργωτόν,
Hut nach Art eines Thurmes mit Zinnen; und der des
Herodot (Hist. V, 49), welcher sie κυρβασία nennt, mit
welchem Worte die Griechen auch den Kamm eines
Hahns zu bezeichnen pflegten (Aristoph. Av. v. 486).
Dieser Hausvogel, von welchem gesagt wurde, dass er
in Persien zuerst gezogen und von da nach andern
Gegenden verbreitet sei (Athen. XIV. p. 655; Schol. Aristophan. Av. 483. 708. 834), und welcher auch Ἄρεος
νεοττός, *pullus Martis*, wegen seiner gewissermassen kriegerischen Natur genannt wurde, konnte vielleicht den

Persern die erste Idee dieser ihrer Kriegs-Tiara oder
der κυρβασία geben (vgl. Hesych. h. v.).

Die beiden Waffen, welche der persische Monarch
bei sich führt, sind Bogen und Lanze, gemäss der Gewohnheit dieses kriegerischen Volkes, von früher Jugend
an sich im Pfeilschiessen und Lanzenwerfen zu üben,
τοξεύειν καὶ ἀκοντίζειν. Die Lanze erscheint auf der
Münze eher kurz als lang, und am vorderen Ende mit
einer Spitze, am hinteren Ende aber mit einer Kugel
versehen; deshalb stimmt sie mit dem Ausspruche Herodot's (V, 49; VII, 61) überein, welcher den Persern giebt
αἰχμὰς βραχέας, τόξα δὲ μεγάλα [62]). Die Gestalt der Lanze,
wie sie auf der Münze erscheint, entspricht genau der
des persischen παλτόν, ἔμπροσθεν μὲν λόγχην ἔχον, ὄπισθεν
δὲ αὐτοῦ τοῦ ξύλου σφαιροειδες (Suidas, v. Παλτά). Der
jüngere Cyrus starb an einer mit einer solchen Lanze
im Gesicht ihm beigebrachten Wunde in der berühmten
Schlacht gegen seinen Bruder (Xenoph. Anab. V, 8, 19;
vgl. R. Rochette, Hercule Assyr. p. 188, Pl. IV, 16, 17).

Die zweite der oben beschriebenen Dariken wird
der letzten Zeit der persischen Monarchie beizumessen
sein, sowohl der Neuheit des Typus des halben geschnäbelten Schiffes halber, als auch wegen des Fehlens des
alten Quadratum incusum, und endlich wegen seiner

---

[62]) Der Bogen auf den Münzen der Könige von Persien ist
nicht sonderlich gross; dies hat aber wahrscheinlich lediglich in
der Beschränktheit des Flächenraums der Münze seinen Grund.
Der vor anderen Waffen den persischen Königen beigelegte Bogen
erinnert an den erhabenen Ausspruch des Propheten (Jes. XLI, 2):
*Dabit in conspectu ejus gentes, et reges obtinebit; dabit quasi pul-
verem gladio ejus, sicut stipulam vento raptam arcui ejus* („Wer
gab die Heiden und Könige vor ihm, dass er ihrer mächtig ward,
und gab sie seinem Schwert, wie Staub, und seinem Bogen, wie
zerstreuete Stoppeln.") Vgl. Estius ad h. l.

runden, nicht mehr ovalen Form. Ich möchte deshalb vermuthen, dass sie vom letzten Darius bei der Zurüstung zum Kriege gegen Alexander den Grossen geprägt sei; der neue Typus des geschnäbelten Schiffes könnte als Anspielung auf seine grosse Seemacht gelten, ebenso wie der Bogenschütz auf seine Landmacht. Der Rhodier Memnon, einer der Hauptanführer des Heeres des Darius, soll eine 300 Triremen starke Flotte nach Macedonien und Griechenland in Bewegung gesetzt haben, als plötzlich der Tod ihn ereilte (Diodor. XVII, 31).

Auf der letzten der oben beschriebenen drei Dariken ist die Eigenthümlichkeit des bartlosen Gesichts des Königs und seines jugendlichen Ansehens hervorzuheben, während auf der anderen der persische König mit einem langen und dichten Barte versehen ist. Deswegen denke ich, dass dieser äusserst seltene Darike mit voller Sicherheit dem Artaxerxes Longimanus zugeschrieben werden könne, welcher seinem Vater Xerxes um das Jahr 465 vor unserer Zeitrechnung in jugendlichem Alter folgte; Justinus (Hist. III, 1) nennt ihn daher *puer admodum* und *egregius adolescens*. Der von ihm getragene scythische Bogen, anstatt des Bogens von einfacher Form, den man auf den andern Dariken erblickt, kann an die Expedition seines Grossvaters Darius gegen die Scythen erinnern sollen, und ebenso kann in der auf der Rückseite sich befindenden Maske des libyschen Ammon eine Anspielung auf den Zug gegen die Libyer (Herodot, IV, 83—143. 144—205) erblickt werden [63].

---

[63] Mionnet (Suppl. T. VIII. p. 423) erklärt die Darstellung für den bärtigen Kopf eines Satyr oder eines Flussgottes; aber auf der von ihm selbst gegebenen Zeichnung (Pl. XIX, 2) erblickt man vielmehr eine bärtige Maske, versehen mit einem Widderhorn, wel-

Diese persischen Goldmünzen mit dem auf ihnen
erscheinenden Typus des Bogenschützen wurden von den
Griechen Τοξόται, *Sagittarii*, genannt [64]); aber ihre ursprüngliche Benennung bei den Persern, Griechen und
Hebräern war *Darici*, Δαρεικοί, DARKON, ADARKON,
DARKEMON, הַדַּרְכּוֹן, אֲדַרְכּוֹן, הַדַּרְכְּמוֹן. Die Gelehrten stimmen darin überein, dass diese Benennung persischen Ursprungs sei, weichen dagegen in Bestimmung der Form

---

ches sich um das Ohr windet, wie auf den Bildern des Jupiter
Ammon. Was den gleich einem Σ zurückgebogenen scythischen
Bogen angeht, so mag gestattet sein zu erwähnen, dass auf ihn
einige Worte Plutarch's (Crassus, c. 24) in Anlass des starken
Schiessens der Parther mit Pfeilen anzuspielen scheinen: ἀπὸ τό-
ξων κραταιῶν καὶ μεγάλων, καὶ τῇ σκολιότητι τῆς καμπῆς ἠναγκασμένον
τὸ βέλος ἀποστελλόντων, welche der gelehrte Brissonius (Regn. Pers.
III, 18) offenbar nicht gut verstanden hat.

[64]) Agesilaus spielt witzig auf diese Benennung an, indem er
sagt, dass er sich von 30,000 persischen Bogenschützen gezwungen
gesehen habe, Kleinasien zu verlassen, womit er die Summe von
30,000 Dariken andeutet, welche der König von Persien unter die
Redner von Athen und Theben zu vertheilen befohlen hatte, damit sie
das Volk gegen Sparta aufregen sollten (Plut. Agesil. 15; Artax. 20).
Die Stellung des Bogenschützen, welcher ein Knie zur Erde beugt,
erläutert die Bogenschützen des Scheiterhaufens des Hephaestion,
welche Diodor (XVII, 115) εἰς γόνυ κεκαθικότας nennt (vgl. Raoul-
Rochette, Hercule Assyr. p. 223). Der Ab. Peyron (Acad. di Torino, Ser. I. T. XXIV. p. 15) bemerkt, dass die koptischen Worte
SATE, SATERE, ϭⲁⲧⲉ, ϭⲁⲧⲉⲣⲉ, Geld bedeuten, und fügt sodann
hinzu: „Das koptische Wort SATE ist alt; dennoch hatten die
Aegypter kein gemünztes Geld. Deswegen glaube ich, dass, wie
SATE ursprünglich Pfeil, Wurfspiess bedeutet, dasselbe zur Bedeutung einer Münze überging, als Aegypten von Darius unter-
jocht, persische Münzen kennen lernte, auf welchen ein den Wurfspiess werfender Bogenschütze dargestellt ist, woher denn auch die
Griechen bisweilen die Bezeichnung Bogenschützen, Lanzenwerfer,
nahmen." Uebrigens trägt er dieser seiner geistreichen Bemerkung
in dem von ihm später in den Druck gegebenen Lexicon der koptischen Sprache (Aug. Taurinor. 1835, p. 196. 218, vergl. mit p. 75)
nicht Rechnung, wo er vielmehr das koptische Wort SATEERE,
ϭⲁⲧⲉⲉⲣⲉ, als von dem griechischen στατήρ abgeleitet ansieht.

und Bedeutung von einander ab; aber unter den verschiedenen Meinungen scheint diejenige den Vorzug zu verdienen, welche das Wort Δαρεικός von dem Eigennamen Δαρεῖος, Δαριήκης ableitet (Gesenius, Thesaur. p. 353; Strab. XVI. p. 785), und dass ihr Urheber ein Darius, König von Persien, gewesen (Schimko, P. I. p. 10), nicht etwa der Vater des Xerxes, sondern ein anderer, viel früherer dieses Namens. Auf ähnliche Weise wurden die macedonischen Goldmünzen Φιλιππεῖοι, *Philippi*, genannt, nach dem Namen Philipp's II, welcher sie zuerst prägte (Eckhel, T. II. p. 90).

Die Dariken oder Goldmünzen der Könige Persiens waren wegen der Güte ihres reinen Goldes von altersher berühmt; und die mit ihnen angestellten Versuche bestätigen dieses. Barthélemy fand in ihnen nur den einundzwanzigsten Theil fremden Metalls (Acad. des Inscr. T. XXI, Hist. p. 24), und Letronne (Consid. sur l'évaluat. des Monnaies p. 108) nur eine Legirung von einem Dreiunddreissigstel. Die alten Schriftsteller geben der Darike das genaue Gewicht zweier attischen Drachmen, und in der That, die in den Museen Europa's aufbewahrten Dariken wiegen genau zwei Drachmen (Eckhel, T. III. p. 553) oder 157 3/4 pariser Gran (Letronne, l. c.; Mionnet, Poids p. 193, vgl. p. 96—103) [65]. Der Metallwerth einer Darike wird deshalb von Gosselin auf 28 1/2 Franken (Gesenius, Thesaur. p. 354) und von Andern auf 2 1/2 ungarische Ducaten geschätzt (Schimko, P. I. p. 15).

---

[65] Die Darike im königlich estensischen Museum wiegt 8.40 Grammen, welches knapp 2 Drachmen entspricht. [Eine Darike im königlichen Museum zu Berlin wiegt 8.3 Grammen; eine solche in der Sammlung des Uebers. 8 1/2 Grammen, und hat einen Metallwerth von 7 1/2 Thlr. Courant.]

Wenn auch heut zu Tage die Dariken äusserst selten
sind, so dass eine einzige hinreicht, um einem Münzcabinet
Glanz zu verleihen [66]), so waren sie doch im Alterthume
eine sehr gangbare und häufig vorkommende Münze, so
dass nach Versicherung Herodot's (Hist. IV, 166) zur
Zeit von Xerxes- Expedition nach Griechenland ein lydi-
scher Privatmann Namens Pythius einen Schatz von gegen
vier Millionen goldener Dariken - Stateren besass. Alexander fand in Susa ausser den Schätzen an nicht gemün-
tem Golde und Silber vierzigtausend Talente Gold in
solchen Dariken (Diodor. XVII, 66). Indem er jedoch
aus diesen Dariken und dem übrigen Golde seine sehr
zahlreichen Goldstateren prägte, wird er dadurch nachher die Dariken sehr selten gemacht haben (vgl. Eckhel,
T. III. p. 553).

Da die Dariken so sehr häufig waren, und nicht
allein in Persien, sondern auch in Griechenland und
andern auswärtigen Staaten, zur Zeit der Blüthe der
persischen Monarchie, namentlich bei der Rückkehr der
Hebräer aus der babylonischen Gefangenschaft, Curs

---

[66]) Eckhel (T. III. p. 553) und Schimko (P. I. p. 24) nennen
die Dariken ebenfalls höchst selten; letzterer schätzt eine auf fünf-
hundert Franken, und sagt, dass er in den berühmtesten Museen
Europa's in Allem zusammen nur 9 oder 10 kenne. Mionnet
(Suppl. T. VIII. p. 422) versichert dagegen, dass die bis zu Anfang
unseres Jahrhunderts sehr seltenen Dariken gegen das Jahr 1837
geworden wären „tres frequents dans les Cabinets." Aber ich
vermuthe, dass in diesen Worten des französischen Numismatikers
einige Uebertreibung herrscht. [Die Mionnet'sche Angabe hat ihre
vollkommene Richtigkeit. Die Münzhändler verkaufen die goldenen
Dariken gegenwärtig zu Preisen von 40 bis 200 Franken. Man
trifft daher auch die Dariken in allen bedeutenderen Sammlungen
nicht mehr so selten. Vorzüglich reich an Dariken soll die Sammlung des russischen General-Consuls Ivanoff in Smyrna sein.]

hatten, so erklärt sich ihre vielfache Erwähnung in den folgenden Stellen der heiligen Schrift aus jener Zeit:

1 B. d. Chron. XXIX, 7: *Dederuntque in opera domus Dei auri talenta quinque millia, et solidos decem millia* (hebr. *Adarkonim,* אֲדַרְכּוֹנִים; gr. χρυσοῦς): „Und gaben zum. Amt im Hause Gottes fünftausend Centner Gold und zehntausend Gülden."

Esra II, 69: *Secundum vires suas dederunt impensas operis auri solidos sexaginta millia et mille* (hebr. *Darkemonim,* דַּרְכְּמוֹנִים; gr. χρυσίον καθαρὸν μναῖ; Cod. Alex. χρυσίου δραχμάς): „Und gaben nach ihrem Vermögen zum Schatz ans Werk einundsechzigtausend Gülden."

Esra VIII, 27: *Et crateres aureos viginti, qui habebant solidos millenos* (hebr. *Adarkonim,* אֲדַרְכּוֹנִים; gr. χρυσοῖ εἰς τὴν ὁδὸν χίλιοι; Cod. Alex. εἰς τὴν ὁδὸν δραχμῶν χίλιοι): „Zwanzig goldene Becher, die hatten tausend Gülden."

Nehemia VII, 70—72: *Athersatha dedit in thesaurum auri drachmas mille* (hebr. *Darkemonim,* דַּרְכְּמוֹנִים; gr. χρυσοῦς χιλίους). *Et de principibus familiarum dederunt in thesaurum operis, auri drachmas viginti millia* (hebr. *Darkemonim,* דַּרְכְּמוֹנִים; gr. χρυσοῦ νομίσματος δύο μυριάδας). *Et quod dedit reliquus populus, auri drachmas viginti millia* (hebr. *Darkemonim,* דַּרְכְּמוֹנִים; gr. χρυσίου δύο μυριάδας): „Hathhirsatha gab zum Schatz tausend Gülden. Und etliche oberste Väter gaben zum Schatz ans Werk zwanzigtausend Gülden. Und das andere Volk gab zwanzigtausend Gülden."

Das Vorhergesagte giebt den. Grund des hebräischen Wortes *Darkon, Darkemon,* דַּרְכּוֹן, דַּרְכְּמוֹן, und *Adarkon, Adarkemon,* אֲדַרְכּוֹן, אֲדַרְכְּמוֹן, mit dem Aleph prostheticum, an die Hand; nämlich die Ableitung von dem persischen Worte, ebenso wie das entsprechende griechische Wort Δαρεικός. Es bleibt uns jetzt noch Einiges zu sagen über die verschiedenen griechischen und lateinischen Worte, welche in der alexandrinischen Uebersetzung und der Vulgata des heiligen Hieronymus, als den erwähnten Worten des hebräischen Textes entsprechend, gebraucht sind. Das griechische Wort Χρυσοῦς (*Aureus*), wobei στατήρ zu subintelligiren, bedarf einer weiteren Erklärung nicht. Das Wort Δραχμή (und ebenso das lateinische *Drachma*) bezeichnet eine Darike in Rücksicht auf ihr Gewicht von zwei Golddrachmen, denn es ist bekannt, dass die alexandrinische Drachme zwei attischen Drachmen gleich war (Schimko, P. L. p. 16). Die Eigenthümlichkeit der andern Benennung δραχμαὶ εἰς τὴν ὁδόν scheint davon abgeleitet, dass, wer auf eine weite Reise sich begab, um nicht allzu sehr beschwert zu sein, Drachmen oder andere Münzen von Gold bei sich trug (Schimko, P. I. p. 12) [67]). Eine nicht geringe Schwierigkeit bietet das Wort Μνᾶ, welches nach dem vaticanischen Codex im Buche Esra (II, 69), wie im apocryphischen 3 B. Esra (Cap. V, 45) in der Bedeutung einer Darike gebraucht

---

[67]) Und dieses bestätigt die Vergleichung des interessanten griechisch-ägyptischen Papyrus, erläutert von Letronne (Journ. des Savants 1833, p. 329), welcher die Belohnung anzeigt, die demjenigen verheissen war, welcher seinem Herrn einen flüchtigen Sklaven wieder zurückführte, der unter Mitnahme eines Gürtels entlaufen war, in welchem enthalten: χρυσίου ἐπισήμου μναιαῖα (νομίσματα) γ; d. h. drei Geldstücke, jedes im Werth einer Mine, die auch aus einem andern Grunde (s. Note 68, 69) „Minen" genannt wurden. Die Erheber der Tempel-Abgabe in den Provinzen konnten behuf des bequemeren Transports die Silbermünzen gegen Golddenare verwechseln (Maimon. Const. de Siclis, II, 4; vgl. Cic. pro Flacco, 28), daher der lateinische Ausdruck *aurum Judaicum*.

ist. Der gelehrte Schimko hebt diese Schwierigkeit zum Theil, indem er in Hinblick auf eine Stelle des Pollux (Onom. IX, 57), des Flavius Josephus (Ant. Jud. II, 3, 3) und des Plautus (Rudens, Act. V. Sc. II. v. 27) nachweiset, dass μνᾶ eine dem Stater gleichkommende Goldmünze genannt wurde, wenn auch aus den angeführten Stellen der Grund dieser Benennung nicht genau erhellet [68]).

Der heilige Hieronymus übersetzt das Wort *Darko-nim,* דַּרְכּוֹנִים, bald durch das griechische Δραχμή, bald durch das lateinische *Solidi.* Bei dem Gebrauch des ersten dieser Worte ist er den LXX gefolgt, welche die Dariken Δραχμάς nannten, in Rücksicht auf ihr Gewicht von zwei attischen Drachmen, gleich einer alexandrinischen Drachme; oder er war der Ansicht, dass das hebräische Wort *Darkemoṅ,* דַּרְכְּמוֹן, nichts Anderes als eine Modification des griechischen Δραχμή sei, wie auch unter den Neueren einige Gelehrte glauben (vgl. Gesenius, Thesaur. p. 353). Indem er ferner das lateinische Wort *Solidus* anwendet, scheint er sich mehr nach dem allgemeinen Verständniss seiner Leser gerichtet zu haben,

---

[68]) Er glaubt beinahe jede Schwierigkeit zu heben, indem er andere Stellen anführt, welche das Talent drei Aureis gleichstellen (Polluc. Onom. IV, 173; IX, 53; Etym. M. v. Τάλαντον); aber trotzdem bleibt der Grund dieser Benennung nicht genügend aufgeklärt. Arsinoe, Gemahlin des Ptolemaeus Philopater, versprach, um die Truppen zum tapferen Kampfe anzuspornen, jedem siegreichen Soldaten δύο μνᾶς χρυσίου (3 Makkab. I, 4). Diese zwei Minen, oder vielmehr Goldstateren, jeder im Gewicht von zwei Drachmen, konnten zwei vierfache Stateren im Gewicht von acht Golddrachmen sein (vgl. Hesych. v. Τετραστάτηρον τὴν τετράμνουν), gleich 200 Drachmen oder zwei Minen Silber (Journ. des Savants, 1833, p. 340). Herodes der Grosse belohnte seine siegreiche Armee, indem er jedem Soldaten 150 Drachmen gab (Flav. Jos. Ant. Jud. XIV, 15, 4). [Eine Bestätigung der Ansicht des Verfassers liefert Boeckh, Metrol. Unters. S. 155 fg.]

denn zu seiner Zeit ward *Solidus* die grösste cursirende Goldmünze genannt, welche übrigens an Gewicht und Werth bedeutend unter der Darike stand [69]). Und in der That erzählt der heilige Hieronymus in seinem Briefe an Eustochia (Oper. T. I. Epist. XXII, 33), wie ein Mönch von Nitria, *parcior magis quam avarior, centum solidos, quos linum texendo adquisierat, moriens dereliquit,* und wie der heilige Macarius, um Anderen ein feierliches Beispiel zu geben, dies Gold mit ihm begraben liess, woher es gekommen, dass *tantus cunctos per totam Aegyptum terror invasit, ut unum solidum dimisisse sit criminis* [70]).

---

[69]) *Solidi praecipuum fuit in re monetaria inferiore nomen, non modo quod numus aureus fuit, maximique in moneta aurea ponderis, sed etiam quia, ut olim in sestertiis, ita nunc in solidis omnis ratio pecuniaria peragi coepit. Nomen haud dubie tulit a partibus, quas continuit, ut revera Lampridius semisses et tremisses aureos, tamquam solidi partes memorat* (Eckhel, T. VIII. p. 511). Die Solidi von Gold, welche zur Zeit des heiligen Hieronymus in Umlauf waren, und in grosser Anzahl in den Cabinetten aufbewahrt werden, wiegen so viel wie ein ungarischer Ducat und 12 Gran (Eckhel, T. VIII. p. 512. 515. 516). [Der Solidus von und nach Constantin, $1/72$ römisches Pfund, hat das Normalgewicht von 4.55 Grammen und einen Metallwerth von 3 Thlr. 29 Sgr. 2 Pf. Mommsen, Ueber den Verfall des römischen Münzwesens, S. 318.] Der heilige Hieronymus konnte, um sich dem allgemeinen Verständnisse anzupassen, Dariken *Solidi* nennen, obgleich jene bedeutend schwerer waren als diese, gleichwie auch alte Profan-Schriftsteller das griechische Wort Δραχμή durch das lateinische *Denarius* wiedergeben, obgleich dieser etwas geringer als jener war (vgl. Letronne, Cons. p. 97. 98).

[70]) Aehnlich übersetzt Ruffinus, Zeitgenosse und Nebenbuhler des heiligen Hieronymus, die Worte Strabo's: ἐκ χρυσῶν τετρακισχιλίων mit *quatuor millia solidorum* (bei Flav. Jos. Ant. Jud. XIV, 3, 1), um allgemein verständlich zu werden, ohne auf den bedeutenden Unterschied zwischen einem Solidus aureus seiner Zeit und dem Aureus oder alten Stater der Zeiten Pompejus des Grossen Rücksicht zu nehmen (vgl. Bayer, p. 214). [Dieser Grund erklärt

Uebrigens liefert die Erwähnung der Dariken an vielen Stellen der Bücher Esra, Nehemia, und der Chroniken, welche wahrscheinlich ebenfalls von demselben Esra geschrieben sind, einen deutlichen Beweis für die Falschheit der Meinung der Rationalisten, welche die Anfertigung dieser Bücher in die Zeit Alexanders des Grossen oder auch der Makkabäer setzen; denn zu jener Zeit, nach dem Falle der persischen Monarchie, waren Dariken kaum noch in Curs, wohl aber die goldenen Stateren Alexanders, welche in grosser Menge aus dem Golde und aus Dariken des königlichen Schatzes in Susa und andern Hauptstädten der persischen Monarchie geprägt wurden (Diodor. XVII, 66; Arrian. Exped. Alex. III, 16; vgl. Eckhel, T. III. p. 553; Visconti, Icon. Gr. P. II. p. 70, ed. Milan.) [71]).

auch genugsam, warum Luther in seiner Uebersetzung ziemlich willkürlich sich der zu seiner Zeit üblichen Münz-Benennungen bedient, wobei übrigens nicht zu vergessen ist, dass „Gülden" Goldgulden sind.]

[71]) Nachdem ich diese Bemerkung gemacht habe, sehe ich, dass sie auch vom Professor Ghiringhello (de Libris Hist. V. Test. p. 354. 431) angedeutet ist, welcher bei Erörterung des Alters der Bücher der Chronica (*Paralipomena*), die er mit Recht Esra beimisst, schreibt: *ante Artaxerxis excessum compositam* (*narrationem*) *probant tum solidorum* (**Adarkonim**, *Daricorum*) *mentio, qui post Alexandrum Magnum, Graecis numis per totam Asiam invalescentibus* (*Tobiae V. 15 gr. vers., II Maccab. XII, 43*) *obsoleverunt; tum ordinalia mensium nomina, etc.* Arrianus (l. c.) erzählt, wie Alexander nach Erlangung der Schätze von Susa an Menes (Präfect von Syrien, Phönicien und Cilicien) dreitausend Talente Silbers gegeben habe, um sie an die See zu bringen, und dem Antipater aufzutragen, daraus so viel Geld zu prägen, als er zum Zweck des Krieges gegen die Lacedämonier nöthig finden würde. Dasselbe wird auch mit dem ungeprägten und gemünzten Golde jener Schätze geschehen sein. [Nach Mischn. Shekal, 2, 4, ward die Darike selbst als Tempel-Stater (statt des heiligen Sekel) zugelassen; vgl. Winer, Bibl. Realwörterb. 2 Aufl. Th. I. S. 291.]

§. 2. Griechische Münzen, welche in dem alten und neuen Testamente erwähnt werden.

Die in den heiligen Schriften erwähnten griechischen Münzen sind die Drachme, Δραχμή, die Didrachme, Δίδραχμον, und der Stater, Στατήρ, oder die Tetradrachme, Τετράδραχμον. Die Bibelausleger pflegen grösstentheils attische Münzen oder doch Gewicht und Werth der attischen Münzen anzunehmen; aber die Aequivalirung ihres Gewichtes und Werthes muss mit Rücksicht auf die verschiedenen Zeiten und Orte, auf welche die Worte der heiligen Schrift sich beziehen, verschieden sein. Es wird übrigens erforderlich, die verschiedenen Bibelstellen anzuführen, in denen griechische Münzen erwähnt sind, an welche gemeinschaftlich eine Untersuchung der Arten und des Werthes sich knüpfen wird [72].

---

[72] Die Stellen der alexandrinischen Uebersetzung, wo mit griechischen Worten hebräische und persische Münzen bezeichnet sind, habe ich weggelassen. Uebrigens will ich eine bemerkenswerthe Stelle der griechischen Uebersetzung des Buchs Tobiä (Tob. V, 14) hervorheben, wo jener fromme Israelit dem Reisegefährten seines jungen Sohnes ausser Kost und andern nothwendigen Dingen einen täglichen Lohn von einer Drachme, δραχμὴν τῆς ἡμέρας, verspricht. Der in einer bedeutend späteren Zeit schreibende Verfasser jener Uebersetzung bediente sich des griechischen Worts δραχμή einfach aus Unachtsamkeit, oder nach Art einer Vergleichung. — Sehr schwer ist es, einen Grund für den Gebrauch des Worts τετράδραχμον anzugeben, womit in der alexandrinischen Uebersetzung das hebräische Nezem, נֶזֶם, wiedergegeben ist; Letzteres scheint einen Ohrring oder goldenen Ring zu bezeichnen, welcher im Orient von den Frauenzimmern, sonst wie noch jetzt, von der Nase herabhängend oder auf der Stirn getragen wird. Aus der Vergleichung der Glossen Σίγλαι · ἐνώτια und Σίκλαι · ἐνώτια (Hesych.), und indem man anderweitig weiss, dass der Sekel, σίκλος, σίγλος, einer Tetradrachme an Werth gleichgekommen sei, kann man jedoch muthmassen, dass die alexandrinischen Ausleger mit dem Worte τετράδραχμον einen Goldring zu bezeichnen beabsichtigt

Im griechischen Texte des zweiten Buchs der Makkabäer (IV, 19) steht, dass der gottlose Iason, Einwohner
von Antiochia, von Jerusalem nach Tyrus geschrieben
habe, θεωρούς παραχομίζοντας ἀργυρίου δραχμὰς τριαχοσίας
εἰς τὴν τοῦ Ἡρακλέους θυσίαν, — *theoros portantes argenti
drachmas CCC in sacrificium Herculis,* — „und schickte
mit ihnen drey hundert Drachmas, dass man dem Her-
culi davon opferte" [73]). In demselben Buche (X, 20)
wird erzählt, dass Simeon, von Judas Makkabaeus mit
Andern zur Belagerung der beiden Thürme, wohin ein

---

haben, wie er als Schmuck der Ohren oder Nasen der Damen jener
Zeit, im Gewicht von vier alexandrinischen oder acht attischen
Drachmen, üblich war (vgl. C. I. Gr. T. III. p. 299 b.). Ich vermag nicht zu sagen, ob diese Erklärung auch Licht werfen kann
auf ΤΕΤΡΑΔΡΑΧΜΟΝ ΧΡΥΣΟΥΝ im Gewicht von sieben Drachmen zwei und einem halben Obol, erwähnt bei frommen Schen-
kungen in einer attischen Inschrift, welche älter ist als die vierund-
neunzigste Olympiade (Rangabé, Ant. Hellen. T. I. p. 125. 157).

Vom λεπτόν, *minutum*, ist schon oben die Rede gewesen (Note 54).
In dem Texte des Evangelisten Johannes (Ev. XIX, 39): *ferens mix-
turam myrrhae et aloes, quasi libras centum,* — ὡς λίτρας ἑκατόν
(Luther: „bei hundert Pfunden"), haben einige Erklärer das griechische Wort λίτρα in der Bedeutung von „Geld" aufgefasst. Aber
hier, gleich wie in einer andern Stelle des Evangelisten (Joh. XII, 3)
bedeutet λίτρα ein Pfund Gewicht, und nicht etwa eine Art kleiner
Münze, nämlich soviel wie einen Obol oder den sechsten Theil
einer äginetischen Drachme (Pollux, IV, 24). Denn wenn der heilige Johannes von Geld hätte sprechen wollen, so würde er λιτρῶν,
nicht λίτρας geschrieben haben, zu geschweigen, dass ein so geringer Preis jener Gewürze nicht erwähnt zu werden verdient hätte.
Demnach haben die Vulgata [und Luther] richtig übersetzt.

[73]) Im vorhergehenden 18ten Verse ist gesagt: *Cum autem quinquennalis agon. Tyri celebraretur.* Auf den Münzen von Tyrus begegnet man den Spielen ΗΡΑΚΛΙΑ, Heraclia, bis unter Gallienus
(Mionnet, Descr. Nr. 661. 668. 694. 756. 762; vgl. 706). Dass dieses
ein *agon quinquennalis* gewesen, bestätigt die Vergleichung mit den
fünfjährigen Spielen des Hercules zu Tarsus (R. Rochette, Hercule
Assyr. p. 181).

Theil der Feinde geflohen war, zurückgelassen, durch Habgier sich verleiten liess; ἑπτάκις δὲ μυριάδας δραχμὰς λαβόντες, εἰασάν τινας διαρρυῆναι, — *et septuaginta millibus drachmis acceptis, dimiserunt quosdam effugere,* — „und nahmen fünfunddreissig tausend Gülden von ihnen, und liessen sie davon kommen.“ — Nach Erringung bedeutender Siege erhob Judas Makkabaeus eine fromme Steuer für die auf dem Schlachtfelde Gebliebenen, und schickte nach Jerusalem (XII, 43) κατασκευάσματα εἰς ἀργυρίου δραχμὰς δισχιλίας (Vulgata: *duodecim millia drachmas argenti;* Luther: „zwei tausend Drachmen Silber“), um sie zu einem Sühnopfer für die Verstorbenen darzubieten. Es ist ziemlich gewiss, dass in allen diesen drei Stellen nicht von attischen, sondern von phönicischen Drachmen die Rede ist, welche von etwas geringerem Gewicht und Werth waren (s. oben Note 25).

Auch die Drachme in dem schönen evangelischen Gleichniss (Luc. XV, 8. 9) halte ich für eine phönicische Drachme, einem römischen Denar unter Augustus oder Tiberius fast völlig gleich, und etwa 80 Centesimi der heutigen italienischen Lira [oder 6 Sgr. 6 Pf.] werth [74]).

---

[74]) *Aut quae mulier habens drachmas decem si perdiderit drachmam unam, nonne accendit lucernam, et everrit domum, et quaerit diligenter, donec inveniat? Et cum invenerit, convocat amicas et vicinas, dicens: „Congratulamini mihi, quia inveni drachmam, quam perdideram“* („Oder, welches Weib ist, die zehn Groschen hat, so sie der einen verlieret, die nicht ein Licht anzünde, und kehre das Haus und suche mit Fleiss, bis dass sie ihn finde? Und wenn sie ihn gefunden hat, ruft sie ihre Freundinnen und Nachbarinnen, und spricht: Freuet euch mit mir, denn ich habe meinen Groschen gefunden, den ich verloren hatte“). In jener Zeit war eine Silber-Drachme keine unbedeutende Sache für eine geringe Frau. Sollte Jemandem ein solches Geldstück dem Kummer jener Frau gegenüber zu geringfügig erscheinen, so könnte man an eine Gold-Drachme denken, wie sie im benachbarten Aegypten von den Pto-

Auch die im Evangelium (Matth. XVII, 24. 27) erwähnte Didrachme und der Stater sind nur Mehrheiten der griechisch-phönicischen Drachme. Jesus Christus kam etwa einen Monat vor seinem Leiden nach Capernaum, wo er als seinen gewöhnlichen Aufenthalt habend angesehen wurde; und hier war es, wo die Erheber der Didrachme oder des halben Sekels, welcher zum Besten des Tempels gerade in jener Jahreszeit bezahlt zu werden pflegte [75]), Petrus anredeten, ihm sagend: „Zahlet euer Meister nicht die Didrachme?“ Und er antwortete: „Ja.“ Der Herr, der Forderung des Petrus zuvorkommend, befiehlt ihm, an das benachbarte Meer zu gehen, die Angel zu werfen und den ersten Fisch, den er fangen werde, zu nehmen; in dessen Munde werde er einen Stater finden. Er fügt hinzu: „Denselben nimm, und gieb ihn für mich und dich.“ Dieser, wenn auch wunderbare Stater musste eine wohlbekannte Münze sein, welche in Palästina zur Zeit des Kaisers Tiberius Curs hatte,

---

lemäern im Gewicht von etwa 65 pariser Gran, und im Werth von 12½ Silber-Drachmen ausgeprägt wurden (Letronne, Journ. des Savants 1833, p. 336. 340).

[75]) Am ersten Tage des Adar (des letzten Monats des heiligen Jahres) wurden die Israeliten benachrichtigt, dass sie das gesetzliche Opfer des Semisiclus zahlen müssten, und am 15ten Tage desselben Monats sassen die Einnehmer in jeder Stadt an ihrem Tische, auf zwei Geldgefässe hinweisend, und Alle einladend zu bezahlen, ohne Jemanden zu zwingen (Mischnà, tract. *Schekalim;* Maimon. Const. de Siclis, cap. II, 1); hieraus erhellet der Grund, weshalb die Anfrage so bescheiden lautete: „Zahlet euer Meister nicht die Didrachme?“ Kurze Zeit, bevor der Erlöser durch die Hand seines Apostels Petrus den Stater bezahlen liess, hatte er mit seinen Schülern eine Unterredung über sein nahes Leiden und seinen Tod gehabt, und in der That litt er einen Monat nachher, nämlich in der Mitte des Monats Nisan (vgl. Lamy, Harmon. Evangel. p. 373). Uebrigens nennt auch Flavius Josephus die Tempelabgabe τὸ δίδραχμον (Ant. Jud. XVIII, 9, 1).

7*

und zwei Didrachmen oder halben Sekeln gleichkam [76]),
wenn sie von den Erhebern der Abgabe der Didrachme
als gut und gültig sollte angenommen werden. Anstatt
- eines der verringerten Stateren der letzten Könige von
Syrien, denke ich, wird er mit einem der schönen und
vollwichtigen Stateren oder Tetradrachmen von Antiochia
in Syrien gezahlt haben, welche zuerst unter Kaiser Augustus daselbst geprägt wurden (Eckhel, T. III. p. 287;
vgl. T. I. p. xxv) und welche auch in Judäa Curs haben
mussten, da dasselbe der syrischen Provinz beigelegt
war. Diese Tetradrachmen überschreiten das Gewicht
der jüdischen Sekel um 10 oder mehre Gran (Mionnet,
Poids p. 186. 192); dieses Mehr des Gewichts ward durch
das Agio ausgeglichen, welches die Wechsler von demjenigen forderten, der einen wirklichen Sekel dem Tempel darbringen wollte [77]).

---

[76]) Die Didrachmen der Seleuciden und Lagiden sind äusserst
selten, noch mehr aber die Semisicli von Simeon Makkabaeus;
diese und die Silbermünzen von Antiochia unter den ersten Kaisern
sind sämmtlich vom Gewicht eines Stater. Hieraus ergiebt sich
deutlich der Grund, warum der Herr einen Stater in die Hand des
Petrus gelangen liess, um die Abgabe der zwei Didrachmen zu
bezahlen. Ferner machte die Seltenheit der Semisiclen und Didrachmen die Gegenwart von Wechslern bei dem Tempel nothwendig, für diejenigen, welche nur einen halben Sekel zu geben
hatten, und etwa einen ganzen Sekel oder Stater bei sich führten
(vgl. Lamy, Harmon. Evang. p. 207; Maimon. Const. de Siclis, cap. III, 1).
Der Collybus, oder das Agio, welches für das Wechseln dem Ban-
quier gegeben werden musste, war ein Semiobolus, oder der vier-
undzwanzigste Theil des Werthes eines Semisiclus (Maimon. l. c.
§. 7), welches Verhältniss etwa $5/100$ entspricht.

[77]) Ich will mich übrigens nicht widersetzen, wenn Jemand die
Meinung vorziehen sollte, dass jene Wunder-Münze ein wirklicher
Sekel gewesen sei, welcher in der griechischen Uebersetzung des
ursprünglich von Matthäus in hebräischer Sprache geschriebenen
Evangelii στατήρ genannt werden konnte, denn nach Angabe des

Von griechischen Münzen, namentlich ephesischen Drachmen ist die Rede in der bemerkenswerthen Stelle der Apostelgeschichte, wo die Früchte der Predigt und der Wunder des Heiden-Apostels in Ephesus im Jahre Roms 808, 55 nach Chr., erzählt werden (Apostelgesch. XIX, 19): *Multi autem ex eis, qui fuerant curiosa sectati*[78]), *contulerunt libros, et combusserunt coram omnibus; et computatis pretiis illorum, invenerunt pecuniam denariorum quinquaginta millium* ("Viele aber, die da fürwitzige Künste getrieben hatten, brachten die Bücher zusammen, und verbrannten sie öffentlich, und überrechneten, was sie werth waren, und fanden des Geldes funfzig tausend Groschen"). Der Verfasser der Vulgata konnte mit vollem Rechte das lateinische Wort *denariorum* setzen, weil in jener Zeit die gewöhnliche griechische Drachme dem römischen Kaiser-Denar gleich oder doch fast gleich war (Letronne, Consider. p. 56. 57. 127). Im griechischen Texte wird gesagt: ἀργυρίου μυριάδες πέντε, — *argenti myriades quinque;* bei dieser elliptischen Sprache ist ein Wort hinzuzudenken, welches nach dem Sprachgebrauch jener Zeit und jenes Orts die allgemeine und gewöhnliche Rechnungsmünze ausdrückt, welche in Ephesus ohne Zweifel die Drachme war. Zur Bestätigung des Gesagten dienen die in den Sammlungen aufbewahrten von Nero in Ephesus geprägten Silbermünzen, welche sich durch die Werth-

heiligen Hieronymus (in Ezechiel. XLV, 12) *siclus, qui graece dicitur* στατήρ, *viginti habet obolos.*

[78]) Der griechische Text hat τὰ περίεργα πραξάντων, welche Worte, ebenso wie das lateinische *curiosa sectati* auf die dem magischen und astrologischen Aberglauben Ergebenen bezogen werden müssen, welcher in Ephesus und dem benachbarten Milet so bedeutend überhand genommen hatte (vgl. Eckhel, T. VIII. p. 317; Visconti, Oper. var. P. III. p. 333; Corpus Inscr. Gr. Nr. 2895).

bezeichnung ΔΡΑΧΜΗ, ΔΙΔΡΑΧΜΟΝ auszeichnen und
als vor dem Jahre Roms 808 geprägt angenommen werden können (Mionnet, Suppl. T. VI. p. 128. Nr. 332 sqq.).
Aehnlich ist auf dem berühmten ancyranischen Monument
des Augustus elliptisch geschrieben: ΕΞ ΜΥΡΙΑΔΕΣ ΜΥ-
ΡΙΑΔΩΝ (δραχμῶν) (Corp. I. Gr. Nr. 4040; vgl. Nr. 3971).

§. 3. Römische, in dem neuen Testamente-erwähnte Münzen.

Die römischen Silbermünzen waren seit der frühesten
Zeit des Kaiserreichs theils durch den Handel, theils
durch andere Ursachen schon bis zu den entlegensten
Gegenden des Orients verbreitet [79]. Als Augustus die
Herrschaft des römischen Weltkreises übernahm, verord-
nete er auf den Rath des Maecenas, dass in allen Provinzen Gewicht, Mass und Münze denen von Rom gleich

---

[79] Vor mehreren Jahren ward in einem alten Tope oder Grab-
hügel zu Manikyala in Indien, zusammen mit einigen andern Münzen jener Gegenden, ein silberner Cylinder entdeckt, welcher sieben
römische Familien-Denare, alle aus der letzten Zeit der Republik
und aus den ersten Jahren des Triumvirats, enthielt (R. Rochette,
Journ. des Savants 1836, p. 70 et suiv.). Diese Thatsache erläutert
eine Mittheilung des unter M. Aurel lebenden Arrian, dass in Bary-
gaza, einer indischen Handelsstadt, ausser andern fremden Waaren,
Gold- und Silber-Denare eingeführt würden (δηνάριον χρυσοῦν καὶ
ἀργυροῦν), die dann mit grossem Gewinn gegen Münzen jener Gegenden vertauscht würden (Arrian, Peripl. Eryth. p. 28, ed. Huds.;
vgl. Letronne, Consid. p. 122). Einige von gelehrten Reisenden auf
der Insel Elephantine gesammelte Scherben von antiker Töpfer-
arbeit aus der Zeit Trajan's, welche als in griechischer Cursiv-
schrift ausgestellte Quittungen dienten, nennen zugleich mit den
Drachmen die *Assaria* (Corp. Inscr. Gr. Nr. 4866 sqq.); dieses zeigt,
dass die Drachmen dem römischen Denar gleich waren, d. h.
sechzehn As, und dass die Rechnung nach römischem Gelde sich
bis zu den äussersten Gränzen Aegyptens erstreckte.

sein sollten (Dio, LII, 30) [80]). Und Cosmas Indopleustes (s. Eckhel, T. I. p. VI) bezeugt es, dass in der That der Handelsverkehr bei allen Völkern durch römisches Geld vermittelt wurde: ἐν τῷ νομίσματι ᾿Ρωμαίων ἐμπορεύονται πάντα τὰ ἔθνη. Was hiernach insbesondere Judäa anbetrifft, so haben wir ausser den hernach anzuführenden Stellen der Evangelien Denare von Galba und Trajan, welche unter Hadrian durch Barcocheba übergeprägt sind (s. oben Note 14) und es bestätigen, dass diese römischen Münzen in Palästina sehr gangbar waren.

Die in den Evangelien erwähnten römischen Münzen sind der Denar in Silber, der As, der Dupondius und der Quadrans in Bronze. Das ursprüngliche römische Geld war gewogene Bronze, *aes grave;* weshalb auch noch nach Einführung der Silber- und Goldmünzen das lateinische Wort *aes, aera* „Geld" im Allgemeinen bedeutete. Deshalb bedeutet in der Vulgata (Luc. XXI, 2) *aera minuta duo* zwei kleine Geldstücke. Der As [81]), Assis,

---

[80]) Dass die römischen oder italischen Gewichte wirklich in den griechischen Ländern in Gebrauch gesetzt wurden, bezeugt das im Kircher'schen Museum aufbewahrte alte zweipfündige Probegewicht in Blei (Secchi, Camp. di una Bilibra, p. 27. 28) mit der Aufschrift ΔΙΛΕΙΤΡΟΝ ΙΤΑΛΙΚΟΝ. Der Grund, dieses Normalgewicht zweipfündig, und nicht einpfündig zu machen, muss wahrscheinlich aus der Uebereinstimmung der römischen Bilibra mit dem griechischen χοῖνιξ (vgl. Offenbar. Joh. VI, 6) hergeleitet werden. Dasselbe gilt auch von dem Gewicht von Chios mit der Inschrift ΔΥΟ ΜΝΑΙ (Eckhel, T. I. p. XXXIX).

[81]) Einige waren der Meinung, dass das lateinische Wort *as* von *aes* unter Elision des Vocals *e* abstamme; aber ich sehe nicht ab, wie aus dem Genitiv *aeris* sodann der völlig verschiedene Genitiv *assis* gebildet werden könne. Da man *assis* auch als Nominativ findet, so könnte man annehmen, *As* sei eine Abkürzung von *assis*, welches in seiner ursprünglichen Bedeutung eines Brettes (ital. *asse*) oder einer Tafel von Holz übertragen sei, um ein einpfündiges Stück Bronze in viereckiger Gestalt zu bezeichnen, wie

welcher Anfangs einpfündig war und synonym mit
Libra und Pondus, ward während des ersten punischen
Krieges in Folge der Noth des öffentlichen Schatzes
sextantarisch, oder vom Gewicht von 2 Unzen; im Laufe
des zweiten punischen Krieges ward er unzial, und hernach zur Zeit des Marsischen Krieges im Jahre Roms
665 semiunzial (s. Eckhel, T. V. p. 6; vgl. meinen
Append. p. 141; Giorn. Arcad. T. XLI. p. 124). Manche
nehmen an, dass bei Lebzeiten unsers Herrn Christus
der römische As überall semiunzial gewesen sei (Ackermann, Archaeol. §. 117); aber es ist jetzt bekannt, dass
der kaiserliche As seit der Zeit des August auf das
geringe Gewicht einer Viertel-Unze reducirt war (vgl.
oben Note 52). Der römische As war daher zu den
Zeiten der Verfasser der heiligen Schriften des neuen
Testaments auf den 48sten Theil seines ursprünglichen
Gewichts heruntergesetzt [82]. Wenn der As damals nicht
mehr als ein Viertel einer römischen Unze wog, so folgt
daraus, dass der Dupondius oder die Münze im Werth
von zwei As semiunzial gewesen, und dass der Quadrans
oder die geringfügigste Münze, ein Viertel des As, nicht
mehr als das Sechzehntel der römischen Unze gewogen
habe (vgl. oben die Noten 55—59).

---

in der That die ursprünglichen römischen Münzen waren, indem
sie gerade die Form eines kleinen viereckigen Täfelchens (*assis*)
hatten (Eckhel, T. I. p. 86).

[82] Es scheint, dass später das Gewicht des As noch mehr sich
verringert habe, wenigstens in den Münzstätten der griechischen
Städte, indem die Münzen von Chios mit der Werthbezeichnung
ACCAPIA TPIA in ihrem Gewichte von 18 bis zu 13 Grammen
variiren (Mus. Atest.). Vorausgesetzt, dass die Letzteren in unver-
sehrtem Zustande 15 Grammen gewogen hätten, würde das damalige
As nur 5 Grammen gehabt haben, während es zu den Zeiten des
Augustus etwa 8 Grammen hatte (vgl. Note 94).

Der Silber-Denar, welcher zum ersten Male im Jahre
Roms 485, fünf Jahre vor dem ersten punischen Kriege,
geprägt wurde (s. Eckhel, T. V. p. 16; Borghesi, Decad.
XVII, 3), erhielt seinen Namen von seinem Werthe, welcher dem von zehn Assen entsprach, weshalb er mit dem
Zeichen dieses seines Werthes $\overline{X}$ versehen ist. Später,
im Jahre Roms 537, ward er wegen der Bedürfnisse des
Staatsschatzes während des Krieges mit Hannibal auf den
Werth von 16 As gebracht, und hierbei ward er hernach beständig belassen, obgleich man beständig fortfuhr,
ihn uneigentlich *Denarius* zu benennen [83]. Die Denare
von Augustus und Tiberius, welche zur Zeit unseres
Herrn Christus in Palästina cursirten, waren von etwas
geringerem Gewicht als die Denare aus der Zeit der
Republik, welche einen innern Werth von 78—79 Centesimi der italienischen Lira haben [etwa 6 Sgr. 6 Pf.] (vgl.
Letronne, Consider. p. 85). Sie waren sämmtlich mit dem
Namen und den Titeln der regierenden Kaiser versehen
und trugen fast ohne Ausnahme das Gepräge seines Bildnisses oder anderer Personen des kaiserlichen Hauses,
weil Octavian, als er die Regierung übernahm, sich das

---

[83] Einige Ausleger der heiligen Schrift (vgl. Schleusner, Lexic.
N. Test. v. Ἀσσάριον, Δηνάριον) sind der irrigen Meinung, dass der
Denar zur Zeit der Apostel 10 As werth, so wie, dass damals der
As der zehnte Theil des römischen Denars und der griechischen
Drachme gewesen sei. Das lateinische Wort *denarius* hatte zu
jener Zeit nur in der militairischen Sprache die Bedeutung von
zehn Assen, weil der tägliche Sold des römischen Soldaten um
das Jahr 703 zehn As war (Tacit. Annal. I, 17): *Et in militari
stipendio denarius pro decem assibus semper datus* (Plin. XXXIII, 3;
vgl. Letronne, Consider. p. 27. 28). Von demselben Irrthum scheint
auch der heilige Hieronymus befangen gewesen zu sein, wenn er sagt:
Denarius genus numi, quod pro decem numis imputabatur (Comm. in
Matth. XXII, 19), wenn er damit nicht etwa die Zeiten der ersten
Ausprägung des Denars bezielen sollte.

Recht, Münzen von Gold und Silber zu prägen, vorbehielt,
während er dem Senat die Ausprägung der Kupfermünzen
überliess (Eckhel, T. I. p. LXXXIII). Hieraus ergiebt sich
der Grund der Frage des Erlösers bei der Gelegenheit,
als er in der Hand einen römischen Denar hielt (Matth.
XXII, 20): *Cujus est imago haec, et superscriptio?*
Dass ein Theil der ungeheuren Menge der in Rom
geprägten Denare und der ihnen entsprechenden griechischen Kaiser-Drachmen auch in Palästina zur Zeit Christi
verbreitet gewesen sei, glaube ich schon durch das früher
Gesagte nachgewiesen zu haben [84]). Deshalb erscheint
die häufige Erwähnung des Denars in den Evangelien
eben so wenig auffallend, als dass die Preise der Waaren,
eben so wie in Rom, nach Denaren berechnet wurden [85]).

---

[84]) Die Einführung des römischen Geldes in Palästina ist dem
thätigen Handel der Juden mit vielen und ausgezeichneten Pro-
ducten ihres fruchtbaren Landes zuzuschreiben, namentlich der
Ausfuhr ausgezeichneten Oels, vortrefflicher Palmenfrüchte und des
Balsams, welcher im ganzen römischen Reiche seines Gleichen
nicht hatte (s. Ackermann, Arch. Bibl. §. 71. 74. 75; Letronne,
Consider. p. 122). Johannes Giscalenus brachte gegen den Anfang
des jüdischen Krieges eine enorme Geldsumme zusammen, indem
er Oel aus Galiläa den in syrischen Bezirken wohnenden Juden
(Flav. Jos. B. Jud. II, 21, 2) um den Preis eines tyrischen Stater
für jede halbe Amphora verkaufte, während er die ganze Amphora
an Ort und Stelle für den Preis einer Drachme eingekauft hatte.

[85]) In Rom bestand zur Zeit August's noch die alte Rechnung
nach Sesterzien; doch fing man auch an, grössere Summen in Denaren zu berechnen, wie das berühmte Denkmal von Ancyra beweist (Col. III zur Linken; vgl. Corp. Inscr. Gr. Nr. 4040. 3971).
Die neue Rechnung nach Denaren gewann auch deshalb die Ober-
hand, weil die Ausprägung des Sesterz in Silber unter Augustus
aufhörte, indem er durch den Sesterz in Bronze erster Grösse (vgl.
Eckhel, T. VI. p. 283) ersetzt wurde, dessen Ausprägung ihren Anfang genommen zu haben scheint behuf Löhnung der Seesoldaten
des Octavianus und des M. Antonius (vgl. Eckhel, T. VI. p. 56;
Bullet. arch. 1848, p. 176).

Als Jesus in der Wüste sich befand, und sah, dass eine grosse Menge zu ihm kam, sagte er zu Philippus: „Woher nehmen wir Brod, um es diesen zu essen zu geben?" Philippus antwortete ihm: „Für zweihundert Denare Brod reicht nicht hin, dass Jeder unter ihnen nur ein wenig nehme." (Joh. VI, 5—7: *Ducentorum denariorum panes non sufficerent eis, ut unusquisque modicum quid accipiat.*) Die Zahl der hungrigen Leute betrug etwa fünftausend; 200 Denare waren gleich 3200 As, so dass von dem Brode, welches für 200 Denare hätte angeschafft werden können, auf den Kopf noch nicht für einen As, sondern wenig mehr als für einen Semis gefallen sein würde [86].

Als Jesus sich ruhend am Tische im Hause des durch ihn vom Tode erweckten Lazarus befand, nahm Maria Magdalena ein Pfund wohlriechender Salbe von unverfälschter Narde, von grossem Werthe, salbete damit seine Füsse, und das Haus ward erfüllet von dem Duft der Salbe. Da sprach Judas Ischarioth, der ihn nachher verrieth: „Warum ist diese Salbe nicht verkauft um dreihundert Denare (Luther sagt „Groschen"), und den Armen gegeben?" (Joh. XII, 3. 5: *Quare hoc unguentum non veniit trecentis denariis, et datum est egenis?*) Man möchte sich vielleicht über den sehr hohen Preis von dreihundert Denaren für ein Pfund Narden-Salbe wundern, so fein und ächt sie auch gewesen sein mag. Aber nach Plinius Zeugniss (Hist. Nat. XIII, 2, 8) betrug der Preis der

---

[86] Der damalige Denar hatte, wie oben gesagt, einen inneren Werth von 78 bis 79 Centesimi, wonach auf jeden von ihnen nur ein Stück Brod zu etwa 3 Centesimi (2 Pfennig) gefallen sein würde (vgl. Boeckh, Staatshaush. der Athen. I, 15. Note 438); vgl. auch unten die Note 106.

Zimmet-Salbe 25 bis 300 Denare: *pretia ei a denariis XXV ad denarios CCC* [87]).

Die Pharisäer schickten ihre Schüler mit Anhängern des Herodes an Jesus ab, damit sie, um ihn in seinen Worten zu fangen, ihm sagten: „Meister, ist es recht dem Kaiser den Zins zu geben oder nicht?" Und Jesus, welcher ihre Bosheit erkannte, sagte: „Warum versucht ihr mich, ihr Heuchler? Zeiget mir die Zinsmünze." Als sie ihm nun einen Denar reichten, sagte er ihnen: „Wessen ist das Bild und die Aufschrift?" Sie sagten ihm [88]): „Des Kaisers." Hierauf sagte er ihnen: „So gebet dem Kaiser, was des Kaisers ist, und Gott, was Gottes ist" (Matth. XXII, 15—21; Lucas XX, 20—25). Einige Ausleger, unter welchen Maldonatus, meinen, dieser Zins sei ganz dasselbe als die Abgabe von zwei Drachmen an den Tempel (Matth. XVII, 27); aber das die Juden zwingende Gesetz zur Zahlung von zwei Drachmen an die Römer für den Tempel des Jupiter Capitolinus ist später als die Zerstörung des Tempels von Jerusalem (Eckhel, T. VI. p. 404. 405). Selbst das lateinische Wort χήνσου, anstatt des griechischen φόρου, zeigt, dass von *census per capita*

---

[87]) Er fährt sodann fort, von der Narden-Salbe zu sprechen, welche ungefähr denselben Preis gehabt haben wird. In Athen kostete nach dem Zeugnisse des Hipparchus und Menander (ap. Athen. XV. p. 691, c) eine Cotyla geschätzter orientalischer Salbe 500 bis 1000 Drachmen. Die Cotyla erreichte nicht einmal das Gewicht eines Pfundes.

[88]) Es ist ein Satz des Maimonides (in tract. Gezaleh cap. 5): *Ubicumque numisma alicujus regis obtinet, illic incolae regem istum pro domino agnoscunt.* Deswegen sagte diese Frage Jesu Christi eben so viel als: „Eure Nachfrage ist gänzlich unnütz und unpassend, wenn ihr selbst durch die That gestehet, Unterthanen des Kaisers und zur Bezahlung des Tributs an denselben verpflichtet zu sein." Eine andere Abfertigung verdienten diese falschen Heuchler nicht.

die Rede ist, welcher den Juden von den Römern auferlegt wurde, als im Jahre Roms 760 Judäa zur römischen
Provinz gemacht und mit Syrien vereinigt war (Flav.
Jos. Ant. Jud. XVIII, 1, 2; vgl. B. Jud. II, 16, 5; 17, 1).
Letzteres war eine kaiserliche Provinz, und deshalb ist
es durchaus entsprechend, dass Christus entgegnete: *Reddite ergo, quae sunt Caesaris, Caesari.* Die folgenden Worte:
et, quae sunt Dei, Deo, dürften sich auf die zweite Abgabe
beziehen, welche jeder Jude Gott zu entrichten hatte, zum
Zweck des Cultus in seinem heiligen Tempel, und welche
genannt wurde: τὸ δίδραχμον τῷ Θεῷ καταβάλλειν, ὃ ἑκάστοις
(Ἰουδαίοις) πάτριον (Flav. Jos. Ant. Jud. XVIII, 9, 1). Die
bestimmte Benennung „Zinsmünze", τὸ νόμισμα τοῦ κήνσου,
welche dem kaiserlichen Denar gegeben wird, deutet an,
dass die Kopfsteuer, welche die Römer den Provinzen
auferlegt hatten, genau in einem Denar für jeden Kopf
bestand, eine Thatsache, welche anderweit aus Schriftstellern oder Denkmälern nicht bekannt ist [89]. Auch der
Umstand, dass ein silberner Denar in die Hand des
Herrn gelegt wurde, stimmt mit Plinius Ausspruche
(XXXIII, 15) überein: *Equidem miror populum Romanum*

---

[89] Die Anwesenheit der Herodianer in Jerusalem zeigt, dass
diese Begebenheit sich in der Zeit des Passahfestes zugetragen,
als Herodes Antipas sich zum Tempel begab (vgl. Lamy, Harmon.
Evang. p. 463); man kann hieraus als wahrscheinlich schliessen,
dass die Juden verpflichtet waren, den Zins-Denar bei der Wiederkehr des Osterfestes, in den ersten Tagen des Monats Nisan, dem
ersten ihres heiligen Jahres, zu bezahlen; oder auch, dass es kurze
Zeit nach Entrichtung des Tributs der Didrachme für den Tempelcultus gewesen (s. oben Note 76). Uebrigens entrichteten die Juden
die Abgabe des Zinses oder die Kopfsteuer (ὑπὲρ τῆς κεφαλῆς) auch
schon unter der Herrschaft der Seleuciden (Flav. Jos. Ant. Jud.
XII, 3, 3; XIII, 2, 3). In Aegypten betrug unter Nero der Zins
derjenigen, welche die Kopfsteuer bezahlten, sieben und eine halbe
Million (Flav. Jos. B. Jud. II, 16, 4).

victis gentibus in tributis semper argentum imperasse, non aurum. Eben so empfing in Aegypten unter den Ptolemäern der königliche Schatz sowohl an Abgaben als an Geldstrafen nichts als die in Silber geprägten Drachmen, wohingegen bei Contracten und Strafen unter Privaten in Kupfer-Drachmen Zahlung geleistet wurde (s. Am. Peyron, Papiri Vienn. Accad. di Torino, Ser. I. T. XXXIII. p. 172; Bern. Peyron, Ser. II. T. III. p. 80).

Wenn es einestheils gewiss ist, dass nicht wenige römische Silber-Denare in Palästina und andern entfernten Ländern des Orients Curs hatten (s. oben Note 80. 85), so ist es übrigens andererseits nicht wahrscheinlich, dass die Asse und andere kaiserliche Kupfermünzen in so entlegene Gegenden gebracht seien, welche derselben ohnehin nicht bedurften, da sie eine reichliche Menge eigener Münzen in Kupfer hatten. Dennoch mussten Kupfermünzen im Werth von einem oder zwei As zur Zeit unseres Erlösers in Judäa in Jedermanns Händen gewesen sein, wie aus seinen Worten zu schliessen ist: (Matth. X, 29) *Nonne duo passeres asse veneunt?* und: (Lucas XII, 6) *Nonne quinque passeres veneunt dupondio?* (Luther: „Kauft man nicht zween Sperlinge um einen Pfennig?“ „Verkauft man nicht fünf Sperlinge um zween Pfennige?“) [90]. Aber da Judäa als römische Provinz Syrien

---

[90] Der griechische Text des heiligen Matthäus hat ἀσσαρίου, und der des heiligen Lucas ἀσσαρίων δύο. Eben so findet man ACCAPIA ΔΥΟ auf Münzen von Chios (Eckhel, T. II. p. 565). Einige Ausleger befinden sich in grossem Irrthum, wenn sie das ἀσσάριον der Hälfte eines römischen As gleichstellen, indem sie dafürhalten, dass dieses Wort eine griechische Diminutiv-Endung habe (Schleusner, Lexic. N. T. v. ᾽Ασσάριον). Moses Maimonides schreibt (Constitut. de Siclis, cap. I. p. 3), dass das Pondium zwei Assaria werth sei, womit er eben so viel behauptet, als ein As sei

beigelegt war, kann man es fast als gewiss ansehen, dass viele Kupfermünzen von Antiochia in Syrien, besonders solche von Augustus und Tiberius mit den Siglen S. C. innerhalb eines Lorbeerkranzes, welche bald dem Gewicht des As, bald dem des römischen Dupondius [91]) entsprechen, allgemeinen Curs in Judäa gehabt haben. Viele dieser Münzen fanden sich in einem alten verborgenen Behältniss der Insel Cypern, wohin sie ohne Zweifel im Wege des Handels gekommen waren (Eckhel, T. III. p. 302), und auf einer derselben, welche unter Augustus geprägt ist, befindet sich die Contremarque ΓΑΔ, welche anzeigt, dass dieselbe gesetzlichen Curs in Gadara der Decapolis, in der Nachbarschaft von Judäa, hatte (Mionnet, Suppl. T. VIII. p. 139. 140). Gleichwie übrigens der Denar zur Zeit Tiber's den Werth von 80 Centesimi der italienischen Lira hatte und 16 As ausmachte, so folgt

---

zwei As werth; so gross ist die Stärke einer falschen Ansicht, wenn sie einmal Ueberhand genommen hat. Aber es ist wohl nur zu klar, dass das griechische ἀσσάριον ein Adjectivum des dazu gedachten νόμισμα ist, wie das lateinische *assarius* des dazu gedachten *numus*, in einem dem des Worts *denarius* (*numus*) ganz analogen Sinne. Nach dem Ausspruche Varro's (L. L. VIII, 71. Müller): *Ab uno enim assario multi assarii, ab eo assariorum (numûm)*. Und der Censor Cato hat (R. R. 132): *Daps Jovi assaria pecunia* (vgl. Eckhel, T. I. p. xliv). Indem die Vulgata ἀσσάριον mit *as*, und ἀσσάρια δύο mit *dipondium* übersetzt, zeigt sie deutlich, dass das ἀσσάριον der Griechen dasselbe bedeute als der As und das Pondus der Lateiner (vgl. Eckhel, T. I. p. xliv).

[91]) Die Münzen von Antiochia in Syrien in Gross-Bronze mit dem Kopfe des Augustus variiren im Gewichte von 15 bis 17 Grammen; man kann sie deshalb für Dupondii halten; und die in Mittel-Erz wiegen 8 Grammen und entsprechen ohne Zweifel dem Gewicht des kaiserlichen As in Rom. Die unter Tiberius in erster Grösse geprägten, wenn auch ein wenig leichter, da sie zwischen 14,00 und 14,60 Grammen variiren, können ebenfalls als Dupondii angesehen werden.

daraus, dass der As damals etwa so viel als ein heutiger
Soldo d'Italia werth gewesen sei, welcher eben den gewöhnlichen Preis von einem Paar Sperlingen ausmacht [92]).

Des römisch-kaiserlichen Quadrans, welcher die
kleinste damals in Palästina cursirende Kupfermünze war,
gedenken die heiligen Evangelienbücher zweimal (Matth.
V, 26; Lucas XII, 42). Sein Gewicht war ein Sechzehntel, nicht ein Achtel der Unze; 64 derselben machten einen Denar. Es ist von ihm schon oben die Rede
gewesen bei Erörterung des λεπτόν, *minutum*, welches
genau von demselben Gewicht und Werth war als der
römische Quadrans. Er ward auch *teruncius* genannt,
weil in alter Zeit der vierte Theil des *as libralis* dem
Gewicht von drei Unzen entsprach.

Es freut mich, zu völliger Erläuterung der römischen
Münzen, welche zur Zeit Jesu Christi und der Apostel im
Reiche cursirten, ein gelehrtes Schreiben mittheilen zu können, welches der Herr Cav. Conte Bartolomeo Borghesi mir
unter dem 13. Aug. 1849 zu senden die Gewogenheit hatte:

„Vor einiger Zeit hatte ich mir vorgenommen, die
mit dem ausgeprägten römischen Kupfergelde unter der
Kaiserherrschaft vorgegangenen Aenderungen zu erläutern;
aber ich stiess auf zwei grosse Schwierigkeiten. Die erste
entstand aus meiner Unkenntniss der Grundsätze, auf
welche Pinkerton in seinem „Essay on Medals" sich
gestützt haben mag, welcher, als der Erste, der den
Gegenstand untersucht hatte, nicht unerwähnt bleiben
konnte, wollte ich nicht mit fremden Federn mich

---

[92]) Es besteht auch sehr gut, dass man in jener Zeit für einen
As zwei Sperlinge, für zwei As aber fünf Sperlinge gab, indem
nämlich der eine unter dem Titel eines *corollarium*, oder der Zu-
gabe, hinzugefügt wurde.

schmücken. Da ich nicht ein Wort Englisch verstehe und
hier Niemanden zu Rathe ziehen konnte, so brachte ich
es mit vieler Mühe dahin, mir die französische Uebersetzung zu verschaffen, welche Johann Lipsius 1795 in
Dresden hat drucken lassen; aber obgleich sich daselbst
S. 21 das Versprechen findet, später zu zeigen, dass die
unter dem Namen Gross-Bronze bekannten Kaisermünzen
Kupfer-Sesterze gewesen, welche vier As werth waren,
so hat doch der wackere Uebersetzer, welcher sich die
Erlaubniss genommen, diejenigen Sachen zu verstümmeln,
welche er unnütz nennt, mit beiden Füssen zugleich diese
ganze Erörterung übersprungen und so dem Buche seinen
besten Werth genommen, indem alles Uebrige weit besser
von Eckhel abgehandelt ist."

„Die andere Schwierigkeit entstand aus der mir ein-
leuchtenden Nothwendigkeit, meine Ansichten praktisch
zu prüfen durch Untersuchung sehr seltener, in vielen
Museen zerstreuter Münzen. Da ich von S. Marino aus
keines dieser beiden Hindernisse besiegen konnte, und
mein Alter mir nicht erlaubte, weite Reisen zu unternehmen, so musste ich meinen Vorsatz aufgeben. Jetzt,
wo Sie von Neuem jenen Gegenstand bei mir in Anre-
gung bringen, nehme ich aus Gehorsam die vergessenen
Notizen wieder zur Hand und gebe meine Gedanken
preis, obgleich ich mir bewusst bin, dass sie nichts Anderes
als ein Embryo sind, in welchem zwar, wie ich glaube,
viel Wahres sein wird, welcher aber zugleich einiges
Falsche in noch nicht genügend verificirten Theilen enthalten mag."

„Es kann nicht geleugnet werden, dass, wenn auch
die alten Namen blieben, dennoch unter den Kaisern das
Münzsystem der Republik rücksichtlich der Bronze wesent-

liche Aenderungen erlitten habe; und in der That ist der
As des Sextus Pompejus der letzte, welcher die alte Form
beibehalten hat. Der Nummus oder Sestertius, welcher
ursprünglich aus Silber bestand, wird nun in Kupfer ausgeprägt. Der Dupondius erscheint wiederum als currente
Münze, nachdem er seit dem Aufhören des *aes grave* ausser
Gebrauch gekommen war. Auch bei den andern Arten
wechselt der innere Gehalt und daher der Werth, wie
aus den übereinstimmenden Zeugnissen der Schriftsteller
jener Zeit sich ergiebt. Plinius (L. XXXIV. c. 2) erwähnt
ausdrücklich *sestertii* und *dupondii* von Kupfer. Der von
Dupuy (B. L. T. XLIX. p. 319; ich citire die Ausgabe in
12o. von 1772) angeführte Julius Africanus, sagt hier mit
grosser Genauigkeit: *Denarius apud Romanos habet victo-
riatos duos, nummos quatuor, asses sedecim. Nummus
autem habet unciae pondus;* und eben so wiederholt Hero
Alexandrinus bei Gronovius (De pec. vet. p. 415): *Nummus autem unciam habet ponderis.* Aehnlich lesen wir
im Epictetus bei Arrian (L. IV. c. 5): *Quam habet notam
hic quatuor assium nummus* (τετράσσαρον) *Neronis?* und
bei Cleopatra (ap. Gronov. l. c. p. 418): *Habet as drachmas duas, et dupondium appendit drachmas quatuor;* daher
ist es richtig, wenn Eckhel (T. VI. p. 284) glossirt: *ergo
sestertius drachmas octo, ergo unciam.* Eine Vergleichung
aller dieser Aeusserungen ergiebt sogleich, dass der Sesterz, so lange er von Silber war, zuletzt zwei Unzen
Kupfer galt, zu Kupfer geworden, aber nicht mehr als
eine Unze kostete; dass der Dupondius, ursprünglich im
Gewicht von zwei Pfunden, bei seinem Wiedererscheinen
sofort auf eine halbe Unze herabsank; und dass die
ganze Aenderung sich schliesslich in eine neue Verringerung des As auflöset, welcher von einer halben Unze

auf eine Viertel-Unze herabgesetzt wurde. In Rücksicht
der letzten Reduction zeigt sie eine Schwierigkeit wegen
des Schweigens von Plinius, welcher sie anscheinend
hätte berühren müssen, wo er von den andern früher ausgeführten handelt; und dieses Schweigen macht Dupuy
(l. c. p. 318) so betreten, dass er bloss deshalb sie hin-
aussetzt bis zur Regierung Vespasian's. Aber er ist gezwungen zuzugestehen, dass, wenn Plinius nicht davon
geredet hat, dieses aus einem ganz andern Grunde geschehen sein kann, und dass vielleicht, da es eine neue
und Jedem bekannte Sache gewesen, er es für überflüssig
gehalten; denn andererseits kennt und erwähnt er die
Münzen speciell, welche in Folge jener Reduction geprägt
waren. Wenn Sie das angezogene zweite Capitel des
Buchs XXXIV ganz lesen, so werden Sie sogleich deutlich gesagt finden, dass die Erzgruben, aus deren Pro-
ducten zu seiner Zeit die Sesterze und Dupondii in
Kupfer verfertigt wurden, seit Livia, der Gemahlin des
Augustus, in Aufnahme gekommen waren. *Proximum
bonitate fuit (aes) Sallustianum . . . . , successitque ei Livia-
num in Gallia; utrumque a metallorum dominis appellatum,
illud ab amico divi Augusti, hoc a conjuge . . . . Summa
gloria nunc in Marianum conversa, quod et Cordubense
dicitur. Hoc a Liviano cadmiam maxime sorbet et auri-
chalci bonitatem imitatur in sestertiis dupondiariisque, Cyprio
suo assibus contentis.* Auch an andern Stellen erwähnt er
den Dupondius als Gattung der damals cursirenden Münze,
nämlich Buch XXXIII, Cap. 13, und sehr deutlich im
56. Cap. desselben Buches: *Sil . . . . optimum ex eo quod
Atticum vocatur. Pretium in pondo libras $\bar{X}$ II. Proximum marmorosum, dimidio Attici pretio* (nämlich einen
Denar werth). *Tertium genus est pressum, quod alii Syricum*

vocant ex insula Syro .... Pretium in libras HS bini
(oder acht As). *Dupondiis vero detractis, quod lucidum
vocant, e Gallia veniens* (also vier As, indem der Werth
sich immer um die Hälfte verringert). Diese, während
vieler Jahrhunderte der Republik unbekannte Geldsorte
wird jedoch von anderen seiner Zeitgenossen erwähnt,
welche nur wenig früher schrieben als er. Der Phi-
losoph Seneca (Epist. XVIII, 5): *Tunc, mihi crede,
Lucili, exultabis dupondio satur.* Petronius (Satyr. p. 74):
*Praeter unum dupondium sicilicumque, quibus lupinos
destinaveramus mercari, nihil ad manum erat;* wobei zu
bemerken der Sicilicus anstatt des As, so genannt von
dem neuen Gewicht, welches er erhalten hatte. Endlich
war sie auch schon zur Zeit des Augustus in Umlauf,
weil Seneca der Vater (Controv. V, 30) von Julius Bassus
sagen lässt: *Itane peribunt decem juvenes propter dupon-
dios tuos?* (cf. Martial. II. Epigr. 53). Indem folglich auch
aus den Schriftstellern erhellet, dass diese Neuerungen
in der vermünzten Bronze in Rom bis zum Beginn der
Kaiserherrschaft hinansteigen, so werde ich, um ihre
Aussprüche auf einen praktischen Fall anzuwenden, zunächst daran erinnern, dass in der von Maecenas dem
Augustus im Jahre 725 gehaltenen Rede, welche Dio
(L. LII. c. 30) berichtet, derselbe einfliessen lässt, dass
im Gebiete des Kaiserreichs *uti numismate pondereque et
mensura peculiari urbs nulla debet, sed nostris omnes:*
μήτε δὲ νομίσματα, ἢ καὶ σταθμὰ, ἢ μέτρα ἰδίᾳ τις αὐτῶν
ἐχέτω, ἀλλὰ τοῖς ἡμετέροις καὶ ἐκεῖνοι πάντες χρήσθωσαν.
Sie wissen hinlänglich, dass diese Rede nichts ist
als eine Erdichtung des Geschichtschreibers, welcher
unter dem Bilde der durch einen Hofmann gegebenen
Rathschläge die neuen Reglements und Einrichtungen

zusammenstellen wollte, durch welche Augustus seine
Herrschaft befestigte. Ich folgere hieraus, dass, da von
jenem Fürsten das ganze Münzwesen des römischen Reichs,
betreffe es nun das Geld der Hauptstadt, der Colonien oder
von Griechenland, durch ein gleichmässiges Gesetz geregelt
sein musste, auch das ausserhalb Italiens geprägte Kupfer-
geld zur Erläuterung jenes Gesetzes beitragen könne. In
der That, wenn man dasselbe bei den Gewichten angewendet sieht, wie denn das italienische Pfund sich nachher allgemein auch im Oriente im Gebrauch findet, warum sollte dasselbe nicht in gleicher Weise beim Gelde zur
Anwendung gebracht sein? Ich bin daher der ernstlichen
Meinung, dass hieraus die neue Eintheilung der Kupfermünzen, welche sich auf den ihren Werth angebenden
Münzen von Chios bezeichnet findet, abzuleiten ist. Dieselben wurden ohne Zweifel geprägt, nachdem diese Insel
bereits eine Zeit lang den Römern unterworfen war, wie
es die lateinischen Namen ihrer Archonten beweisen, als:
ΕΠΙ ΑΡΧ. Κοΐντου ΟΥΑλερίου ΠΡΙΜΟΥ, ΕΠΙ ΑΡΧ. ΑΥΡη-
λίου ΧΡΥϹΟΓΟΝΟΥ. Andererseits müssen sie aus der Zeit
vor dem Tode August's herrühren, weil nach demselben
die dortige Münze aufhörte [93]. Auch in der Benennung

---

[93] Ich habe gegen Borghesi die Meinung geäussert, dass die
Münzstätte von Chios sich während des Kaiserreichs bis zu den
Zeiten der Antonine, und vielleicht noch länger erhalten habe,
nicht sowohl wegen des beständigen Gebrauchs des mondförmigen
Sigma, C, in der Schrift der Assarii jener Insel (während sie auf
ihren mit dem Namen des Augustus, ΣΕΒΑΣΤΟΣ, geprägten Drachmen der alten Form sich bedient), sondern namentlich auch wegen
des Gebrauchs des Monogramms ‹ auf einem doppelten Assarius
des 'Archonten Aurelius Chrysogonos (Mion. Suppl. Nr. 87. 88),
welches zuerst auf Münzen von Smyrna unter Hadrian erscheint
(Mion. Suppl. Nr. 1689; vgl. Eckhel, T. I. p. ci; Franz, Elem. Epigr.
Gr. p. 246. 247). Und er hat mir geantwortet, dass seine Meinung

ACCAPION, ACCAPION HMICϓ liegt eine Berufung auf
die Ableitung vom römischen As; aber ACCAPIA TPIA
und ACCAPIA ΔϓO entsprechen der Münze der Hauptstadt nur in der erwähnten Zeit des Octavianus. Ausserdem, welche Gelegenheit konnte günstiger sein, um den
Werth zu bezeichnen, als die eines Wechsels des Münzsystems? Endlich scheint auch ihr Gewicht meine Meinung zu unterstützen. Ich besitze einen wohlerhaltenen
doppelten Assarius, und dieser wiegt eben so viel als die
Münzen des Augustus in zweiter Grösse [94]). Dasselbe

theilweise Halt finde an der von Khell in der zweiten Appendi-
cula zur neuen Ausgabe des Haym'schen Musei Britannici (T. II.
p. 15 fg.) entwickelten Lehre; und dass auch er das mondförmige
Sigma wahrgenommen hätte, jedoch kein Gewicht darauf gelegt
habe, weil jene Buchstabenform viel älter als die Zeiten des Augustus
sei; was jedoch entscheidend sei, um das Gepräge einiger chioti-
schen Münzen auf die spätere Kaiserzeit zu beziehen, wäre die
neue aus dem Monogramm ৪ gezogene Bemerkung, welche auch
durch das Ⱳ in XIⱲN (Mion. Descr. T. II. p. 277. Nr. 122) und
ΑΠΟΛΛⱲΝΙΔ (Suppl. T. VI. p. 399. Nr. 92) unterstützt werden könne.
Daher könne er Khell nach diesen unter den Kaisern geprägten
Münzen nicht zugestehen, dass die Verschiedenheit ihres Gewichts
ihren Ursprung in einer gesetzlichen Verringerung gehabt habe,
welcher Chios, obgleich eine freie Stadt, sich in Folge des gedachten das ganze Reich bezielenden Statuts des Augustus hätte fügen
müssen. Er fügt sodann hinzu, meine auf den beständigen Gebrauch
des mondförmigen Sigma gestützte Ansicht erscheine ihm sehr wahrscheinlich, dass nämlich die Assarii von Chios sämmtlich später
als das Gesetz des Octavianus wären, da eben dieses einen genügenden Grund der Einführung dieses Namens in Asien bilde; und
dass, wenn die Idee Khell's ganz verlassen wird, auch er die Verschiedenheit ihres Gewichts, der Meinung Eckhel's (T. I. p. xliv)
sich anschliessend, so erklärt, dass er die Ursache derselben gänzlich auf die Unachtsamkeit der Münzmeister im Vertheilen des
Kupfers und vielleicht auch auf ihre Unerfahrenheit wälzt, welche
bei einer kleinen Münzstätte um so eher angenommen werden kann.

[94]) Von fünf Münzen von Chios, jede zu drei Assarii, welche
sich im estensischen Münzcabinet befinden, jede mehr oder weniger

Gewicht kann ich nicht auf die Assarii und Drei-Assarii
legen, welche ich besitze, da sie zu sehr abgenutzt sind;
und deshalb habe ich gesagt, dass ich anderer thatsäch-
licher Begründungen bedürfe. Derselbe Mangel an Vergleichungen verhindert mich, in meinem Ideengange
weiter vorzuschreiten, und ich wage deshalb nicht zu
entscheiden, ob die andern Münzen von Chios mit OBO-
ΛOC, mit TETPAXAΛKON und ΔIXAΛKON sich den oben
besprochenen gegenüber als frühere verhalten, oder ebenfalls mit der neuen Regulirung harmoniren. Denn man
könnte sagen, dass, gleichwie die Römer bei den grösseren ihrer neuen Kupfermünzen den Namen, welchen ihre
kleinere Silbermünze hatte, beibehielten, auch die Chioten
rücksichtlich ihres Obols so gethan hätten; in welchem
Falle die Chalci die kleineren Theile des Assarius sein
würden 95)."

„Wie es aber auch hiermit sein mag, so finde ich
eine andere Stütze für meine Meinung in den Münzen
der Präfecten der Flotte des M. Antonius, welche in den
diesem gehorchenden Provinzen jenseit des Meeres geprägt sind. Es scheint mir, dass aus ihnen ebenfalls der
genaue Zeitpunkt der neuen Reform des As könne her-

---

abgenutzt, wiegt eine 18,00 Grammen, eine andere 15,00 Gr., die
dritte 14,00 Gr., die vierte 13,00 Gr., und die fünfte nur 6,00 Gr. —
„Bei solcher Inconsequenz (schreibt mir Borghesi) erkenne ich an,
dass ich für unsern Zweck keine Stütze in dem Gewicht der Münzen von Chios finden kann, und dass sie nur dazu dienen, zu
beweisen, dass in Asien unter der Kaiserherrschaft wirklich eine
Münze in Umlauf war, welche 3 As galt." —

95) Eine kleine Münze von Antiochia mit dem Gepräge ihres
Namens XAΛxoῦς wiegt, nach Angabe Pellerin's (Lettres p. 193;
vgl. Eckhel, T. III. p. 286), 42 pariser Gran, wohingegen ein OBOΛOΣ
von Chios 205 Gran wiegt.

geleitet werden. Sie werden wahrgenommen haben, dass alle diejenigen in grösserem Modulus, mit dem Viergespann der Hippocampi, auf der Rückseite zur Linken das Zeichen HS zeigen (Frölich, Numism. Cimel. Vindob. T. II. tab. 3; Morelli, G. Oppia D, et in G. Sempronia, tab. 2, 11), dessen Bedeutung Eckhel (T. VI. p. 63) nicht zu verstehen bekennt. Dennoch ist es nicht schwer zu bemerken, dass dasselbe stets die ganz eigenthümliche Bezeichnung des Sesterz war, besonders wenn es durch einen Strich in der Mitte verbunden ist, wie auf der wiener Medaille, welche er vor Augen hatte [96]). Da dem so ist, so kann dasselbe nur zu dem Zwecke aufgeprägt sein, um den Werth zu bezeichnen; und demzufolge erkenne ich in ihnen die ersten Beispiele des Kupfersesterz. Dieselben zeigen ausserdem gewöhnlich ein Δ auf der Fläche, welches auf andern derselben Präfecten, auf denen immer die Begleitung des HS fehlt, sich zuerst in Γ verwandelt, sodann in B und zuletzt in A, je nach der Verminderung ihrer Grösse [97]). Die Erklärung des Sesterz-Zeichens

[96]) Auch ich habe (Append. al Saggio, not. 164) vermuthet, dass auf den Münzen des Präfecten M. Oppius Capito die Zeichen HS und S den *Sesterz* und den *Semis* andeuten. Jetzt benachrichtigt mich der verdiente Borghesi, dass er die von Morelli beschriebene, aus der Patin'schen Sammlung herstammende Münze der Gens Oppia (Nr. II) nicht beachtet habe, welcher, da er nur eine schlecht erhaltene Münze in Händen gehabt, leicht das Zeichen S mit B habe verwechseln können; dass ihm dieses Zeichen sehr verdächtig erscheine, weil die Präfecten des M. Antonius sich des griechischen, nicht des lateinischen Alphabets bedienten. Uebrigens ist es gegründet, dass sie zuweilen mit dem griechischen Zahlzeichen Δ das lateinische HS verbanden, in welchem das S *Semis* bedeutet.

[97]) Dem fortschreitenden Werthe von I, II, III, IIII As scheinen auch die verschiedenen Typen zu entsprechen: indem mit dem Zeichen A nur ein Kopf oder zwei zusammengestellte Köpfe und

angenommen, welches deren Werth den Römern bezeichnete, ist meiner Meinung nach mit Rücksicht auf die Münzen von Chios leicht zu errathen, dass diese Zahlzeichen
denselben Zweck bei den Griechen hatten, bei denen diese
Münzen geprägt waren, und dass folglich Δ den Werth
von vier As, Γ den von drei, B den von zwei, und A den
von einem As anzeigt. Jetzt würde noch übrig bleiben,
Alles dieses durch Münzen in der Hand zu bestätigen:
hoc opus, hic labor, weil sie sämmtlich sehr selten und
fast immer äusserst schlecht erhalten sind, weshalb mir
viele Vergleichungen nöthig gewesen sind, nur um die
Inschriften zu ergänzen und falsche Ergänzungen zu ver-
bessern, womit ich noch nicht ganz zu Stande gekommen
bin [98]).   Von denen mit H S habe ich nur eine Einzige
gesehen, und zwar die von Atratinus im Museum von
Bologna, ungenau abgebildet von Baldini in Anhange zu
Vaillant's Numism. praest. (T. III. p. 100).   Obgleich sie
von zehnter Grösse nach Mionnet's Münzmesser ist, wiegt
sie doch nur 22,38 Grammen; aber sie ist dermassen in

ein Schiffsschnabel verbunden sind; mit dem Zeichen B zwei Gesicht gegen Gesicht gestellte Köpfe und zuweilen zwei Schiffsschnä-
bel, der eine zur Seite des andern; mit dem Zeichen Γ drei Köpfe
und das Symbol der Triquetra, und endlich mit dem Zeichen Δ der
von vier Hippocampi gezogene Wagen. Die Sesterze oder Tetrassarii
mit dem Viergespann der Hippocampi halte ich für zu Berytus in
Phönicien geprägt, auf dessen autonomen Münzen häufig Neptun
auf einem von Seepferden gezogenen Viergespann erblickt wird.
Auf den gedachten Sesterzen werden die beiden Figuren auf der
Quadriga M. Antonius und Octavia darstellen, in Vergleichung mit
den Meergöttern, nämlich Neptun und Amphitrite.   Die Triassarii
mit der Triquetra scheinen in irgend einer Seestadt von Lycien
oder Pamphylien geprägt zu sein.

[98]) Der berühmte Verfasser spielt hier auf seine gelehrten Bemerkungen über die Münzen einiger Flotten-Präfecten des M. Antonius an (Decad. XIII, Oss. 2. 3).

üblem Zustande, dass auf der Vorderseite zwei Drittel
der Inschrift fehlen, und dass ein Theil des Typus der
Rückseite verschliffen ist. Dagegen ist mir als sehr schön
die des Oppius im pariser Museum, mit Γ und drei
Köpfen, gerühmt, welche, von Eckhel (T. VI. p. 55) als
Medaillon bezeichnet, bis zu 23,26 Grammen hinansteigt,
also das gesetzliche Gewicht fast um 3 Grammen übersteigt, wodurch sie den grösseren Mangel anderer mit
derselben Zahl ausgleicht. Schön ist auch in demselben
Museum eine zweite desselben Oppius mit B und einem
segelnden Schiffe, von 14,42½ Grammen, welche um ein
Geringes das vorgeschriebene Gewicht überschreitet. Damit Sie aber die geringe Sorgfalt, welche die Verfertiger
in der gleichmässigen Vorbereitung der Schrötlinge anwendeten, und den Schaden beurtheilen können, welchen
ihnen nachher die Zeit zugefügt hat, genüge Ihnen zu
wissen, dass ich gerade diese selbe Medaille besitze, freilich abgenutzt, aber doch zum Theil lesbar, welche kaum
7,32 Grammen erreicht. Kaum probehaltig finde ich endlich die Wenigen, welche ich mit A kenne, indem keine
über 5,80 Grammen hinausgeht; aber dagegen habe ich
einen prachtvollen Semis von Bibulus, von welchem ich
nachher reden werde, bei dem das Metall über die Gra-
nulatur des Kreises hinaussteht, weshalb er 4,23 Grammen
hält. Ich bekenne, dass diese Beispiele zu wenig zahlreich sind, um wagen zu können, sie einen Beweis zu
nennen; aber sie genügen wenigstens, um zu zeigen, dass
die Münzen den vorgeschlagenen Conjecturen nicht widersprechen [99]."

---

[99] Als ich in Folge dieser Betrachtungen das Gewicht der von
den Flotten-Präfecten des M. Antonius geprägten Kupfermünzen,

„Demzufolge weitergehend, bemerke ich, dass alle
Münzen der Flotten-Präfecten dem M. Antonius den Titel
COS. DESIG. ITER. ET. TER. beilegen, und nur sehr

welche im estensischen Münzcabinet aufbewahrt werden, untersuchte,
habe ich Folgendes gefunden:
    1. ...... COS. ITER. ET. TER. DESIGN ...... Entblösster
Kopf des M. Antonius, dem der Octavia gegenüber gestellt.
    R) M. OPPIVS. CAPIT ...... F. C. Schiff mit Segeln: auf
der Fläche Hut mit einem Stern.
    Wohl erhalten, aber von ungewisser Lesart, weil der Kreis zu
eng und eingedrückt ist; wiegt 18,00 Grammen.
    2. M. ANT. IMP. TER ...... Verbundene Köpfe des M. An-
tonius und der Octavia z. R.
    R) L. ATRATINVS ...... DESIG. Schiff unter Segeln; mit
einem kleinen Augurstabe oberhalb des Schiffsschnabels, und mit
A und einer gorgonischen Larve unterhalb der Ruder.
    Sie ist genügend erhalten und wiegt 9,20 Grammen. Der Lituus
weiset auf den Titel AVGVR hin, welchen L. Sempronius Atratinus
im Jahre 714 hatte (Fea, Fram. di Fasti, p. 7). Auf den Cistopho-
ren des M. Antonius Augur dient· ein kleiner Lituus, unterhalb
seines Brustbildes, zur Bezeichnung des Anfangs und Endes der
kreisförmigen Umschrift.
    3. 4. Zwei andere, der Nr. 2 ähnliche, von geringerer Grösse,
und mit fast ganz verschliffener Inschrift; an Gewicht 4,50 und
bez. 3,50 Grammen.
    Der gedachte Herr Borghesi, dem ich sogleich diese meine
Untersuchungen mittheilte, hat mir Folgendes erwiedert: „Eine sehr
grosse Schwierigkeit war mir durch die Morelli'sche Münze der
Gens Antonia (Tab. 4, c) entstanden, da ich vor der von Ihnen mir
gemachten Mittheilung über die im dortigen Museum aufbewahrte
nicht wusste, welchem Präfecten ich sie beilegen sollte. Das Fehlen
des Medusenkopfes (den Muselli T. III. p. 20. Nr. 7 einen Kranz nennt)
hatte es mir unmöglich gemacht, sie als die im Museo Theupoli (T. I.
p. 8) und bei Eckhel (T. VI. p. 56) beschriebene mit dem Namen des Atratinus, wie es jetzt klar wird, zu erkennen. Ihr Gewicht von 9,20 Grammen, welches das festgesetzte, obgleich sie nicht vollständig ist, um
2,40 Grammen übersteigt, ist bei einer kleinen Münze, wie diese, sorg-
fältiger Beachtung werth, und veranlasst mich zu traurigen Ahnungen
hinsichtlich der Richtigkeit meiner Muthmassung, die sie für einen
Assarius hielt. Ein. solches Uebergewicht von etwa 3 Grammen
bei dem vermutheten Tressis desselben Oppius im französischen
Museum hatte mich nicht schwankend gemacht, weil es bei einer

wenige den von COS. ITER. oder von COS. DESIG. TER.
Demnach waren die ersteren zweifellos nach dem 715
mit Sextus Pompejus zu Pozzuoli geschlossenen Frieden
geprägt, in welchem nach dem Zeugnisse Appian's (B. Civ.
V, 73) Antonius von Neuem zum Consul designirt wurde,
und vor 720, wo er in der That die Fasces zum zweiten
Male übernahm. Einer dieser Präfecten war L. ATRA-
TINVS. AVGVR. COS. DESIG., welcher wirklich dem

Münze von so sehr bedeutender Grösse eintrat, und weil dieses damals das einzige mir bekannte Beispiel war; aber dasselbe erlangt
nun Bedeutung, da es eine Stütze in der Münze des estensischen
Museums findet. Sie verdient um so ernstere Beachtung wegen
der grossen Unverhältnissmässigkeit der zwei andern kleineren von
3,50 und 4,50 Grammen, welche vermuthlich von Bibulus sein werden,
und welche drei andern meiner Sammlung zu 4,70, 4,50 und 3,70
entsprechen, nicht minder einer des Museums Olivieri; wie ich denn
auch schon gesagt habe, dass in dieser Gattung mir keine bekannt
sei, die schwerer wäre als die 5,80 Grammen erreichende des pariser Museums. Da dem so ist, so wird es besser sein, für jetzt ganz
dasjenige zur Seite zu lassen, was ich rücksichtlich der Münzen
dieser Präfecten mir gedacht hatte, und zu gewärtigen, ob zahl-
reichere Vergleichungen mit besser erhaltenen Münzen meinen Conjecturen neues Gewicht verleihen, oder wahrscheinlicher dieselben
zerstören." So weit der berühmte Borghesi, dessen tiefe Gelehrsamkeit nur seiner Bescheidenheit gleichkommt. Trotzdem möchte
ich nicht so leicht dessen ursprüngliche Ansicht aufgeben, indem
es mir scheint, dass dieselbe sehr wohl aufrecht erhalten werden
könne, wenn man annimmt, dass die Asses semiunciales des M. Antonius aus den Jahren 714—716 herrühren, die andern im Gewicht
einer Viertel-Unze aber nach dem Jahre 716 geprägt seien. Die
Reduction des As semiuncialis auf die Hälfte seines Gewichts kann
mit einiger Wahrscheinlichkeit als in Uebereinstimmung beider
Triumvirn im Jahre 717 geschehen angesehen werden, damals als
M. Antonius sich zur Expedition gegen die Parther rüstete, und
Caesar Octavianus ungeheure Kräfte an Macht und Geld zum
Kriege gegen Sextus Pompejus entwickelte. Er forderte nicht nur
Geld von den römischen Bürgern, sondern auch von den Bundes-
genossen und Unterworfenen inner- und ausserhalb Italiens (Dio
XLVIII, 49); und bei dieser Gelegenheit prägte er besonders kleine
Kupfermünzen zur Löhnung seiner vielen Seesoldaten.

Antonius 720 folgte und ebenfalls 715 designirt sein
musste, indem man aus Dio weiss, dass bei jener Gelegenheit auch die Suffecti ernannt waren. Wir haben aber
von eben diesem noch eine andere Münze, ebenfalls in
Kupfer, von Liebe genügend abgebildet (Gotha num.
p. 398), auf welcher er sich nur L. ATRATINVS AVGVR
nennt. Sie werden bemerken, dass sie nach ihrem Typus
und ihrer Grösse ganz das Ansehen des alten Semiuncial-
As hat, und ich, der sie ebenfalls wohlerhalten besitze,
kann bestätigen, dass dem auch das Gewicht entspricht,
welches 14,20 Grammen beträgt. Bis zu 714 bestand
noch der Semiuncial-As, denn erst in diesem Jahre ward
Atratinus Augur, wie ein von Fea (Framm. di Fasti, p. 7.
n. 10) edirtes und von Cardinali erläutertes Fragment über
die Wahlen zu diesem Collegium ergiebt. Unter diesen
Umständen ist der Zeitpunkt der neuen Verringerung des
As auf sehr enge Gränzen beschränkt; und ohne dass ich
bei einer weitläuftigen Entwickelung der Gründe verweile,
hoffe ich, Sie werden es als nothwendig annehmen, denselben gegen Ende des Jahrs 714 oder Anfang 715 zu
setzen, zu welcher Zeit beide Triumvirn in Rom waren
und sich in solcher Geldverlegenheit befanden, dass
Octavian dadurch in Lebensgefahr gerieth, wie der angeführte Appian (B. Civ. V, 67) ausführlich erzählt [100]).
Mithin hatte das Gesetz des Augustus vom Jahre 725 die
Münze in demjenigen Zustande gelassen, in welchem sie
sich in der Hauptstadt befand, und dem ganzen Reiche nur
die Pflicht auferlegt, sich danach gleichmässig zu richten."

---

[100]) Nicht geringer als diese war die Verlegenheit, in welcher
zwei Jahre später Octavian sich in Rom wegen der Kosten der
Kriegsrüstung und des Mangels an Lebensmitteln befand (s. oben
Note 99).

„Nachdem ich solchergestalt die Wahrheit dieser
Herabsetzung bewiesen und deren Ursprung untersucht
habe, wird jetzt ein Blick auf deren Wirkungen zu werfen sein, welche bis zu den neuen, unter Gallienus
begonnenen Aenderungen im Münzwesen fortdauerten.
Zu dem Ende bemerke ich, dass Rom nach jener Aenderung, wie vor derselben, fortfuhr, sechs Kupfermünzen zu
haben, aber im Werthe, und zum Theil auch im Namen
verschieden, nämlich den Sesterz, den Tressis, den Dupondius, den As, den Semis und den Quadrans."

„I. Der Sesterz, bei den Griechen τετράσσαρον, ward
in beiden Sprachen auch *nummus,* νοῦμμος genannt; und
alle seine verschiedenen Benennungen finden sich zusammengestellt in einem Gesetze des justinianischen Codex
(VIII, tit. 54. l. 37): *Verba superflua, quae in donationi-
bus poni solebant, scilicet sestertii, nummi unius,
assium quatuor, penitus esse rejicienda censemus.* Wie
früher bildete er daher den vierten Theil des Silber-De-
nars, und galt vier As. Aber nach dem schon beigebrachten Zeugnisse wog er nur eine Kupfer-Unze, nämlich
27,15 Grammen nach der Berechnung von Cagnazzi, oder
27,105 Grammen nach den neueren Angaben von Dureau
de la Malle in seiner „Économie politique des Romains."
Da er allenthalben in Inschriften genannt wird, selbst bei
geringen Sportelzahlungen, so nimmt es Wunder, dass die
Gelehrten so lange gezögert haben, ihn in der kaiserlichen
s. g. Gross-Bronze zu erkennen, welche die einzige Münze
jener Zeit von dem gedachten Gewichte ist. Auch ent-
steht daraus keine Schwierigkeit, dass man zuweilen eine
Verschiedenheit von einigen Grammen zu viel oder zu
wenig findet, weil, wie ich schon gesagt habe, die Alten,
damit zufrieden, eine gegebene Anzahl Münzen aus einem

Pfunde Metall zu ziehen, wenig um die Genauigkeit der Eintheilung, namentlich bei Kupfer, sich bekümmerten, wovon ich noch einen selbst erlebten Beweis anführen will. Als ich in Rom mich aufhielt, ward in der Asche eines Topfes in einem Columbario ein Sesterz des Nero mit der gewöhnlichen sitzenden Roma gefunden, und zwar ohne einen Schein von Patina, vielmehr so glänzend, als ginge er so eben aus dem Prägstock hervor, obgleich gegenwärtig die Einwirkung der Luft einen grossen Theil seines Glanzes verwischt hat. Ich kaufte denselben zu einem ziemlich hohen Preise zu dem Zwecke, um eine tadellose Probe zu haben; dennoch wiegt er nur 26,60 Grammen. Dagegen besitze ich davon ein anderes Exemplar, weniger schön, aber mit Patina bedeckt, welches 31,02 Grammen wiegt. Die ältesten jener in der Hauptstadt geprägten Sesterze sind die der Triumviri monetarii mit OB. CIVIS. SERVATOS, denn den mit D. IVLIVS, seinem belorbeerten Kopfe, und dem Schiffsschnabel auf der Rückseite, welchen Vaillant an die Spitze seiner Numism. praestantiora (T. I. p. 1) setzt, habe ich von römischem Gepräge nie gesehen [101]."

---

[101] Einige Zweifel hinsichtlich der Aechtheit jener Münze, welche ich Borghesi vorlegte, namentlich wegen der Abkürzung D. statt DIVOS, hat er zerstreut, indem er zunächst mir bemerklich machte, dass Vaillant's Ansehen zu gross ist, um demselben leicht misstrauen zu dürfen; sodann, dass diese Münze auch im Museum von Muselli existirt hat, welcher sie von einer anderen ähnlichen, aber ausserhalb Roms geprägten (Nr. 4) unterscheidet, und mit Recht drei Sternchen als Zeichen des Seltenheitsgrades (P. I. Tab. I. Nr. 10) hinzufügt; und endlich, dass das D. IVLIVS nicht ohne Beispiel ist, indem es sich neben dessen belorbeertem Kopfe auf einem Dupondius seines Museums befindet, welchen er an Falbe gesendet habe, der ihn Caesarea in Mauretanien zuschreibt wegen des Wortes CAES, welches auf dem Reverse sich unter einem Schiffe mit Segeln findet.

„II. Der Tressis, oder Τριάσσαρον, von 20,396 Grammen, welcher drei As galt. Ich bekenne, dass es mir nicht gelungen ist, Erwähnung dieser Münze bei den Schriftstellern nach Augustus gefunden zu haben; aber ihre Existenz ist garantirt durch ACCAPIA TPIA von Chios. Da Niemand diese zweite Gattung vermuthet hatte, hat man eine besondere Abtheilung nicht daraus gemacht; aber sie ist leicht zu erkennen an grösserem Gewicht und Umfang in der Reihe der Mittel-Bronzen, welchen sie gewöhnlich beigelegt zu werden pflegt, obgleich es auch wohl vorkommt, dass sie zu denen der ersten Grösse gerechnet wird. Von dieser Art sind die Münzen des Divus Augustus mit CONSENSV. SENAT. ET. EQ. ORD., mit DIVA. AVGVSTA, mit S. C. in einem Eichenkranze; von Tiberius mit dem Caduceus in der Mitte zweier Füllhörner; von Germanicus mit SIGNIS. RECEPTIS; unter den ausserhalb Roms geprägten die mit DIVOS. IVLIVS in einem Lorbeerkranze, und einige oder vielleicht alle von eben demselben mit dem Kopfe des Dictators, von denen man die Colonie, in der sie geprägt wurden, nicht kennt. In der That finde ich bei Anstellung eines Vergleichs auf der Wage, dass zwei von diesen im Allgemeinen drei gleichzeitigen von Augustus oder Tiberius in s. g. zweiter Grösse entsprechen, und umgekehrt drei 2 Sesterzen der Münzmeister des Augustus. Zu dieser Classe zähle ich auch eine mir gehörige sehr seltene Münze römischen Gepräges, welche, so viel ich weiss, nur von Alessandro Visconti in der Beschreibung der Sammlung Vitali (T. I. p. 43. n. XV) als Gross-Bronze erwähnt wird; nachstehend ihre Beschreibung:

CAESAR, unterhalb des Halses des nackten jugendlichen Brustbildes Octavian's zur Linken.
R) Ohne Inschrift, Schiffsschnabel.
Sie ist nicht zu verwechseln mit dem ähnlichen, aber
auswärts geprägten Dupondius, abgebildet von Muselli
(P. I. tab. 1. Nr. 5), von welchem ein wohlerhaltenes
Exemplar in meinem Besitze 13,05 Grammen wiegt,
während jene andere Münze, obwohl sehr abgenutzt,
17,10 Grammen hat [102]). Ich glaube, dass diese Geldsorte in Rom und im Abendlande rasch ausser Gebrauch
gekommen ist, indem ich nach Tiber kein Beispiel ihres
Vorkommens finde. Im Orient dauerte sie übrigens fort,
und da dort die Münzen gewöhnlich weniger dick und
deshalb grösser sind als die römischen, so passirt sie
gewöhnlich als erste Grösse, und die wirklichen Sesterze
pflegen unter die Medaillons classificirt zu werden, was
ich jedoch nicht als richtig anerkenne, ausser bei denen,
die das Gewicht einer Unze bedeutend übersteigen."

„III. Der Dupondius oder Dipondius, Διπούντιον,
von 13,597 Grammen. Auf einigen des Nero (Eckhel,
T. VI. p. 282) zeigt der Avers das Zeichen ĪĪ, um den
Werth von zwei As anzudeuten. Den oben angezogenen

---

[102]) Die in dem königlich estensischen Museum befindliche, der
oben beschriebenen Borghesi'schen ähnliche Münze (welche jedoch
das Wort CAESAR hinter dem jugendlichen Kopfe Octavian's
stehen hat) wiegt 16,80 Grammen. Borghesi benachrichtigt mich in
einem zweiten Briefe, dass die in Copia und Vienna geprägten
Münzen Octavian's wegen des fehlenden Titels AVGVSTVS älter
als 727 sein, und zur Classe der Tresses gehören dürften, weil die
in seinem Besitz befindliche von Vienna, wenn auch etwas abgenutzt, 19 Gr. wiegt. Von eben demselben Gewichte findet sich eine
von Vienna in dem königlich estensischen Museum, welches auch
von Copia ein vollkommenes Exemplar von gelbem Metall aufbewahrt, an Gewicht 21,50 Gr. [Die bezeichnete Münze von Vienna
in der Sammlung des Uebersetzers wiegt 20 Gr.]

Schriftstellern, welche seiner erwähnen, sind hinzuzufügen:
Gajus in den „Institutionen" (Comment. I. §. 122): *Dipondii tum erant bilibres, unde etiam dipondius dictus est,
quasi duo pondo, quod nomen adhuc in usu retinetur;*
der Scholiast des Persius (Satyr. II. v. 59): *Dipondius,
quod adhuc in usu remansit;* der heilige Isidor (de Orig.
XVI, 25), u. A. [103]). Valerius Probus, „de notis Ro-
manorum interpretandis", lehrt uns seine Bezeichnung:
Dipondius notatur per LL vel LL̄, was im Gegentheil
von Scaliger im „Index Gruterianus" als den Sesterz
bezeichnend angegeben wird; da er jedoch kein Citat
beigefügt hat, wie kann man sofort einen Beleg für
die Bestätigung jener Ansicht finden [104])? Zu Anfang
des Kaiserreichs finden wir den Dupondius von den
Triumviris monetariis geprägt, und diese Münze war in
der Folge vielleicht die gewöhnlichste, sowohl innerhalb
als ausserhalb Roms. Sie wird als Mittel-Bronze bezeichnet [105]."

---

[103] Ich will den Verfasser der alten lateinischen Vulgata, welcher gegen das Ende des ersten oder zu Anfang des zweiten Jahrhunderts schrieb, nicht unerwähnt lassen. Dieser übersetzt die
griechischen Worte ἀσσάρια δύο des heiligen Lucas (XII, 2) mit
dipondius, und zeigt damit den Ungrund der Meinung der Gelehrten, welche das Wort ἀσσάριον als ein ein halbes As bezeichnendes
Diminutivum ansehen (vgl. oben Note 90).

[104] S. auch Mons. Marini (Arv. p. 227).

[105] In seinem zweiten Briefe untersucht Borghesi die Verwirk-
lichung des neuen, auf das ganze Reich durch das Gesetz von 725
ausgedehnten Münzsystems, und sagt: „Es ist gewiss, dass um 732
dieses System nicht allein in Rom, sondern auch in entfernten
Provinzen eingeführt war; dieses bestätigen die Dipondii des P. Ca-
risius, in Emerita geprägt, welche auch Eckhel dem gedachten
Jahre zuschreibt. Man muss jedoch zugeben, dass dasselbe schon
einige Jahre früher in Gebrauch gewesen, weil einige Münzen mit
der einfachen Inschrift IMP. CAESAR. DIVI. F. vorkommen, welche

„IV. Der As, 'Ασσάριον, zu 6,799 Grammen, von dem vier einen Sesterz ausmachten, theilte sich in der Folge, wie schon Anfangs, in zwei Semisses und vier Quadrantes. Plinius, welcher Buch XXXIII, 3, 13 schreibt: *Libralis, unde etiam nunc libella dicitur et dupondius, adpendebatur assis*, nennt ihn *libella* nach dem alten Gewicht, und nach dem neuen wird er *sicilicus* von Petronius in der oben angezogenen Stelle und in einer Inschrift des Muratori (p. 1063, 1) genannt: DECVRIONIBVS NESCANENSIVM SING. HS. X.... ITEM SERVIS STATIONARIIS SING. X. SICILICOS. Sein gewöhnlichster Name blieb jedoch der des As, und so wird er erwähnt in dem Gesetze des Collegiums der Diana und des Antinous vom Jahre 886

wegen des Fehlens der späteren Benennung AVGVSTVS für früher als das Jahr 727 gelten müssen. Dahin gehört die sehr häufig vorkommende Münze von Nemausus, welche ohne Zweifel ein Dupondius ist, indem mein sehr schönes Exemplar 13,40 Grammen wiegt, obgleich Eckhel weder auf die jugendlichen Züge des neuen Cäsar und des M. Agrippa, noch auf das die neue Eroberung Aegyptens andeutende Crocodill Acht gebend, sie in das Jahr 751 verlegt hat, getäuscht durch das auf einigen derselben ausserhalb der Linie vorkommende P. P. Ich denke, dass diese Buchstaben nicht *Pater Patriae*, sondern *Permissu Proconsulis* zu erklären sind, nämlich des Messalla Corvinus, damaligen Proconsuls von Gallia Narbonensis, welcher auf den capitolinischen Triumph-Tafeln ausdrücklich als PROCOS. bezeichnet wird. Es bestärkt mich in dieser Ansicht die Betrachtung der gleichzeitigen Münzen von Africa, wo jene Erlaubniss und jene Siglen jetzt sogar auf Steinen so häufig wahrgenommen werden, wie man jetzt auch in sicilischen Inschriften Beispiele davon zu finden anfängt; denn es ist gewiss, dass die Provinzial-Münzstätten, um thätig zu werden, einer besondern Erlaubniss bedurften, welche bald ausdrücklich angegeben, bald mit Stillschweigen übergangen ward" (s. Borghesi, Decad. X, Oss. 4). Unter den vielen Münzen von Nemausus im königlich estensischen Museum übersteigen wenige 13 Grammen [in der Sammlung des Uebersetzers finden sich deren zu 13,40 und 13,50 Grammen]; aber bemerkenswerth scheint mir eine sehr gut erhaltene derselben, welche das Gewicht von 16,60 Grammen erreicht, weshalb sie eher für ein Tressis als für einen Dupondius gehalten werden kann.

(Cardinali, Dipl. p. 264. Nr. 510): QVISQVIS IN HOC COLLE-
GIVM INTRARE VOLVERIT DABIT CAPITVLARI NOMINE HS.C.N....
ITEM IN MENSes SINGulos Asses V̄ [106]). Sein Curs in der
Kaiserzeit wird auch von einer Menge von Schriftstellern
bestätigt; zum Beispiel Plinius (Hist. nat. XIX, 4, 19): *Cibus
uno asse venalis;* (XXXIII. cap 13): *Vilissimum genus
lomenti quinis assibus aestimatum;* Tacitus (Annal. I, 17):
Denis in diem assibus; Plinius der Jüngere (II. Epist. 20):
Assem para; Martialis (I. Epigr. 104): *Asse cicer tepidum
constat;* Juvenalis (Satyr. XI. v. 145): *Plebejos calices et
paucis assibus emptos.* Anfangs behielt man auf der
Vorderseite den alten Typus des bärtigen Janus auch
mit der beigesetzten Zahl I bei; auf denen, welche man
für nach der Vertreibung des Sextus Pompejus in Sicilien
geprägt hält und welche gewöhnlich einen Namen innerhalb
eines Lorbeerkranzes auf der Rückseite tragen. Da ich
von dieser Art zu wenige besitze, um ein zutreffendes

---

[106]) Es wird nicht unpassend sein, hier einen Theil des interessanten Gesprächs des Mauleseltreibers L. Calidius Eroticus mit
der Wirthin mitzutheilen, welches auf einem antiken Marmor von
Isernia eingegraben gelesen wird, und neuerlich vom Cav. Avellino
(Bullet. arch. Napol. An. VI. p. 93) publicirt ist: COPO COMPVTEMVS.
HABES VINI D.I. PANI A.I. PVLMENTAR A.II. CONVENIT. FAENVM MVLO
A.II. ISTE MVLVS ME AD FACTVM DABIT. Man bemerke, dass er in einem
mit einer Capuze versehenen Mantel oder Penula steht, am Halfter
sein ungeduldiges Maulthier haltend. Es ist nicht auffallend, dass
ein Mann von solcher Art für einen Denar oder 16 As Wein getrunken, während er nur für einen As Brod und für zwei As Zu-
kost verzehrt hat, sein Maulthier aber für zwei As Heu. Die
letzten Worte erscheinen selbst dem gelehrten Herausgeber dunkel,
und noch viel mehr mir. [*Factum* ist die euphemistische Bezeichnung für den Tod, wie bei Cicero pro lege Manil. 20, 59. Grotefend.]
Das Wort COPO war nach der Behauptung des Charisius (Charis.
p. 47, Putsch.) Generis communis, und ist deshalb weiblichen Ge-
schlechts, weil die mit Eroticus redende Person anscheinend weib-
liche Kleidungsstücke trägt.

Urtheil fällen zu können, wandte ich mich an den Herrn
Baron d'Ailly, welcher nach Erwerb der Sammlung
Recupero ungemein reich an ihnen sein musste. Dieser
hat äusserst zuvorkommend mir nachstehend das mittlere
Gewicht der von ihm besessenen geschickt, welches ich
für meinen Zweck genügend gefunden habe:

1. M'. ACILI. Q. (auf vier Exemplaren) Gramm. 5 . 85.
2. ΠANOR. im Monogramm (auf drei) Gramm. 5 . 09.
3. L. AP. im Monogramm (auf sechs) Gramm. 5 . 97.
4. Q. B. (auf einem) Gramm. 6 . 78.
5. NASO, in zwei Linien (auf drei) Gramm. 7 . 65.
6. NASO, in einer Linie (auf einem) Gramm. 6 . 70.
7. P. TE. im Monogramm, Wölfin mit den Zwillingen
   (auf drei) Gramm. 5 . 69.

Dasjenige Exemplar, welches ich von letzterer Münze
besitze, überschreitet bei guter Erhaltung 6 Grammen.
Uebrigens wird zugegeben werden müssen, dass nach
dem Falle der Freiheit der As in der römischen Münzstätte wenig üblich war; und ich finde ihn von Nero
nicht geprägt (Eckhel, T. VI. p. 282, welchem jedoch
der andere Typus mit der sitzenden Roma und der Aufschrift PONTIF. MAX. etc. hinzuzufügen ist). Dieser
Kaiser liess, vielleicht weil der As nach so langer Zeit
als etwas Neues erscheinen mochte, den Geldwerth I
ausdrücken, indem er gleichmässig zum Unterschiede
dem Dupondius das Zeichen II hinzufügte. Später finde
ich ihn erst wieder unter Trajan mit dem Revers eines
S. C. innerhalb eines Lorbeerkranzes und der kreisförmigen Inschrift DAC. PARTHICO. P. M. TR. P. XX.
COS. VI. P. P. Derjenige, welchen ich besitze, ist nach
Mionnet's Scala von sechster Grösse, und obgleich schön,
erreicht er doch kaum 7 Grammen. Zuletzt erneuerte

ihn Decius, und diejenigen, welche er mit dem Typus des Mars oder der Tapferkeit, was es nun sein mag, prägen liess, sind nicht selten. Im Gegentheil sind sie sehr gewöhnlich in den colonialen und griechischen Münzstätten bis unter Gallien, und in Aegypten bis zu Diocletian; die Masse derselben konnte auch für den Bedarf der Hauptstadt hinreichen."

„V. Der Semis, oder 'Ασσάριον ἥμισυ, oder Δραχμή, zu 3,399 Grammen, welcher in zwei Quadrantes zerfällt. Herr von Rauch hat in den Zusätzen zu den Münzen der Flotten-Präfecten des M. Antonius in den „Annali dell' Instituto archeologico" von 1847 (T. XIX. p. 283) eine sehr kleine Münze des Oppius Capito aufgeführt, mit dem Doppelkopfe des Antonius und der Octavia und mit einem Schiffsschnabel auf der Rückseite, darunter zwei Kugeln, von der er ein anderes Exemplar in der Wellenheim'schen Sammlung gefunden zu haben angiebt. Ich habe schon bemerkt, dass ich eine ähnliche von L. Bibulus besitze, welche mit starker Patina und über den Rand hervorstehendem Metall 4,23 Grammen wiegt; sie hat auf der Vorderseite dieselben Köpfe, aber anstatt des Schiffsschnabels ist auf der Meinigen ein Cheniscus oder Anserculus (worüber man vergleiche: Scheffer, de Milit. nav. P. II. cap. 6) [107]), indem Augen und Schnabel eines Vogels deutlich zu erkennen sind. Auch zeigt sie dieselben Kügelchen, aber das eine oberhalb, das andere unterhalb des Cheniscus. Rauch hat dieselbe in Rücksicht auf diese Letzteren für einen Sextans gehalten; ich mache jedoch bemerklich, dass nach Einführung des

---

[107] S. auch die gelehrten Herculanenser (Bronzi T. I in fine, „Modello di una nave" p. 9, not. 33), und Fabretti, Columna Trajan. p. 116. 117; auch Schneider, Lexic. Gr. v. χηνίσκος.

Kupfer-Sesterz der Sexstans zu existiren aufhörte und
dass überdies die übrigen Münzen der Präfecten uns
beweisen, wie sie nicht grosse, sondern kleine Münz-
werthe darstellten [108]). Nach meiner Ansicht ist dieses
also ein halber Assarius, und die beiden Kugeln bedeuten, dass derselbe zwei Quadrantes werth sei. Wie die
andern Münzhälften, welche keine besondere Benennung
hatten, wird auch diese von den Schriftstellern sehr selten erwähnt, und ich wüsste aus der Kaiserzeit keinen
anzuführen als indirect Martial (XI. Epigr. 105). Die
Triumvirn des Augustus verfertigten eine sehr grosse
Anzahl derselben, welche gewöhnlich den Ambos zum
Typus haben; der Baron d'Ailly, welcher 229 derselben
gewogen hat, bezeichnet mir als Durchschnittsgewicht
derselben 3,08 Grammen. Nero ist der Einzige, welcher
nach seiner Gewohnheit auf denen mit der Rückseite
des Certamen quinquennale das Werthzeichen *Semis* angegeben hat. Man findet sie ohne Schwierigkeit fast
von allen Kaisern bis Antoninus Pius, und Mionnet fügt
noch einen von M. Aurelius mit dem Kopfe des Jupiter
Ammon und einen andern von Caracalla mit der Keule
innerhalb eines Lorbeerkranzes hinzu, welcher der Letzte
ist, den ich von lateinischem Gepräge kenne. Sowohl
vón ihm, als auch von andern, beziehen sich viele auch
auf die späteren Fürsten, und ich selbst besitze deren
etwa funfzig von M. Aurelius bis Volusianus. Aber alle
diese sind keine Semisses, sondern Formen (*animae*) von
gefütterten Denaren (*subaerati*), welche den Silberüberzug

---

108) Wenn man vorziehen sollte, die beiden Kugeln als das
Sextans-Zeichen anzusehen, so kann man annehmen, dass diese
kleinen Münzen vor 716 oder 717 nach Erbauung Roms geprägt
sind (s. oben Note 99)..

verloren haben, wie aus dem Fehlen des S. C. erhellet, und daraus, dass dieselben Typen auf edlerem Metalle vorkommen [109]). In den jenseit des Meeres belegenen Provinzen hatte übrigens diese Münze längere Dauer, und ich besitze z. B. davon eine, vielleicht unedirte, aus Colophon von Philipp dem Vater, welche 2,85 Grammen wiegt."

„VI. Der Quadrans, Κοδράντης, zu 1,699 Grammen, war die letzte oder kleinste der wirklichen Münzen, welche das Kaiserreich bis zur gänzlichen durch Aurelian und Diocletian vollführten Veränderung des augusteischen Münzsystems hatte. Es ist über ihn ein gewichtiges Zeugniss von Plutarch vorhanden, welcher im Leben des Cicero (cap. 29) geschrieben hat: τὸ λεπτότατον τοῦ χαλκοῦ νομίσματος κουαδράντην ἐκάλουν. Es ist zu positiv, um durch Einwürfe geschwächt werden zu können; und nach Einführung der neuen durch Octavian herbeigeführten Gewichtsverringerung fällt sogar ein Theil der Gründe, auf welche sich dieselben stützen, hinweg. Hiermit stimmen überein Juvenal (Satyr. VII. v. 8): *Nam si Pieria quadrans tibi nullus in umbra — ostendatur,* und Martial (II. Epigr. 44): *Quadrans mihi nullus in arca.* Diesem kann die Autorität des heiligen Textes des Matthäus hinzugefügt werden: *Non exibis inde, donec reddas novissimum quadrantem* [110]). Ich kenne keinen derselben aus Rom

---

[109]) Im königlich estensischen Museum befindet sich eine kleine Bronzemünze, auf der Vorderseite mit dem Jupiterkopfe, welcher einige Aehnlichkeit mit M. Aurelius hat, und auf der Rückseite mit S. C. und einem rückwärts sehenden Adler. Sie wiegt 3 Grammen. [Mionnet, Méd. Rom. II. p. 560 fg. zählt eine bedeutende Anzahl solcher unbestimmter kleiner Münzen auf, unter denen jedoch einige Quadranten sein mögen.]

[110]) Es möge mir gestattet sein, die griechischen Worte des Euthymius (s. oben Note 58) anzuführen, welcher den Quadrans dem Λεπτόν, *Minutum,* gleichstellt (Comm. in Marc. XII, 42): ὅ, τὸ

vor Nero oder nach Trajan. Es ist wahr, dass viele
dieser kleinen Münzen den Namen des Kaisers nicht
tragen, weshalb einige derselben vorher oder nachher
geprägt sein können. Auch muss ich mich auf das
Wenige beschränken, was meine Sammlung darbietet,
weil es vergeblich ist, in dieser Hinsicht Hülfe von
numismatischen Werken zu hoffen, da diese sich mit der
inepten Eintheilung in Gross-, Mittel- und Klein-Erz
begnügt haben. In den Provinzen beginnen sie übrigens
seit Augustus, und gewiss sind die beiden von Mionnet
(Descr. T. VI. p. 49. Nr. 37; Suppl. T. IX. p. 26. Nr. 5)
beschriebenen, unter diesen Fürsten in Alexandria geprägt-
ten Stücke Quadranten; das erste derselben wiegt bei mir
1,70, das andere 1,40 Grammen [111]). Ich vermag nicht
mit Sicherheit zu sagen, bis zu welcher Regierung hinab
sie gehen, da die Grösse allein, ohne Erwähnung des
Gewichts, nicht immer genügt, um zu bestimmen, ob sie
Semisses oder Quadrantes sind."

„Aber es ist Zeit zu enden, und ich thue es, indem
ich den Schluss ziehe, dass die Wirkungen der Reform
der Triumvirn, oder wenigstens sicher des Octavian, den
Silber-Sesterz, den Triens, den Sextans und· die Uncia
von Kupfer eingestellt sein liessen und dagegen in diesem
Metalle den Sesterz, den Tripondius und den Dupondius
hinzufügten."

λεπτὸν δηλονότι, ἐστι παρ' Ἑβραίοις, ἤγουν λέγεται κοδράντης. Λεπτὸν
δέ ἐστι παρ' ἡμῖν ὁ ὀβολός. Man würde παρὰ Ῥωμαίοις erwartet
haben anstatt παρ' Ἑβραίοις.

111) Quadranten sind auch die kleinen Bronzemünzen von Herodes Magnus und seinen Nachfolgern, nicht minder die jüdischen
mit den Namen des Caesar Augustus, der Livia, des Tiber und
anderer Kaiser, in dem Gewichte von ungefähr 2 Grammen (s. oben
Note 51).

Viertes Capitel.

Ueber die Rechnungsmünzen der Bibel.

Die heiligen Verfasser, gleich den profanen, pflegen, wo sie von einer grossen Summe Goldes oder Silbers reden, anstatt der Rechnung nach Sekeln, eine gewisse Zahl von Talenten oder Minen zu setzen. Dem griechischen Worte τάλαντον, welches Gewicht bedeutet, entspricht das hebräische KIKKAR, כִּכָּר, dessen Etymologie ungewiss geblieben ist [112]). Das hebräische Talent zur Zeit Mosis bestand aus 3000 Sekeln (Exod. XXXVIII, 24—26). Angenommen, dass bis dahin der Sekel semiuncial gewesen (s. oben Note 26), oder aus vier phönicischen Drachmen bestanden habe, wie dieses sehr wahrscheinlich ist, würde das Talent 125 Pfund gewogen haben, und das Doppelte des griechischen Talents, welches aus sechstausend Drachmen bestand, ausgemacht haben [113]).

---

[112]) Nach der Meinung des Gesenius (Thesaur. p. 717) und Anderer stammt KIKKAR, כִּכָּר, von dem Worte KARAR, כָּרַר, in der Bedeutung von „im Kreise gehen“, wegen der kreis- oder linsenförmigen Gestalt, welche der Metallmasse im Gewichte eines Talents gegeben wäre (cf. Apocal XVI, 21). Glaire nimmt als ursprüngliche Bedeutung von KIKKAR, כִּכָּר, *arena* an (Lexic. man. hebr.); und es konnte dasselbe nachher, in Rücksicht auf den alten Gebrauch, die Stücke oder Körner der werthvollen in Beuteln aufbewahrten Metalle zu wiegen, das grösste Gewicht bedeuten (s. Rosellini, Mon. Civ. T. III. p. 186).

[113]) Gesenius (Thesaur. p. 717) macht bemerklich, dass, wer das wirkliche Gewicht des hebräischen Talents untersuchen wolle,

So oft in der heiligen Schrift der Talente Erwähnung
geschieht, verstehen die meisten Ausleger darunter hebräische Talente; aber es scheint, dass im Gegentheil an verschiedene Talente gedacht werden muss, je nach Verschiedenheit der Zeit, des Orts und anderer Umstände.
Der Syrer Naeman wollte, dass der listige Gehasi statt
nur eines Talents deren zwei zum Geschenk erhielte
(2 Kön. V, 23): *ligavitque duo talenta argenti in duobus
saccis, et duplicia vestimenta, et imposuit duobus pueris
suis, qui et portaverunt coram eo* („und band zween Centner Silber in zween Beutel, und zwey Feierkleider, und
gab es seinen zween Knaben, die trugen es vor ihm her").
Ein hebräisches Talent von 3000 Semiuncial-Sekeln oder
im Gewicht von 125 Pfunden, zugleich mit einem doppelten Anzuge, würden die Schultern eines jeden der beiden
Knaben zu sehr belastet haben. Dagegen ist es wahrscheinlicher, · dass Naeman, der Heerführer des Königs
von Syrien, welcher diese und andere Reichthümer mit
sich gebracht hatte, das Silber nach Berechnung des

---

nicht vergessen dürfe, dass die mit Gemmen besetzte goldene Krone
des Melcom, Königs der Ammoniter, welcher von David bekriegt
wurde (2 Sam. XII, 30) ein volles Talent gewogen habe. Es könnte in
der That unglaublich scheinen, dass Melcom und nachher David auf
ihrem Haupte eine 125 Pfund wiegende Krone hätten tragen können;
aber man möge beachten, dass den Worten der Vulgata: *et im-
positum est diadema super caput David*, der hebräische Text entspricht, welcher besagt: *et fuit corona super caput David;* dies
kann von einer über dem auf dem Throne sitzenden David auf-
gehängten oder gehaltenen Krone verstanden werden. Eben so
verhält es sich mit der *corona aurea gemmata* der triumphirenden
Römer, welche hatte *tantum orbem, quanto cervix non sufficit ulla,*
und von einem Sclaven in die Höhe gehalten wurde, welcher von
äusserster Anstrengung in Schweiss gebadet war: *quippe tenet hanc
sudans publicus* (Juvenal. Sat. X, 41; vgl. Plin. XXXIII, 4; Boeckh,
Staatshaush. der Athen. I, 5. p. 44).

syrischen Talents werde gewogen haben; dieses aber war gleich 4500 attischen Drachmen (Pollux, IX, 86), dem Gewicht von 48 bis 50 Pfund entsprechend; eine solche Last überstieg also die Kraft eines jungen Sclaven nicht [114].

Der tapfere Nicanor, bei seiner Expedition gegen Judas Makkabaeus (2 Makkab. VIII, 11. 34), *ad maritimas civitates misit, convocans ad coëmptionem Judaeorum mancipiorum, promittens se nonaginta mancipia talento distracturum* („darum schickte er alsbald in die Städte am Meere hin und wieder, und liess ausrufen, wie er die Juden verkaufen wollte, neunzig Juden um einen Centner"); und es kamen gegen tausend Handelsleute zusammen. Der gelehrte Tirinus und Andere meinen, dass hier von attischen Talenten die Rede sei; aber es scheint mir, dass an phönicische Talente gedacht werden müsse, welche um ein Sechstheil geringer waren als die attischen (Revue num. T. X. p. 181), weil die Handelsleute zum Theil aus den phönicischen Seestädten kamen, und dann stellt sich der Preis so viel niedriger [115].

---

[114] Ein attisches Talent von 6000 Drachmen, entsprechend 80 römischen Pfunden (Liv. XXXVIII, 38), ward als eine etwas zu schwere Last für einen Menschen angesehen; deshalb trugen bei dem Triumph des Paulus Aemilius dreitausend Männer, eingetheilt zu je Vieren, 750 mit Silbergeld angefüllte Gefässe, jedes 3 Talente wiegend, so dass auf jeden der vier Lastträger ein Gewicht von etwa 60 Pfund fiel (Plutarch. in Aemil. p. 272, F; cf. Letronne, Consider. p. 96).

[115] Der Preis eines Sclaven, wenn man für ein Talent oder 6000 Drachmen neunzig gab, beträgt beinahe 67 Drachmen, während der gewöhnliche Preis 100 oder 120 Drachmen zu sein pflegte (s. unten Note 134). Hätte es sich um das attische oder antiochische Talent gehandelt, so scheint es, dass Nicanor anstatt neunzig die runde Zahl von hundert Sclaven für ein Talent zu geben versprochen haben würde.

Auch die evangelische Parabel (Matth. XVIII, 23) in den Worten: *Oblatus est ei (regi) unus (servus), qui debebat ei decem millia talenta,* meint griechische Talente, jedes zu 6000 phönicischen Drachmen oder römischen Denaren; weil im Context derselben Parabel (v. 28), im Gegensatz dieser ungeheuren Schuld, die andere so viel kleinere eines Sclaven gesetzt wird, welcher dem königlichen Diener *centum denarios* schuldete [116]). Eben so verhält es sich mit dem andern Gleichniss, welches das Himmelreich einem Manne vergleicht, welcher, als er in die Fremde reisete, seine Güter unter seine Diener vertheilte, *et uni dedit quinque talenta, alii autem duo, alii vero unum;* das heisst: 30,000 Denare dem Einen, 12,000 dem Anderen, und 6000 dem Dritten [117]).

Auch die in den heiligen Büchern erwähnte Mine hat verschiedene Bedeutungen, nach Verschiedenheit der Zeit und des Orts; im hebräischen Text wird sie zuerst zur Zeit der babylonischen Gefangenschaft erwähnt, so

---

[116]) Die ungeheure Summe von 10,000 Talenten oder 60,000,000 Denaren (gleich 47,711,400 italienischen Lire) wird nicht unglaublich erscheinen, wenn man bedenkt, dass das Wort *servus,* δοῦλος, im Munde eines Königs, wie man jetzt sagen würde, einen Minister der königlichen Finanzen bedeutet, welcher vielleicht einige Jahre hindurch seinen Rechenschaftsbericht nicht erstattet hatte (cf. C. I. Gr. T. III. p. 300).

[117]) Als Agrippa I, König von Judäa, gegen das Ende der Regierung des Tiberius nach Alexandrien in Aegypten gekommen war, forderte er zu dem den Juden durch Alexander zur Last gelegten Darlehn 200,000 Drachmen, und diese streckten ihm in Rücksicht auf seine Frau aus Cypern das Darlehn vor, indem sie ihm baar fünf Talente gaben, und versprachen, dafür Sorge zu tragen, dass der volle Rest der geforderten Summe in Puteoli in Bereitschaft gehalten würde (Flav. Jos. Ant. Jud. XVIII, 63). Auch hier scheint es deutlich zu sein, dass der Geschichtschreiber nicht von hebräischen, sondern vielmehr von griechischen Talenten, jedes zu 6000 Drachmen, spricht.

dass die Israeliten von den Aramäern dieses Wort
MANÈH, מָנֶה, welches eigentlich „Theil", „Zahl" bedeutet, entlehnt zu haben scheinen. Aus der Vergleichung
der beiden Parallelstellen (1 Kön. X, 17; 2 Chron. IX, 16)
folgt nach der Ansicht sehr umsichtiger Philologen,
dass die hebräische Mine, eben so wie die griechische, aus •100 Theilen bestanden habe (s. Ackermann,
Archaeol. §. 115; Glaire, Lex. hebr. v. מָנֶה; Gesenius,
Thesaur. p. 797) [118]. Nach dem chaldäischen Paraphra-
sten und anderen alten und neueren Schriftstellern würden
die Hebräer eine andere Mine, aus 60 jüdischen Sekeln
bestehend, gehabt haben; aber dieses ist durchaus
nicht wahrscheinlich, zumal diese Meinung sich allein auf
folgende Stelle des Ezechiel stützt, welche eine ganz andere
Erklärung zulassen kann (Ezech. XLV, 12): *Siclus habet
viginti obolos; porro viginti sicli et viginti quinque sicli
et quindecim sicli minam faciunt* („Aber ein Sekel soll
zwanzig Gera haben; und eine Mine macht zwanzig Sekel,
fünfundzwanzig Sekel, und funfzehn Sekel") [119]. Zuvör-

---

[118] In der ersten oben bezeichneten Stelle besagt der hebräische Text: *Tres minas ascendere fecit (Salomon) super clypeum unum*,
und in der anderen: *Trecenta quoque scuta aurea trecentorum au-
reorum, quibus tegebantur singula scuta.* Unter *aurei* werden *darici
persici* zu verstehen sein, nicht aber hebräische Sekel von Gold
(s. oben Note 68). Eben so ward auch *mina* der *aureus persianus*
genannt (vgl. Schimko, P. I. p. 21. 22); solchergestalt konnte der
heilige Hieronymus bei der ersten der beiden angezogenen Stellen
trecentaeque minae aureae in dem Sinne von 300 Aurei setzen,
welches drei Minen im eigentlichen Sinne, jede zu 100 Darici,
gleich war.

[119] Der chaldäische Paraphrast erklärt so: *Tertia pars minae
viginti siclos habet; mina argentea viginti et quinque siclos; quarta
pars minae quindecim siclos habet; omnes sexaginta sunt mina.* Jeder
würde erwarten, dass die 25 Sekel, eben so wie die 20 und 15 Sekel,
als ein aliquoter Theil der Mine bezeichnet werden würden; aber

derst ist zu bemerken, dass der hebräische Text buchstäblich sagt: „Und der Sekel (wird sein) von zwanzig Obolen; zwanzig Sekel, fünfundzwanzig Sekel, funfzehn Sekel, wird auch sein die Mine." Sodann aber, dass, gleichwie das Gewicht und der Werth des Sekels sich in 20 Obolen oder Gera auflöset, so auch der Zusammenhang fordert, dass das Gewicht und der Werth der Mine erläutert wird. Bedeutend genauer würde dieses so ausgedrückt worden sein, dass die Mine zusammengesetzt sei aus 20, 25 oder 15 Sekeln von verschiedenem Gewicht und Werth, welche zur Zeit des Propheten den in das babylonische Land verbannten Israeliten und Juden sehr wohl bekannt sein mussten, und dass sie, mit einander verglichen, in dem Verhältniss von 5 zu 4 und von 4 zu 3 ständen. Die hebräische Silber-Mine von 25 Sekeln oder

---

da dieses nicht bei der Annahme geschehen konnte, dass die Mine aus 60 Sekeln bestände, so sagt der Paraphrast, dass die Silber-Mine 25 Sekel enthalte; und dieses ist nur wahr, wenn man davon ausgeht, dass die Silber-Mine aus 100 Drachmen bestehe, weil 25 tetradrachmische Sekel genau die Summe von 100 Drachmen betragen; aber auf diese Weise verwirrt der Paraphrast auf ungeeignete Weise die supponirten zwei verschiedenen Minen mit einander, und giebt keine Rechenschaft über die specielle Zahl der 25 Sekel. Jarchi, und mit ihm Andere, vermuthen, dass der Prophet, anstatt einfach zu sagen, die Mine besteht aus 60 Sekeln, sie aus 20, 25 und 15 Sekeln bestehend bezeichnet, in Rücksicht auf drei verschiedene Münzen oder Gewichte, das eine aus 20, das andere aus 25 und das dritte aus 15 Sekeln bestehend, welche zu den Zeiten Ezechiel's in Gebrauch waren. Aber solche grosse Münzen haben niemals anders als in der Phantasie der rabbinischen Schriftsteller existirt, denn die grössten der antiken Silbermünzen übersteigen nicht das Gewicht und den Werth von 10 Drachmen (s. Eckhel, T. I. p. xlix; Annali dell' Inst. arch. T. II. p. 84) oder das von ungefähr zwei und einem halben Sekel. Die supponirten drei verschiedenen Gewichte hätten sehr bekannt gewesen sein müssen; dennoch findet sich keine Spur derselben im alten Testamente.

144

tetradrachmischen Stateren macht die Summe von hundert phönicischen Drachmen, übereinstimmend mit· dem, was sich aus Vergleichung der beiden oben allegirten Parallelstellen aus dem ersten Buche der Könige und dem zweiten Buche der Chronik ergiebt. Hiernächst deutet die Mine, welche aus 20 Sekeln bestand, auf einen Stater hin, welcher um ein Fünftel das Gewicht des hebräischen und phönicischen Sekel überstieg; und ein solcher ist der attische Stater, welcher in Babylon zu Ezechiel's Zeiten schon lange bekannt sein musste [120]). Endlich weiset die Mine von 15 Sekeln auf einen Sekel oder Stater hin, welcher um ein Viertel den attischen Stater überstieg oder in dem Verhältniss von 4 zu 3 stand, und ein solcher war der äginetische Stater, welcher zu dem attischen sich verhielt wie 100 zu 75 (Boeckh, Staatshaush. der Athen. I, 4) [121]).

---

[120]) Im Anfange des sechsten Jahrhunderts vor unserer Zeitrechnung, als Ezechiel in Babylonien prophezeite, reisete Solon, der Gesetzgeber Athens, in Aegypten, Cypern, Lydien und andern Ländern Asiens (s. Barthélemy, Voy. d'Anach. T. IX, Epoques; vgl. Eckhel, T. I. p. ix). Die attische Drachme wiegt etwa 328 pariser Gran, und die phönicische oder jüdische 265, so dass die Erstere zu der Letzteren in dem Verhältniss von 25 zu 20 oder etwa von 5 zu 4 steht.

[121]) Ich habe lediglich in Form von Beispielen die Hypothese aufgestellt, dass die drei verschiedenen Sekel oder Stateren, auf welche Ezechiel hinweiset, phönicisch, attisch und äginetisch seien; aber in gleicher Weise kann angenommen werden, dass er verschiedene andere Sekel im Auge gehabt habe, welche sich auf das phönicische Talent beziehen im Verhältniss zu dem babylonischen, zu dem ägyptischen, cilicischen, syrischen und andern, sämmtlich von verschiedenem, nicht genau bekanntem Gewicht (Pollux, IX, 86).
[Gegen die, auch vom Verfasser· vertheidigte Ansicht, die schwierige Stelle Ezechiel's (XLV, 12) beziehe sich auf dreierlei Minen von 20, 25 und 15 Sekeln, hat schon Boeckh (Metrol. Unters. S. 54) auf die verkehrte Folge der Zahlen hingewiesen, statt deren

Die in der evangelischen Parabel (Lucas XIX, 13)
erwähnten zehn Minen sind ohne Zweifel griechische

25, 20, 15 oder 15, 20, 25 gesagt gewesen sein würde, und darauf, dass
man in einer genauen Bestimmung des richtigen Gewichts nicht
dreifache Grössen desselben erwarte. Nachdem Boeckh das Unzu-
treffende der verschiedenen bisher versuchten Erklärungen gezeigt
hat, erklärt er den hebräischen Text jener Stelle ohne Sinn, wogegen er denselben nun in folgender Weise feststellt: „Das Wahre
geben die siebzig Dolmetscher, die eine sichere Kunde vom Werthe
der hebräischen Mine haben mussten, und also als vollgültige Zeu-
gen angeführt werden können. Ihre Worte lauten mit einer geringen Veränderung der Interpunction so: Καὶ τὰ στάθμια εἴκοσι ὀβο-
λοί· οἱ πέντε σίκλοι πέντε, καὶ οἱ δέκα σίκλοι δέκα, καὶ πεντήκοντα
σίκλοι ἡ μνᾶ ἔσται ὑμῖν. So auch die arabische Uebersetzung, welche
mir Herr Professor F. Benary nachgewiesen hat, nach der lateinischen Uebertragung in der Londoner Polyglotte: *Bilances viginti
obolorum: quinque sicli quinque, et decem sicli decem, et quinquaginta siclorum esto mina apud vos.* Indem man, beiläufig gesagt,
jene Uebersetzung der Siebzig missverstand und die Worte εἴκοσι
ὀβολοί mit dem folgenden οἱ πέντε σίκλοι in eine falsche Verbindung
brachte, hat man fünf Siklen für zwanzig Obolen, und den Siklos
für vier Obolen gehalten, da vielmehr sicher ist, dass dem Sekel
20 Obolen oder Gerah zukommen. Der einfache Sinn des Propheten ist aber dieser: *Ein Sekel soll zwanzig Gerah haben, und
das Fünfsekelgewicht soll fünf Sekel sein, und das Zehnsekelgewicht
zehn, und funfzig Sekel sollen euch die Mine sein.* Οἱ πέντε σίκλοι,
οἱ δέκα σίκλοι, mit dem Artikel, der auch vor μνᾶ steht, ist anstatt
τὸ πεντάσικλον, τὸ δεκάσικλον. Das heisst also: *Der Sekel soll nicht
weniger als zwanzig Gerah haben,* welches kleinste Gewicht vorausgesetzt wird, da irgend etwas vorausgesetzt werden musste; und
die grösseren Gewichte von 5 und 10 Sekeln und die Mine sollen
ebenfalls richtig wirklich 5, 10, 50 Sekel haben, nicht etwa durch
betrügerische Verringerung weniger wiegen, als ihr Name anzeigt.
Die siebzig Dolmetscher geben uns also hiermit den vollkommensten
Beweis, dass die Mine 50, nicht 60 Sekel hatte. Hiermit ist nun
der Werth des Talents zu verbinden, wie er in Silber-Siklen schon
im zweiten Buch Mose angegeben wird. Es war nämlich bestimmt,
es solle bei Zählung des Volkes Jeder, der dazu gekommen, einen
halben Sekel, den Sekel zu zwanzig Gerah gerechnet, geben (2 Mos.
XXX, 13; XXXVIII, 25 fg.). Es hatten 603,550 Männer gesteuert,
jeder einen halben Siklos, zusammen 301,775 Siklen; diese betrugen
100 Talente und 1775 Siklen: also beträgt das Talent 3000 Siklen;

Minen, jede zu 100 phönicischen Drachmen, welche die
zu den Zeiten des Erlösers in Palästina, cursirenden
Münzen waren [122]).

---

und da 50 Siklen eine Mine ausmachen, so haben wir hier ein
Talent von 60 Minen. Diese Siklen, wovon 3000 auf das Talent
gehen, sind deutlich genug als heilige bezeichnet, und zugleich als
Didrachmen, womit die Siebzig das Wort שֶׁקֶל übersetzen; die
Hälfte aber sehen sie als Drachme an."]

[122]) Die Worte des faulen Knechts: *Domine, ecce mna tua,
quam habui repositam in sudario*, werfen ein Licht auf die rabbi-
nische Erzählung (Ketufoth, fol. 67, 2): *R. Abba pecunias in sudario
ligavit, illudque post tergum projecit, ut pauperes illud invenirent.*
Mit grösster Wahrscheinlichkeit kann man dieses Umstandes halber
denken, dass die von dem Herrn seinem Sclaven anvertrauete Mine
eine der nicht selten Octodrachmen in Golde der Ptolemäer, in
dem benachbarten Aegypten oder in Phönicien geprägt, gewesen sei,
welche genau den Werth von 100 Drachmen oder eine Silber-Mine
ausmachten (s. Letronne, Journ. des Savants, 1833. p. 340).

Fünftes Capitel.

Werth der biblischen Münzen in Rücksicht auf den Preis der Handelsgegenstände.

Gleichwie in der heiligen Schrift die Preise der Gegenstände meistentheils nach Zahl der Sekel bezeichnet sind, so dient dieses mir zur Bestätigung dafür, dass der hebräische Sekel immer in dem Gewichte von vier Drachmen oder semiuncial gewesen sei [123]. Um auf

---

[123] Nach Schimko's Meinung (P. II. p. 4) würde der mosaische Sekel einer attischen Drachme gleich gewesen sein. Auch der gelehrte I. D. Michaelis verringert den hebräischen Sekel aus der Zeit vor dem babylonischen Exile zu sehr und verändert dadurch die Preise der Dinge bei den Hebräern zu jener Zeit (Comment. Soc. Gotting. T. II. p. 36. 113; III. p. 145. 195). Diese Meinung stützt sich vornehmlich auf die unbegründete Annahme, dass der hebräische Gerah, deren 20 den Sekel bildeten, ein Korn der Hülse der Karobe oder des Johannisbrodbaums sei; und 20 dieser Samenkörner wiegen in der That 96 pariser Gran, während die attische Drachme ungefähr 82 pariser Gran wiegt, so dass man vermuthen könnte, der mosaische Sekel entspreche dem babylonischen Στγλός, welcher 7½ attischen Obolen gleich war (Xenoph. Anab. I, 5, 6), oder einer Drachme und anderthalb Obolen. Aber gleichwie das hebräische Wort GERAH, גֵּרָה, eigentlich „Bohne" oder einen andern runden Gegenstand bedeutet, und 20 gute Bohnen (welche im mittleren Asien wild wachsen) ungefähr 13 Grammen wiegen, also etwas weniger als ein makkabäischer Sekel, so ist es gestattet, zu vermuthen, dass das Gewicht des Gerah ursprünglich dem einer vollkommenen Bohne gleich gewesen sei. Der chaldäische Ausleger übersetzt dieses Wort durch MEHA, מְעָה, welches eigentlich „Steinchen" bedeutet, und wenn man andererseits weiss, dass im Hebräischen das Wort EBEN, אֶבֶן, „Stein" und „Gewicht" bedeutet, so

10*

das grosse Elend hinzuweisen, welches den Juden bei
der drohenden Belagerung Jerusalems bevorstände, befiehlt der Herr seinem Propheten, Bröde von jeder Art
verschiedenen Getraides für den Zeitraum von 390 Tagen
vorzubereiten, indem er vorschreibt: *Cibus autem tuus erit
in pondere viginti stateres* (hebr. SCHEKALIM, שְׁקָלִים)
*in die; a tempore usque ad tempus comedes illud: et
aquam in mensura bibes, sextam partem HIN,* הִין *; a tempore usque ad tempus bibes illud;* „Also, dass deine Speise,
die du täglich essen musst, sei zwanzig Sekel schwer.
Solches sollst du von einer Zeit zur andern essen. Das
Wasser sollst du auch nach dem Mass trinken, nämlich
das sechste Theil vom Hin; und sollst solches auch von
einer Zeit zur andern trinken" (Ezechiel IV, 9 — 11).
Der heilige Hieronymus sagt: *Ita ut unus panis decem
uncias haberet; quo trahitur magis anima, quam susten-
tatur.* Und in der That, ein so karges Mass von Speise
überstieg um nichts den Betrag dessen, was zum täglichen
Unterhalt einem elenden Sclaven gegeben ward [124]. Da-

kann man mit Grund glauben, dass der mosaische GERAH, גֵּרָה, ein
Steinchen gewesen sei, welches ursprünglich dem Gewichte einer
guten Bohne gleich gemacht war. Eben so scheint das lateinische
scriptulum von *scrupulus* in der Bedeutung eines Steinchens herzu-
kommen (vgl. oben Note 28).

[124]) Bei den Römern erhielt ein Sclave monatlich vier Scheffel
zur Nahrung, welche wenig mehr als zwei Pfund für den Tag
ausmachten (Donat. in Terent. Phorm. I, 1, 9; s. unten Noten 129,
139): *Servi quaternos modios accipiebant frumenti in mensem; et id
demensum dicebatur.* Und dieses ist die *tritici mensura* (gr. σιτόμετρον,
Luc. XII, 42), welche, wie es scheint, am Ersten jeden Monats zum
voraus gegeben wurde (Plaut. in Stich. I, 2, 3; vgl. unten Note 128).
Den unglücklichen, in den Steinbrüchen von Syracus eingeschlossenen
Athenern wurden als tägliche Nahrung zwei Cotylen Getraide und
eine Cotyle Wasser gegeben (Thucyd. VII, 87), oder mit andern Worten: kaum zwei Pfund Brod und ein Pfund Wasser. Also erreichte

her die Vermuthung, dass der Sekel vor der Zerstörung Jerusalems, eben so wie nachher, semiuncial gewesen sei. Nimmt man dahingegen an, dass der Sekel damals einer attischen Drachme gleich oder etwas mehr gewesen sei, so würde die von Gott dem Propheten zugestandene tägliche Nahrung sich auf etwa zwei und eine halbe Unze verringern, welche gewiss nicht genügt hätten, das Leben eines Menschen selbst nur wenige Tage zu erhalten, geschweige denn die lange Zeit von 390 Tagen. Auch musste das von Gott dem Propheten zugestandene Wassermass in gewissem Verhältniss zu dem Gewichte des Brodes stehen. Ein Sechstel Hin entspricht ungefähr drei Pfund und vier Unzen Wasser, und diese Quantität passt für einen Mann recht wohl, der von einem kargen Pfund Brodes sich ernährt, würde aber überflüssig sein für Jemand, welcher nur zwei und eine halbe Unze consistenter Nahrung zu sich nimmt [125]).

I. Preis des Landes. Abraham kaufte von Ephron einen Acker, mit welchem eine zweifache Höhle verbunden war, für den Preis von vierhundert Sekeln (1 B. Mos. XXIII, 15. 16). Jacob erwarb einen Theil des Ackers, auf dem er sein Hirtenzelt errichtet hatte, von den Söhnen Hemors für den Preis von hundert Lämmern, oder das

---

die von Gott dem Propheten zugestandene Speise kaum das Mass derjenigen, welche den unglücklichen gefangenen Athenern verabreicht wurde, und doch starben Viele dieser vor Hunger. [Eine Cotyle ist gleich 9 Unzen; s. Boeckh, Metrol. Unters. S. 19 fg.]

[125]) Das Hin der Hebräer war nach der Versicherung des heiligen Hieronymus (in Ezech. l. c.) und des Flavius Josephus (Ant. Jud. III, 9, 4) gleich zwei attischen Χοεῖς oder zwei römischen Congii; es enthielt also 20 Pfund Flüssigkeit (cf. Gesenius, Thesaur. p. 372), und ein Sechstel desselben entspricht einem Mass von 3 Pfund und 4 Unzen.

entsprechende Gewicht guten Silbers (1 B. Mos. XXXIII, 19) [126]). Es ist zu beachten, dass diese Patriarchen an Silber und Gold genügend reich waren (1 B. Mos. XIII, 2; XXIV, 35). Amri, König von Israel, *emit montem Sama-riae a Somer duobus talentis argenti; et aedificavit eum, et vocavit nomen civitatis Samariam* (1 Kön. XVI, 24). Zwei hebräische Talente oder dreitausend Unzen Silber sind übrigens kein übermässiger Preis für den Ankauf des Grund und Bodens, auf welchem die Hauptstadt erbaut wurde [127]). Während der Belagerung Jerusalems kauft Jeremias von Hanameel, seinem Vetter, einen Acker für siebzehn Silber-Sekel (Jerem. XXXII, 9). Mit den von dem verzweifelnden Judas weggeworfenen dreissig Silber-Sekeln konnten die Hohenpriester behuf des Be-

---

[126]) Der grösste Theil der Ausleger nimmt an, dass dieser Kauf derselbe sei, auf welchen der heilige Stephanus (Ap. Gesch. VII, 16) anspielt: *in sepulcro, quod emit Abraham pretio argenti a filiis Hemor*, indem sie muthmassen, dass hier anstatt *Abraham* müsste *Jacob* gelesen werden (s. oben Note 7); aber der von Jacob zu dem Zwecke geschlossene Kauf, ein Zelt auf seinem Grund und Boden zu haben und daselbst einen Altar zu errichten, hat mit dem Ankauf eines Grabes nichts zu thun. Es ist vielmehr sehr wahrscheinlich, dass der heilige Stephanus auf einen zweiten von Abraham gemachten Ankauf hinweiset, welcher in den Büchern Mosis zwar nicht erwähnt ist, jedoch den Juden damals durch ein-fache patriarchalische Tradition wohl bekannt sein konnte, eben so wie die Namen der ägyptischen Magier Jannes und Mambres, welche nur vom Apostel Paulus erwähnt werden (2 Timoth. III, 8).

[127]) David kaufte die Tenne des Ornan oder Arafna für funfzig Sekel Silber (2 Sam. XXIV, 24); aber in der Parallelstelle der Chronik steht, dass David für den Erwerb dieses Grundstücks 600 Sekel Gold gegeben habe (1 Chron. XXI, 25). Um den an-scheinenden Widerspruch dieser Stellen auszugleichen, muss man annehmen, dass David 50 Silber-Sekel für die Tenne und die zum Opfer bestimmten Rinder, und 600 Sekel Gold für den Erwerb des ganzen Berges Moria gegeben habe, auf welchem er den Tempel zu bauen die Absicht hatte.

gräbnisses der Fremden einen Acker nahe bei Jerusalem kaufen, an einer Stelle, die wahrscheinlich wüst war, nachdem durch die Töpfer der Thon herausgenommen war (Matth. XXVII, 7). Alle die hier erwähnten Preise sind mässig und zu der Annahme passend, dass der Sekel von Anfang an semiuncial gewesen sei, während sie andererseits als zu gering sich darstellen, um den ursprünglichen Sekel nur einer Drachme oder etwas mehr gleichstellen zu können [128].

II. Preis der Victualien. Als Samaria von den Syrern belagert und durch Hunger zum Aeussersten getrieben war, sagte der daselbst mit eingeschlossene Prophet Elisa zum voraus (2 Kön. VII, 1): *In tempore hoc cras modius similae uno statere erit, et duo modii hordei uno statere in porta Samariae* („Morgen um diese Zeit wird ein Scheffel Semmelmehl einen Sekel gelten, und zwei Scheffel Gerste einen Sekel, unter dem Thor zu Samaria"). In Erwägung des hebräischen SEAH, סְאָה, vom heiligen Hieronymus durch *modius* übersetzt, und des Stater oder tetradrachmischen Sekels, kam das Getraide auf etwas weniger als eine Drachme für den Modius, welches einen

---

[128] Am kostbarsten von allen nutzbaren Grundstücken waren die mit Weinstöcken bepflanzten, so dass sie nach dem Verhältniss von je einem Sekel für jeden Weinstock geschätzt zu werden pflegten (Jesaias VII, 23): *Omnis locus, ubi fuerint mille vites mille argenteis, in spinas et in vepres erunt;* „denn es wird zu der Zeit geschehen, dass, wo jetzt tausend Weinstöcke stehen, tausend Silberlinge werth, da werden Dornen und Hecken sein" (vgl. Hohel. Salom. VIII, 11). Die Weinstöcke des Libanon werden auch heute noch zu dem Werthe eines Piasters für jeden Weinstock geschätzt (Burckhardt, ap. Rosenmüller, Schol. in Isaiae l. c); und doch ist jetzt, wo die Muselmänner des Weines sich enthalten, die Nachfrage nach Wein und dessen Werth bedeutend geringer. Zu Johannisberg am Rhein wird ein Weinberg auf so viel Ducaten geschätzt, als er Weinstöcke enthält (Rosenmüller l. c.).

sehr billigen Preis bildet [129]. Der verzückte Seher von Patmos sah, als ein Zeichen grosser künftiger Theurung, einen Reuter, welcher, eine Wage in der Hand haltend, rief (Offenbar. VI, 6): *Bilibris tritici denario, et tres bilibres hordei denario.* Im griechischen Text ist für *bilibris* χοῖνιξ gesagt, welches auch ἡμερησία τροφή, „Nahrung für einen Tag" genannt wurde (s. Boeckh, Staatshaush. der Athen. I, 15, Not. 411. 422) [130]. ˙Da der gewöhnliche Preis eines Modius Korn im Gewicht von sechzehn Pfund damals einen Denar oder etwas weniger betrug, so stieg

---

[129] Die Siebenzig haben das hebräische SEAH, סְאָה, durch μέτρον, auch μετρήτης, übersetzt, welches vier und einem halben Modius entspricht und etwa 72 Pfund ausmacht. In Sicilien, der Kornkammer der Römer, ward ein etwa 16 Pfund ˙Getraide enthaltender Modius auf 3 Sesterze oder 3/4 eines Denars geschätzt (Cic. in Verrem III, 75), so dass in ˙Rom der Modius gewöhnlich für einen Denar verkauft werden musste (cf. Tacit. Annal. XV, 39). In Fossombrone erwarb L. Messius Rufus zur Zeit des Kaiserreichs sich die˙Ehre einer Statue, QVOD ANNONA KARA FRVMENT. DENARIO MODIVM PRAESTITIT (Gruter. p. 434, 1). Die berühmte. *tabula alimentaria* von Velleja weiset behuf monatlicher Alimente 4 Denare jedem Knaben und 3 Denare jedem Mädchen an, und die Inschrift von Terracina 5 Denare den Knaben und 4 Denare den Mädchen (Borghesi, Bull. arch. 1839, p. 155); diese Anweisungen setzen voraus, dass das Korn etwas mehr oder weniger als einen Denar der Modius gekostet habe, weil auch den Sclaven jeden Monat 4 Modii Korn zur Nahrung gegeben werden mussten (s. oben Note 123). Der Ueberfluss an Gerste und ihre geringere Nährkraft veranlasste übrigens, dass sie an vielen Orten nicht mehr kostete als die Hälfte des Korns, oder auch weniger (s. Boeckh, Staatshaush. der Athen. I, 15, Note 422; Letronne, Considerat. p. 114; cf.˙Peyron, Acad. di Torino, Ser. II. T. XXXIII. p. 23; Ser. II. T. III. p. 77; C. I. Gr. T. III. p. 300).

[130] Hieraus ergiebt sich der Grund, warum, eb⬤ so wie ein anderes Körnermass, dort die χοῖνιξ mit erwähnt wird, welche ausreicht, um für einen Tag das Leben zu erhalten. Aus einem ähnlichen Grunde erklärt sich wahrscheinlich das bestimmte Gewicht ΔΙΛΕΙΤΡΟΝ ΙΤΑΛΙΚΟΝ eines antiken Bleies des Kircher'schen Museums (Secchi, Campione d'antica˙Bilibra Romana. Roma 1835).

bei der vorher verkündeten Theurung derselbe auf das Achtfache des gewöhnlichen Preises [131]).

III. Preis der Thiere. In den glücklichen Tagen des friedliebenden Salomo, welcher *praebuit argentum et aurum in Jerusalem quasi lapides* (2 Chron. I, 15), ward ein schönes Pferd für das königliche Viergespann in Aegypten und in Coa für die Summe von 150 Sekel gekauft (1 Kön. X, 29; 2 Chron. I, 17) [132]). Zur Zeit

[131]) Zur Zeit des Streites der Brüder Hyrcanus und Aristobulus um das jüdische Reich herrschte solche Theurung der Lebensmittel, dass ein Modius Korn 11 Drachmen kostete, oder die Choinix etwa ein und eine halbe Drachme (Flav. Jos. Ant. Jud. XIV, 2, 2). Auch in der griechischen und römischen Geschichte fehlt es nicht an Beispielen ähnlicher Theurung des Korns (s. Boeckh, Staatshaush. der Athen. I, 15, Note 430; cf. C. I. Gr. III. p. 300).

Der Preis des Oels, welcher in der heiligen Schrift nicht erwähnt wird, kann aus einer classischen Stelle des Flav. Josephus (B. Jud. II, 21, 1; De vita sua, §. 13) abgeleitet werden. Er erzählt, wie sein Nebenbuhler Johannes von Giscala Oel in Caesarea verkauft habe, für eine Drachme je zwei Sextarii, indem er in seiner Heimath für einen Stater oder vier Drachmen je achtzig Sextarii eingekauft habe. In Galiläa konnte man übrigens für eine Drachme ein Mass Oel im Gewicht von 20 Sextarii oder etwa 400 römischen Unzen kaufen. Ein so geringer Preis könnte fast unglaublich scheinen; aber man muss bedenken, dass in Palästina der Ueberfluss an Oel so gross war, dass damals ein einziger Oelbaum ungefähr 1000 Pfund lieferte (Ackermann, Archaeol. §. 71), und dass in jenem Jahre eine ungewöhnlich reiche Ernte stattgefunden haben konnte.

[132]) Vorausgesetzt, dass der Sekel damals tetradrachmisch war, kostete eines jener königlichen Pferde 600 Drachmen, ein nicht zu hoher Preis, indem in Athen zur Zeit des Aristophanes ein gutes Renn- oder Sattelpferd mit 12 Minen oder 1200 Drachmen bezahlt wurde (Boeckh, Staatshaush. der Athen. I, 14, Note 334). Der Equus publicus, in Rom geschätzt *mille assariorum* (Varro, L. L. VIII, 71, ed. Müller) ist vielleicht auf die Silbermünze vorhergehende Zeiten zu beziehen und giebt deshalb keine sichere Regel. Ebenfalls waren in Rom zu Varro's Zeiten (R. R. II, 1, 14) die Esel von Reate dergestalt geschätzt, dass seiner Angabe nach *asinus venierit sestertiis millibus sexaginta, et unae quadrigae constiterint quadringentis millibus*, oder 73,700 jetzige italienische Lire (s. Letronne, Tabul.).

Mosis scheint ein schöner fleckenloser Widder auf etwa
zwei Sekel Silber geschätzt zu sein (Levit. V, 15; cf.
Comment. Soc. Gotting. T. III. p. 166—168) [133]). Zu
unseres Erlösers Lebzeiten wurden in Jerusalem zwei
Sperlinge für einen As, und fünf für einen Dupondius
oder zwei As verkauft (s. oben Note 93) [134]).
· IV. Preis der Sclaven. Obgleich nach dem mosaischen Gesetze die unglücklichen Sclaven mit grosser
Menschlichkeit behandelt werden sollten (s. Ackermann,
Archaeol. §. 170), so wurden sie doch wie jedes andere
Eigenthum zu einem Preise nach Gelde abgeschätzt. Der
junge Joseph ward von seinen neidischen Brüdern für
zwanzig Sekel den Ismaeliten verkauft (1 Mos. XXXVII,
28), welche ihn für einen etwas höheren Preis in dem
nahen Aegypten wieder verkauften. Und wirklich ward
in dem mosaischen Gesetze das Leben eines Sclaven oder
einer Sclavin durchschnittlich auf dreissig Sekel geschätzt
(2 Mos. XXI, 32). Und unser Erlöser hat es zugelassen,
dass sein Leben für dreissig Sekel von seinem treulosen
Schüler Judas verkauft wurde (Matth. XXVI, 15) [135]).

---

[133]) Ein gutes, zum Opfer bestimmtes Schaf galt in Athen
ungefähr 10 Drachmen oder zwei und einen halben Sekel (Boeckh,
Staatsh. I, 14, Note 346; s. auch Not. zum C. I. Gr. Nr. 1688).

[134]) In Athen gab man für sieben Finken (σπίνοι, Aristophan.
Av. v. 1079) einen Obol oder drei As, so viel als 15 Centesimi der
italienischen Lire. In Jerusalem musste der Preis lebender kleiner
Vögel etwas höher sein als an andern Orten, wegen der sehr häu-
figen Darbringungen, welche dem Tempel gemacht werden mussten
(3 Mos. XIV, 4 u. s. w.)

[135]) In Athen schwankte der Preis eines Sclaven von 100 bis
200 Drachmen (Boeckh, Staatshaush. der Athen. I, 13), und zu Alexandria in Aegypten betrug der Preis eines Sclaven 120 Drachmen
(Flav. Jos. Ant. Jud. XII, 2, 3), welche genau 30 tetradrachmischen
Sekeln entsprechen. In Rom scheint derselbe 200 Denare nicht überstiegen zu haben. Zu seinem Unterhalt erhielt dort der Sclave

V. Lohn eines Tages, Monats und Jahres. In
den Tagen unseres Erlösers Jesus Christus betrug der
Tagelohn eines Landarbeiters einen Denar, wie die evangelische Parabel ergiebt (Matth. XX, 1—16): *Conventione
facta ex denario diurno acceperunt singulos denarios* [136]. Es

monatlich 4 oder 5 Modii Korn und 5 Denare baar (Seneca, Epist.
LXXX, 7), und wenn er mässig und fleissig war, konnte er nach
Verlauf von sechs Jahren ein genügendes Privatvermögen (*peculium*)
behuf seiner Loskaufung zusammenbringen (Cic. Philipp. VIII, 11).
Im Laufe von sechs Jahren nahm er 360 Denare ein, und wenn er
nur die Hälfte für Kleidung und andere Bedürfnisse ausgab, blieben ihm 180 zur Loskaufung. Daraus erhellt der Grund, weshalb
gegen tausend Kaufleute in Folge des Edicts des Nicanor schleunig
herbeieilten, welcher für ein Talent 90 Sclaven zu geben versprochen hatte, wonach der Kopf auf ungefähr 67 Drachmen zu stehen
kam (s. oben Note 114). In ausserordentlichen Fällen war der
Preis eines Sclaven ungemein niedrig. Die von den Peloponnesiern
gefangenen Leute von Iasos wurden von ihnen in Masse an Tissa-
phernes für eine Darike oder 20 Drachmen per Kopf verkauft
(Thucyd. VIII, 28). Nachdem die Länder des Pontus von den Folgen des mithridatischen Krieges völlig· befreit waren, ward ein
Sclave für vier, und ein Ochse für eine Drachme verkauft (Appian.
Mithrid. 78). Auch variirte der Preis bedeutend je nach den per-
sönlichen Verhältnissen und Eigenschaften. So ward in Athen ein
Sclave mit 200 Drachmen bezahlt, während ein anderer kaum 50
galt, und wieder ein anderer 500 oder auch 1000 kostete (Xenoph.
Memorab. II, 5, 2; vgl. Boeckh, Staatshaush. der Athen. I, 13;
Letronne, Journ. des Savants, 1833, p. 484).

[136] Dass ein Denar um die Zeit des Erlösers der tägliche Lohn
eines Arbeiters gewesen, wird auch durch eine von den alten Syna-
gogenlehrern erzählte Geschichte bestätigt (Breschith R. LXI, 6; cf.
Michaelis, Comment. Soc. Gotting. T. III. p. 146). Nach dieser
haben ihre Vorfahren zu Alexanders des Grossen Zeit den Aegyptern, welche von ihnen das bewegliche, aus Aegypten unter Mosis
Führung weggebrachte Gut zurückforderten, geantwortet, dass sie
ihrerseits den täglichen Lohn eines Denars für 600,000 Hebräer zu
fordern hätten, welche während der Dauer von 210 Jahren unge-
rechterweise in Aegypten zu Sclavenarbeiten gezwungen worden
wären. Solchergestalt hätten die Israeliten von den Aegyptern
45,990,000,000 Denare haben müssen, eine Summe, welche den Werth
des angesprochenen beweglichen Guts gewiss bedeutend überstieg.

könnte Jemand den Zweifel erheben, ob von einem wirklichen Denar die Rede sei oder von einem nur nominellen von zehn As, wie er zur täglichen Löhnung der römischen Soldaten diente; aber ohne Zweifel ist ein wirklicher Denar gemeint, denn sonst würde gesagt sein: zehn As, gleichwie an andern Stellen: ein As, zwei As oder ein Dupondius [137]. . Auch der gute Tobias überwies dem Reisebegleiter seines jungen Sohnes eine Drachme für den Tag (δραχμὴν τῆς ἡμέρας, Tob. V, 7), ausser der Nahrung und andern nothwendigen Dingen; es ist deshalb sehr wahrscheinlich, dass die Arbeiter im Weinberge ausser dem täglichen Denar von dem Herrn auch die tägliche Kost erhalten haben [138].

[137] Dieses wird bestätigt, wenn man erwägt, dass der aufrührerische Percennius, indem er die traurige Lage des gemeinen Römers beklagt, nachdem er gesagt: *denis in diem assibus animam et corpus aestimavi*, hierauf sich begnügt, *ut singulos denarios mererent* (Tacit. Annal. I, 17). Rücksichtlich der Veränderungen im Solde der römischen Soldaten s. Letronne, Consider. p. 27—29. 86. In Aegypten erhielt der Soldat unter den Ptolemäern ausser dem Brode jeden Monat etwa sechs Silberdrachmen, oder etwas mehr als einen Obol täglich (C. I. Gr. T. III. p. 303), und zu den Zeiten des Septimius Severus alle zwei Monat sieben Artaben Korn und zwanzig Obolen (C. I. Gr. Nr. 5109).

[138] In Diocletian's Edict wird unter dem Titel *de Mercedibus Operarum* gesagt: OPERARIO RVSTICO .... DIVRNI DENARII VIGINTI QVINQVE; anscheinend muss PASTO supplirt werden, sowie hernach PASTORI PASTO DIVRNOS DENARIOS VIGINTI. Diese Kupfer-Denare (vgl. oben Note 55) gleichen zwei bis drei Centesimi der italienischen Lire; demzufolge findet man zwei Paar Eier in diesem Edict zu vier Denaren geschätzt. In Athen betrug der Tagelohn eines Feldarbeiters vier Obolen der attischen Drachme (Lucjan. in Timon. 6, 12; vgl. Boeckh, Staatshaush. der Athen. I, 21, Note 545), gleich etwa 64 Centesimi der ·italienischen Lire. Die Arbeiter im Weinberge mussten einen etwas grösseren Lohn haben, theils in Rücksicht der vorzüglichen Sorgfalt, welche dessen Cultur erfordert, theils wegen der Länge des Tages, welche sie sagen lässt: *portavimus pondus diei et aestus.* Varro (R. R. I, 17, 2) zählt *vindemias ac foenisicia* unter die schwereren landwirthschaftlichen Arbeiten.

Der monatliche Gehalt eines ersten Hirten scheint gegen dreissig Sekel betragen zu haben, oder einen Sekel für den Tag, mithin das Vierfache des Lohnes eines gewöhnlichen Arbeiters. Der Prophet Zacharias, welcher die Stelle eines ersten Hirten versah, forderte seinen Lohn, und fügte sodann hinzu: *et appenderunt mercedem meam triginta argenteos* (Zachar. XI, 12) [139].

Der Einfachheit der alten Zeiten entsprechend, ist der Jahreslohn, welchen Micha dem jungen Leviten aus Bethlehem zusagte, als er ihn einlud, bei ihm als Hauspriester zu bleiben (Richter XVII, 10): *Daboque tibi per annos singulos decem argenteos, et vestem duplicem, et quae ad victum sunt necessaria;* und Micha musste wohl vermögend sein, da seine Mutter eine Summe von 1100 Sekeln hatte erübrigen können [140].

---

[139] Der Lohn von einem Sekel für den Tag könnte eher für sehr gross als für sehr gering angesehen werden; aber man möge berücksichtigen, dass der Prophet, neben beständiger Aufmerksamkeit als oberster Hirt, im Laufe eines einzigen Monats den Schmerz und den Schaden gehabt hatte, drei untere Hirten vertreiben zu müssen. Nehemia (V, 15) erwähnt als Beispiel der ausserordentlichen Habgier und Bedrückung der Obersten des Volks, dass sie *gravaverunt populum, et acceperunt ab eis in pane et vino et pecunia quotidie siclos quadraginta* („die vorigen Landpfleger hatten das Volk beschweret, und hatten von ihnen genommen Brod und Wein, dazu auch vierzig Sekel Silber").

[140] In Rom erhielt zur Zeit des Seneca ein Sclave ausser dem Lebensunterhalt jährlich 60 Denare (Seneca, Epist. LXXX, 7); bei der Hypothese derer, welche den ursprünglichen Sekel einer Drachme oder etwas mehr gleichstellen, würde daher der Hauspriester Micha's (abgesehen von der grossen Verschiedenheit des Orts und der Zeit) in eine weniger gute Lage versetzt worden sein, als ein Sclave in Rom. Zum jährlichen Unterhalte des ehebrecherischen Weibes (unter welchem Bilde das gesetzübertretende jüdische Volk zu verstehen ist) gab der Prophet Hoseas (III, 2) 15 Sekel und anderthalb Homer (gleich 45 Modii) Gerste (Hieronymus in Hos. l. c.), welches ungefähr den 48 Modii entspricht, die ehemals einem Sclaven in Rom gegeben wurden (s. oben Note 123).

VI. Tribute und ausserordentliche Auflagen.

Zwar mussten die Israeliten ihren Königen einige Abgaben entrichten; worin dieselben jedoch bestanden, kann nicht angegeben werden (Ackermann, Archaeol. §. 228), abgesehen von dem jährlichen halben Sekel zum Tempeldienst, und dem Zins-Denar, seit Judäa den Römern unterworfen war. Von ausserordentlichen Auflagen haben wir nur ein Beispiel um das Jahr 760 vor unserer Zeitrechnung (2 Kön. XV, 20). Als Menahem, König von Israel, dem Könige der Assyrer, Phul, welcher ihm behuf Befestigung in seiner Herrschaft Hülfe geleistet hatte, tausend Talente Silber bezahlen musste, *indixit argentum super Israel cunctis potentibus et divitibus, ut daret regi Assyriorum, quinquaginta siclos argenti per singulos* („und Menahem setzte ein Geld auf die Reichsten, funfzig Sekel Silber auf einen jeglichen Mann, dass er dem Könige von Assyrien gäbe") [141]). Die Auflage von funfzig Sekeln auf den Kopf der Mächtigen und Reichen in Israel unterstützt die Annahme, dass der Sekel damals semiuncial gewesen sei; andererseits würde dieselbe zu gering gewesen sein, wenn man von der Voraussetzung ausgeht, dass der Sekel jener Zeit einer attischen Drachme gleich gewesen sei, und dass mithin funfzig Sekel nur etwas mehr als sechs Unzen Silber ausmachten.

---

[141]) Die Taxe von 50 Sekeln für den Kopf, um eine Summe von 1000 Talenten oder 3,000,000 Sekeln zu erhalten, zeigt, dass es im Königreich Israel 60,000 hinreichend vermögende Personen oder Familienhäupter gegeben habe, was durchaus nicht unwahrscheinlich ist.

Anhang.

Zu §. 3. des zweiten Capitels.

Die Kenntniss der unter römischer Herrschaft in Judäa geprägten Münzen ist neuerlich durch einen Aufsatz des bekannten französischen Numismatikers F. de Saulcy in der von Cartier und L. de la Saussaye herausgegebenen Revue numismatique, Jahrg. 1853, Heft XVIII, S. 186 fg., mit zwei Tafeln Abbildungen, bereichert, weshalb es der Uebersetzer für nicht überflüssig hält, demselben das Nachstehende zu entnehmen.

Herr de Saulcy hat während eines längern Aufenthalts zu Jerusalem mit grösster Sorgfalt sich alle noch erkennbaren Münzen zu verschaffen gesucht, welche die Kinder der heiligen Stadt und die Fellahs des Dorfes Siloam täglich nach den starken Regengüssen der Wintermonate unter den ungeheuern Trümmern der Seiten des Berges Zion und Moria aufsuchen. Er sieht diese Münzen als lediglich jerusalemschen Ursprungs an und legt hierbei auf den Fundort besonderes Gewicht, weil Kupfermünzen, namentlich solche von geringer Grösse, sich niemals weit von demjenigen Orte entfernen, der sie zum Zwecke des täglichen Verkehrs hat entstehen lassen.

Nach Voranstellung der betreffenden geschichtlichen Thatsachen stellt de Saulcy folgende chronologische Tafel auf, mit deren Hülfe es leicht wird, die hier fraglichen Münzen zu classificiren.

Vor Christi Geburt.

30. Schlacht bei Actium.

29.
28.
27.
26.
25.
24.
23.
22.
21.
20.
19.
18.
17. } Regierung Herodes des Grossen
16. in Judäa.
15.
14.
13.
12.
11.
10.
9.
8.
7.
6.
5.

4. Tod Herodes des Grossen. Archelaus wird als König der Juden ausgerufen.

3. Augustus gestattet ihm den Königstitel nicht, sondern den eines Ethnarchen.

2.
1.

Jahre der christlichen Zeitrechnung.

1.
2.
3.
4.
5.
6. Archelaus wird wegen schlechter Verwaltung abgesetzt. Herodes Antipas wird Herr von Judäa, aber unter römischer Oberhoheit, indem Judäa

zur Provinz geworden ist. Coponius wird zum kaiserlichen Procurator von Judäa ernannt.

7.
8.
9.
10. Marcus Ambivius ersetzt Coponius.
11.
12.
13. Annius Rufus, Procurator von Judäa.
14. 19. Aug. Tod des Augustus. Tiberius folgt ihm in der Regierung.
15. Valerius Gratus ersetzt den Annius Rufus.
16.
17.
18.
19.
20.
21.
22.
23.
24.
25.
26. Pontius Pilatus wird zum Procurator von Judäa ernannt.
27.
28.
29.
30.
31.
32.
33.
34.
35.
36.
37.
38. Pontius Pilatus abgesetzt. Marcellus ersetzt ihn gegen Ende März. Tiberius stirbt. Sein Nachfolger Caligula erhebt seinen Freund Agrippa auf den Thron.
39. Ende der Regierung des Herodes Antipas.
40.
41. 24. Januar, Caligula durch Chaereas ermordet. Sein Nachfolger

	Claudius bestätigt die Ernennung Agrippa's zum Könige von Judäa.	54.	13. Octob. Tod des Claudius. Nero tritt die Regierung an.
42.	Agrippa trifft in Jerusalem ein.	55.	Nero vergiftet den Britannicus.
43.		56.	
44.	Agrippa stirbt zu Caesarea. Sofort wird Cuspius Fadus zum Procurator von Judäa ernannt.	57.	
		58.	
45.		59.	
46.	Auf Fadus folgt Tiberius Alexander.	60.	Porcius Festus folgt auf Cl. Felix.
47.		61.	Porcius Festus stirbt. Albinus ist sein Nachfolger.
48.	Ventidius Cumanus folgt auf Alexander.	62.	
49.		63.	
50.		64.	
51.		65.	Gessius Florus folgt auf Albinus.
52.	Claudius Felix ist zum Procurator von Judäa ernannt.	66.	
		67.	
53.		68.	9. Jun. Tod Nero's.

Obwohl de Saulcy achtundzwanzig unter der Regierung des Augustus geprägte Münzen gesammelt hat, so tragen dieselben doch nur zwei Jahresbezeichnungen: L ΛΘ und L MA, d. i. Jahr 39 der actischen Aera oder Jahr 9 der christlichen Zeitrechnung, und Jahr 41 der Aera von Actium oder Jahr 11 der christlichen Zeitrechnung.

Wenn Eckhel ausser diesen Münzen auch noch Stücke mit L Γ, ΛΓ, ΛΕ und M beschreibt, so glaubt de Saulcy, diese Daten wegen des schlechten Zustandes der dem gelehrten Numismatiker vorgelegen habenden Exemplare als falsch gelesen bezeichnen zu dürfen, denn vor dem Jahre 37 der actischen Aera war Judäa noch nicht römische Provinz, mithin würden Γ und ΛΓ schwer zu erklären sein, während ΛΕ offenbar ein etwas verstümmeltes ΛΘ, und M nichts anderes als MA ist, dessen zweite Ziffer von der Zeit zerstört worden.

Auch de Saulcy schliesst seinen Catalog der von den römischen Procuratoren in Jerusalem geprägten Münzen mit der im fünften Regierungsjahre Nero's (59 n. Chr.)

geprägten, wie unser Verfasser. Indess verwirft er die
Möglichkeit der Existenz noch später geprägter Stücke
keineswegs, meint aber, dass sie jedenfalls von höchster
Seltenheit sein würden, weil seit Eckhel die in Jerusalem
selbst angestellten sorgfältigsten Nachforschungen ohne
Erfolg geblieben sind. Was die von unserm Verfasser, mit Eckhel u. A.,
Agrippa II zugeschriebenen Münzen betrifft, so legt
de Saulcy dieselben Agrippa I bei. Sein Hauptgrund
ist der, dass er in Jerusalem funfzehn Exemplare dieser
Münze, sämmtlich mit Bezeichnung des sechsten Regie-
rungsjahres versehen, gesammelt hat. Schon deren Fundort spricht für deren Ausprägung in Jerusalem, während
Agrippa II König von Chalcidene war; ausserdem ist zu
berücksichtigen, dass im Jahre 42 n. Chr. Agrippa I in
Jerusalem installirt wurde, die vorerwähnten funfzehn
Exemplare de Saulcy's aber sämmtlich von dem folgenden Jahre herrühren, also von einem Zeitpunkte, wo
Agrippa I sich auf dem höchsten Gipfel seiner Macht
befand. Unter diesen Umständen glaubt de Saulcy die
von andern Numismatikern aufgeführten Münzen mit den
Regierungsjahren Z und Θ (7 und 9) nur einer durch
schlechte Erhaltung herbeigeführten unrichtigen Lesart
beimessen zu müssen. Eine Münze mit H (8) führt
übrigens Eckhel keineswegs an, wie de Saulcy irrthüm-
lich angiebt. Eine, wiewohl sehr geringe Unterstützung
der Ansicht de Saulcy's glaubt der Uebersetzer in zwei
Exemplaren seiner Sammlung zu finden, welche er der
Güte des Herrn Dr. Schledehaus in Alexandrien verdankt,
indem dieselben, wiewohl undeutlich, ebenfalls ein S (6),
nicht aber etwa eine andere Zahl erkennen lassen.

Erklärung der Abbildungen.

Titel-Vignette: Sekel Simeon's vom Jahre II (s. oben S. 18, Nr. 1).

Die lithographirte Tafel zeigt:

1. Sekel Simeon's vom Jahre I (S. 18, Nr. 1).
2. Halber Sekel desselben vom Jahre II (S. 19, Nr. 2).
3. Sekel desselben ohne Jahr. (S. 19, Nr. 5).
4. Halber Sekel vom Jahre II (S. 19, Nr. 6).
5. Viertel Sekel (S. 20, Nr. 8). Diese Münze ist von Barcocheba auf einen Denar Trajan's so sorglos geprägt, dass das ursprüngliche Gepräge und einige Worte der Umschrift erkennbar geblieben sind (vgl. Note 14).
6. Bronzemünze aus dem vierten Jahre (S. 21, Nr. 17).
7. Desgleichen, ohne Angabe des Jahres (S. 21, Nr. 20).
8. Desgleichen (S. 20, Nr. 12).
9. Bronzemünze (Chalcus) Königs Agrippa I vom Jahre VI (S. 53, Nr. 11).
10. Bronzemünze (Lepton) des Kaisers Augustus aus dem Jahre ΛΘ (XXXIX) der actischen Aera (9 n. Chr.) (S. 65, Nr. 1).
11. Desgleichen von Nero, mit dem Regierungsjahre L Є (V) oder 59 n. Chr. (S. 66, Nr. 16).
12. Darike in Gold (S. 84, Nr. 1).
13. 14. Silberne Darike (vgl. S. 85).

Hofbuchdruckerei der Gebr. Jänecke in Hannover.

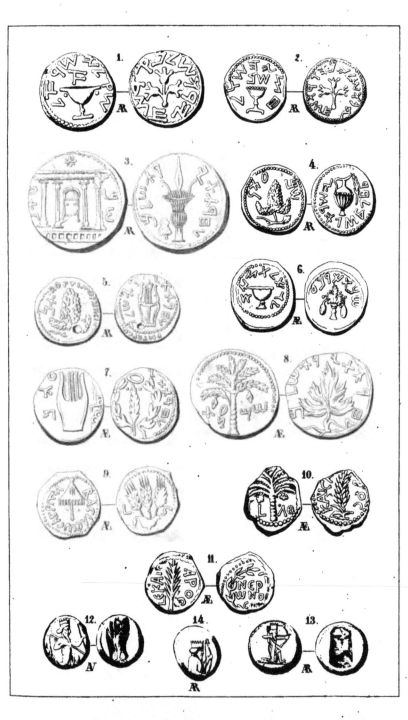

Biblische Numismatik

oder

Erklärung der in der heil. Schrift erwähnten alten Münzen

von

D. Celestino Cavedoni.

Aus dem Italienischen übersetzt und mit Zusätzen versehen

von

A. von Werlhof,

Königlich - Hannoverschem Ober - Appellationsrathe.

Zweiter Theil.

Enthaltend

Anhang und Nachträge.

Mit zwei Tafeln Abbildungen.

Hannover.

Hahn'sche Hofbuchhandlung.

1856.

Vorwort.

Kurze Zeit nach dem Erscheinen der von mir
im vorigen Jahre herausgegebenen Uebersetzung
von Celestino Cavedoni's „Numismatica Biblica"
kam das von F. de Saulcy, Membre de l'Institut,
Académie des Inscriptions et Belles-Lettres, bereits
im Jahre 1854 zu Paris (Firmin Didot Frères)
erschienene Werk: „Recherches sur la Numismatique
Judaïque (4to, 192 Seiten und 20 Tafeln Abbildungen) zu meiner Kenntniss. Dasselbe bereichert die
hebräische Münzkunde durch eine bedeutende Anzahl, von dem Verfasser in Palästina gesammelter,
bisher unbekannter Münzen ganz ausserordentlich,
und verbindet damit eine völlig neue, der bisherigen Annahme widerstreitende Classification der jüdischen Münzen, deren Richtigkeit in mancher Hinsicht anerkannt, in anderer Hinsicht aber entschieden bestritten werden muss. Jedenfalls machte das
Erscheinen des de Saulcy'schen Werkes eine Ergän-

zung der „Biblischen Numismatik" unumgänglich
erforderlich, und ich war im Begriff diese Arbeit
zu unternehmen, als im October v. J. der hoch-
verdiente Bibliothekar zu Modena, Abbate C. Cavedoni, mir einen von ihm verfassten „Appendice
alla Numismatica Biblica, Estratto del Tomo XVIII
della Serie Terza delle Memorie di Religione, di
Morale e di Letteratura" (Modena 1855) zusandte
und die Bitte aussprach, auch diesen Nachtrag
durch Uebersetzung dem deutschen Publicum zugänglicher zu machen („Le rendo molte e debite
grazie della bontà ch'Ella ebbe di prendere in con-
siderazione quel povero mio lavoro, che feci pro-
prio solo ad onore di Dio benedetto, e che veggio
perciò favorito dalla Divina Providenza. Ella avrà
veduto che poco conto ne facesse il De Saulcy;
ma spero di aver risposto in modo soddisfacente
al De Saulcy medesimo nell' Appendice. — Spererei
ch' Ella si compiacesse di tradurre anche quest'
Appendice, che torna necessaria a chi possiede la
Num^ca Biblica. Il De Saulcy ha commesso un grave
peccato togliendo a Simon Maccabeo i Sicli, Mezzi-
Sicli etc. che di certo spettano a lui; ma d'altra
parte si rese molto benemerito di questa classe im-
portantissima delle antiche monete restituendo a
Barkokeba le dramme, i tetradrammi etc. insigniti
del nome di Simone. Ed io spero di avere de-
finitivamente convalidate queste attribuzioni segna-

tamente con l'indicazione del tetradrammo Imperiale
Antiocheno del Museo Kircheriano recuso da Barkokeba medesimo, di cui discorro nella Postilla in
fine dell' Appendice"). Dieser eben so ehrenvollen als
freundlichen Aufforderung entsprechend liefere ich
im Nachstehenden eine Uebersetzung des Cavedoni'-
schen Nachtrages, die allen Besitzern der „Biblischen Numismatik" unentbehrlich sein dürfte. Ich
habe mich darauf beschränkt, einige wenige Bemerkungen einzuschalten, zu denen eine gefällige
Mittheilung des Herrn Dr. Jul. Friedländer über
verschiedene im königlichen Museum zu Berlin vor-
handene jüdische Münzen Anlass gab, und durch
welche u. a. die Reihe der bisher bekannten jüdischen Münzen abermals um zwei (aus der Regierungszeit Tiber's) vermehrt wird. Es hat mir ferner
nothwendig geschienen, zwei Tafeln Abbildungen
hinzuzufügen, welche dem italienischen Originale
fehlen. Die erste liefert eine Darstellung der auf
den Münzen vorkommenden Schriftzeichen, welche
man gewöhnlich samaritanische nennt, richtiger aber
als alt-hebräische zu bezeichnen hat. Die grosse
Mannigfaltigkeit, in der derselbe Buchstabe, noch
dazu oft undeutlich, auf den jüdischen Münzen
dargestellt wird, bildet einen genügenden Grund,
die Inschriften bei den Münzbeschreibungen in neu-
hebräischer Schrift wiederzugeben; für das genauere
Studium der Münzen selbst wird jedoch die hier

gegebene, von dem berühmten Eckhel bearbeitete
Tafel von Nutzen sein. Die zweite Tafel bietet
eine Auswahl der von de Saulcy publicirten Münzen nach den von ihm gegebenen Abbildungen.

Nach diesen Vorbemerkungen über Anlass und
Zweck der gegenwärtigen Arbeit wende ich mich
mit besonders grosser Freude zu der wohlwollen-
den Aufnahme, welche der deutschen Bearbeitung
der „Biblischen Numismatik" in der gebildeten und
gelehrten Welt zu Theil geworden ist und in zahlreichen längeren oder kürzeren Anzeigen und Re-
censionen sich kund gegeben hat [Göttinger gelehrte
Anzeigen 1855, Nr. 128 v. 11. Aug. S. 1276—1280
(G. Schmidt); ebendaselbst Nr. 140 v. 1. September,
S. 1388—1397 (H. Ewald). Neue Jahrbücher für
Philologie und Pädagogik von Jahn, fortges. von
Klotz, Dietsch und Fleckeisen (Leipz.), Band 71
und 72, Heft XI, S. 553—558 (Herrmann). Ham-
burger Correspondent Nr. 135 v. 8. Juni 1855.
Hannoversche Zeitung Nr. 378 v. 14. Aug. 1855.
Hannoverscher Courier Nr. 298 v. 27. Aug. 1855.
Kölnische Zeitung Nr. 234 v. 24. Aug. 1855.
Petri, Zeitblatt f. d. Angelegenh. d. luther. Kirche,
1855, Nr. 28, S. 248. Menzel, Literaturbl. Nr. 80
v. 6. Oct. 1855, S. 320. Eine Recension des ehrwürdigen Herrn Geh. Rath Creuzer in Heidelberg
in den Münchener gelehrten Anzeigen ist mir noch
nicht zu Gesicht gekommen]. Insbesondere fühle

ich mich dankverpflichtet für die meiner Thätig-
keit als Uebersetzer und Herausgeber gewordene
freundliche Anerkennung und Nachsicht, ja ich
kann wohl sagen, für das hin und wieder zu
reichlich gespendete Lob. Einer der Herren Re-
censenten sagt am Schlusse seiner Besprechung
(Neue Jahrb. f. Philol. u. Päd. Bd. 71 u. 72, S. 558):
„Auch die Schule muss sich für die vorliegende
Schrift ihm (dem Uebers.) verpflichtet fühlen, da
sie bei der unschwierigen und angenehmen Dar-
stellungsweise, überall die nöthigen Vorkenntnisse
unterbreitend, eine um so passendere Lectüre für
Schüler höherer Classen zu werden verspricht, als
sie einen an sich so ansprechenden Gegenstand
des Alterthums in unmittelbarer, den Geist der
Frömmigkeit nährender Beziehung zum Christen-
thum behandelt. Dass sie für den gründlich for-
schenden Theologen als unentbehrlich zu betrach-
ten sei, bedarf keiner Bemerkung" — und ich
schliesse dem hier ausgesprochenen Wunsche von
ganzer Seele mich an, hoffend, dass auch in dieser
Hinsicht richtige Erkenntniss der heiligen Schrift
nicht bei den Numismatikern bleibe, sondern in
immer weitere Kreise dringe.

Die Recension des Herrn Professors Ewald in
Göttingen (Gött. gel. Anz. 1855, S. 1391) tritt in
zwei Beziehungen gegen Cavedoni in die Schran-
ken, und macht ein etwas eingehenderes Besprechen·

hier erforderlich. Cavedoni hat S. 4 u. 5 Herodot's Ausspruch (Hist. I, 94): dass die Lydier zuerst Gold- und Silbermünzen geprägt, in Zweifel gestellt, und die Erfindung des Geldprägens für den Argiver Phidon in Anspruch genommen. Herr Professor Ewald wirft hiergegen ein: „Ist Münzen in seiner nächsten Bedeutung Nichts als den Werth eines bestimmten Stückes Metall auf ihm bezeichnen und ,dazu das Zeichen der Macht setzen, welche diesen Werth anerkenne und ihn aufrecht zu erhalten An- sehn genug habe, so wüssten wir nicht, warum in diesem Sinne gemünztes Geld in Asien, namentlich von den Phönikern aus, nicht sehr alt sein sollte; und wir können manche Stellen des A. T. sonst gar nicht verstehen. Nur bekümmerte sich in jenen ältesten Zeiten die Reichsmacht als solche nicht darum: es waren gewiss weltbekannte mächtige Kaufmannshäuser, wie wir sie uns schon sehr früh ganz in der Nähe des Volkes Israel, in Sidon und Tyros, blühend denken müssen, welchen man diese Erfindung und diese Weltmacht verdankt. — — — Eine grosse Verbesserung für jene Urzeiten war es dann allerdings, wenn die Reichsmacht selbst sich dieser öffentlichen Sache unmittelbar annahm und in ihrem eigenen Namen Münzen schlug; und wir wüssten nicht, warum nicht wirklich, wie He- rodot erfahren hatte, zuerst die Lydier Münzen in diesem Sinne geschlagen und darin sowohl den

Griechen als ihren nächsten Nachfolgern in Kleinasien, den Persern, das Beispiel gegeben haben
sollten. Hat man bis jetzt noch kein Münzstück
wiedergefunden, welches man für noch vom lydischen Reiche geprägt halten sollte, so würde dies
allein keinen genügenden Gegenbeweis bilden."

Im Allgemeinen muss ich hier der Ewald'schen
Ansicht vollkommen beitreten, wie ich denn dieselbe
auch bereits in meinem Handbuche der griechischen
Numismatik (Hannover 1850) S. 26 — 33 ausführlich entwickelt habe. Indem ich hierauf mich beziehe, mache ich zugleich darauf aufmerksam, dass
diejenigen Gelehrten, welche für ihren Satz: das
erste Geld sei in Aegina geprägt, sich auf die parische
Chronik berufen, in doppelter Hinsicht aus derselben
zu viel folgern. Die s. g. parische Chronik lautet
nämlich, so weit sie hier in Betracht kommt:

ΑΦ. ΟΥ. Φ-ΔΩΝ. Ο. ΑΡΓΕΙΟΣ — — — ΕΣΚΕΥΑΣΕ.
ΚΑΙ. ΝΟΜΙΣΜΑ. ΑΡΓΥΡΟΥΝ. ΕΝ. ΑΙΓΙΝΗ. ΕΠΟΙΗΣΕΝ.
ΕΝΔΕΚΑΤΟΣ. ΩΝ. ΑΦ. ΗΡΑΚΛΕΟΥΣ *(Ex quo Phidon Argivus — — — apparuit, et nummum argenteum in Aegina signavit, undecimus ab Hercule.)* —

(vergl. „Marmor Parium cum commentario Caroli
Muelleri" — als Anhang der „Fragmenta Histo-
ricorum Graecorum" Vol. I, Paris, Didot 1841,
p. 546 u. 578 folg.). Es wird hier nur gesagt:

    1) Phidon, König der Argiver, hat Silbermünzen
       geprägt, nicht aber, dass er der Erste gewesen,

der dies gethan, eben so wenig, dass er Goldmünzen geprägt habe;

2) dass in Aegina Silbermünzen geprägt sind;
damit ist aber nicht gesagt, dass dies nicht
auch anderswo gleichzeitig oder. früher geschehen sei.

Die von der parischen Chronik angegebene Zeit
fällt zwischen 783 oder 770 und 744 oder 730
vor Chr., und es ist allerdings von grosser Wichtigkeit, dass hiermit festgestellt ist, dass mindestens
von jener Zeit an die Ausmünzung des Silbers in
Griechenland datirt. Damit steht jedoch Herodot's
Aeusserung durchaus nicht im Widerspruch, und
auch Cavedoni bezweifelt dessen Richtigkeit keineswegs, sondern sagt a. a. O. ausdrücklich: „man
könne die Vermuthung aufstellen, dass die Lydier
zuerst ein Zeichen den Gold- und Silberbarren
aufdrückten, um den Werth und die Güte zu vergewissern, damit sie einen desto ungehindertern
Umlauf im Verkehre hätten. Und dasselbe dürfe
vielleicht von den Phöniciern als ersten Erfindern
des Geldes gesagt werden." In der That herrscht
also eine wesentliche Meinungsverschiedenheit zwischen beiden Gelehrten nicht, und kann auch nicht
herrschen, da das Geld nicht etwa das fertige Pro-
duct einer Erfindung, sondern allmäliger Entwickelung und Verbesserungen war. — Steht nun gleich
durch das sichere Zeugniss der parischen Chronik

fest, dass König Phidon im achten Jahrhunderte
vor unserer Zeitrechnung in Aegina Silbermünzen
prägte, so folgt daraus noch nicht, dass die Aegineten nicht schon vor Phidon Geld geprägt haben.
Borell (Num. Chron. vol. II, p. 116) hat vielmehr
bei Beschreibung der von ihm dem König Phidon
zugeschriebenen, einen Delphin zeigenden Münzen,
sehr wahrscheinlich gemacht, dass die bekannten
äginetischen Münzen mit der Schildkröte aus der
ersten Periode dieser Münzgattung, ihrer Fabrik
nach zu urtheilen, noch älter sind als die Münzen
Phidons. Ja, aus dem Inhalte der parischen Chronik
selbst folgert man, dass Phidon die Inselbewohner
bereits im Besitze der Kunst, Geld zu prägen,
gefunden habe, und nur der erste Fürst unter den
Griechen des Continents gewesen sei, welcher diese
wichtige Entdeckung sich zu Nutzen machte. Dem
tritt hinzu, dass die Aegineten selbst, ein unter-
nehmendes seefahrendes Volk, diese Kunst wahrscheinlich von den Lydern bei ihrem Handelsverkehr mit den griechischen Staaten von Kleinasien gelernt hatten (Noel Humphrey, the coin col-
lectors manual, Lond. 1853, vol. I, p. 22).

In aller Kürze mag hier zunächst nur darauf
hingewiesen werden, dass die Aegypter wohl zuerst, so viel wir aus wohlerhaltenen Gemälden
wissen, sich des unter öffentlicher Autorität gewogenen Metalls zum Handel bedienten (vgl. Graesse,

Handb. der alten Numismatik, Leipz. 1854, S. 20
und die dort Alleg.; Noel Humphrey, 1. c. S. 8;
Champollion Figeac, Aegypten, Leipz 1852, S.
380), und zwar in der Form von Ringen, wie sie nicht
nur bei den Celten, Gaelen und Germanen selbst
als Arm- und Halsspangen (*torques*) in Gebrauch
waren, sondern bei vielen afrikanischen Völkern
noch jetzt üblich sind (vergl. die verschiedenen
Aufsätze von Dickinson nebst Abbildungen im
Numismatic Chronicle, Jan. 1849, p. 161; Octob.
1849, p. 82; Juli 1851, p. 57; wobei dann wiederum die gestempelten silbernen Fischangeln von
Ceylon, Hook-money, Num. Chron. Juli 1850,
p. 61, eine interessante Vergleichung darbieten);
ob aber diese Ringe mit irgend einem bestimmten
Kennzeichen oder Gepräge versehen waren, weiss
man nicht, da sich das Dasein derselben zwar aus
den Denkmälern nachweisen lässt, bis jetzt aber
noch keine derselben mit in den Gräbern u. s. w.
aufgefunden worden sind.

Zum kleineren Verkehr scheinen die von ihrer
käferartigen Gestalt so genannten *Scarabaei* aus
glasirtem Steingut gedient zu haben, welche mit
Hieroglyphen (den Namen der Pharaonen oder
Symbolen ägyptischer Gottheiten) versehen sind,
während Scarabäen aus Edelstein geschnitten die
Stelle des Goldes oder Schmuckes vertraten.

Es ist ferner bekannt, dass zur Zeit des trojanischen Krieges geprägtes Geld den Griechen noch fremd war; Homer, der es sonst erwähnt haben würde, sagt, dass ein Ochse · gegen eine Kupferstange von drei Fuss Länge, ein geschicktes Frauenzimmer gegen vier Ochsen umgetauscht wurde u. s. w.

Sehr bezeichnend für die Entstehung wirklicher Münzen, bei denen man (mit Isidorus, Orig. L. XVI, c. 17) dreierlei Requisite zu stellen hat: *metallum, figura et pondus,* sind die griechischen Worte *Drachme* und *Obol,* letzteres von einem griechischen Nagel oder kleinen Obelisk abgeleitet, und ersteres eine Handvoll bedeutend. Sechs kleine Stangen oder Nägel, wie sie in einer Hand gefasst werden können, machen eine Drachme aus, die auch als Münze stets in sechs Obole zerfällt. (Erschöpfenderes über die hier nur angedeuteten Gegenstände liefern Boeckh's metrol. Unters. Berl. 1838.)

Gehe ich hiernach noch specieller auf die schwer zu lösende Frage ein: welches die älteste existirende Münze sei? so sieht Borell, eine grosse Autorität, a. a. O. eine im britischen Museum aufbewahrte Goldmünze von Milet in Ionien ihrer Arbeit nach als solche an, und setzt sie in die Zeit von etwa 800 vor Chr. Diese Münze zeigt den Kopf eines Löwen, ein den Persern und Assyrern geheiligtes Symbol, als Emblem der Kraft, des Edelmuths und der königlichen Würde, und von den Griechen häufig zu mythologischen Andeutungen, namentlich bei Verehrung der Cybele benutzt; die Rückseite aber hat, wie alle ältesten Münzen, eine unregelmässige viereckte Vertiefung. Das sehr rohe Gepräge der Vorderseite und die unregelmässige Vertiefung der Rückseite, welche offenbar nur durch den Druck des eisernen Instruments entstanden ist, welches angewendet wurde, um den fast kugelförmigen Metallklumpen in die, vertieft das Gepräge enthaltende Form hineinzutreiben, weisen diese Münze jedenfalls in die früheste Periode.

Die vermeintlich älteste lydische Goldmünze (von Sestini jedoch der Insel Samos zugeschrieben) hat eben dieselbe unregelmässige Vertiefung und zeigt auf dem Avers die Vordertheile eines Stiers und eines Löwen, einen Typus, der von Persien oder Assyrien entlehnt zu sein scheint, wo der Sieg des Löwen über den Stier den Triumph der königlichen Gewalt über äussere oder innere Feinde andeutet. Ausserdem aber bedeutet der Löwe Hitze oder die Sonne, und der Stier Wasser oder Feuchtigkeit (wie denn auch bei den Griechen der Fluss durch einen Stier personificirt wird); der Kampf dieser Thiere deutet den Sieg der Sonne über die ungesunden Ausdünstungen der Erde an. Diese der Religion der Feueranbeter entnommene Auf-

fassung findet man auf späteren griechischen Münzen (z. B. von Acanthos) mehrfach angedeutet, ein
Beweis, welchen Einfluss die von Central - Asien
ausgegangene Kunst und Civilisation ausübte. Diese
auch in Silber vorkommenden und in diesem Metalle nicht so seltenen Münzen stehen in der archai-
stischen Arbeit der zuerst erwähnten von Milet
gleich und sind vielfach in der Nähe von Sardes
gefunden. Einige glauben sie dem Gyges, einem
Nachfolger Crösus, der zwischen 755 und 700
vor Chr. herrschte und als Beschützer der Künste
bekannt war, beilegen zu dürfen, Andere halten sie
für noch älter.

Ich verlasse hiermit diesen dunkeln Punkt der
antiken Numismatik, indem noch immer, trotz neuerer
Auffindungen, wahr geblieben, was vor mehr als
60 Jahren Joseph Eckhel (Doctr.I, VII) sagte:

*Earum rerum, quarum exordia remotissimae aetatis
tenebris sunt involuta, neque ab iis, qui tum vixe-
runt, memoriae sunt prodita, velle adsignare auctores,
frivolum esse otiosumque existimo, neque hercle ex-
istere hominem sanae mentis puto, qui quae Plinius
de multarum rerum inventoribus tradidit, continuo
fidem habeat. Accedit, quod principia multarum
rerum, quas sive necessitas, sive sperata ac prae-
visa commoda repererunt, ceu navis, aratri, vehiculi,
tam fuere rudia ac simplicia, ut, si quis deus nostris
ea oculis objiceret, eodem ea ne quidem nomine com-
pellaremus. Idem de numis quoque sentiendum, quo-*

rum sane primitus non eadem fuerit forma, quam serius obtinuerunt ii, quos proprie numos dicere solemus, neque etiam, sicubi in Genesi factas numis emptiones legimus, continuo intelligendi numi impresso auctoritate publica signo notati, sed aurum argentumve appensum, aut moleculae vel laminae certum pondus habentes, eaeque adeo etiam numeratae, quod genus numos non cusos solemus appellare.

Herr Professor Ewald bekämpft sodann ferner (S. 1392 folg.) Cavedoni's Ansicht, dass das Wort *Darkhemón* oder *Adarkhemón* dem bekannten Namen *Dareike* entspreche, und dass diese Münze erst seit dem ersten persischen Dareios möglich gewesen sei. Er macht nämlich geltend, dass Ezra, woselbst, wie bei Nehemia, jenes Wort häufig vorkommt, wie die heutige genauere Wissenschaft lehre, schon in den ersten Zeiten des neuen Jerusalem, also bereits vor dem ersten persischen Dareios geschrieben sein müsse. Ferner beachte Cavedoni nicht, dass der vollere Name *Adarkhemón* laute, und halte ohne allen Grund den verkürzten Namen *Adarkhón* (1 Chr. 29, 7) für den ursprünglichen, obgleich der biblische Chroniker erst selbst von seiner spätern Zeit aus diesen gebrauche, jenen aber deutlich in seinen älteren Quellen vorgefunden. Endlich bedenke C. nicht, wie denn, geschweige jener, auch nur dieser kürzere Name *Adarkhón* irgend von Dareios Namen abstammen und so dem

griechischen Münznamen *Dareike* entsprechen könne.
Und so sei es nicht weiter auffallend, dass er
das Richtige bei diesem Münznamen nicht finde
und den so bedeutsamen Wink über die älteste
Münzgeschichte übersehe, welchen er uns gebe.
Der Name entspreche schon seinen Lauten nach
von selbst dem griechischen δραχμὴ: wobei es zunächst ganz gleichgültig sei, ob diese alte morgen-
ländische Drachme an Geldwerth der griechischen
entsprochen oder nicht, da wir aus so vielen Beispielen alter und neuer Zeiten wissen, wie derselbe
Münzname einen ganz verschiedenen Werth bezeichnen könne, theils nach den verschiedenen
Zeiten und Völkern, theils je wie ein solcher Name
auf Gold oder Silber oder Erz angewandt worden.
Zwar leite man nun das Wort δραχμὴ gewöhnlich aus dem Griechischen selbst ab, als sei es
mit δράξ, δράχος und δράγμα einerlei: allein diese
Ableitung stimme nicht einmal zu den Lauten; und
sollte das Wort aus einer mit der griechischen ver-
wandten Sprache abstammen, so könnte man es
doch nicht zunächst aus dem Griechischen ableiten.
Dem Hebräischen aber, so wie dem Phönikischen
und sonstigen uns schon näher bekannten Semitischen sei das Wort ursprünglich noch fremder:
und geschichtlich erscheine es in diesem Kreise
zum ersten Male, als das lydische Reich eben gefallen und für viele Länder das persische kaum

erst an seine Stelle getreten gewesen. So weit
man also nach den gegenwärtig zu Gebote stehenden Beweisen. urtheilen könne, sei das Wort wohl
selbst ursprünglich lydisch, von dort sowohl zu
den Griechen als auch östlich nach dem Aufkommen des persischen Reichs zu den Persern gekommen; und die persische Reichsmünze wäre selbst
eine Nachahmung der lydischen. Man brauche daher auch nicht anzunehmen, erst der dritte oder
vierte persische König habe Münzen schlagen lassen; oder der Dareike habe von einem so unbe-
rühmten Könige wie etwa der medische Dareios
im Buche Daniel sei, seinen Namen empfangen."

Dem berühmten Orientalisten in dieser seiner
Ausführung zu folgen, oder gar ihr entgegen zu
treten, muss ich mich für unbefähigt erklären, will
jedoch bemerken, dass August Boeckh (Metrol.
Unters. S. 34) das Wort δραχμή für wirklich griechisch erklärt, da es eine wohlbegründete griechische Etymologie habe, obwohl Hussey (Essay on
the ancient weights and money &c. Oxf. 1836,
S. 181 f.) δραχμή aus dem Morgenlande ableiten
wolle, während Boeckh zugleich den weltgeschicht-
lichen Zusammenhang der Maasse und Gewichte —
aus denen im Laufe der Zeit Geld oder Münzen
entstanden — als hauptsächlich auf dem Handelsverkehr beruhend nachweist, und einen weiten Blick
in die Völkerverbindungen in sehr entfernten Zeiten

eröffnet, wo auch in diesem Theile bürgerlicher
Einrichtungen ein regelmässiger Entwickelungsgang
statt der Willkühr und des blinden Zufalls zum Vor-
schein kommt, und von Babylon ausgehend, Aegypten, Phönicien mit Palästina, Griechenland, Sicilien
und Italien, rücksichtlich der Maass- und Gewicht-
systeme, eine zusammenhängende Kette bilden.

Herr Professor Ewald hat ferner nicht nur
das de Saulcy'sche Werk einer eingehenden Kritik
unterworfen (Gött. gel. Anz. Nr. 65 v. 25. April
1855, S. 641—655), sondern auch in der Königl.
Gesellschaft der Wissenschaften am 29. März 1855
einen Vortrag über das Zeitalter der ächten Münzen althebräischer Schrift gehalten (Nachrichten von
der G. A. Universität und der Königl. Gesellsch.
der Wissensch. zu Göttingen, Nr. 8 v. 26. April
1855). In beiden Arbeiten kommt derselbe zu
einem sehr verschiedenen Resultate von de Saulcy.
Zunächst verwirft er wie unser Verfasser de Saulcy's
durchaus willkührliche Behauptung, dass man bereits
unter Alexander des Grossen Herrschaft in Jerusalem
Münzen geschlagen habe. Für die Leser dieser
Schrift wird es gewiss von Werth sein, auch Ewald's
Gegengründe zu hören, und so möge es vergönnt
sein, sie hier anzuführen:

„Der Verfasser (de Saulcy) meint seiner Sache
so sicher zu sein, dass er alle die bekannten Münzen mit dem sogenannten blühenden Ahronsstabe

und dem Opferbecher, so wie einige ähnliche, in
die ersten vier Jahre nach der Zerstörung der persischen Herrschaft durch Alexander setzt, und wie
er sie auf Pl. I. zusammengestellt, sogleich als Münzen aus dem Hohenpriesterthume Jaddua's bezeichnet.
Wir wollen dabei nun das Unwesentlichere über-
gehen, z. B. dass dieser Jaddua nach den genaue-
ren Untersuchungen schwerlich noch vier Jahre
nach 332 v. Chr. lebte. Allein wir müssen doch
fragen, worauf stützt sich die Annahme, dass die
Judaeer in Jerusalem damals volle Selbständigkeit
(Autonomie) mit dem Rechte, Münzen zu schlagen,
von Alexander erlangt hätten? Der Verf. beruft
sich nur auf die bekannte Erzählung bei Flavius
Josephus über den Zug Alexanders gegen Jerusalem und sein sonderbares Begegniss mit dem Hohenpriester Jaddua; woher diese Erzählung selbst
stamme, wessen Gehaltes sie sei, und was man
auch, abgesehen von ihr, aus den übrigen Zeugnissen der Geschichte folgern müsse, darüber stellt
er keine Betrachtungen an, während doch heute
Jeder wissen kann, wie wenig rein geschichtlichen
Grund jene späte Erzählung bei Flavius Josephus
habe. Aber nehmen wir sie auch wie sie lautet,
so giebt ja Alexander nach ihr den Judaeern keineswegs vollkommene Freiheit, so dass sie als Zeugniss davon hätten Münzen in eigenem Namen schlagen können: er giebt ihnen nur, was ihnen einst

auch Kyros bewilligt hatte, Freiheit in allen Reli-
gionsdingen, und dazu Schutz gegen die Samarier.
Wirklich zeigt die folgende Geschichte, wie wenig
diese Freiheit in Sachen des äusseren Reiches zu
bedeuten hatte. Dazu wüssten wir noch weniger,
warum denn jene von Alexander bewilligte Freiheit
vom Jahre 332 an nur vier Jahre lang, also nicht
einmal bis zu Alexanders Tode, gedauert haben
sollte: Münzen aber dieser nicht so sehr seltenen
Art, welche bis über das vierte Jahr „der Freiheit
Sions" reichten, sind noch nie gefunden.

„Da der Verfasser sich wie unwillkührlich
noch nach andern Beweisen für ein so frühes Zeitalter jüdischer Münzprägung umsieht, so zieht er
die Erzählung 2 Makkab. IV, 19 f. hieher, wonach
300 Silberdrachmen, welche der entartete Hohepriester Jason schon vor der hasmonaeischen Zeit
als Geschenk dem tyrischen Heraklestempel bestimmte, von den Ueberbringern selbst, als zu solchem Zwecke nicht passend, anderweitig verschenkt
wurden: diese Drachmen, meint der Verfasser,
könnten nur sogenannte heilige Sekel, nämlich jene
mit dem blühenden Ahronsstabe bezeichneten, gewesen sein. Allein wenn die Ueberbringer sie deshalb
dennoch endlich ihrer Bestimmung nicht hätten
weihen wollen, so würde dies in der Erzählung
sicher kurz angedeutet sein; die Erzählung lässt
uns aber nur so viel schliessen, dass die Ueberbringer

nach vielem Bedenken sie eben als von einem
jüdischen Hohenpriester, und also aus dem Tempelschatze in Jerusalem geschenkt, dem heidnischen
Tempel in Tyros nicht übergeben wollten. Wirklich
gehört also diese Erzählung gar nicht hierher."

Abweichend von den in Cavedoni's „Appendice" entwickelten Ansichten theilt Herr Professor
Ewald alle bis jetzt bekannt gewordenen Münzen
mit althebräischen Inschriften in vier Classen:

1) Hasmonaeer-Münzen,
2) Antigonos-Münzen,
3) Siklos-Münzen,
4) Simon-Münzen.

Die Siklos-Münzen, d. h. diejenigen, welche
ohne· Bezeichnung eines Fürsten, Königs oder
Hohenpriesters in ihren Inschriften der Erlösung
Sions, der Freiheit Sions gedenken, auch das heilige Jerusalem nennen, setzt Herr Professor Ewald
in die Zeit des ersten der zwei grossen römischen Kriege, welche auf kurze Zeit die ersehnte
alte Freiheit ganz im Sinne der Heiligherrschaft
zurückführte. Herr Professor Ewald führt diese
Hypothese S. 116 — 119 mit vielem Geist näher
aus, während unser Verfasser — in dieser Hinsicht mit de Saulcy übereinstimmend — nur zwei
Bronzemünzen der Zeit dieses Aufstandes glaubt
zuschreiben zu können. Indem ich rücksichtlich
der Gründe übrigens auf Cavedoni's Bemerkungen

verweise, mache ich nicht nur auf das wichtige
Argument aufmerksam, welches aus der Uebereinstimmung des Feingehalts der bisher Simon dem
Hasmonäer zugeschriebenen Silbermünzen mit denen
der benachbarten syrischen Könige sich ergiebt,
sondern auch darauf, dass, wenn man Herrn Professor Ewald's Ansicht adoptirt, Sekel trotz der
ausdrücklichen, den Juden ertheilten Erlaubniss
während der ruhigen Zeit ihrer Freiheit nicht
geprägt sein würden, oder wenigstens nicht mehr
existirten, wohl aber der Anfang damit während
der unruhigen kurzen Zeit des römischen Krieges
gemacht sein soll. Es hat eine solche Annahme um
so mehr gegen sich, als der Sekel diejenige nor-
male Einheit war, nach der Handel und Wandel
sich richtete, dessen zeitige Ausprägung deshalb
Bedürfniss war, zumal da diese Münzgattung allein
zu der Tempelabgabe gebraucht werden durfte
(Bibl. Num. S. 40), zu deren Entrichtung man
keine der sonst im Lande coursirenden Geldsorten,
ihrer profanen Typen wegen, gebrauchen konnte.
Die Juden mögen bis zum Jahre 140 vor Chr.
diese Abgabe vielleicht in gewogenen Silberstücken
entrichtet haben, die sie zu diesem Zwecke von
den Geldwechslern für Stücke der bei ihnen coursirenden Münzen benachbarter Staaten mit Verlust
einkaufen mussten, denn die Zeit, wo gewogene
Metallstücke das allgemeine Ausgleichungsmittel

bildeten, war im Uebrigen seit Jahrhunderten vorüber. Unter diesen Umständen musste die Erlangung des Münzrechts für die Juden von grösserer als bloss politischer Bedeutung sein, denn es gewährte ihnen die Möglichkeit, die Tempelabgabe in einer ihren Satzungen entsprechenden Weise zu entrichten, und es ist nicht wohl ein Grund abzusehen, warum sie von der erlangten äusserst wichtigen Befugniss heilige Sekel zu prägen keinen Gebrauch gemacht haben sollten, zumal da sie für den kleinen Verkehr des täglichen Lebens anerkanntermassen Scheidemünze prägten, obwohl hierfür durch die syrischen Könige nothdürftig gesorgt war, und jedenfalls für eine hierarchische Regierung die Befriedigung dieses Bedürfnisses von geringerer Wichtigkeit sein musste. Dass der Name Simon's nicht auf diesen Münzen erscheint, dürfte sich genügend daraus erklären, dass seine Stellung und Würde weder erblich, noch zunächst auch nur weltlich war, oder dass seine Anspruchslosigkeit eine derartige Voranstellung seiner Person und Würde, wie sie bei den heidnischen Königen der Nachbarschaft üblich war, in einem theokratischen Staate für angemessen nicht erachten mochte, zumal der Ursprung und die Zeit der Münzen auf eine für damals völlig genügende Weise bezeichnet waren.

Es ist zu bedauern, dass Herr de Saulcy in sein Werk nicht auch die Münzen des Königs

Agrippa mit profanen Typen aufgenommen hat,
und dass er sich auf eine Beschreibung der Münzen von Aelia Capitolina beschränkt, und nicht
auch die eben so interessanten Münzen der übrigen
mit dem Münzrecht begnadigten Städte in Judaea:
Agrippias oder Anthedon, Ascalon, Azotus, Eleuthe-
ropolis, Gaza, Nicopolis oder Emmaus und Raphia,
so wie die der galilaeischen und samaritischen Städte
beschrieben und abgebildet hat. In einer „Numismatique Judaïque" wären sie schon der Vollstän-
digkeit wegen aufzunehmen gewesen, in dem gegenwärtigen Werke dagegen würden sie bei dem be-
schränkteren Zwecke desselben nicht an ihrem
Platze sein. Jedoch möge es gestattet sein, mit
wenigen Worten noch die falschen jüdischen Münzen zu berühren, und zwar nicht sowohl die getreuen Nachahmungen der ältesten Sekel des Hasmonaeers Simon, wie sie von Becker und andern
geschickten Münzfälschern verfertigt sind (vergl.
Pinder, die Becker'schen falschen Münzen, Berlin
1843, S. 27), als vielmehr diejenigen neueren Fabrikate, denen nicht ein antikes Vorbild, sondern
eine beliebige Idee oder Composition des modernen
Verfertigers zum Grunde liegt. Von diesen jeden
historischen Werth entbehrenden Fabrikaten finden
wir z. B. in Froelich's Annales Syriae (Viennae
1754) tab. XIX. eine Anzahl zusammengestellt,
Adam und Eva, Cain und Abel, Christus u. m. a.

darstellend, mit den entsprechenden Inschriften in
althebräischer Schrift. (Ueber falsche jüdische Münzen überhaupt siehe Rasche Kenntniss antiker
Münzen, Th. I, 1778, S. 39 folg., insbesondere
über sogenannte rhodische Silberlinge das. S. 41,
Note 97.) Ein ausserordentlich verbreitetes Stück
dieser Art wird im Publicum sehr häufig als äch-
ter Sekel angesehen, obwohl es sich schon dadurch,
dass es die Spuren eines Gusses trägt, von vorn
herein als unächt charakterisirt. Die Typen weichen
ebenfalls von den ächten Münzen ab, indem dem
Crater, gleich einem Rauchfasse, Dampf entströmt,
und die Rückseite einen stark beblätterten Olivenzweig zeigt. Endlich bietet die Grösse dieser falschen Münzen (9 des Mionnet'schen Münzmessers)
eine fernere in die Augen fallende Verschiedenheit
dar. So bleibt es denn sehr auffallend, dass diese
rohen Fabrikate so häufig von Unwissenden für
Sekel angesehen werden, zumal es bei ihrer Anfertigung durchaus nicht auf Täuschung abgesehen
ist. Nach einer Notiz im „Illustrirten Familien-
Journal" (Bd. III, S. 48) erbaute nämlich ein ehemaliger Bürgermeister von Görlitz, Emmerich, nachdem er zwei Mal in Jerusalem gewesen, eine Nachahmung des heiligen Grabes, welche einen Ruf hat
und von den meisten Fremden auf ihrer Durchreise
besucht wird. Bei dieser Gelegenheit bietet der
Castellan Jedem beim Weggehen eine solche Münze

zum Andenken, welche in Zinn 2½ Sgr. und in Silber 20 Sgr. kostet.

Bevor ich diese einleitenden Bemerkungen schliesse, habe ich zu der im vorigen Jahre erschienenen „Biblischen Numismatik" noch einige Berichtigungen hinzuzufügen. Die erste ist durch Herrn von Rauch, Major der Königlichen Garde du Corps in Berlin, veranlasst, und ich lasse am besten diesen gelehrten Numismatiker selbstredend auftreten: — „Mich persönlich hat noch besonders der vorzügliche Aufsatz von Borghesi über die Kaisermünzen interessirt. Es wird dabei (S. 134) auch meiner erwähnt hinsichts der Publication einer Münze des Flottenpräfekten Oppius Capito. Wenn aber der berühmte Verfasser glaubt, meine Bestimmung der Münze als Sextans, wegen der beiden Kügelchen, sei nicht richtig, und halte er diese Münze eher für einen Semis, und sollten die zwei Kügelchen bedeuten, dass das Stück zwei Quadrantes gegolten habe: so muss ich doch auf meiner Bestimmung beharren, da das Gewicht aller der von Borghesi angeführten Semisses der Flottenpräfekten 3⁵⁄₁₀ Grammen (ich besitze auch eine von Oppius zu 3⁴⁄₁₀ Gr.) beträgt, das von mir edirte Stück aber nur knapp 2³⁄₁₀ Gr. wiegt, also sehr gut als Sextans zum As von 14 Gr. (dem Semiunzial-As) passt, wie letzterer bis 714 vor Chr. bestand. — Eine Note (S. 135) giebt auch zu,

dass die Münze vor 716 vor Chr. geprägt sein
könnte und dann ein Sextans sei. — Da Borghesi
nicht das Gewicht meines publicirten Stückes kannte,
konnte er vielleicht auf die Idee, es sei ein Semis,
kommen, was mir nun aber nach Obigem widerlegt zu sein scheint. Warum sollten auch ○○
(stets Zeichen des Sextans) zwei Quadrantes bedeuten?"

Endlich sind noch einige Ungenauigkeiten der
Uebersetzung des ersten Theils zu berichtigen:

> S. 60 a. E. muss der Satz folgendermassen lauten:
> „Das auf diesen Münzen angegebene Jahr XLIII
> liefert für Noris und andere Chronologen einen
> starken Grund, um das Todesjahr Herodes des
> Grossen und folglich auch das Geburtsjahr unsers
> Herrn Jesus Christus zu bestimmen, welches"
> u. s. w.

> S. 61, Z. 3 v. u. statt: er fing an — lies: „dieselben
> fangen an".

> S. 64, Z. 10 v. o. statt: anderer Typus etc. — lies:
> „sprechender Typus des Namens *Agrippa* sein, weil
> Ἄγριππος der wilde Oelbaum genannt wurde".

> S. 77, Note, Z. 8 v. u. statt: wenn z. B. der Lohn etc.
> — lies: „da z. B. der Lohn für eine ländliche
> Tagearbeit daselbst auf 25 Denare festgesetzt ist,
> was wohl passt, wenn der Denar ungefähr 3 Cen-
> tesimi der italienischen Lira gleich ist, nicht aber
> bei der Annahme, man hätte dafür 25 Silber-
> Denare geben müssen" u. s. w.

S. 97, Z. 2 v. o. statt: dass der gottlose Iason etc. —
lies: „dass der gottlose Jason von Jerusalem nach
Tyrus antiochenische Männer schickte" u. s. w.

S. 105, Z. 15 v. o. statt: welche einen — lies: „so
dass sie einen".

S. 105, Z. 19 v. o. statt: seines Bildnisses — lies:
„ihrer Bildnisse".

S. 115, Z. 7 v. o. statt: er ist gezwungen zu gestehen
— lies: „man muss zugestehen".

S. 137, Z. 12 v. o. statt: diesen — lies: „diesem".

S. 138, Z. 11 v. o. statt: bis dahin — lies: von da an".

S. 141, Note 117 lies: „Als' Agrippa I, König von
Judaea, gegen das Ende der Regierung des
Tiberius, nach Alexandrien in Aegypten gekommen war, bat er den Alexander, den Vorsteher
der Juden, um ein Darlehn von 200,000 Drachmen, und dieser bewilligte ihm das Darlehn, aus
Rücksicht für seine Gemahlin, die Cypros, indem
er ihm fünf Talente baar gab, und versprach,
er solle den Rest der geforderten Summe bekom-
men, sobald er in Puteoli anlangte. Auch hier
scheint es deutlich" u. s. w.

S. 143, Z. 4 v. o. statt: auch — lies: „euch".
Daselbst statt: Sodann aber etc. — lies: „Und
dann, dass, wie das Gewicht und der Werth des
Sekels zu 20 Obolen oder Gera bestimmt ist, der
Context verlangt, dass darnach auch das Gewicht
und der Werth der Mine erläutert werde. Um
dies viel genauer anzugeben, wird gesagt, dass
die Mine" u. s. w.

S. 148, Z. 18 v. o. statt: überstieg etc. — lies: „erreichte nicht einmal die Hälfte dessen".

S. 149, Note 124, Z. 1 statt: das Mass — lies: „die Hälfte".

S. 152, Note 130, Z. 1 statt: Hieraus etc. — lies: „Hieraus ergiebt sich der Grund, warum eher als ein anderes Gewicht oder Mass des Korns hier die Χοῖνιξ erwähnt wird" u. s. w.

Celle im März 1856.

A. v. Werlhof.

Biblische Numismatik

oder

Erklärung der in der heiligen Schrift erwähnten alten Münzen.

Zweiter Theil.

Enthaltend

. Anhang und Nachträge.

Biblische Numismatik.

Anhang zu C. Cavedoni's biblischer Numismatik

oder

zweiter Theil derselben.

Nachdem ich vor fünf Jahren ein Werkchen unter
dem Titel „Numismatica Biblica" veröffentlicht habe,
welches von der französischen Akademie gekrönt und
von einheimischen und auswärtigen Gelehrten günstig
aufgenommen worden, freut es mich, demselben einige
Zusätze und Verbesserungen hinzuzufügen, welche ich
zum Theil erst später zu meiner Kunde gelangten Werken
entnommen habe, und zum Theil das Resultat meiner seit
jener Zeit fortgesetzten numismatischen Studien bilden.
Vor Allem habe ich jedoch Dank abzustatten den gelehrten Bearbeitern der „Civiltà Cattolica" und dem P. Carlo
Vercellone, Barnabiten, welche das Werk günstig be-
urtheilt haben (s. Civ. Catt. Ser. I, T. IV, p. 537—546;
Annali di Scienze Relig. 1851, Ser. II, T. IX, p. 80—108),
nicht minder dem vortrefflichen P. Ignazio Mozzoni
vom Orden S. Giovanni di Dio, welcher so gefällig gewesen, einen Auszug desselben der ersten Abtheilung
seiner „Tavole cronologiche critiche della Storia della

Chiesa universale illustrate con argomenti di archeologia"
(Venezia 1852, note 83—99) einzuverleiben. Der gelehrte
Verfasser der Anzeige in der „Civiltà Cattolica" missbilligt
die von mir vorgeschlagene Erklärung (S. 108, Note 88)[1]),
dass die Worte des Herrn: *et quae sunt Dei, Deo* sich
auf den Tribut bezögen, welchen jeder erwachsene Jude
an Gott behuf des Cultus in seinem heiligen Tempel zu
zahlen hatte, gleichwie die vorhergehenden Worte: *Reddite ergo, quae sunt Caesaris, Caesari* sich auf die Kopfsteuer beziehen, welche jeder Jude dem römischen Kaiser
zahlen musste, seitdem Judäa zur Provinz gemacht worden war. Der gedachte Recensent bemerkt, der allgemeine Satz: „Gebet dem Kaiser, was des Kaisers ist"
dürfe nicht lediglich auf den von den Pharisäern und
den Anhängern des Herodes vorgelegten Fall beschränkt
werden, und zwar um so weniger, weil Jesus seiner Antwort hinzufügt: „Und Gott, was Gottes ist" (Civ. Catt.
a. a. O. p. 540). Ich muss deshalb bemerken, dass ich
die göttliche Lehre und Vorschrift allein auf den besonderen Fall einzuschränken nicht beabsichtigte, indem ich

---

[1]) Bedeutend gewagter als die meinige scheint mir die Ansicht
des P. Pianciani in Ansehung des Wortsinns der Stelle des Moses
(I, 2): *et Spiritus Domini ferebatur super aquas,* — „und der Geist
Gottes schwebte auf dem Wasser," — zu sein; dass nämlich hiermit der Aether angedeutet sein möge, welcher seit dem Anfange
der Schöpfung den an und für sich dunkeln und kalten Körpern
Licht und Wärme gäbe (Pianciani in hist. creat. Com. p. 84—86).
Nach seinem Dafürhalten *eam Chrysostomus, Theophilus et Augusti-
nus, si modo viverent, non admodum improbarent.* Aber, um Anderer zu geschweigen, erklärt Chrysostomus die göttlichen Worte
durchaus abweichend, indem er schreibt: *Mihi videtur hoc signifi-
care, fuisse in aquis efficacem quandam et vitalem operationem*
(ὅτι ἐνέργεια τις ζωτικη προσήν τοῖς ὕδασι) *nec simpliciter aquam stan-
tem et immobilem, sed mobilem, et vitalem quandam vim habentem*
(s. Joan. Chrysost. Homil. III. in Genes. n. 1).

vielmehr jene Worte als einfach *hic et nunc* die Antwort ausdrückend ansehe, welche der Erlöser auf die verfängliche Frage der Pharisäer geben wollte. Dass sodann die letzten Worte: *et quae sunt Dei, Deo* nicht ein Zusatz, sondern ebenfalls wesentlicher Theil der Antwort des Herrn sind, und dass sie in diesem besondern Falle auch auf den heiligen Tribut der Gott schuldigen Didrachme sich beziehen, fordert, wie mir scheint, der Zusammenhang und der Parallelismus, welcher gewöhnlich die Aussprüche und göttlichen Lehren des Erlösers zu zieren pflegt. Dieses ist nicht etwa eine neue von mir aufgestellte Ansicht, sondern die ausgezeichneter Erklärer, sowohl alter wie neuer; und es wird genügen, nur die von dem grössten Gottesgelehrten, dem heil. Hieronymus, und dem ausgezeichneten Cornelius a Lapide gegebenen Auslegungen anzuführen. Der Erstere commentirt folgendermassen: *Porro quod ait: Reddite, quae sunt Caesaris, Caesari, id est numum, tributum et pecuniam: et, quae sunt Dei, Deo, decimas, primitias et oblationes ac victimas sentiamus: quomodo et ipse reddidit tributa pro se et Petro; et Deo reddidit, quae Dei sunt, Patris faciens voluntatem* (S. Hieron. Com. in Matth. XXII, 21). Ferner sagt der Andere: *Reddite ergo, quae sunt Caesaris, Caesari; et, quae sunt Dei, Deo, q. d. Caesari date didrachma, quod jure suo pro censu a vobis exigit, ad sustinenda reipublicae onera, ac praesertim ad alendos milites, qui vos ab incursu hostium tueantur; Deo vero date didrachma, decimas, oblationes ac victimas, ait S. Hieronymus, Levitico praescriptas, quas ipse supremi domini jure a vobis, quasi creaturis et fidelibus suis, sibi deposcit* (Cornel. a Lapide, Com. in Matth. l. c.). Mithin steht meine Ansicht rücksichtlich des wesentlichen Sinnes der Schriftworte in Uebereinstimmung mit der des Cornelius a Lapide, welcher hierin dem heil. Hieronymus folgt; jedoch abgesehen von dem Irrthume, in den er, vielleicht durch Maldonatus geleitet, verfiel, als er die Didrachme des heiligen Tributs in den Denar der Kopfsteuer verwandelte [2]).

Der gelehrte französische Akademiker Herr de Saulcy fällt in seinen „Recherches sur la Numismatique Judaïque (Paris, Didot 1854, p. 6) über meine Arbeit folgendes nicht allzugünstiges Urtheil: *En 1850 a paru à Modène la brochure intitulée Numismatica Biblica etc. Ce livre n'ayant guère fait avancer la science de la numismatique hebraïque, je me bornerai à examiner, chemin faisant, les opinions qui y sont insérées, toutes les fois que ces opinions impliqueront quelque nouveauté.* Im Verlaufe seines Werkes zeigt er sich jedoch mir gegenüber sehr nachsichtig, obwohl er eine sehr parteiische Rücksicht auf seinen Freund Lenormant an den Tag legt, welchem er mehr als ein Mal das Verdienst einiger Bemerkungen beimisst, welche schon längst von Eckhel und andern früheren Numismatikern gemacht waren. Das Urtheil des Herrn de Saulcy rücksichtlich meines bei der Bewerbung des Jahres 1851 von einer Akademie, welcher er selbst angehört, gekrönten Werkes scheint mir etwas streng,

---

[2]) Gedachter Recensent neigt zu der Meinung, dass die rebellischen Juden des Bar-Kôkab unter Hadrian, um sich den Schein zu geben, die nationale Münze von Simon Makkabaeus wiederherzustellen, die alten samaritanischen oder phönicischen Schriftzeichen wieder benutzt hätten, obgleich dieselben für den bürgerlichen Verkehr ungebräuchlich gewesen: aber nach dieser Annahme würden die Rebellen hierin übel gehandelt haben, indem eine Aufschrift in ungebräuchlichen und unleserlichen Buchstaben nicht dazu hätte dienen können, die Hitze und den Fanatismus des Aufruhrs anzufachen, welches doch vorzüglich ihr Zweck war.

auch im Hinblick auf seinen Freund Lenormant, welcher
in seinem über dasselbe erstatteten Berichte nichts Anderes zu tadeln findet, als dass ich mich an Eckhel's
und Letronne's Ansicht über die Zeit der Prägung der
hebräischen Sekel, und die verschiedenen Gewichte dieser und anderer antiker Silbermünzen gehalten habe.
Wenn ich jedoch nach dem Ausspruche Herrn de Saulcy's
die Kenntniss. der hebräischen Numismatik nicht bedeutend habe fortschreiten lassen, so kann ich dagegen · be-
theuern, dass er, wenn er freilich auf der einen Seite
dieselbe mit Hülfe und Vergleichung zahlreicher von ihm
beobachteter und jetzt zum ersten Male bekannt gemach-
ter Münzen ansehnlich gefördert hat, doch auf der andern
Seite dieselbe durch zu grosses Haschen nach neuen Sätzen
gewissermassen hat zurückschreiten lassen, und dass rücksichtlich der Typen mein kleines Buch sogar etwas mehr
bietet, als das seinige, trotz seines Umfangs. Auch dürfte man
in einem Werke wie dem seinigen grössere Genauigkeit
und Sorgfalt erwarten; denn zuweilen widerspricht er
sich, indem er z. B. behauptet, dass Cajus Caligula, nachdem er die Krone auf das Haupt seines Freundes Agrippa I.
gesetzt, ihm durchaus nicht gestattet habe, von Rom ab-
zureisen, um Besitz von seinen Staaten in Judäa zu er-
greifen (p. 137); hernach aber, zehn Seiten weiter, schreibt,
dass Caligula, im zweiten Jahre seiner Regierung, dem
Könige Agrippa die Erlaubniss zur Abreise von Rom
und zur Besitzergreifung seiner Staaten ertheilt habe
(p. 147). Dem Ausspruche Herrn de Saulcy's (p. 120)
zufolge hat Herodes der Grosse im Jahre 19 vor unserer
Zeitrechnung dem israelitischen Volke angekündigt, dass
er den Wiederaufbau des Tempels von Grund aus vor-
bereite, und soll dieser Wiederaufbau zwei Jahre später

seinen Anfang genommen haben. Aber Flavius Josephus, welcher den Anfang der Regierung des Herodes bald von dem römischen Senatusconsult, bald von seiner bewaffneten Besitzergreifung an datirt, erzählt, dass dieser Fürst den Wiederaufbau des Tempels im Jahre XVIII oder XV seiner Regierung vorgenommen habe (Ant. Jud. XV, 11, 1. B. Jud. I, 21, 1), welches den Jahren 26 oder 23 vor unserer Zeitrechnung entspricht; und doch erwähnt der Verfasser hinterher, dass diese Epochen sich widersprächen (p. 129—135). Er setzt das Leiden des Heilands in das Jahr 33 der gewöhnlichen Zeitrechnung (p. 146); aber seit den tiefen und gelehrten Untersuchungen Sanclementi's, des P. Patrizi (de Evangeliis libr. III, Diss. XL) und Anderer ist es jetzt erwiesen, dass dasselbe um vier Jahre zurückgesetzt werden muss, und zwar auf den 18ten März des 29sten Jahres oder des 782sten Varronianischen (s. Borghesi, del Preside della Siria ecc. Giorn. Arcad. T. CXII) [3]). Bei den Mün-

---

[3]) Als ich in einer andern meiner Schriften (Lexic. Evangel. v. Tiberius) mich an jene Ansicht hielt, folgte ich Sanclementi, welcher die Worte des heil. Lucas (Evang. III, 1): *Anno autem quinto decimo Tiberii Caesaris* benutzt, um das Leiden des Erlösers darnach zu berechnen: da ich aber jetzt sehe, dass diese Meinung stark von dem erwähnten P. Patrizi bestritten wird, so will es mir scheinen, dass das funfzehnte Regierungsjahr Tiber's in der That von 765 an berechnet werden muss, in welchem Jahre Augustus an Tiberius die proconsularische Gewalt über sämmtliche Provinzen des römischen Reiches überlassen hat. P. Patrizi (Lib. III, Diss. 39, n. 8, p. 414) vermag zwar kein anderes ähnliches Beispiel der Berechnung der Jahre eines Kaisers von seiner proconsularischen Regierung an anzuführen; aber mir scheint das der alexandrinischen Münzen ein sehr passendes zu sein, indem diese die Jahre des Tiberius nicht von 767, in welchem er dem Augustus succedirte, sondern von 757 an rechnen, in welchem er von Augustus als dessen Sohn adoptirt wurde (Eckhel, T. IV, p. 50). Auch in ägyptischen Inschriften scheinen die Jahre des Tiberius von der Zeit seiner Adoption berechnet zu sein, obgleich Letronne dieses

zen des Titus, welche sich auf seinen Sieg über die
Juden beziehen, wiederholt der Verfasser, sowohl in den
Beschreibungen (p. 155—156), als in den Abbildungen
(Pl. X, 3, 4, 5) fünf Mal den groben Irrthum ΕΛΑΨΚΥΙΑΣ
anstatt ΕΛΛΨΚΥΙΑΣ. Auch steht manchmal die Beschreibung mit den Abbildungen in Widerspruch, und die
ganze Arbeit des Herrn de Saulcy trägt nicht selten
Spuren der Eilfertigkeit, während sie ihrer Natur nach
grosse Genauigkeit und Fleiss erfordert hätte.

Aber ein noch grösserer Fehler des Herrn de Saulcy
besteht darin, dass er diejenigen antiken Münzen, welche
er nicht selbst gesehen hat, in Zweifel stellt oder wohl
auch willkührlich verwirft, trotzdem dass sie von den
angesehensten Numismatikern, und namentlich dem grössten derselben, Eckhel, beschrieben sind, so wie dass er
ohne triftigen Grund Simon, dem Bruder des Judas
Makkabaeus, diejenigen Münzen wegnimmt, in deren Besitz derselbe nach übereinstimmender Ansicht der Gelehrten drei Jahrhunderte hindurch sich gleichsam befunden,
indem er dieselben in die Zeit Alexanders des Grossen
setzt, unter welchem das jüdische Volk gänzlich tribut-
pflichtig wurde, bis auf die Befreiung von dem Tribut
des sabbathischen Jahres (Flav. Jos. Ant. Jud. X, 8, 5).
Allerdings erlaubte Alexander den Juden, nach ihren
Gesetzen zu leben, aber keineswegs gestattete er ihnen
völlige Autonomie, und noch weniger das Recht, eigene
Münzen zu prägen, welches stets von besonderer Erlaubniss abhing (Eckhel, T. I, p. LXXI; 1 Makkab. XV, 6).
Die Sekel, welche bis jetzt Simon dem Hasmonaeer zugeschrieben wurden, enthalten ein Sechstel Kupfer dem

---

nicht wahrgenommen hat (Rec. des Inscr. T. 1, p. 238; cf. p. 230
und 418, wo gelesen werden muss L AI, L Θ!).

Silber beigemischt (Bayer p. 66), und eben so sind die Münzen der letzten syrischen Könige und die der mit dem Hasmonaeer Simon gleichzeitigen parthischen Könige von geringhaltigem Silber (Eckhel, T. I, p. xxv; T. III, p. 542); dieses beweist, dass Simon sich nach den Münzen der benachbarten gleichzeitigen Fürsten in Schrot und Korn gerichtet habe, wohingegen zur Zeit Alexanders Jerusalem, eben so wie die Städte des benachbarten Phöniciens, würde haben Tetradrachmen prägen müssen in demselben Gewicht und derselben Güte des Silbers wie diejenigen des macedonischen Eroberers [4]). Bei seiner Annahme, dass man erst im Jahre des Durchzuges Alexanders durch Jerusalem die fraglichen Sekel zu prägen angefangen habe, kann Herr de Saulcy durchaus keinen Grund für das Fehlen der Sekel vom Jahre IV und der folgenden bis zum Tode Alexanders angeben (Rech. p. 24); wohingegen, wenn man Simon Hasmonaeus deren Besitz lässt, es an einem treffenden Grunde hierfür nicht fehlt (Caved. Bibl. Num. S. 17, Note 11). Noch viel weniger vermag de Saulcy bei seinem neuen Satze einen Grund für den gänzlichen Mangel von Simon geprägten Geldes anzugeben, welcher doch vor-

---

[4]) Die fraglichen Sekel wiegen, dem Gewichtssystem der phönicischen Drachmen entsprechend, ungefähr 14,20 Grammen (Caved. Bibl. Num. Note 25; vgl. Pinder, Beitr. I, S. 209), wohingegen die zu Acco in Phönicien geprägten Silberstater Alexanders des Grossen (de Saulcy p. 24—25) 16 Grammen und noch einige Decigrammen, in Gemässheit des Gewichts der attischen Drachme, wiegen. Ein Stater Alexanders des Grossen, welcher durch die zu einem Monogramm verbundenen Buchstaben AP unter dem Sitze des Jupiter Nicephorus, und durch einen vor dessen Füssen sich erhebenden Palmbaum sich als zu Arados in Phönicien zu erkennen giebt, wiegt 16,90 Grammen (Estens. Mus.) [Ein solcher, geprägt zu Ascalon in Judäa, wiegt sogar 17 Grammen. (Samml. des Uebers.)]

zugsweise vor andern hasmonaeischen Fürsten solches
müsste geprägt haben, da die heilige Schrift (1 Makkab.
XV, 6) bezeugt, dass Antiochus VII, König von Syrien,
im Jahre II oder III der neuen Aera der Israeliten, und
CLXXII oder CLXXIII der Seleuciden an Simon geschrieben hatte: *Permitto tibi facere percussuram proprii
numismatis in regione tua, Jerusalem autem sanctam esse
et liberam,* — „Und gebe dir Gewalt eigene Münzen in
deinem Lande zu schlagen und Jerusalem und das Heiligthum sollen frei sein,“ — wie denn in der That auch
Jerusalem auf den fraglichen Sekeln genannt wird.
Simon, welcher dem israelitischen Volke die Freiheit
wieder erkämpfte, dasselbe auch von den Abgaben,
welche vorher an die syrischen Könige bezahlt werden
mussten, befreiete (Flav. Jos. Ant. Jud. XIII, 6, 6), eine
neue, nach der Befreiung benannte Aera einführte, und
indem er ein zahlreiches Heer besoldete, *erogavit pecunias multas* (1 Makkab. XIII, 41; XIV, 32), darf demnach im festen und rechtmässigen Besitze der Münzen
bleiben, welche Sekel und halbe Sekel von Israel sich
nennen und durch den Namen „Jerusalem die heilige“
sich auszeichnen, so wie auch derjenigen, welche die
Aufschrift vom Jahre IV der Befreiung Zions tragen [5]).

---

[5]) In der wichtigen Prophezeiung des Sachariah, welche sich
auf die glückliche Lage der Juden unter der Regierung der Hasmonaeer bezieht, liest man u. a. (Sach. X, 4): *ex ipso* (Juda) *egre-
dietur omnis exactor simul,* das heisst, dass Israel seine eigene
Staatscasse haben und die Abgaben dem eigenen Gemeinwesen,
nicht aber ferner fremden Herrschern zahlen werde (s. Patritius,
Comment. I de Zachar. p. 53), und deswegen erscheint es angemessen, dass es zuerst von da an auch sein eigenes Geld, und nicht,
wie bisher, fremdes hatte.

Der scheinbare Grund, dass in Rücksicht der Typen
und der Fabrik die bisher Simon beigelegten Münzen
nicht zwischen denjenigen seiner Brüder Judas und Jonathan
und seines Sohnes Johannes Hyrcanus eingeschaltet werden könnten, worauf die neue Classification des Herrn
de Saulcy sich stützt, hat keinen Bestand, weil die Bronzemünzen, welche er Judas und Jonathan, den Brüdern
Simons, beilegt, dem Judas Aristobulus und Alexander
Jannaeus, Sohne des Johannes Hyrcanus, gebühren, wie
wir hernach sehen werden und wie zum Theil auch
Eckhel bemerklich gemacht hat (T. III, p. 474, 475).

Die Gründe, welche Herr de Saulcy aufstellt, um
dem Hasmonaeer Simon, ausser einigen andern, die
Bronzemünzen mit der Inschrift „Simon, Fürst von
Israel" zu entziehen und dagegen dem Simon Bar-Kôkab
beizulegen, scheinen mir überzeugend und durchschla-
gend [6]). Indem ich nun grösstentheils das Licht benutze,
welches die neuen, von dem gelehrten französischen Akademiker bekannt gemachten und classificirten jüdischen
Münzen gewähren, und bisweilen das von ihm Gesagte
berichtige, freut es mich, dem geneigten Leser im Folgenden ein neugeordnetes und bereichertes Verzeichniss
der jüdischen Münzen vorlegen zu können, welche im
Verlaufe von drei Jahrhunderten, nämlich seit der Zeit
des Simon Hasmonaeus bis zu Simon Bar-Kôkab, oder
vom Jahre 143 vor Christo bis zum Jahre 133 unserer Zeitrechnung, als dem letzten jüdischen Kriege, geprägt sind.

---

[6]) Schon der gelehrte Franzose Henrion glaubte vor etwa
anderthalb Jahrhunderten, dass alle den Namen Simons tragenden
hebräischen Münzen dem Bar-Kôkab zugeschrieben werden müssten
(Eckhel, T. III, p. 472). Hinsichtlich einiger habe auch ich eine
ähnliche Vermuthung aufgestellt (Spicil. num. p. 289).

Münzen der hasmonaeischen Fürsten.

Simon,

Sohn des Mathathias, Hoherpriester, Fürst und Anführer
der Juden vom Jahre 143 bis zum Jahre 135 vor unserer
Zeitrechnung.

1. שקל ישראל, *Schekel Jisrael* (Sekel von Israel). Kelch
(Calix), über welchem ein Aleph (א) oder ein
Schin (ש), begleitet von einem Bet (ב) oder
einem Gimel (ג) steht, d. h. im Jahre I, II, III.

R) ירושלם קדושה, *Jeruschalem Kedoschah*, oder ירושלים
הקדושה, *Jeruschalajim Hakk'doschah* (heilige Jerusalem, das heilige Jerusalem). In drei Theile gespaltener Zweig, welcher in drei Blumen ausläuft,
ähnlich einer Lilie oder Hyacinthe.   Æ 6.

2. Wie die vorige, aber mit der Aufschrift חצי השקל,
Chazi Haschekel (Hälfte des Sekel) auf der Vorderseite, und mit einem Aleph (א) oder einem Schin
(ש) nebst einem Bet (ב) oberhalb des Kelches.
                                                        Æ 4¹/₂.

3. שנת ארבע חצי, *Sch'nat Arbah Chazi* (im vierten Jahre,
Hälfte). Limonen- oder Cederfrucht zwischen zwei
Lulab oder Bündeln stark belaubter Zweige.

R) לגאלת ציון, *Ligullat Zion* (der Befreiung Zions).
Palmbaum zwischen zwei mit Datteln oder andern
Früchten angefüllten Körben.   Æ 6.

4. שנת ארבע רביע, *Sch'nat Arbah, Rebiah* (im vierten
Jahre, Viertel). Zwei Lulab.

R) לגאלת ציון, *Ligullat Zion* (der Befreiung Zions).
Limone oder Cederfrucht.   Æ 5.

5. שנת ארבע, *Sch'nat Arbah* (im vierten Jahre). Lulab zwischen zwei Limonen.

R) לגאלת ציון, *Ligullat Zion* (der Befreiung Zions). Kelch (Calix) wie auf dem ganzen und halben Sekel. Æ 4¹/₂.

Dieses sind die einzigen sichern Münzen Simon's, des Bruders von Judas Makkabaeus. Sie zeichnen sich aus durch ihre Einfachheit, und durch die Bezeichnung ihres Namens und Werthes bis auf die letzte, welche halb so viel werth zu sein scheint als die vorletzte, oder das Achtel eines Gerah oder Obol's (Bibl. Num. S. 50, Note 29). Herr de Saulcy (Rech. p. 24) vermuthet, dass die Kupfermünzen Nr. 3 und 4 in der Zeit einer Finanznoth geprägt seien, indem ihnen der Werth eines halben oder viertel Sekels beigelegt sei; aber dies scheint nicht richtig, namentlich weil in solchem Falle nicht etwa bloss *Chazi* (Hälfte), sondern vielmehr *Chazi Haschekel* geschrieben sein würde, wie auf Nr. 2 der Fall ist [7]). Rücksichtlich der Typen der Sekel und halben Sekel schliesst Herr de Saulcy sich meiner Erklärung derselben an [8]), widerspricht mir sodann aber lebhaft rück-

---

[7]) Die Sekel (Nr. 1) wiegen 14,2 Grammen, die halben Sekel (Nr. 2) 7,1 Gr., die halben Gerah's (Nr. 3) 16,3 Gr. oder etwas weniger, die viertel Gerah's (Nr. 4) 9,2 Gr., und Exemplare der letzten Münze (Nr. 5) 5,3 Gr. (de Saulcy p. 20), 6,20 Gr. (Estens. Mus.) nur 4,37 Gr. (päbstl. Mus. in Bologna), obschon in genügend guter Erhaltung. Vier Exemplare dieser Münze (Nr. 5) im königl. Museum zu Berlin wiegen 7 Gr. (stempelfrisch), 5,6 (sehr wenig abgenutzt), 4,95 (recht gut) und 5,8 (ganz gut).

[8]) Dass die vermeintliche Manna-Vase auch ein Weinkelch für gottesdienstliche Gebräuche sei, wird durch die Betrachtung einer antiken arabischen Schale (Mus. Borbon. T. XII, tab. 15) von sehr ähnlicher Form bestätigt; und dass der dreitheilige Blüthenzweig

sichtlich der Verschiedenheit in dem Gebrauch des Namens *Jeruschalajim,* indem ich geglaubt habe und noch jetzt bestimmt glaube, dass nicht ohne besondern Grund auf den Sekeln und Halbsekeln des zweiten und dritten Jahres der Befreiung Israels diese Schreibart in Anwendung gebracht sei, nachdem nämlich die ganze Stadt in den Besitz des tapferen Simon des Hasmonaeers gekommen war. Herr de Saulcy (p. 19) macht mir den Einwurf, dass alle Münzen von Simon Bar-Kôkab die mangelhafte Schreibart *Jeruschalem* haben, eben so wie die Sekel aus dem ersten Jahre von Simon dem Hasmonaeer. Aber der gelehrte französische Akademiker vergisst offenbar, dass Bar-Kôkab, etwa sechzig Jahre nach Zerstörung Jerusalems und des Tempels durch die Hand des Titus, schwerlich im Besitz des Grund und Bodens und der Ruinen dieser Hauptstadt seines Volkes sein konnte; zu geschweigen, dass zur Zeit Bar-Kôkab's die syrisch-chaldäische Form des Namens Jeruschalem vorherrschen musste (vgl. Gesenius, Thesaur. p. 628, 629).

Johannes Hyrcanus,
Sohn Simon's, Hoherpriester, Fürst und Anführer der Juden vom Jahre 135 bis 107 vor unserer Zeitrechnung.

1.   יהוחנן

הכהןהג

דלוהברה

יהדי

auf den blühenden Zustand des israelitischen Volks unter Simon anspielt, wird bewiesen durch Vergleichung der göttlichen Worte (Hosea XIV, 6): *Ero quasi ros; Israel germinabit sicut lilium, et erumpet radix ejus ut Libani,* — „Ich will Israel wie ein Thau sein, dass er blühen soll wie eine Rose: und seine Wurzeln sollen ausschlagen, wie Libanon."

14

oder: יְחוּכ

נוהכהן

הגרלו

חברחידד

יָם.

Jehochannan (oder *Jehokanan*) *Hakkohen Haggadol*
Vecheber Hajehudim (d. h. Johannes der Hoheprie-
ster, und das Volk der Juden) innerhalb eines
Kranzes von Lorbeer oder Olive.

R) Zwei in ihren unteren Enden sich berührende
Füllhörner, zuweilen mit hängendem Weinlaub ver-
ziert, und einem in der Mitte sich erhebenden
Mohnkopf. Æ 3.

2. Andere ähnliche mit einem griechischen A auf dem
Avers, da wo die Spitzen der beiden, den Kranz
bildenden Zweige sich berühren. Æ 3.

Herr de Saulcy lieset: *Jehouhanna le cohen suprême
et l'ami des Juifs;* aber ich verstehe nicht, wie ein Fürst
jüdischer Abstammung und aus dem Stamme Arons sich
den Titel Freund der Juden hätte beilegen können, der
besser für einen fremden König oder Fürsten gepasst
haben würde. Besser würde ΦΙΛΟΠΑΤΡΙΣ gesagt worden
sein, wie solches von Archelaus, König von Cappadocien,
und anderen Griechen geschehen ist (Eckhel T. IV, p. 462).
Judas Aristobulus, Sohn unseres Johannes, nannte sich
Φιλελλην (Jos. Ant. XIII, 11, 3), aber ich glaube nicht,
dass irgend ein Fürst jüdischer Abkunft sich Φιλοϊουδαιος
genannt habe. Deswegen vermuthe ich, dass anstatt
Vechaber gelesen werden muss *Vecheber*, d. h. *societas,
natio, ·gens, populus;* und dass diese Münzen sämmtlich
gleichzeitig auf den Namen der jüdischen Nation und

ihres Fürsten Johannes geprägt sind. In ähnlicher Weise findet man in Urkunden der Zeit der Makkabäer (1 Makkab. VIII, 20): *Judas Machabaeus, et fratres ejus, et populus* (Gr. το πληθος) *Judaeorum;* (1 Makkab. XII, 3) *Jonathas summus sacerdos et gens Judaeorum* (Gr. και το εθνος των Ιουδαιων).

(Um diesen Gegenstand völlig zu erschöpfen, wird es rathsam sein, dasjenige hier einzuschalten, was Herr Prof. Ewald in Göttingen über denselben geäussert hat (Gött. gel. Anz. 1855, Stück 65, S. 643): „Die ziemlich lesbar erhaltene Inschrift der Münze von Johannes Hyrkanos bei de Saulcy auf Pl. III, Nr. 3 in der dritten Zeile am Ende giebt zwei Buchstaben, welche allerdings etwas schwierig sind, die de Saulcy aber auch nicht einmal den Versuch macht zu entziffern. Nun ist die gewöhnliche Inschrift auf den im engern Sinne so zu nennenden hasmonaeischen Münzen, wie man aus der Vergleichung aller jetzt meist sehr verstümmelt und schwer lesbar vorliegenden Stücke sieht, diese, z. B. bei dem genannten Johannes: יהוחנן הכהן הגדל וחבר היהודים, welches man so verstehen könnte „Johanan der Hohepriester und Genosse (oder Freund, חֶבֶר) der Judäer": wirklich wagten wenigstens die frühesten und ausgezeichnetsten dieser Fürsten noch nicht, sich auf ihren Münzen zu Jerusalem Fürsten oder gar Könige zu nennen; richtiger jedoch versteht man den letzten Theil der Inschrift so, und „Feldherr (חבר) der Judäer" *). Die erwähnte Münze, im Uebrigen den andern

---

*) חבר als Bannen kann auch auf den Begriff der Bande oder Kriegsbande führen, wie חֶבֶר im schlimmen Sinne dieses bedeutet Hos. 6, 9, und wie חָבַר als Verbum offenbar in der kriegerischen Bedeutung vom Ziehen des Feldherrn mit seinem Heere Gen. 14, 3 gebraucht wird; danach könnte חבֵר den Bannerherrn oder Feld-

ähnlich, hat jedoch zwischen חגרל ר‎ und חבר‎ noch die
zwei Buchstaben, die man vielleicht חם‎ lesen könnte;
denn der Strich des althebräischen ם‎ zeigt sich hier zwar
statt auf der rechten Seite vielmehr links hinabgezogen,
allein solche kleine Abweichungen in der Schrift finden
sich auf diesen Münzen auch sonst wieder; das Wort חם‎
würde aber den treffenden Sinn geben „aufrichtiger Freund",
den Sinn der kürzeren Inschriften nur noch deutlicher
ausdrückend: wahrscheinlicher jedoch sollte das Wort רש‎
heissen, „und oberster Feldherr der Judäer"*).

Der merkwürdige Typus des doppelten Füllhorns [9]),

---

herrn bedeuten. Dann stimmt die ganze Bezeichnung sehr vollkommen zu den urkundlichen Worten 1 Makkab. 13, 42. Die Vermuthung in diesen Buchstaben חבר‎ das Aσαρ.... 1 Makkab. 14, 27
wiederzufinden, ist wohl zu kühn, so gut alles Uebrige dazu stimmen würde."

*) „רש‎ wird in ähnlicher Stellung und Bedeutung auch auf
phönicischen Münzen gebraucht; und wir haben dann hier die fast
ganz wörtlich entsprechenden hebräischen Worte für die griechischen
ἐπὶ.... ἀρχιερέως; μεγαλου καὶ στρατηγοῦ καὶ ἡγουμενου Ἰουδαίων.
1 Makkab. XIII, 42. Allerdings wäre der Buchstabe für ר‎ . dann
etwas verzeichnet; aber Aehnliches kommt auf diesen Münzen nicht
ganz selten vor."

[9]) Sowohl der Typus der beiden Füllhörner, als der des die
Inschrift umfassenden Kranzes scheinen Nachahmungen einiger
Münzen der Könige von Syrien zu sein, welche mit den hasmonaeischen Fürsten verbündet waren. Die beiden bebänderten und en sautoir
gestellten Füllhörner (Mionnet, Descr. nr. 730, 731) trifft man auf
Münzen Alexanders, Königs von Syrien, welche Mionnet Alexander II. beilegt, jedoch füglich von Alexander I. Bala herrühren
können; und der die Aufschrift einschliessende Kranz kommt vor
auf Münzen, welche zweifellos von Antiochus VI, dem Sohne Alexanders I. herrühren (Eckhel, T. III, p.233); andererseits ist bekannt,
dass diese beiden Könige von Syrien ein Bündniss mit Jonathan,
dem väterlichen Oheim des Johannes Hyrcanus, eingegangen hatten
(I Makkab. X, XI). Rühren die Münzen mit den beiden Füllhörnern
en sautoir wirklich von Alexander II. Zebina her, so deutete Johannes Hyrcanus, indem er diesen Typus nachahmte, auf die von

welcher auch auf den Münzen der späteren hasmonaeischen
Fürsten sich dargestellt findet, wird auf die Reichthümer
und das besondere Glück der Regierung des Johannes
Hyrcanus (Jos. Ant. XIII, 10, 1) bezogen werden dürfen, indem er dreitausend Talente Silber aus dem Grabe
Davids entnommen (das. 8, 4), und das eroberte Idumaea
den jüdischen Gebräuchen unterwarf (das. 9, 1), rücksichtlich dessen prophezeiet worden war (4. Mos. XXIV, 18):
et erit Idumaea possessio ejus: — Israel vero fortiter aget,
oder nach einer andern Uebersetzung, *Opes comparabit*;
— „Edom wird er einnehmen; — Israel aber wird Sieg
haben.“ —

Das griechische A, welches auf einigen der Münzen
des Johannes oberhalb der hebräischen Inschrift am Ende
des Kranzes erscheint, kann nach dem Dafürhalten des
Herrn de Saulcy (p. 99, 100) sich nur auf die von ihm
mit Antiochus Sidetes, oder die mit Alexander Zebina
geschlossene Allianz beziehen; aber es ist erlaubt auch
die Vermuthung aufzustellen, dass dieser Buchstabe mit
dem Kranze selbst einen Zusammenhang habe, dass er
nämlich eine *corona aurea* andeute, welche von einem
syrischen Könige an Johannes Hasmonaeus geschenkt worden, wie es denn bekannt ist, dass Alexander Bala, um
die Freundschaft mit Jonathan Hasmonaeus zu befesti-
gen, neben andern ihm ertheilten Auszeichnungen demselben *purpuram et coronam auream* überschickte; (1. Makkab. X, 20: „und schicken dir hiermit einen Purpur und
goldene Krone“.) Antiochus Sidetes gab an Hyrcanus den
goldenen Kranz vielleicht, als derselbe dem Tempel zu

---

ihm mit diesem Alexander II. Zebina eingegangene Allianz hin
(Jos. Ant. XIII, 9, 3).

Jerusalem Schalen von Gold und Silber darbrachte (Jos. Ant. XIII, 8, 2), oder als Hyrcanus ihn bei der Expedition gegen die Parther begleitete (Jos. Ant. XIII, 8, 4) [10]). Dasjenige, was ich in Uebereinstimmung mit Eckhel und andern sorgfältigen Numismatikern als Mohnkopf bezeichnet habe, nennt Herr de Saulcy einen Granatapfel; aber der Mohnkopf scheint mir ausser Zweifel, da er zu gut zu dem doppelten Füllhorn passt, und man ausserdem wahrnimmt, dass er einen langen geraden Stiel hat, wohingegen der der Granate klein, kurz und gebogen ist (vgl. Duc de Luynes Numism. des Satrapies pl. III.).

Judas Aristobulus,

Sohn des Johannes Hyrcanus, Hoherpriester und König der Juden vom Jahre 107 bis 105 vor unserer Zeitrechnung.

1.   יהוד

הכהנגל

ולוחב(ר)

(היהדים)

(IEHVDAH KOHEN GALVL? VECHEBER HAIEHVDIM d. h. Judas, erhabener? Priester und das Volk der Juden,) geschrieben innerhalb eines Kranzes von Oliven oder Lorbeer. -

R) Zwei bebänderte Füllhörner, welche sich gegenseitig mit ihren unteren Enden berühren, und ein Mohnkopf sich aus ihrer Mitte erhebend.   Æ 3.

---

[10]) Herr de Saulcy (p. 100) glaubt, dass einige kleine Münzen von Antiochus VII., König von Syrien, in Jerusalem geprägt seien, deren Beschreibung folgende ist:
ΒΑΣΙΛΕΩΣ. ΑΝΤΙΟΧΟΥ. ΕΥΕΡΓΕΤΟΥ. Anker der Seleuciden, daneben die Zeitangabe ΑΠΡ, ΒΙΡ (anno 181, 182).
R) Granatblüthe oder *Balaustium.*   Æ. 3.

Diese seltenen kleinen Münzen schreibt Herr de Saulcy dem Judas Makkabaeus zu, aber bei der vollkommenen Aehnlichkeit derselben mit denen des Johannes Hyrcanus, und zugleich ihrer Seltenheit, möchte ich sie dem Judas Aristobulus beilegen, welcher wenig länger als ein Jahr das hohepriesterliche Amt nebst der fürstlichen Würde bekleidete [11]). Die griechischen Münzen, welche Herr de Saulcy dem Judas Aristobulus beilegt, sind von ihm unrichtig gelesen, und gehören, wie wir hernach zeigen werden, der Julia oder Livia Augusta, der Mutter Tiber's.

Alexander Jannaeus,

ebenfalls ein Sohn des Johannes Hyrcanus, Hoherpriester und König der Juden, von 105 bis 79 vor unserer Zeitrechnung.

1.
יהו
נתנהכ
הנהגדל
וחברה
יהד . . . .

Aber diese kleinen Münzen werden in Syrien geprägt sein, eben so wie andere ähnliche mit dem Kopf des Cupido und der Lotosblume; um so mehr, als sie zuweilen mit der Jahrzahl ΔΠΡ (184) bezeichnet sind, und es nicht glaublich erscheint, dass ein König von Syrien vier Jahre hindurch eigenes Geld in Jerusalem zu prägen fortgefahren habe. Uebrigens bildet die Blüthe des Granatbaumes, auch σιδη genannt, ohne Zweifel eine Anspielung auf den Beinamen Σιδητης, welcher Antiochus VII. in Bezug auf seinen früheren Aufenthalt zu Side in Pamphilien beigelegt war (vgl. Visconti, Jcon. Gr. P. II, p. 451 ed. Mil.).

[11]) Herr de Saulcy lieset das Adjectivum, welches nach dem Titel KOHEN folgt: GALVL, und erklärt *Cohen illustre* in der Bedeutung von Hoherpriester; aber dieses würde ganz gegen den hebräischen Sprachgebrauch sein, und ich vermuthe sehr, dass ebenfalls gelesen werden muss KOHEN GADOL (Hoherpriester),

2*

(*Jehonathan Hakkohen Haggadol Vecheber Hajehudim,*
— Jonathan der Hohepriester und das Volk der
Juden), innerhalb eines Loorbeer- oder Oliven-
kranzes.

R) Zwei bebänderte Füllhörner mit ihren unteren Enden verbunden, und ein in ihrer Mitte sich erhebender Mohnkopf. Æ 3.

2. Andere ähnliche mit dem einzigen Unterschiede, dass
der Eigenname יִנָתֶן Jonathan geschrieben ist, anstatt Jehonathan [12]).

3. יהונתן המלך (*Jehonathan Hammelek,* Jonathan der
König) geschrieben in die Zwischenräume eines
von einem Kreise eingeschlossenen Sterns mit acht
Strahlen.

R) ΑΛΕΞΑΝΔΡΟΥ ΒΑΣΙΛΕΩΣ, geschrieben um einen mit
zwei Querhölzern versehenen Anker, welcher auf
einigen Exemplaren von einem Kreise umgeben
ist. Æ 3. 2½.

4. יהונתן המלך (*Jehonathan Hammelek,* Jonathan der
König), geschrieben um eine halbgeöffnete Blume.

R) ΑΛΕΞΑΝΔΡΟΥ ΒΑΣΙΛΕΩΣ in kreisförmiger Schrift
um einen mit zwei Querbalken versehenen Anker.
Æ 3.

5. Aehnliche wie Nr. 3 aber mit undeutlichen Buchstaben,
welche innerhalb eines Kreises von Kugeln um den
Stern gesetzt sind. Æ 3.

---

und dass daselbst das Wort GADOL mit einem dem ר und ל
zwischengesetzten ו geschrieben sei. Bei solchen kleinen Schrift-
zügen, die dem Auge fast entschlüpfen, kann ein abgenutztes ר
sehr leicht für ein ל genommen werden.

[12]) Auch im hebräischen Text der heiligen Schrift trifft man
sowohl die zusammengezogene Form Jonathan, wie die vollständige
Jehonathan (Gesenius Thesaur. p. 581, 582).

Herr de Saulcy (p. 92, 105) ist der Meinung, dass Alexander Jannaeus oder Jannaeas, wie gesagt werden müsste, bei den Juden sich Jonathan genannt habe, und dass von ihm alle die oben beschriebenen zweisprachigen Münzen herrühren, wie es überdem die Rücksicht auf die auf einander folgenden Typen erfordere, und indem ich gern dieser Ansicht mich anschliesse, möchte ich zugleich vermuthen, dass Ιανναιας, Ιανναιος (Jos. Ant. XIII, 12, 1; vgl. Evang. Luc. III, 24 Ιαννα, Ιανναι) nichts Anderes sei, als eine Abkürzung des hebräischen Jehonathan, Jonathan. Während der ersten Jahre seiner Herrschaft hatte Alexander Jonathan fortgefahren, Münzen zu prägen, ähnlich denen seines Vaters Johannes Hyrcanus und seines Bruders Judas Aristobulus; hernach aber, während seiner langen siebenundzwanzigjährigen Regierung, nachdem er viele von Griechen bewohnte Städte erobert hatte, mochte er es für passend halten, andere mit zweisprachigen Inschriften, und mit Typen, die auf seine Eroberungen anspielten, prägen zu lassen [13]). Den Anker sehe ich als Symbol eines Hafens und der Seemacht an (Bibl. Num. S. 39), auch weiss man aus der Geschichte, dass Alexander in der That sich zum Herrn der Seestädte

---

[13]) Auf einer der Münzen des Königs Alexander mit hebräischer Inschrift innerhalb eines Kranzes, und mit doppeltem Füllhorn und Mohnkopf auf dem Revers, welche ich besitze, erscheinen oberhalb des doppelten Füllhorns deutlich die griechischen Buchstaben LA, d. h. Anno I. Ich erhielt sie nebst einigen andern des Königs Alexander und der ersten Kaiser zum Geschenk von dem vortrefflichen und gelehrten P. Antonio da Cento vom Minoriten-Observanten-Orden, der sie aus der Gegend von Jerusalem mitgebracht. Auf einer der zweisprachigen Münzen desselben Alexander mit dem Typus des Sterns und Ankers befinden sich zur Seite des Ankers die Siglen LS, d. h. Anno VI. (Neumann P. II. tab. III. f. 6, p. 87. Sestini, Mus. Hed. P. III, p. 118 nr. 2).

Gaza, Raphia und Anthedon machte, und dass er ausserdem andere Seeplätze besass, als Straton's Thurm, (Caesarea) Apollonia, Joppe, Jamnia, Azotus (Asdod) und Rhinocorura (Jos. Ant. XIII, 13, 3: 15, 4). Da der Stern mit acht oder sechs Strahlen sich gewöhnlich innerhalb einer kreisförmigen Einfassung befindet, so haben de Saulcy und Andere ihn bisweilen mit einem Rade verwechselt (s. Eckhel T. III. p. 477), indess dürfte er sich auf die ersten glücklichen Expeditionen und Eroberungen des kriegerischen Königs beziehen (Jos. Ant. XIII, 13): In der Freude über seine Siege mag er leicht sich der Erfüllung der Bileamschen Prophezeiung aus der ,Zeit Mosis gerühmt haben (4. B. Mos. XXIV, 17): *Orietur stella ex Jacob, et consurget virga de Israel; et percutiet duces Moab, vastabitque omnes filios Seth;* — „Es wird ein Stern aus Jacob aufgehen, und ein Scepter aus Israel aufkommen, und wird zerschmettern die Fürsten der Moabiter und verstören alle Kinder Seths." — Die halbgeöffnete Blume, welche einer einfachen Rose gleicht, hat viele Aehnlichkeit mit derjenigen, welche man auf dem Revers einer kleinen Bronzemünze des Antiochus VIII. Epiphanes, mit dem Zunamen Gryphos, sieht (Pellerin, Rois Pl. XII: Trésor, Rois Gr. Pl. LII, 10) und könnte vielleicht auf die von Alexander mit jenem syrischen Könige geschlossene Allianz hindeuten. Wie dem nun auch sein mag, die aufbrechende Blume, welche den Tzemach der Hebräer vorstellen kann, würde eben so den blühenden und gesegneten Zustand der Regierung Alexanders andeuten, wie der glänzende Stern [14].

---

[14] Meine vorhin erwähnte Münze von Alexander Jannaeus, mit der Zeitbezeichnung LA oberhalb der beiden Füllhörner, wiegt 2 Grammen; eine andere mit der aufblühenden Blumenknospe

Alexandra,

welche kraft Testaments ihres verstorbenen Gemahls Alexander Jannaeus vom Jahre 79 bis 71 vor Christus regierte.

1. ΑΛΕΞΑΝΔ. ΒΑΣΙΛΙΣ. geschrieben rund um einen Anker.

R) Stern mit acht Strahlen, in deren Zwischenräumen sich Spuren einer hebräischen Aufschrift zeigen, von der jedoch nur ein ת (Tau) erkennbar. Æ 3.

Bei dieser höchst seltenen Münze, welche zum ersten Male von Herrn de Saulcy bekannt gemacht wird, zeigt sich deutlich, dass die verwittwete Königin diejenigen Typen ihres verstorbenen Gemahls wiedergiebt, welche an seinen grossen Ruhm und an seine Eroberungen erinnern. Das ת (Tau) der hebräischen Inschrift ist vielleicht der Endbuchstabe ihres Titels מלכת (*Meleketh, regina*) oder auch der chaldäischen Form מלכתא oder סולכות (*Malketha* oder *Malkath*) dieses Titels. Diese aus Jerusalem kommende Münze dient zu einem glänzenden Beweise, dass der Jonathan der ähnlichen zweisprachigen von dem König Alexander Jannaeus durchaus nicht verschieden ist.

Antigonus,

Sohn von Aristobulus II. und Neffe des Alexander Jannaeus, letzter hasmonaeischer Fürst, 40 bis 38 vor Chr.

1. ΒΑCΙΛΕΩC. ΑΝΤΙΓΟΝΟΥ, geschrieben um einen Lorbeerkranz.

2,10 Gr.; eine andere mit Stern und Anker 1,10 Gr.; und andere, sehr klein und dünn, mit diesen Typen nur 90, — 80, — 50 Centigrammen. Einige dieser letzteren von mangelhafter Arbeit und zu leichtem Gewichte können vielleicht von Alexander II., dem Sohne des jüngerern Aristobulus herrühren, welcher im J. 57 vor Chr. für kurze Zeit die Herrschaft seines Vaters mit den Waffen wiedererlangte (Jos. Ant. XIV, 6, 2. 7, 4).

R) Zwei in ihren unteren Enden verbundene Füllhörner, umher hebräische Buchstaben, welche
meist ungewiss sind, aber scheinen gelesen werden zu können: הגדל הכהן מתתיה (*Mathath,* oder
Mathathiah, Kohen Gadol, oder *Hakkohen Haggadol,*
d. h. *Mathathias* der Hohepriester). Æ. 5.

2. BACIAEQC. ANTIΓONOY, in vier Zeilen innerhalb eines
Lorbeerkranzes.

R) Einfaches Füllhorn, umgeben von hebräischen Buchstaben, welche gelesen werden zu können scheinen,
wie auf der vorhergehenden Nr. 1. Æ. 4.

Von diesen beiden Münzen des Antigonus wiegt die
erste etwa 14, und die zweite 7 Grammen, woraus erhellet, dass die mit dem doppelten Füllhorn den doppelten
Werth derjenigen mit dem einfachen Füllhorn hatte [15]).

Die Typen des Füllhorns und des Lorbeer- oder
Oliven-Kranzes scheinen den Münzen seines Urgrossvaters
Johannes Hyrcanus entnommen, vielleicht um damit seine
behauptete legitime Nachfolge anzudeuten. Herr de Saulcy
(p. 111) glaubt, dass *Matthyah* oder *Methathias* der wahre
hebräische Name des Antigonus gewesen sei; und diese
keineswegs verwerfliche Ansicht ist durchaus nicht neu,
da schon vor einem Jahrhundert der gelehrte und scharf-
sinnige Barthélemy dieselbe aufgestellt hat (vgl. Eckhel
Tom. III, p. 481). Mir scheint die Lesart *Mathathias* die
wahrscheinlichere zu sein, in Rücksicht auf Mathathias,
den Urheber des Stammes und der Herrschaft der Hasmonaeer. Durch ihren Stil und ihre Gestalt unterschei-

---

[15]) In ähnlicher Weise scheinen auf griechischen Münzen die
halbirten Typen, z. B. ein halber böotischer Schild, als Zeichen der
Hälfte des ganzen Typus zu dienen (vgl. Caved. Spicil. num. p. 87
nota 97).

den sich die Münzen des Antigonus, wie Herr de Saulcy
sehr richtig bemerkt, von denen aller übrigen hasmonaeischen Fürsten; und man möchte beinahe sagen, dass sie
mit denen der parthischen und baktrischen Könige
eine gewisse Aehnlichkeit haben, was wohl passt, da
nach der Geschichte Antigonus durch die Soldaten des
Pacorus, eines Sohnes des Königs der Parther, nach
Judaea zurückgeführt und auf den Thron gesetzt ist
(Jos. Ant. XIV, 13; vgl. Patritius de Evang. L. III,
Diss. 35 nr. 18—24).

(Herr Prof. Ewald [Gött. gel. Anz. 1855 S. 645]
glaubt nach Vergleichung der von den verschiedenen
Antigonus - Münzen bei de Saulcy gegebenen Abbildungen
die Schrift zwischen den Füllhörnern als הֲכֶה lesen zu
können, und versteht dies nach der damaligen verdor-
benen Landessprache als aus הָכֵן also! entstanden, wie
man in dieser Sprache noch etwas später das Wort in
derselben Bedeutung in הֲכִי verkürzte, welchem zufolge
es vollkommen als Bezeichnung der Richtigkeit des Gepräges und Gewichtes passen würde. Derselbe fügt noch
hinzu, dass ähnliche Worte wie so! richtig! sich auch
sonst auf orientalischen Münzen finden.)

Der Idumaeer Herodes der Grosse,
König von Judaea vom Jahre 40 bis 4 vor Chr.

1. Hemisphärisches Geräth auf einen andern Gegenstand
   mit zwei Füssen und zwei Hervorragungen an den
   Seiten, auch zwei andern Anhängen, gesetzt, mit
   einem Stern oberhalb und einem Zweig an jeder
   Seite.

R) ΒΑΣΙΛΕΩΣ. ΗΡΩΔΟΥ. Dreifüssiger Altar mit Unter-
   gestell, welcher eine trichterförmige Vase trägt;

auf der Fläche links I.Γ (Anno III) und rechts
Monogramm oder gehenkeltes Kreuz. Æ. 6.

2. Schild mit weitem *umbo*, geziert mit zwei concentri-
schen in Strahlen oder Zacken ausgehenden Kreisen.
R) ΒΑΣΙΛΕΩΣ. ΗΡΩΔΟΥ. Helm mit Helmschmuck und
Sturmbändern [16]). Æ. 4.

3. Andere ähnliche wie Nr. 2, aber mit einem mehr dem
macedonischen ähnlichen Schilde, und ferner den
Buchstaben Є I auf der einen und andern Seite
des Schildes auf der Fläche des Revers. Æ. 4.

4. Zwei bebänderte Füllhörner, am unteren Ende verbunden, und ein in ihrer Mitte sich erhebender
Mohnkopf.
R) ΗΡΨΔΟΥ. ΒΑCΙΛΕΩC, oder ΗΡΨΔ. ΒΑCΙΛ., oder
mit anderer Abkürzung, auch bloss ΗΡ. ΒΑ. um
einen Anker geschrieben; oft findet sich die Schrift
von der Rechten zur Linken nach orientalischer
Sitte.

5. Stehender Adler mit zusammengelegten Flügeln.
R) ΒΑCΙΛ ΗΡΩΔ in zwei parallelen Linien, zur Seite
eines Ochsenhorns. Æ. 3.

6. Helm mit Busch und Sturmbändern innerhalb eines
Kreises.

---

[16]) Diese seltene Münze, von der allein unter denen des Herodes Herr de Saulcy das Gewicht genau angegeben hat (p. 129),
wiegt 4,80 Gr. Das Gewicht der vorhergehenden (Nr. 1) scheint
sich dem der Münzen seines Vorgängers Antigonus anzuschliessen.
Ein abgenutztes Exemplar in meinem Besitze, mit den Typen des
doppelten Füllhorns und des Ankers (Nr. 4) wiegt nur 1,40 Gr.
Vielleicht reducirte Herodes d. Gr. die jüdischen Münzen auf die
Hälfte ihres Gewichts, in Uebereinstimmung mit dem früher semi-
uncialen römischen As, welcher auf eine viertel Unze durch die
Triumvirn, oder Augustus in den ersten Jahren seiner Regierung
reducirt ward (Bibl. Num. S. 125).

R) Zwei mit ihren unteren Enden verbundene Füllhörner. Æ. 4.

Herr de Saulcy macht die von mir aufgestellte Ver-
muthung (Bibl. Num. S. 55) zu der seinigen, dass die
erste der oben beschriebenen Münzen von Herodes dem
Grossen gleich nach der Einnahme Jerusalems im Jahre
Roms 716 oder 38 vor Chr. geprägt sei. Sodann behandelt er meine hinsichtlich der *crux ansata* aufgestellte
Ansicht als irrig; aber ich bitte ihn zu berücksichtigen,
dass sein gelehrter College Raoul-Rochette, berühmten
Namens, mit derselben übereinstimmt (Hercule, Assyr. 385).
Auch ich nahm früher an, dass auf dem Avers dieser
Münze eine *galea cristata* dargestellt sei; nachdem ich
aber jetzt die von de Saulcy und Akerman (Numism.
illustrations of the New Testam. p. 3) gelieferten Abbildungen vor Augen gehabt habe, erblicke ich darin einen
andern Gegenstand, besonders weil der obere hemisphä-
rische Theil des vermeintlichen Helms von dem unteren
gänzlich getrennt ist, und weil die angeblichen Kinn-
oder Sturmbänder sich nicht an der gehörigen Stelle
befinden würden. Deshalb halte ich es für um so
wahrscheinlicher, dass man auf der Vorderseite eins oder
mehrere der heiligen Tempelgeräthschaften habe darstellen
wollen, als auf dem Revers ein Timiater oder Turribulus
abgebildet zu sein scheint, und zwar vielleicht derjenige,
welcher vom Hohenpriester ein einziges Mal im Jahre
am feierlichen Tage der Versöhnung in das Allerheiligste
gebracht wurde (Ep. an d. Hebr. IX, 4: III. B. Mos.
XVI, 12): zumal da überdem Herodes mit Hülfe der
Römer Jerusalem, die Hauptstadt seines Reichs, eigentlich
am Tage der Versöhnung, oder den zehnten des Monats
Tisri des Jahres 716 nach Erbauung Roms, im dritten

Jahre seiner Regierung eroberte (Patritius, de Evang.
L. III, diss. 35 n. 28). Der oben auf die Vorderseite der
Münze gesetzte Stern kann auf diesen glücklichen Erfolg
gedeutet werden (vgl. Gesenius, Thesaurus p. 653: Patritius,
de Interpr. libr. II, p. 140), und die beiden belaubten
Zweige zu beiden Seiten des Sterns spielen entweder auf
den Sieg des Herodes an, oder auf die *duae spicae oli-*
varum — „zween Oelbäume" — der Vision des Propheten
(Sacharj. IV. 2, 3, 12, 14).

Die andern beiden Münzen (Nr. 2, 3), welche offenbar macedonische Typen tragen, gleich denen des Archelaus, des Nachfolgers Herodes in der Regierung Judaea's,
zeigen deutlich, dass Herodes der Grosse, ein Sohn des
Antipater, und Vater des andern Antipater, des Philippus
und Archelaus, Anspruch darauf machte, seine Abstammung aus dem macedonischen Königsstamme herzuleiten
(s. Cavedoni, Spicil. numism. p. 289); deshalb trifft man
dieselben Typen des Helms und des macedonischen Schildes auf kleinen Bronzemünzen von Antigonus Gonatas,
dessen Sohne Demetrius II, Philipp V, und andern macedonischen Königen, nicht aber von Pyrrhus, obwohl derselbe zwei Male dieses Reiches sich bemächtigte. Der
grosse Busch, welcher den macedonischen Helm der
Münze von Herodes dem Grossen, namentlich auch auf
denen seines Sohnes Herodes Archelaus schmückt, zeigt
auf dem Haupte Philipp's V, Königs von Macedonien,
sich auch auf dem Denar des Q. Marcius Philippus
(Borghesi, Dec. III, oss. 7), vielleicht in Rücksicht auf
den Helm Alexander's des Grossen, welcher durch einen
Schweif und zwei sehr grosse weisse seitwärts herab-
fallende Federn sich auszeichnete, ἧς εκατεροθεν ειστηχει πτερον
λευκοτητι και μεγεθει θαυμαστον (Plutarch. in Alex. c. 16).

Herr de Saulcy bezweifelt die richtige Lesart des
Datums ЄI der dritten Münze; mir aber scheint sie richtig nach Froehlich's Autorität, (Notit. elem. tab. XX, 7:
ad Numos Regum access. tab. II, 8 p. 77), welcher sie
nach einem Exemplare des Savorgnanischen Cabinets wiedergegeben hat. Man könnte sehr wohl darüber zweifelhaft sein, ob die beiden Buchstaben Є I, welche durch
den zwischen sie gestellten Helm getrennt sind, anstatt
anno XV, nicht vielmehr anno X bedeuten, wenn man
nämlich die Erklärung Єτους Ī annimmt; um so mehr, als
auf den Münzen der Herodiaden die kleinere Zahl der
grösseren pflegt nachgesetzt zu werden [17]). Unter dieser
Voraussetzung würde jene Münze geprägt sein im Jahre
Roms 723, dem zehnten Regierungsjahre Herodes, in
welchem die Schlacht von Actium am 10. September statt-
fand, und wahrscheinlich während Herodes ganz zu der
Partei des M. Antonius hielt. In dieses Jahr würde denn
auch eine der oben beschriebenen (Nr. 1) ähnliche mit
der Zeitangabe L I gehören, wenn sie von dem vorhin
gedachten Froelich richtig gelesen sein sollte (Notit. elem.
p. 224).

Die Münzen Herodes mit dem doppelten Füllhorn
und Anker (Nr. 4) scheinen, nach der Form der
Buchstaben zu urtheilen, etwas später als die ersteren zu sein, und durch ihre den Hasmonaeern entnomme-
nen Typen jenen als den legitimen Nachfolger in ihrem

---

[17]) Ich muss übrigens bemerken, dass auf einer Münze von
Caesarea in Samaria, welches von Herodes d. Gr. gegründet ist,
die Zeitbezeichnung L IΔ bei einem umgekehrten Anker gelesen
wird, welcher den Zahlzeichen IΔ zwischengesetzt ist (Sestini, Mus.
Hed. P. III, p. 104. Taylor Combe, Num. Mus. Brit. tab. XII, 16).
Ich begreife nicht, wie der gelehrte Engländer diese Münze unter
Germanicia Caesarea in Commagene hat beschreiben können.

Reiche, namentlich in Betracht seiner zweiten Gemahlin
Mariamne, einer Tochter Alexanders, des Sohnes von
Aristobulus II, zu bezeichnen (vergl. Eckhel T. III. p. 482).
Hierdurch wird die Behauptung nicht umgestossen,
dass der Anker lediglich auf den von Herodes d. Gr.
erbauten prachtvollen Hafen von Caesarea Bezug habe
(vgl. Eckhel T. III. p. 428), zumal da der Anker auch
auf der vorhin erwähnten Münze von Caesarea in Samaria vorkommt (s. Note 17), welches von Herodes ebenfalls erbaut war [18]).

Neu erscheint die Münze (Nr. 5) mit dem Typus des
stehenden Adlers und des Horns, welches ein einfaches
Ochsenhorn, und nicht etwa ein Füllhorn, wie de Saulcy
es nennt, zu sein scheint, indem über das obere Ende
desselben Nichts weiter hervorragt. Herr de Saulcy erblickt hierin eine Darstellung des goldenen Adlers, welchen Herodes der Grosse gegen das Ende seiner Regierung über das Hauptthor des Tempels hatte setzen lassen
(Jos. Ant. XVII, 6, 2, 3). Aber man kann eben sowohl
dafür halten, dass diese kleinen Münzen nicht sowohl von
Herodes dem Grossen, als vielmehr von Herodes, König
von Chalcidene, herrühren, zumal ein fliegender Adler
den Typus einer Münze von Ptolemaeus, Tetrarchen desselben Chalcidene bildet (Eckhel, Num. vet. tab. XV, 8),
und weil die Inschrift in zwei parallele Linien zur Seite
des Hornes vertheilt ist, wie es auf den Münzen der
Könige von Syrien der Fall zu sein pflegt, wohingegen

---

[18]) Wenn das auf ihr bezeichnete Jahr XIV auf die Epoche
ihrer Einweihung, welche ungefähr in das Jahr 743 nach Erbauung
Roms fällt (Sanclemente, de Aerae vulg. em. p. 336), Bezug hat,
so würde sie um das Jahr 756 geprägt sein, unter der Regierung
des Archelaus, welcher sich ebenfalls des Anker-Typus bediente.

dieselbe auf den zuverlässigen Münzen Herodes des Grossen kreisförmig um den Typus pflegt vertheilt *zu sein. Andererseits ist bekannt, dass Herodes König von Chalcidene, nach dem Tode seines Bruders Agrippa des Grossen vom Kaiser Claudius die Oberaufsicht über den Tempel und den heiligen Schatz erbat und erhielt, und ausserdem die Ernennung der Hohenpriester (Jos. Ant. XX, 1, 3). Auf diese Machtbefugniss konnte der Typus des Ochsenhornes bezogen werden, welches als Behältniss des zur Salbung des Hohenpriesters bestimmten heiligen Oels angebracht sein mochte, (vgl. Buonarotti, Vetri tav. II, III) oder als Bezeichnung der Behältnisse des Schatzes, welche die Form eines umgekehrten Horns hatten (Buxtorf. lexic. Chald. p. 2506). Ueberdem lässt das Bild des Adlers auf jüdischen Münzen in der Zeit Herodes, Königs von Chalcidene, sich leichter erklären, als zur Zeit Herodes des Grossen. Die Münzen konnten ferner in Chalcidene geprägt und hernach in Jerusalem angesammelt sein, durch das Zusammenkommen der Juden aus Chalcidene, welche sich jedes Jahr zahlreich bei der Wiederkehr der drei grossen Feste nach Jerusalem begaben; in gleicher Weise werden auch die Münzen von Antiochus VII. Sidetes, König von Syrien, dorthin gekommen sein (vgl. Note 10).

Herr de Saulcy lässt es ungewiss, ob die oben beschriebene schriftlose Münze (Nr. 6), deren Stil er mittelmässig nennt, in der That jüdisch sei, aber die Vergleichung der Typen des Helms und der beiden Füllhörner (vgl. Nr. 2, 4) lässt sie als wirklich von Herodes herrührend erscheinen.

Herodes Archelaus,

Sohn Herodes des Grossen, Ethnarch von Judaea vom
Jahre 4 vor, bis 6 nach Christi Geburt.

1. HPѰ... geschrieben um einen Anker, welcher mit
einem Ring und doppeltem Querholz versehen ist.
R) ЄѲ AN innerhalb eines Eichenkranzes, an der Spitze
mit einer schildförmigen Gemme geziert. Æ 3.

2. HP... geschrieben um eine *prora navis rostrata*, mit
einem Tridens schräg an dieselbe gelegt.
R) ЄѲN, innerhalb eines Oliven- oder Lorbeerkranzes.
Æ 3.

3. HPѰΔOY um eine Traube und deren Ranke geschrieben.
R) ЄѲNAPXOY (bisweilen ЄѲNPXOY); Macedonischer,
verkehrt stehender Helm mit doppeltem seitwärts
herabhängendem Busch, und Sturmbändern, zur
Linken ein kleiner Caduceus [19]. Æ 3.

4. HPѰΔOY. Weintraube mit einem Theile der Ranke.
R) ЄѲNAPXOY. Ungeschmückter Caduceus. Æ 3.

Herrn de Saulcy gebührt das Verdienst, dass er
zuerst die zwei ersten der vorhin beschriebenen Münzen
von Archelaus, welcher sich auch ΗΡΩΛΗΣ ὁ παλαιστινος
nannte, (Dio, LV, 27) bekannt gemacht hat. Der Typus
des Ankers, noch deutlicher aber der des Schiffsschnabels
mit einem Theile des Vordertheils [20]) und mit beigefügtem

---

[19]) Von Herrn de Saulcy und Andern wird der Helm aufrecht
stehend abgebildet, aber dadurch kommt die Inschrift verkehrt und
auf den Kopf zu stehen. Ueberdem scheint der verkehrt stehende
Helm die friedliche Regierung anzudeuten, welche Herodes Archelaus führte.

[20]) Auf gewissen kleinen phönicischen ziemlich häufig vorkommenden Münzen von Bronze (Pellerin, Rec. Pl. CXIX) trifft man
eine *prora navis*, der auf den oben beschriebenen Münzen von

Dreizack, bilden eine Hinweisung auf den Besitz von Seeplätzen; und in der That ist aus der Geschichte be-, kannt, dass Archelaus, vermöge Beschlusses von Augustus, im Jahre Roms 750, den Besitz von Judaea, Idumaea und Samaria erhielt, und namentlich den der vier Hauptstädte Jerusalem, Sebaste, Joppe und Caesarea oder Thurm des Strato (Jos. Ant. XVII, 11, 4). Auf den Münzen von Caesarea und Joppe, welche berühmte Häfen besassen, trifft man dieselben Typen eines Ankers und Dreizacks (Pellerin, Rec. Pl. LXXXV: Sestini, Mus. Hed. P. III, p. 104).

Dass Archelaus, ebenso wie sein Vater Herodes der Grosse, auf seine behauptete Verwandtschaft mit dem Geschlecht der macedonischen Könige anspielen wollte, indem er auf seine andre Münze (Nr. 3) einen macedonischen Helm nebst einem kleinen Caduceus setzte, und sodann auf der letzten (Nr. 4) den Caduceus wiederholte, wird deutlich durch Vergleichung ähnlicher kleiner Münzen von Antigonus Gonatas, Demetrius II, und vielleicht auch Cassander, welche auf einer Seite einen macedonischen Schild und auf der andern einen ganz ähnlichen macedonischen Helm, häufig begleitet von einem kleinen Caduceus, haben (vgl. Trésor, Rois Gr. Pl. XVI, 16: XVIII, 6: XIX, 3, 5, 6, 7: XX, 18: XXII, 7). Auch König Pyrrhus beabsichtigte durch den Typus eines ähnlichen Helms, welcher übrigens mit einem Busch versehen ist, auf das von ihm zu zwei Malen occupirte Macedonien anzuspielen. Wenn übrigens Hardouin diese Analogien beachtet hätte, (Op. sel. p. 328) so würde er nicht' die *Galea inversa*

Archelaus sehr ähnlich. Gesenius (Mon. Phoenic. p. 275) wagt nicht, die Heimath dieser phönicischen Münzen zu bestimmen; einige derselben möchten vielleicht von Joppe herrühren.

mit einer *flos Lilii rubentis* verwechselt haben, wie er
doch gethan.

Herodes Antipas,

Tetrarch von Galilaea, vom Jahre 4 vor der christlichen
Zeitrechnung bis zum Jahre 39 nach Chr.

Rücksichtlich der jüdischen Münzen dieses zweiten
Sohnes von Herodes dem Grossen bin ich erfreut hervorheben zu können, dass man annehmen kann, die erste
derselben mit dem Namen .TIBЄPIAC innerhalb eines Lorbeerkranzes, sei ungefähr um das Jahr Roms 775, oder
22 nach Chr. geprägt, bei der Gründung oder Einweihung der Stadt Tiberias (vgl. Eckhel T. III. p. 427).
Da die Pflanze auf ihrer Vorderseite, wie ein erfahrener
Botaniker mir sagt, die eigenthümlichen Kennzeichen des
calamus odoratus nicht hat (vgl. Bibl. Num. S. 53, 58),
so wird dieselbe richtiger durch *canna communis* bezeichnet werden, als eine Hinweisung auf den benachbarten
See Genezareth oder Tiberias. Da übrigens die Münzen
von Herodes Antipas, gemäss der jüdischen Observanz,
sämmtlich ohne bildliche Darstellungen von Menschen
oder Thieren, und erst nach der Verbannung des Archelaus geprägt sind, so halte ich es für sehr wahrscheinlich, dass Antipas vermöge seiner grossen Freundschaft
mit Tiberius (Jos. Ant. XVIII, 2, 3) von diesem Kaiser
die Aufsicht über die heiligen Tempelgelder erhalten habe,
gleichwie er den Herodes später zum Könige von Chalcidene machte (Jos. Ant. XX, 1, 3): zumal bekannt ist,
dass Herodes zum Osterfest sich in Begleitung seines
Militairs nach Jerusalem begeben hat (Luc. XXIII,
7 — 11).

Herodes,

Bruder von Agrippa I, König von Chalcidene, 41 — 48
nach Chr.

Von diesem Könige, welcher von Claudius die Oberaufsicht des Tempels und des heiligen Schatzes auf sein
Ansuchen erhielt (Jos. Ant. XX, 1, 3), rühren wahrscheinlich die vorhin (s. oben Herodes d. Gr. Nr. 5) beschriebenen Münzen mit dem Typus des Adlers und
des Ochsenhornes her, welche Herr de Saulcy Herodes
dem Grossen zuschreibt.

Agrippa I, der Grosse,

König von Judaea und anderen Gegenden, 37 — 43
nach Chr.; oder

Agrippa II,

sein Sohn, König von Chalcidene, und später der
Tetrarchie des Philippus, vom Jahre 48 — 99 nach Chr.

1. BACIΛ€ᴜC. ΑΓΡΙΠΠΑ, oder ΑΓΡΙΠΑ. Schirm oder Baldachin rings mit Franzen verziert.

R) L€, oder LS, LZ, LΘ? (Anno. V, VI, VII, IX?)
Drei Aehren mit sehr kurzen Stielen, aus ein und
derselben Pflanze herausgewachsen [21]). Æ 4, 3.

Gestützt auf Eckhel und den von Diesem angeführten Froelich habe ich die oben beschriebenen Münzen
des Königs Agrippa als mit den Jahrszahlen V, VI, VII,

---

[21]) Diesem Typus, welcher auf die Fruchtbarkeit Judaeas und
wahrscheinlich auch auf die Darbringung der ersten Aehren im
Tempel sich bezieht, dient zu guter Vergleichung eine Münze von
Philadelphia, der benachbarten Decapolis, auf deren Revers man
einen Busch von fünf schönen Aehren erblickt (Pellerin, Rec. Pl.
LXXXV, 25); hierin liegt eine Bestätigung der Meinung von
Dureau de la Malle (Econom. Polit. des Rom. T. II, p. 102, 118)
rücksichtlich des Sitzes der ursprünglichen Getreidecultur.

IX versehen wiedergegeben; aber Herr de Saulcy (p. 148) bemerkt, dass auf einer Anzahl von funfzig solcher Münzen, welche durch seine Hände gegangen, nur das Jahr VI gelesen werde, und verwirft als unzulässig eine dieser, seiner Angabe nach, von Eckhel als mit dem Datum LH, Anno VIII, versehen, beschriebenen Münzen: aber in dieser Behauptung ist er sehr leichtfertig gewesen, weil Eckhel wohl die Daten LZ, LΘ, aber nicht LH angeführt hat (Bibl. Num. S. 162). Die Jahresbezeichnung LE scheint zuverlässig zu sein, weil Hardouin (Op. sel. p. 333) sie als von ihm selbst gesehen (e museo nostro) bezeichnet; und die streitige LΘ findet sich von demselben Hardouin (Op. sel. p. 350) erwähnt, und hernach beschrieben und abgebildet von Piovene (Mus. Farnese T. IX. tav. VII, 1), welcher kurz vorher eine andere ähnliche mit der Bezeichnung des Jahres VI gegeben hatte (tav. VI, 18). Wenn das Datum LΘ auf einigen Münzen des Königs Agrippa vorkommt, so darf ich behaupten, dass dieselben äusserst selten sind, im Gegensatz derer mit der Bezeichnung des Jahres VI, welche sehr gewöhnlich ist, und auf drei Exemplaren unter acht Münzen dieser Art im K. Estensischen Museum, auf 4 des K. Museums in Parma, 6 des K. K. Museums in Mailand und 20 des K. Museums in Turin vorkommt, wie die Herren Lopez, Biondelli und Promis mir bestätigt haben. Aber das Zeichen LΘ könnte sich auf einer Münze Agrippa's finden, welche in einem der reicheren Museen, namentlich dem K. Borbonischen, in welches das Farnesische Museum einverleibt worden, aufbewahrt werden [22]).

---

[22]) Der Principe di San Giorgio schreibt mir, dass das Königl. Borbonische Münzcabinet seit dem Tode Avellino's noch immer versiegelt sei, und dass auf einer der vier Münzen des Königs Agrippa

Wenn das Jahr Θ nicht besteht, so können die gedachten kleinen Münzen mit dem Namen BACIΛΕΨC.
ΑΓΡΙΠΠΑ sehr füglich Agrippa I. beigemessen werden,
welcher im sechsten Jahre seiner ersten Regierung, und
im zweiten der Regierung über Judaea, nämlich im Jahre
42 nach Chr. zur Zeit des Passahfestes sich zu Jerusalem
befand, wo er kurz nachher den Apostel Jacob, Bruder
Johannis, hatte tödten, den Ersten der Apostel, den heil.
Petrus aber in das Gefängniss hatte setzen lassen (Apost.
Gesch. XII, 1—4: vgl. Patritius de Evang. libr. I, c. 2,
Nr. 24—27). Wenn aber das Jahr Θ öder IX vorhanden
ist, so rühren dieselben nothwendig von seinem Sohne
Agrippa II. her, weil Aprippa I. nicht volle sieben Jahre
regierte (Patritius l. c.). Vermöge Beschlusses des Kaisers Claudius war Agrippa II. die Sorge für den Tempel
anvertraut (Jos. Ant. XX, 9, 7) und wahrscheinlich auch
die für den heiligen Schatz nach dem Tode Herodes,
Königs von Chalcidene (Jos. Ant. XX, 1, 3); deshalb
konnte er in jenen Jahren im Einverständniss mit dem
Hohenpriester und dem Synedrium heiliges Geld prägen.
(vgl. Jos. Ant. XX, 10 sub fin.).

---

in seinem Besitze das Zeichen Vau in seinem unteren Theile dergestalt verwischt sei, dass es den Anschein eines ⊂ angenommen,
welches von einem nicht genügend vorsichtigen Beobachter leicht
für ein liegendes ∞ angesehen werden könne. Nach einer dem
Verf. zugegangenen Benachrichtigung des Raths G. Arneth tragen
die sieben Exemplare der kleinen Münzen des K. Agrippa mit
dreifacher Aehre im K. K. Cabinet in Wien sämmtlich das Jahreszeichen LS, Anno VI, und nach der dem Uebers. zugegangenen
Mittheilung des Herrn Dr. J. Friedländer haben 18 der 23 im
K. Museum zu Berlin befindlichen Münzen das Jahreszeichen
Ϛ (VI), während die übrigen 5 unkenntliche Zahlen haben.

Agrippa II,

König von Chalcidene, 48 bis 52 nach Chr., und sodann
der Tetrarchie des Philippus, von Batanea, Trachonitis
und Abila, von 52 bis 99 nach Chr.

(Jos. Ant. XX, 5, 2; 7, 2).

1. BACIΛΕOC (sic) MAPKOY. AΓPIΠΠOY. Zwei Aehren
und zwei Mohnköpfe, gehalten von einer rechten
Hand.

R) ΕTOYC. AI. TOY. Kα (Jahr XI, welches auch das
VI^{te}); Alles in einem Lorbeerkranze. Æ 3.

2. XAΛKOYC, im Kreise um eine in die Mitte der Münze
gestellte Kugel.

R) ET. ≈K, Anker mit Ring und Querholz. Æ. 3.

Die erste der beiden oben beschriebenen Münzen
rührt ohne Zweifel von Agrippa II. aus dem Jahre 58
oder 59 der gewöhnlichen Zeitrechnung her, in welchem
er das eilfte Jahr seiner Regierung erreichte, wenn man
von dem Jahre an rechnet, in welchem er Herodes, König
von Chalcidene, succedirte, und das sechste, angerechnet
von dem Jahre, in welchem Claudius ihn zur Regierung
über die Tetrarchie des Philippus und die damit verbundenen Gegenden versetzte. Um diese Zeit bauete
Agrippa II. ein Belvedere auf der königlichen Burg,
gegenüber dem Tempel, und setzte mehrere Hohepriester
ein und ab; durch die Gunst Nero's, welcher schon im
ersten Jahre seiner Herrschaft ihm mit den drei Städten
Tiberias, Tarichaea und Julias ein Geschenk gemacht
hatte, konnte er daher die Oberaufsicht des heiligen
Tempelschatzes, welche ihm bereits Claudius zugestanden
hatte, beibehalten (Jos. Ant. XX, 8; 9, 7). Der Typus
der rechten Hand mit Aehren und Mohn bezieht sich
vielleicht auf die gesetzliche Darbringung der Zehnten,

welche König Agrippa wiederhergestellt hatte, nachdem
schwere Unruhen durch aufrührerische Priester erregt
gewesen waren (Jos. XX, 8, 8; 9, 2).

Das Jahr ⌐K, d. h. XXVI, der andern Χαλκοῦς genannten Münze, wenn damit ein Regierungsjahr Agrippa II.
bezeichnet ist, fällt mit 73 der gewöhnlichen Zeitrechnung
zusammen, in welchem vom Tempel nur elende Ruinen
blieben; aber dieses kleine Geldstück mochte den Juden
unter Agrippa II. Herrschaft sehr wohl als Geld dienen
behuf der Opfer, welche sie an jedem Šabbath in ihren
Synagogen zu bringen pflegten (vgl. Ackermann, Archaeol.
Bibl. §. 359).

Jüdische Münzen mit Namen römischer Kaiser.

I. Augustus.

1. KAICAPOC. Gebogene Aehre.
   R) LΛ. ΑΓ, ΛΔ, ΛЄ, ΛS, ΛΘ, M, MA (Anno XXX,
   XXXIII, XXXIV, XXXV, XXXVI, XXXIX, XL,
   XLI). Fruchttragende Palme.   Æ. 3.
2. KAILAP, innerhalb der von den Strahlen eines Sterns
   gebildeten Zwischenräume, unter LM (Anno XL).
   R) ΣΕΒΑΣΤΟΣ, in zwei Linien geschrieben (Sestini,
   Mus. Hed. P. III, p. 10 nr. 3; Mus. Font. P. II,
   tav. XI, 4).   Æ. 3.
3. KAICAP, geschrieben oberhalb einer Schale mit zwei
   Henkeln; am Fusse derselben befindet sich z. r. S.
   ein Λ.
   R) Weinblatt mit einem Theil der Ranke.   Æ. 3.
   Herr de Saucy lässt nur die Jahre ΛS, ΛΘ, M, MA,
   d. h. XXXVI, XXXIX, XL und XLI zu. Eckhel (T. III,
   p. 497) führt sämmtliche oben angegebene Jahre (Nr. 1)

an, bis auf ΛΔ, welches später von Sestini (Descr. Num.
vet. p. 597) und Mionnet (Descr. Nr. 195) hinzugefügt ist.
Im Wellenheim'schen Cataloge (Nr. 6973—6974) werden
die Jahre Λ, ΛA aufgeführt, von denen Lopez mir versichert, dass er sie auf zwei dieser kleinen Münzen im
Herzoglichen Museum zu Parma gesehen habe. Eckhel
beschreibt im Cataloge des Kaiserlichen Museums eine
mit L ΛΓ (p. 249); aber ich möchte glauben, dass er und
Andere das in seinem untern Theile abgenutze Zeichen
Vau mit einem Υ verwechselt haben, da jenes von eckiger
Gestalt ist [22a]). Wie übrigens dem auch sein mag, wenn
man nur LΛS, Anno XXXVI, der actischen Aera zulässt,
welches mit DCCLVIII des Varro oder V unserer Zeitrechnung zusammentrifft, die Münze mit dem Namen
KAICAPOC war nothwendig in Judaea vor dem Ende der
Herrschaft des Herodes Archelaus geprägt, indem dieser
in Rom nicht vor dem Neumonde des Nisan des Jahres
XXXVII der actischen Aera oder DCCLIX der Varro-
schen Zeitrechnung angeklagt und vorgefordert wurde
(Dio, LV, 27; Patritius, de Evangel. libr. III, Diss. 35
nr. 40, p. 400) [23]).

Herr de Saulcy, welcher sich die Idee gebildet hat,
dass diese und andere ähnliche, mit dem Namen der
Kaiser und Cäsaren versehene jüdische Münzen auf Be-

[22a]) Der Verf. ist durch den Vorstand des K. K. Münzcabinets
in Wien, Herrn Rath G. Arneth, gegenwärtig davon in Kenntniss
gesetzt, dass in jener Sammlung drei wohlerhaltene Münzen des
Augustus mit LΛΓ, Anno XXXIII, neben dem Palmbaume sich
befinden.

[23]) Herr de Saulcy würde in diesen grossen Irrthum nicht ge-
rathen sein, wenn ihm die Worte des Flavius Josephus gegenwärtig
gewesen wären, welcher die von Quirinius in Judaea veranstaltete
Schätzung τριαχοστῷ χαι ἐβδομῳ ἔτει nach der Niederlage des Antonius bei Actium setzt (Ant. Jud. XVIII, 2, 1).

fehl der kaiserlichen Procuratoren von Judaea geprägt
seien (s. Revue numism. 1853, p. 186—201) versichert
(Recherches p. 138), dass „genau im Jahre XXXVI der
actischen Aera, Coponius, erster kaiserlicher Procurator
von Judaea, Besitz ·von seinem Amte genommen, und
seine Ankunft zu Jerusalem durch die Prägung vier
kaiserlicher Münzen bezeichnet habe, deren Gewicht das
der jüdischen Münzen des Archelaus übersteige [24]), während er übrigens die Vorurtheile des Volks insofern
geschont, dass er keinen anstössigen Typus gewählt
habe." Aber das Zeitverhältniss zeigt seine Behauptung und sein vorgefasstes System eitel und unhalt-
bar; und er muss selbst zugeben, dass die jüdischen
Münzen mit dem Namen KAICAPOC und dem Jahre
XXXVI der actischen Aera (wahrscheinlich auch andere
der vorhergehenden Jahre) während der Regierung des
Archelaus geprägt sind, sei es auf Befehl eines benachbarten Ethnarchen, um das Wohlwollen des Augustus zu

[24]) Ich weiss nicht, wie de Saulcy dieses behaupten kann,
denn Herr Frati versichert mir, dass unter den jüdischen Münzen
des päpstlichen Museums zu Bologna eine sehr wohlerhaltene von
Augustus mit LΛΘ 2,63 Grammen wiegt, eine von Archelaus mit
Traube und Helm 2,68 Gr. und eine von Agrippa mit dem Schirm
und dreifacher Aehre 2,60 Gr. Ich kann versichern, dass die des
Königs Agrippa im Estensischen Museum 3,00 bis 3,50 Gr. wiegen,
wogegen die vom Kaiser Augustus nicht 2,30 übersteigen, obwohl
eine derselben von vollkommenster Erhaltung ist. Diejenige von
Archelaus wiegt nur 2,00 Gr., aber sie ist sehr vernutzt und mangelhaft. [Nach den vom Herrn Dr. J. Friedländer auf Ersuchen des
Uebers. im Berliner Museum vorgenommenen Untersuchungen sind
die Münzen des Augustus wohl etwas kleiner und leichter als die
Königsmünzen, aber einzelne gut erhaltene des Augustus wiegen
bis 3,15, während auch gut erhaltene des Simon, des Agrippa II.
l e i c h t e r sind. Es folgt indess hieraus wohl nur von Neuem, dass
bei K u p f e r m ü n z e n im Alterthum so wenig wie jetzt genau das
Gewicht beachtet wird.]

erwerben, oder auf Anordnung des Synedrium und des jüdischen Hohenpriesters, oder anderer Magistrate der Hauptstadt. Flavius Josephus (Ant. XX, 10) bezeugt, dass einige der Hohenpriester in Jerusalem unter der Regierung des Herodes und Archelaus die öffentlichen Angelegenheiten verwaltet haben, επολιτευσαντο, und dass nach dem Ende Dieser die Regierung aristokratisch gewesen, und die Hohenpriester an der Spitze des Volkes gestanden haben. Der Kaiser Claudius schrieb im Jahre V seiner Regierung, XLVI nach Chr., einen Brief, adressirt an die Magistrate von Jerusalem, an den Senat, das Volk und an die ganze Nation der Juden (Jos. Ant. XX, 1, 2). Gewiss wird Niemand leugnen wollen, dass die Magistrate von Jerusalem, Ιεροσολυμιτων αρχοντες, Geld mit dem Namen der regierenden Kaiser prägen konnten, ohne dass ihre Unterwürfigkeit unter die Regierung des' kaiserlichen Procurators, und die Abhängigkeit vom *Praeses Syriae* dem entgegenstehen konnte; denn hierzu genügte eine von Rom oder Antiochia erwirkte Erlaubniss, wie solche constirt aus dem Vorkommen des PERMissu SILANI, welches auf Münzen des benachbarten, dem Praeses von Syrien untergebenen Berytus aus der Zeit August's und Tiber's gelesen wird (Eckhel, T. IV, p. 497). Jerusalem als Hauptstadt von Judaea stand gewiss nicht geringer als Berytus und viele andere Städte in Palaestina und Judaea selbst, namentlich Ascalon und Gaza, welche seit der Zeit des Augustus autonome und kaiserliche Münzen prägten. Freilich konnte das Synedrium nicht ohne Erlaubniss des Procurators sich versammeln (Jos. XX, 9, 1); aber die Befugniss, Geld zu schlagen, scheint nur von einer Gestattung des Praeses von Syrien, womit Judaea vereinigt war, abgehangen zu haben. Andererseits hat

man nur ein einziges ausserordentliches Beispiel eines
Procurators, ΕΠΙΤΡΟΠΟΥ, welcher auf einer Münze von
Bithynien erwähnt wird (Eckhel, T. IV, p. 249), und
vielleicht nur aus Kriecherei.

In Betreff der Typen der ersten der vorhin beschriebenen drei jüdischen Münzen, mit dem Namen des Kaisers
Augustus, kann ich noch die bei Horaz vorkommenden
Worte hinzufügen, indem dieser (2. Epist. II, 183) die
geschehene Salbung des Herodes *palmatis pinguibus*
rühmend erwähnt.

Die zweite der vorgedachten drei Münzen ist von
Sestini und Andern Alexandria in Aegypten zugeschrieben;
aber ich halte es für sehr viel wahrscheinlicher, dass sie
nach Judaea gehört, weil ihre Vorderseite an der oben
beschriebenen Münze von Alexander Jannaeus ein zutreffendes Seitenstück findet, wo dessen Name auf ähnliche
Weise in die Zwischenräume eines Sternes von ebenfalls
acht Strahlen gesetzt ist. Der Gebrauch des Sigma von
viereckter Form darf keine Schwierigkeit machen, weil
dasselbe auch auf Münzen von Agrippa dem Grossen vorkommt, welcher sonst ein mondförmiges Sigma gebraucht.
Das Jahr XL der actischen Aera trifft mit dem Jahre
762 nach Varro und IX der christlichen Zeitrechnung
zusammen. Der Stern endlich kann als allgemeines
Symbol des Glückes angesehen werden, oder für das
Bild des Sternes Julius oder Dionaeus, welcher nach
Virgil's Erzählung über dem Haupte des jugendlichen
Kaisers am denkwürdigen Tage der Schlacht von Actium
glänzte (Virgil, Aen. VIII, 681).

Die dritte der oben beschriebenen jüdischen Münzen
ist von mir Augustus beigelegt gewesen (Bibl. Num.
S. 65 nr. 2), indem ich' mich an Mionnet (Descr. T. V,

p. 552 nr. 192) hielt, der daselbst die Zeitangabe LΛ
(Anno XXX) der actischen Aera gelesen, wie auch Lenormant gethan (Revue num. 1845, p. 185), und wie auch
die von Herrn de Saulcy gegebenen Zeichnungen (Revue
num. 1853, Pl. XI, 8; Rech. Pl. VIII, 5) haben. Da er
sich aber in den Kopf gesetzt hat, dass alle diese Münzen
von den kaiserlichen Procuratoren von Judaea geprägt
seien, so behauptet er, dass das Λ für A gehalten werden
müsse, und dass die Münze von Tiberius und nicht von
Augustus herrühren müsse; aber in solchem Falle würde
der Name TIBEPIOC ganz oder abgekürzt hinzugefügt sein,
von dem sich jedoch keine Spur, weder in seiner Beschreibung, noch der Abbildung findet 25). Andererseits
passt die Schale (*Crater*) von sehr eleganter Form, zu
der die auf den Revers gesetzte Weinranke ein ange-
messenes Gegenstück bildet, sehr wohl für Augustus, weil
bekannt ist, dass dieser, zusammen mit seiner Gemahlin
Livia, dem Tempel als Geschenk viele und schöne Vasen
von Gold verehrte, welche zur Aufbewahrung und Aus-
giessung des Weines bei den heiligen Gebräuchen bestimmt
waren. Philo bezeugt (Oper. p. 1014, E), dass Augustus
μονονου πανοιχιοις αναθηματων πολυτελιαις το Ιερον εχοσμησε; und
Flavius Josephus (Bell. Jud. V, 13, 6) erzählt, dass Johannes Giscala, neben andern Sacrilegien, sich nicht enthalten habe des Raubes των υπο του Σεβαστου και της γυναικος
αυτου πεμφθεντων ακρατοφορων. In der Höhe des Tempels
sah man zwei goldene Weinstöcke von der Grösse eines
Mannes, mit grossen Trauben, glänzen, den einen hatte
Herodes der Grosse gewidmet, den andern vielleicht

---

25) Ich will jedoch darauf aufmerksam machen, dass Mionnet
(Descr. n. 192) auf dem Revers dieser Münze *une legende effacée*
wahrgenommen hat, deren Herr de Saulcy keine Erwähnung thut.

Augustus (Jos. Ant. X, 11, 3; B. Jud. V, 5, 4). In solcher
Art erneuerte Augustus den Glanz der Fürsten zu den
Zeiten der Hasmonaer (Jos. Ant. XIII, 8, 2); die jüdischen
Münzen mit seinem Namen und dem Bilde einer der von
ihm dem Tempel geweihten Vasen, mit dem Jahre Λ,
d. h. XXX der actischen Aera, bieten daher einen guten
Grund zu glauben, dass er dieses Geschenk im Jahre
Roms 752, oder kurz vorher, gemacht habe; und viel-
leicht hatte er dasselbe 750 dem Archelaus eingehändigt,
als dieser von Rom nach Jerusalem zurückzukehren im
Begriffe war.

Es scheint mir angemessen, jetzt die Beschreibung
anderer kleiner, den drei vorhin beschriebenen ähnlicher
Münzen hinzuzufügen, welche von den Numismatikern
unter den Alexandrinern beschrieben zu werden pflegen,
jedoch wohl richtiger für in Judaea geprägt gehalten
werden dürfen.

4. ΚΑΙΣΑΡΟΣ. Doppeltes Füllhorn.

R) ΣΕΒΑΣΤοΥ, Altar, auf welchen ein K, d. h. Anno XX,
gesetzt ist (Sestini, Mus. Hed. P. III, p. 10 nr. 2;
Mus. Font. P. II, tav. XI, 1). Æ. 3.

5. ΚΑΙΣΑΡ, einfaches Füllhorn.

R) ΣΕΒΑΣΤΟΣ, Altar mit dem Jahre ΛΗ (XXXVIII)
(Sestini, Mus. Hed. P. III, p. 10 n. 4; Revue num.
1853, Pl. XI, 7) [26]). Æ. 3.

6. ΚΑΙΣΑΡοΣ (sic), geschrieben rund um einen Altar, auf
welchem ΚΗ (Anno XXVIII) steht.

R) ΣΕΒΑΣΤοΥ (sic), in zwei Reihen innerhalb eines Lorbeerkranzes (Estens. Mus. Gewicht 3 Gramm). Æ. 3.

---

[26]) Herr de Saulcy, welcher diese Münze mangelhaft dargestellt
hat (Revue num. 1853, p. 200), vermuthet ebenfalls, dass sie aus
der Jerusalemer Münzstätte herrühren möge.

7. KAICAP, in zwei Reihen innerhalb eines Lorbeerkranzes.
R) ΓΕΒΑΓΤοΓ, *Triremis* (Mionnet, Descr. T. VI, p. 49
nr. 35 bis). Æ. 3.

8. ΚΑΙΣΑΡοΣ, in zwei Reihen innerhalb eines Lorbeerkranzes.

R) ΣΕΒΑΣΤ... Runder Altar, geziert mit einer Guir-
lande in der Mitte zweier Bäume (Mionnet, Descr.
T. VI, p. 49 nr. 35). Æ. 5.

Füllhorn und Lorbeerkranz, welche die Inschrift um-
schliessen, sind auf jüdischen Münzen der Hasmonaeer
und der Herodier gewöhnliche Typen. Der Altar kommt
vor auf Münzen Agrippa II, begleitet von der Inschrift
SALVTI. AVGVST. (Eckel, T. III, p. 494; vgl. Morelli,
in Domit. tab. XVIII, 19—20), und auch auf denen des
Augustus ist er auf die Gebete und Opfer für sein Heil
zu beziehen (vgl. Philo, Oper. p. 1025, E); oder auch
auf diejenigen Renten, welche Augustus auf seine eigenen
Einkünfte behuf des Tempeldienstes und der täglichen
Opfer in gleicher Weise gelegt hatte (Philo, Oper. p. 1035,
1036), wie solches auch von Seleucus I, König von Syrien,
geschehen war (2. Makk. III, 2, 3, 12). In diesem von
der ganzen Welt geehrten Heiligthume hatte, anderer
Fürsten zu geschweigen, Alexander der Grosse geopfert,
und M. Agrippa eine Hekatombe opfern lassen (Jos.
Ant. XI, 8, 5, 6: XVI, 2, 1). — Die Trireme (Nr. 7)
weiset wahrscheinlich auf August's Landung an der syrischen Küste im Jahre Roms 734 hin, bei welchem glücklichen Ereignisse Herodes der Grosse sich, um seine Ehrerbietung zu bezeugen, nach Antiochia begab, und hernach
ihn bis zum Meere begleitete (Jos. Ant. XV, 10, 3:
Dio LIV, 7). —

Dasjenige, was Mionnet einen Altar zwischen zwei Bäumen nennt (Nr. 8), halte ich vielmehr für das Thor des Hauses von Augustus, welches auf römischen Münzen der Gens Caninia (Morelli nr. 4; vgl. Borghesi Dec XIII, oss. 5. p. 388) erblickt wird in der Mitte zweier Lorbeerbäume, und geschmückt mit der *corona civica*. L. Caninius Gallus war einer der drei Münzmeister des Augustus im Jahre 736 (Borghesi, Dec. XIII, oss. 10). Hieraus würde folgen, dass die gedachte jüdische Münze mit dem Typus des Augusteischen Thores in demselben Jahre oder bald darauf geprägt worden sei.

II, Julia Augusta,

oder Livia, Gemahlin des Augustus, und Mutter Tiber's, vom Jahre 14 bis 29 der christlichen Zeitrechnung.

1. ΙΟΥΛΙΑ, innerhalb eines Kranzes.

   R) LA, LΔ (Anno I, Anno IV). Urne mit zwei Griffen und einem Deckel[27]   Æ. 3.

2. ΙΟΥΛΙΑ. Traube mit einem Theile der Ranke.

   R) L. A. (Anno 1). Urne wie vorhin (nr. 1).   Æ. 3.

3. ΙΟΥΛΙΑ, in zwei Reihen innerhalb eines Kranzes.

   R) LΓ, LS (Anno III, Anno VI). Drei aus einem Stiel hervorkommende Narcissus-Blumen.   Æ. 3.

---

[27] Herr de Saulcy giebt diese Münze nach der von mir gegebenen Beschreibung (Bibl. Num. S. 65 nr. 4) wieder, und beschwert sich dann, dass ich ihre Herkunft nicht bezeichnet habe. Zu meiner völligen Entschuldigung erinnere ich daran, dass, um die Quelle kennen zu lernen, ihm die Note 12 S. 18 genügen konnte, wo ich u. a. die beiden Werke von Mionnet citirt habe, welche ihm noch mehr bekannt und vertraut sein mussten, als mir. Die fragliche Münze findet sich übrigens von Mionnet erwähnt (Suppl. T. VIII, p. 377, nr. 67, 68), welcher sie aus dem Museum Hedervarianum und Sestini entnommen hat.

4. IOYΛIA in zwei Reihen innerhalb eines Kranzes.

R) LB (Anno II). Palmzweig.   Æ. 3.

5. IOYΛIA CEB, innerhalb eines Kranzes.

R) ..... Zwei unten vereinigte Füllhörner mit einem aus ihrer Mitte hervorragenden Mohnkopfe (de Saulcy, Recherches Pl. IV, 1; vgl. p. 102—103).   Æ. 3.

IIIa, Tiberius Caesar allein, Kaiser vom Jahre 14 bis 37 nach Chr..

1. KAICAP, in zwei Reihen innerhalb eines Lorbeerkranzes.

R) TIB. Zwei Füllhörner, zwischen denen LB (Anno II) geschrieben ist (Herzogl. Mus. in Parma).   Æ. 3.

1a. KAICAP im Kranze.

R) TIBЄPIOY. Zwei Füllhörner. LΓ (Anno III). — (K. Museum in Berlin, nach Mittheilung des Herrn Dr. Friedländer).

1b. TIBEPIOY. Ranke mit Blatt.

R) KAIC(APOC) Tiefer zweihenkliger Becher, daneben L I (die zweite Ziffer undeutlich). — (K. Museum in Berlin.)

2. TIBЄPIOY KAICAPOC, um einen Augurnstab geschrieben.

R) L IA, L IS, L IZ, L IH (Anno XI, XVI, XVII, XVIII) innerhalb eines Kranzes [28]).   Æ. 3.

3. TIBEPIOY KAICAPOC....

R) AYTOKPATOPOC, drei aus demselben Stiele hervorspriessende Aehren, wie auf den Münzen des Königs

---

[28]) Das Jahr XVI, L IS, hat Sestini auf einer dieser Münzen im Hedervar'schen Museum gelesen (P. III, p. 121 n. 7), und hernach hat Herr de Saulcy dasselbe auf zweien seiner Sammlung angetroffen (Pl. IX, 5, p. 145); (auch im Berliner Museum), und das Jahr XI, L IA, hat schon eher derselbe Sestini constatirt (Descr. Num. vet. p. 547 nr. 7).

Agrippa (Hardouin, Op. sel. p. 330, aus dem Foucault'schen Mus.). Æ. 3.

IIIᵇ· Tiberius und Julia.

1. TIB. KAICAP, innerhalb eines Lorbeerkranzes.
   R) IOYΛIA, LÀ, LΔ, LϹ, LΘ, L IA, L IΔ (Anno I, IV, V, IX, XI, XIV). Aufrecht stehender Palmenzweig. Æ. 3.
2. TIBEPIOY. KAICAPOC. CE. Simpulum?
   R) IOYΛIA. CϹ. Lilie? (Eckhel, Num. vet.' p. 288). Æ. 3.
3. TIBϹPIOY. KAICAPOC. LS, LH, L IA, L IS (Anno VI, VIII, XI, XVI). Vase von rundem Bauch und flachem Boden, mit einem verticalen in einen stumpfen Winkel sich biegenden Griffe, und bisweilen einem halbrunden Deckel.
   R) IOYΛIA. KAICAPOC. Drei zusammengebundene Aehren, deren zwei sich ihrer Schwere wegen nach unten biegen [29]). Æ. 3.

Die mit einem Deckel und zwei Griffen versehene Urne, zu welcher die Weinranke oder der Lorbeer auf den ersten beiden der vorhin beschriebenen Münzen der Julia Augusta das passende Seitenstück bildet, machen wahrscheinlich eines der Weingefässe (ακρατοφορων) anschaulich, welche Livia · zusammen mit ihrem Gemahl Augustus dem Tempel zu Jerusalem geschenkt hatte (Jos. Bell. Jud. V, 13, 6), wie vorhin gesagt ist.

---

[29]) Herr de Saulcy (p. 145) missbilligt meine Conjectur, dass bei der Inschrift IOYΛIA KAICAPOC das Wort ΓΥΝΗ, und nicht ΜΗΤΗΡ, zu subintelligiren sei. Wenn dieselbe auch durch das analoge ΑΓΡΙΠΠΙΝΑ. ΚΛΑΥΔΙΟΥ. ΓΥΝΗ (Eckhel, T. VI, p. 259) unterstützt werden könnte, so halte ich sie doch jetzt selbst für wenig wahrscheinlich, weil anstatt des zu Missverständnissen Anlass gebenden Καισαρος gesagt sein würde Σεβαστου γυνη.

Die aus einem einzigen Stiele hervorkommende drei-fache Blume (nr. 3; vgl. III, b. 2) pflegt als Lilie be-zeichnet zu werden, scheint jedoch wegen des ange-schwollenen Theils unterhalb des Kelchs, welcher auf eine Narcisse hinweiset, etwas Anderes zu sein. Unter den verschiedenen Abbildungen von Narcissen bei Mattioli, welcher sie nach der Natur liefert, ist eine (nr. VIII) der Blume auf den Münzen der Livia sehr ähnlich, indem sie ebenfalls drei Blumen innerhalb derselben Blumenscheide am Ende des Stieles hat. Plinius (Nat. Hist. XXI, 11, 2) erwähnt *rubens lilium* als berühmt in Antiochia und Lao-dicea in Syrien, *mox* in Phasaëlide, einem lieblichen Thale Judaea's, welches Salome, die Schwester Herodes, der Livia oder Julia Augusta als Erbschaft hinterlassen hatte (Jos. Ant. XVIII, 2, 2). Die auf Münzen der Julia Augusta vorkommende dreifache Narcissenblüthe erinnert an das schöne von ihr besessene Thal Phasaëlis. In dem-selben mochte eine schöne Narcissenart besonders gut gedeihen, etwa *Narcissus purpureus suave rubens* des Virgil (Ecl. V, 38; Cir. 96), die vielleicht von Plinius mit *rubens lilium* verwechselt ist (vergl. Schneider ad Theophr. Hist. Pl. VI, 6). Uebrigens liefert das Vor-kommen der jüdischen Münzen der Livia mit der drei-fachen Narcissenblüthe eine bedeutende Unterstützung der Meinung der Uebersetzer, welche das hebräische Wort *Chabatzeleth,* חֲבַצֶּלֶת (Hohel. Sal. II, 1; vgl. Gesenius Thesaur. p. 440) durch *Narcissus* erklären.

Die fünfte der oben beschriebenen Münzen der Julia Augusta hat Herr de Saulcy durch grossen Irrthum Judas Aristobulus zugeschrieben (p. 102, 103), indem er IOΥΔ.. anstatt IOΥΛ.. las und andere Buchstaben ver-wechselte, ohne zu beachten, dass das für Σ gesetzte C

und andere mondförmige Buchstaben für jene Zeiten
schlecht passten, während auf den sichern Münzen von
Alexander Jannaeus, dem Nachfolger des Judas Aristobulus, das Σ und E beständig von regelmässiger Gestalt
sind. Bei Vergleichung der seltenen ähnlichen Münze
des Tiberius im herzoglichen Museum zu Parma (Nr. 1)
scheint es mir bis zur Evidenz bewiesen, dass die fragliche Münze von Julia Augusta und nicht von Judas
Aristobulus herrührt, zu dessen Zeiten überdem die Inschrift hebräisch oder wenigstens *bilinguis*, nicht aber
nur griechisch gewesen sein würde.

Die Vase auf den Münzen Tiber's hat Eckhel *Simpulum*, de Saulcy und auch ich, bevor ich ihre wahre
Gestalt abgebildet gesehen (Revue num. 1853, Pl. XI, XII;
de Saulcy, Rech. Pl. IX, 1, 2, 3), *Capeduncula* genannt.
Jetzt erblicke ich darin ganz etwas Anderes, weil ihre
Gestalt in der That von der einer *Capeduncula Romana*
völlig verschieden ist. Höchst wahrscheinlich wird sie
ein jüdisches heiliges Gefäss sein, welches Tiberius selbst
als Geschenk dem Tempel gewidmet hat, da wir durch
Philo wissen, dass fast alle Glieder des Augusteischen
Hauses (unter denen Tiberius seine Stelle hatte) mit werthvollen Geschenken den Tempel von Jerusalem schmückten
(Philo, Op. p. 1033, D). Uebrigens erscheint der Griff
des Gefässes auf den von de Saulcy gegebenen Abbildungen im rechten Winkel gebogen; der gelehrte Ritter
Promis benachrichtigt mich jedoch, dass derselbe auf
den Originalen des königlichen Museums in Turin vielmehr
in der Mitte seiner Höhe zu einem stumpfen Winkel
gebogen erscheine.

Der *Lituus auguralis* bezieht sich wahrscheinlich auf
Tiber's grosse Leidenschaft für die thörichten Gebräuche

der Augurn und Astrologen (Jos. Ant. XVIII, 6, 9; Sueton in Tib. 69).

IV. Claudius und Agrippina.

1. TI. ΚΛΑΥΔΙΟC. ΚΑΙCΑΡ. ΓΕΡΜ. L ΙΓ, L ΙΔ (Anno XIII, XIV). Zwei Palmenzweige oder Aehren kreuzweis gelegt. R) ΙΟΥΛΙΑ. ΑΓΡΙΠΠΙΝΑ in vier Reihen innerhalb eines Lorbeerkranzes [30]. Æ. 3.

Das Jahr XIII (L ΙΓ) hat Herr de Saulcy hinzugefügt (p. 149, Pl. IX, 9); dasselbe entspricht dem Jahre 53 der christlichen Zeitrechnung. Er hat auf der Vorderseite zwei Aehren erblickt, die kreuzweise Lage passt jedoch besser für zwei Palmenzweige, die ein geeigneteres Seitenstück zu den zwei kreuzweis gelegten Schilden der folgenden Münzen der beiden Cäsaren machen würden (vgl. Taylor Combe num. Mus. Brit. tab. VII, 3).

Nero und Britannicus Caesares.

2. ΝΕΡΨ. ΚΛΑΥ. ΚΑΙCΑΡ, geschrieben um zwei Schilde und zwei kurze Lanzen, welche kreuzweis gelegt sind. R) ΒΡΙΤ. ΚΑΙ. L ΙΔ. Fruchttragende Palme. Æ. 3.

Herr de Saulcy tadelt mich, weil ich mit Unrecht die Varietät L ΙΑ (Anno XI) hinzugefügt hätte; aber ich habe dieselbe Eckhel entnommen, der sie zu wiederholten Malen angeführt hat (Mus. Caes. P. I, p. 249, nr. 9; Doctr. T. III, p. 298; T. VI, p. 254).

---

[30] Diese Münze ist vielleicht die einzige, wo der Geschlechtsname der Agrippina ΙΟΥΛΙΑ (vgl. Eckhel, T. VI, p. 259) aufgeführt wird, der übrigens auch in einer Inschrift von Ilium (C. J. Gr. nr. 3610) vorkommt, welche gewidmet ist ΙΟΥΛΙΑι ΣΕΒΑΣΤΗι ΑΓΡΙΠΠΕΙΝΗι, dem Claudius und ihren Söhnen, nämlich den Cäsaren Britannicus und Nero, wahrscheinlich in demselben Jahre XIII oder XIV der Regierung des Claudius.

Zwei ähnliche Schilde mit zwei ebenfalls gekreuzten Lanzen zieren einen Helm und eine schöne Vase aus Pompeji mit barbarischen mit Hosen bekleideten Figuren, welche besiegte Deutsche vorzustellen scheinen, die römische Adler zurückzugeben gezwungen sind (Mus. Borbon. T. VIII, tav. 15; T. X, tav. 31; vgl. Eckhel, T. VI, p. 209).

V. N e r o ,

Kaiser vom Jahre 54 bis 68 nach Chr.

LЄ. KAICAPOC, geschrieben um einen Palmenzweig.

R) NЄPШNOC oder NЄPONOC, in drei Reihen innerhalb eines Lorbeerkranzes.   Æ. 3.

Die von Herrn de Saulcy wahrgenommene irrthümliche Schreibart NЄPONOC rührt wahrscheinlich von einem jüdischen Künstler her, ebenso wie AΓPIΠA anstatt AΓPIΠΠA auf einigen Münzen des Königs Agrippa, weil selbst nicht einmal später im Texte der heiligen Schrift die Juden gewohnt waren, die Buchstaben zu verdoppeln, wo es die Analogie erforderte, vielmehr sich begnügten, das Zeichen des Dagesch forte hinzuzufügen. Ebenso lieset man BACIΛЄOC anstatt ΒΑΣΙΛΕΩΣ auf Münzen der jüdischen Könige Antigonus und Agrippa II.

Die Juden im Aufruhr

gegen die Römer zum ersten Male, von 66 bis 70 nach Chr.

1. שנת שתים. (*Schenat Schetaim*, d. h. im zweiten Jahre): Diota oder Trinkgefäss mit zwei Henkeln und Bauch mit Eierstab [oder vielmehr beckenförmigem Untertheil aus s. g. Quadronen zusammengesetzt, die man auch kurze Rundstäbe nennen könnte].

R) חרות ציון. *Cherut Zion*, d. h. Befreiung Zions). Weinblatt.   Br. 4.

2. Andere ähnliche, aber mit der Inschrift שנת שלש (*Schenat Schelosch* d. h. im dritten Jahre) auf dem Avers,

und einer meistentheils mit einem Deckel verschlossenen Trinkschale auf dem Revers. Br. 4.

Mit grosser Wahrscheinlichkeit schreibt Herr de
Saulcy (p. 154) diese beiden jüdischen Münzen dem Jahre
II und III des grossen jüdischen Krieges und Aufruhrs
zu [31]), welcher über 4 Jahre dauerte, indem er im Mai
oder spätestens August des Jahres 66 nach Chr. angefangen hatte, und mit der Zerstörung Jerusalems im September des Jahres 70 endigte (vgl. Jos. B. Jud. II, 14, 4;
17, 7, 8; VI, 10). — „Von diesen beiden Münzen (bemerkt
Herr de' Saulcy) ist die vom Jahre III ungleich seltener als die vom Jahre II. (Das Note 31 angegebene
Zahlenverhältniss der im Berliner Museum vorhandenen
Exemplare bestätigt diese Bemerkung vollkommen.) Dieses rührt wahrscheinlich daher, dass die Freiheit der
Juden im zweiten Jahre des Krieges den Gipfel erreicht
hatte, im dritten Jahre aber bereits im Abnehmen war.
Entsprechende Münzen der Jahre I und IV fehlen, wie
nicht anders zu erwarten. Im ersten Jahre des jüdischen
Krieges war die Autonomie in Jerusalem noch nicht wieder hergestellt; und im vierten Jahre hatten Anarchie
und innere Zwistigkeiten bereits die Eroberung vorberei-
tet und erleichtert, welche Titus unternommen hatte." Ich
sehe übrigens nicht ein, wie man behaupten kann, dass

---

[31]) Auch das Gewicht dieser Münzen, welches bei zwei von
mir besessenen 2,70—2,20 Gr. beträgt, stimmt genügend mit dem der
jüdischen Münzen Nero's vom Jahre V überein, welches zwischen
2,40 und 1,70 Gr. schwankt (Estens. Mus.). [Im königl. Museum
zu Berlin ist nach der vom Herrn Dr. J. Friedländer gegebenen
Nachricht die Münze Nr. 2 einmal vorhanden und wiegt 2,6 Gr.,
dagegen ist Nr. 1 in 13 Exemplaren vertreten und wiegt 3,35 (abgenutzt); 3,32; 3,12; 3,12; 2,9; 2,65 (sehr gut); 2,42 (gut). Also auch
hier schwankende Gewichte. Es sind übrigens von Herrn Dr. Fr.
nur gute Stüke gewogen.]

im ersten Jahre des jüdischen Krieges die Autonomie zu
Jerusalem nicht schon wieder hergestellt gewesen sei, da
ja vom Anfang des Krieges bis zur Belagerung durch
Titus im Jahre 70, Jerusalem stets in der Gewalt der
aufrührerischen Juden war, mit Ausnahme des kurzen und
erfolglosen Anfalls des Cestius gegen Ende des Jahres 66.
Es ist wahrscheinlicher, dass die Juden im ersten Jahre
des Aufstandes nur an Herrichtung von Wehr und
Waffen gedacht haben.

Das Trinkgefäss mit Rundstäben muss man für
eines derjenigen halten, welche später von dem Tem-
pelschänder Johannes Giscala dem Tempel geraubt wurden (Jos. B. Jud. V, 13, 6); da man überdem weiss, dass
die goldenen und silbernen Vasen, welche Ptolemaeus
Philadelphus dem Tempel gewidmet hatte, eben mit
Rundstäben verziert waren (Jos. Ant. XII, 2, 9), ραβδωσις
ανεγεγλυπτο.

Das Misnische Wort *Cheruth*, חרת, welches zu der
Zeit Simons des Hasmonaeers schlecht passen würde, eig-
net sich nun auf Münzen, die 200 und mehr Jahre
später geschlagen sind, sehr wohl.

Die Juden im Aufruhr

gegen die Römer zum zweiten Male, vom Jahre 132 bis
136 nach Chr. (s. Borghesi, Iscr. di Burbul p. 64 — 68).

Münzen ohne Jahr und vom Jahr I [32]).

1. שנת אחת לגאלת ישראל (*Schenat Achat Ligullat Jisrael,*

---

[32] Die Münzen ohne Jahr sind wahrscheinlich beim Anfange
des Aufstandes geprägt, bevor man daran dachte, die Jahre der
neuen Zeitrechnung der gerühmten Befreiung Israels und der Freiheit Jerusalems zu bezeichnen. Sämmtliche folgende Münzen sind in
dem de Saulcy'schen Werke (Pl. XI — XV) abgebildet, mit Ausnahme der von mir mit einem * bezeichneten, welche de Saulcy
ausgelassen oder vergessen hat.

d. h. im ersten Jahre der Freiheit Israels). Lulab und Cederfrucht.

R) ירושלם (*Jeruschalem*). Gebäude mit vier dorischen Säulen und einer Nische in der Mitte. (Sekel)

Arg. 7.

2. Andere ähnliche aber mit der Inschrift לחרות ירושלם (*Lecherut Jeruschalem* — der Befreiung von Jerusalem) auf der Vorderseite, und שמעון (*Schimeon*) auf der Rückseite, auch einem Stern oberhalb des viersäuligen Gebäudes (Sekel). Arg. 7.

3. לחרות ירושלם (*Lecherut Jeruschalem* — der Befreiung von Jerusalem), geradestehender Palmenzweig.

R) שמעון (*Schimeon*). Weintraube. Arg. 4.

*3ª· Andere ähnliche aber mit den griechischen Buchstaben IAN. CЄB. auf dem Avers und ΥΠΔ auf dem Revers, dem Ueberreste der Inschrift einer griechischen Drachme Trajans. (Eckhel.) Arg. 4.

*4. Dieselbe Vorderseite wie Nr. 3.

R) שמעון (*Schimeon*), innerhalb eines Lorbeerkranzes (K. Mus. in Turin). Arg. 4.

5. לחרות ירושלם (*Lecherut Jeruschalem*, der Befreiung von Jerusalem), zwei neben einander stehende Trompeten, eine kleine Kugel in deren Mitte.

R) שמעון (*Schimeon*), geschrieben um eine Weintraube.

Arg. 4.

*5ª· Andere ähnliche aber mit Spuren des flachen Kopfs von Trajan auf der Vorderseite, und den lateinischen Buchstaben TR auf dem Rande des Revers. (Eckhel.) Arg. 4.

*6. Dieselbe Vorderseite wie Nr. 5.

R) שמעון (*Schimeon*), innerhalb eines Lorbeerkranzes.

(Eckhel, Mus. Caes. p. 248; Froelich, Annal. Reg.
Syriae tab. XVIII, 17). Arg. 4.

7. לחרות ירושלם (*Lecherut Jeruschalem*, der Befreiung von
Jerusalem). Lyra.

R) שמעון (*Schimeon*), geschrieben um eine Traube.
Arg. 4.

7ᵃ· Andere ähnliche aber mit Spuren der lateinischen
Inschrift ... NOPT ... NCI, von einem überprägten Denar Trajans. Arg. 4.

*7ᵇ· Andere ähnliche, aber mit den lateinischen flachen
Buchstaben PSER, Ueberreste der Inschrift eines
überprägten Denars von Galba. (Est. Mus.) Arg. 4.

8. לחרות ירושלם (*Lecherut Jeruschalem*, der Befreiung Jerusalems). Kleiner Krug mit Rundstab verziertem
Bauch, seitwärts ein Palmenzweig.

R) שמעון (*Schimeon*), innerhalb eines Lorbeerkranzes.
Arg. 4.

8ᵃ· Andere ähnliche, aber mit den lateinischen Buchstaben
ISVIASASIAN (?) am Rande des Revers, Ueber-
rest der Inschrift eines überprägten Denars von
Vespasian (?). Arg. 4.

*8ᵇ· Andere ähnliche, aber mit den lateinischen Buch-
staben ANVS, Spuren des Brustbildes Trajans auf
der Vorderseite, und den Buchstaben P. M. TR.
P. COS. auf der Rückseite, den Ueberresten eines
überprägten Denars von Trajan. (Sestini, Mus.
Hed. P. III, p. 118, nr. 17.) Arg. 4.

9. שנת אחת לגאלת ישראל *Schenat Achat Ligullat Jisrael*
(im ersten Jahre der Befreiung Israels). Urne von
zierlicher Gestalt mit zwei Griffen.

R) שמעון נשיא ישראל (*Schimeon Nesi Jisrael*, Simeon
Fürst von Israel), in drei Reihen geschrieben, inner-

halb eines mit einer grossen schildförmigen Gemme
verzierten Lorbeerkranzes [33]).　　　　Br. 10.

10. שנה אחת לגאלת ישראל (*Schenat Achat Ligullat Jisrael*).
Weinblatt.

R) שמעון נשיא ישראל (*Schimeon Nesi Jisrael*). Dattelpalme.　　　　Br. 7.

11. לגאלת ישראל (*Ligullat Jisrael*, der Befreiung Israels).
Lyra.

R) Aufrecht stehender Palmzweig innerhalb eines Lorbeerkranzes.　　　　Br. 7.

12. לחרות ירושלם (*Lecherut Jeruschalem*, der Befreiung
Jerusalems). Aufrecht stehender Palmzweig inner-
halb eines mit einer runden Gemme verzierten
Lorbeerkranzes.

R) שמעון (*Schimeon*). Lyra von drei oder mehr Saiten.
　　　　Br. 6.

13. לחרות ירושלם (*Lecherut Jeruschalem*, der Befreiung
Jerusalems). Weinranke.

R) שמעון (*Schimeon*). Fruchttragende Palme. Br. 6, 7.

13ᵃ Aehnliche, aber mit den griechischen Buchstaben
ΑΥΤ. ΚΑΙ. ΤΡΑ. nah am Rande der Hauptseite, und ΕΠ
an dem der Kehrseite; Ueberrest eines Dupondius
von Trajan oder Hadrian, vielleicht in Epiphanias
oder Gaza geschlagen, und übergeprägt.　　Br. 7.

*13ᵇ Aehnliche, aber mit Spuren des bärtigen Zeuskopfes
auf der Hauptseite, wahrscheinlich ein übergepräg-

---

33) Beachtenswerth ist die Form des ו, *Vau*, im Namen *Simeon:*
✕, welche man vielleicht auf keiner andern jüdischen Münze antrifft, und da sie Aehnlichkeit mit einem Sterne mit sechs Strahlen
hat, gleichsam den zweiten Namen dieses Simon, *Kôkab* oder *Bar-
Kôkab*, versinnbildlicht. Herr de Saulcy berührt diese beachtenswerthe Eigenthümlichkeit nicht (s. de Saulcy, planche XIII, nr. 8).

ter ehemaliger Dupondius von Antiochia in Syrien (Sestini, Mus. Hed. P. III, p. 117 nr. 6).

14. .. לחרות ירוש (*Lecherut Jerusch.*, der Befreiung Jerusalems). Weintraube.

R) שמעון (*Schimeon*). Dattelpalme. Br. 5.

15. שר לגאלה אחת שנת (*Schenat Achat Ligullat Jis.*, im ersten Jahre der Befreiung Israels). Weintraube.

R) Dattelpalme; auf der Fläche der Münze nicht zu entziffernde hebräisch-samaritanische Buchstaben. Br. 4.

Münzen des Jahres II.

16. ש (Schin) und ב (Beth) לחרות ישראל (*Lecher. Jisrael*, im Jahre II der Befreiung Israels). Lulab und Cederfrucht.

R) שמעון (*Schimeon*). Viersäuliges Gebäude wie auf dem oben Nr. 1 beschriebenen Sekel, und mit einem Stern oberhalb desselben (Sekel) A. 7.

17. ש (Schin) und ב (Beth) (Anno II) לחרות ישראל (*Lecheruth Jisrael*, der Befreiung Israels). Ein kleiner Krug und Palmenzweig wie oben bei Nr. 8.

R) שמעון (*Schimeon*) geschrieben um eine Weintraube mit kleinen Ranken. A. 4.

18. שב (Schin und Beth) לחרות ישראל (*Lecheruth Jisrael*, im zweiten Jahre der Befreiung Israels). Weinblatt.

R) שמעון נשיא ישראל (*Schimeon Nesi Jisrael*, Simeon Fürst von Israel). Fruchttragende Palme. Br. 8.

19. Andere ähnliche, aber nur mit dem einfachen Namen שמעון (*Schimeon*) auf dem Revers. Br. 7.

20. Andere ähnliche wie nr. 19, auf denen jedoch die samaritanischen Buchstaben der Namen Israel und Simeon: ישראל, שמעון durch Ungeschicklichkeit des Stem-

pelschneiders oder Uebereilung der Arbeit ausserhalb der eigentlich ihnen gebührenden Stelle sich
befinden ³⁴). Br. 7.

Es scheint nunmehr gewiss und erwiesen, dass die vorhin
beschriebenen Münzen sämmtlich oder doch fast sämmtlich von Simon Bar-Kôkab, dem Urheber und der vorzüglichsten Stütze des letzten jüdischen Krieges, herrühren.
Diejenigen von Silber in der Grösse und dem Gewicht der
griechischen Drachme oder des römischen Denars (Nr. 3,
5, 7, 8), welche für Rebiah oder Viertelsekel, in früheren Zeiten geprägt, angesehen werden könnten, sind offenbar erst nach Trajan geprägt, indem man sie bisweilen
aus Denaren oder kaiserlichen Drachmen durch Ueber-
prägung angefertigt findet; und dasselbe muss man von
den Dupondii (nr. 13) sagen, welche ebenfalls überprägt sind ³⁵).

Die Identität oder Analogie der Typen, der Inschriften, der Form der Buchstaben, der Art der Arbeit und
des Stils aller einzelnen vorgedachten Münzen, eben so
wie ihr eigenthümliches Gewicht, Alles dies verlangt

---

³⁴) Deshalb möchte ich vermuthen, dass die jüdischen Münz-
arbeiter sich bei der Zubereitung der Prägstempel beweglicher
Metallbuchstaben bedient haben (vgl. de Saulcy p. 167). Gewiss ist,
dass die Alten sich beweglicher Buchstaben von Buchsbaum und
Elfenbein bedienten, um den Kindern das Alphabet spielend zu
lehren (Quintil., Inst. I, 2; S. Hieronym., Epist. CVII, 4).

³⁵) In der „Civiltà Cattolica" (Ser. 1, T. IV, p. 538) habe ich
gelesen, dass im Kircher'schen Museum in Rom eine *moneta recusa*
des Bar-Kôkab aufbewahrt wird, welche eine Münze von Antiochia,
wahrscheinlich ein Stater aus der Zeit Vespasian's, sei. Ich bezweifle
dieses sehr, auch deshalb, weil die Stateren oder Tetradrachmen
von Antiochia in Silber das Gewicht der Sekel Bar-Kôkab's übersteigen. Es wird vielleicht eine griechische Drachme sein (s. oben
Nr. 3a, und dagegen die Nachschrift des Verfassers am Ende).

dieselbe Zeit der Regierung Hadrian's, welche durch die
überprägten offenbar indicirt ist [36]).

Die Betrachtung dieser Münzen wirft ausserdem einige
Lichtstrahlen auf die Finsterniss, in welche die Geschichte
der letzten heftigen Erhebung und des blutigen jüdischen
Krieges unter Bar-Kôkab's Anführung gehüllt war, und
welcher, wie der zur Zeit Vespasian's, reichlich 4 Jahre
dauerte, indem er im Jahre 132 nach Chr. begann, und
im August des Jahres 136 endigte (vgl. Borghesi, Iscr.
di Burbul. p. 64—68). Hadrian hatte auf die Ruinen
des alten Jerusalem eine Colonie [37]) geführt, auch einen
Tempel des Jupiter auf der Stelle des heiligen Tempels
der Juden errichtet. Diese waren dermassen erbittert,
dass sie, als er kaum aus dem Orient im gedachten Jahre
132 sich entfernt hatte, sich sämmtlich gemeinsam erho-
ben und in festen und andern geeigneten Plätzen dergestalt sich befestigten, dass die zwei römischen Feldherrn

---

[36]) Die Sekel mit den Typen des Lulab und des viersäuligen
Gebäudes (Nr. 1, 2, 16) wiegen 13,75—13,50—13,18 Gr.; wohingegen
die des Hasmonaeers Simon 14,65—14,20 Gr. wiegen. Das Gewicht
der oben beschriebenen Bronzemünzen, muthmasslich des Bar-
Kôkab, schwankt von 11,60 bis Gr. 5,70 Gr. (de Saulcy und Estens.
Mus.), so dass sie genügend dem des römischen Dupondius und As
entsprechen, während das Gewicht der sichern Bronzemünzen des
Hasmonaeers Simon zwischen 16,30 Gr. bis 6,20 und 5,30 Gr. schwankt.
Die seltsame oben (Nr. 9) beschriebene Münze ist etwas durchaus
Eigenthümliches auch in Ansehung ihres Gewichts, welches 33,40 Gr.
erreicht; sie könnte daher 5 oder 6 As gegolten haben. Uebrigens
habe ich schon im Jahre 1838 die Muthmassung aufgestellt, dass
die Sekel mit der vermeintlichen Tempelpforte und einem Stern
oberhalb derselben von Simon Bar-Kôkab herrühren könnten
(Spicil. Num. p. 289).

[37]) Die erste Gründung der Colonia Aelia durch Hadrian wird
wohl in das Jahr 130 unserer Zeitrechnung zu setzen sein, weil in
diesem Hadrian sich auf dem Wege durch Judaea nach Aegypten
begab (vgl. Eckhel, T. VI, p. 481, 496—497).

in diesem Kriege an funfzig ansehnliche Festungen erobern
mussten, ausser der Zerstörung von neunhundert fünf
und achtzig namhaften Flecken (Dio LXIX, 12 — 14) [38].
Unter den Gelehrten ist die Frage entstanden, ob es den
Juden gelungen sei, sich damals in den Besitz von Jerusalem und der durch Hadrian gegründeten Colonia Aelia
zu setzen; und ob diese Stadt zu den von den beiden
römischen Feldherrn Julius Severus und Tinejus Rufus
eroberten gehöre. Scaliger (Animadv. in Chron. Euseb.
p. 216) und Fabricius (ad Dionis. Hist. l. c.) schenken
dem Eusebius und dem h. Hieronymus, welche versichern,
Jerusalem sei in diesem letzten Kriege von Hadrian zum
zweiten Male verbrannt und zerstört, keinen Glauben [39].
Jetzt setzen die oben beschriebenen. Münzen mit dem
Namen Jerusalem und besonders diejenige (nr. 13) mit
der Inschrift *Lacheruth Jeruschalem* (der Befreiung Jerusalems) den Ausspruch des h. Hieronymus ausser·Zwei-
fel (in Daniel IX, 27): *usque ad extremam subversionem,
quae sub Hadriano accidit, — quando Cochebus dux Judaeorum oppressus est, et Jerusalem usque ad solum diruta
est,* (in Ezechiel XXIV, 14): *post quinquaginta annos
sub Hadriano civitas in aeterno igne consumpta est.* Da
man keine Münzen Bar-Kôkab's vom Jahre II mit dem

---

[38] Dieser Krieg war so mörderisch, dass in den Schlachten
und Handgemengen gegen 580,000 Juden blieben, ungerechnet
diejenigen, welche durch Hunger, Feuer und Krankheiten umkamen
und unzählbar waren (Dio a. a. O.).

[39] Wenn Scaliger den Kirchenvätern keinen Glauben schenken
wollte, so hätte er wenigstens dies bei dem gleichzeitigen Geschichtschreiber Appianus Alexandrinus thun müssen, welcher, von Jerusalem redend, schreibt, dasselbe sei durch Ptolemaeus Soter und
Pompejus seiner Mauern beraubt, hernach durch Vespasian zerstört und von Neuem, zu ˙seiner Zeit, επ' εμου, durch Hadrian
(Appian, Syriac. 50; cf. Tillemont, Hist. des Emp. T. II, p. 288, 539).

Namen Jerusalem findet [40]), so wird es hierdurch sehr
wahrscheinlich, dass die Juden während des ersten Jahres dieses Krieges durch die Römer herausgetrieben worden sind, und sich grösstentheils hinter die Befestigungen
von Bether oder Bitther zurückgezogen haben, wo sie
drei und ein halbes Jahr Widerstand leisteten (s. Buxtorf,
Lexic. Chald. p. 372), nämlich bis zum Ende des Krieges, welcher im Ganzen beinahe vier und ein halbes
Jahr gedauert haben würde. *Capta urbs Bether*, schreibt
der h. Hieronymus, *ad quam multa millia confugerant
Judaeorum, aratum templum, in ignominiam gentis
oppressae, a Tineio Rufo* (s. Hieron. Com. in Zachar. VIII,
16 — 17) [41]).

Wende ich mich jetzt zu Bar-Kôkab, so findet man
im Jerusalemschen Talmud *Moneta Ben Cosibhae* erwähnt,
welche die Ghemara nennt *moneta ejus qui rebellavit, ut
Ben Cosibhae* (Buxtorf, Lexic. Thalmud. p. 1029). Indem
Eckhel (T. III, p. 473) die Meinung Henrion's, welcher alle

---

[40]) Man könnte darüber zweifelhaft sein, ob nicht in das
Jahr II ein Sekel mit dem Typus des viersäuligen Gebäudes
(de Saulcy p. 159, pl. XI, 3) und der Inschrift ירו+שם, *Jerusem*
(sic), auf dem Revers gehöre; aber diese Münze ist nach der Angabe des Herrn Verf. von zweifelhafter Aechtheit und vielleicht
das Werk eines alten Fälschers (vgl. Bayer p. 142; Caved., Bibl.
Num. S. 42, Note 25).

[41]) Die gewöhnlichen Ausgaben haben *T. Annio Ruffo;* und
Vallarsi will dafür setzen *Turannio Ruffo;* aber ich ziehe vor
mit Borghesi (Iser. di Burbul. p. 65) zu lesen *Tineio Rufo*, um
so mehr, als der heil. Hieronymus selbst in der Chronik (an. XVI
Hadr.) diesen römischen Feldherrn *Tinius Rufus* nennt. Uebrigens
bildet zu den Worten *aratum templum* eine der ersten Münzen der
Colonie Aelia Capitolina eine treffende Darstellung, welche den
Kopf Hadrian's auf der Vorderseite und einen verschleierten Co-
lonen [richtiger: Priester; s. des Uebers. Handb. der griech. Num.
S. 92] auf der Rückseite zeigt, welcher neben einem in den Boden
gesteckten römischen *vexillum* den Pflug leitet.

Münzen mit dem Namen Simeon dem Bar-Kôkab zuschrieb, bekämpft, sagt er: *et tamen nullum exstat monumentum, in quo is Simeonis nomine compelletur;* aber die von ihm verlangten Monumente sind eben die fraglichen Münzen, deren viele aus römischen und griechischen kaiserlichen Denaren und Dupondien angefertigt, gerade zeigen, dass jener in der That sich Simon genannt habe, sei es nun, dass er diesen Namen seit seiner Kindheit geführt, oder dass er nach Gelangung zur Würde eines Fürsten von Israel, nach orientalischem Gebrauch (s. Ackermann, Archaeol. Bibl §. 163) den Namen Simon vorzugsweise angenommen habe, als einen Glück und Heil für die Juden bringenden, da sie durch den Hasmonaeer Simon zuerst ihre volle Freiheit wieder erlangt hatten; ohne zu gedenken Simon's, des Sohnes Jora's, welcher im dritten Jahre des ersten jüdischen Krieges vom Volke zu Jerusalem als Fürst und Erlöser angenommen und ausgerufen war (Jos. B. Jud. IV, 9, 10). Sein anderer Name Bar-Kôkab, d. h. Sohn des Sternes, verstärkte den falschen Volksglauben, der ihn als den befreienden Messias ansah, als ob die berühmte Prophezeiung Bileam's sich in ihm erfüllte (IV. B. Mos. XXIV, 17): *orietur stella ex Jacob* (cf. Bartolocci, Biblioth. Rabbin. T. IV, p. 272 — 274). Obgleich er anfänglich nichts als ein Raubmörder war, so verschaffte der Name Bar-Kôkab ihm doch nach Eusebius (Hist. Eccl. IV, 6) das Ansehen eines mit Wunderkräften begabten Mannes, gleichsam eines vom Himmel gekommenen Sternes und eines für die in Knechtschaft unterdrückten Juden Heil bringenden Lichtes, ὡς εξ ουρανου φωστηρ αυτοις κατεληλυθως. Offenbar deutet der glänzende Stern auf diese Benennung und Volksmeinung hin, welchen man auf den

Sekeln Simons oberhalb des viersäuligen Gebäudes angebracht findet [42]).

Das erwähnte viersäulige Gebäude, welches ich anfänglich als Tempelpforte mit Propyläe ansah (Bibl. Num.
S. 34), und welches Herr de Saulcy (p. 158, 168) einen
viersäuligen Tempel mit dem Thor in der Mitte nennt,
kann ich jetzt unter keiner dieser beiden Bezeichnungen
gelten lassen, weil zur Zeit Bar-Kôkabs kaum noch Spuren des Tempels vorhanden waren, nachdem dieser sechzig und mehr Jahre vorher im ersten jüdischen Kriege
zerstört war. Vielmehr halte ich es für zweifellos, dass
damit das Sacrarium einer jüdischen Synagoge dargestellt
ist, in der Mitte mit Andeutung des Aron oder Oron,
eines Schrankes zur Aufbewahrung der Rollen der heiligen Bücher (s. Ackermann, Archaeol. Bibl. §. 333). [Pierer,
Universallex. s. v. Synagoge]. Die vermeintliche Pforte
(welche auch um deswillen für eine solche nicht wohl
gehalten werden kann, weil sie etwas erhöhet vom Erd-
boden ist) wird vielmehr eine Abbildung des jüdischen
Oron (Aron) sein (vgl. Buonarotti, Vetri, tav. II, III), wie
ich schon ehedem vermuthet habe (s. Spicil. Num. p. 288,
vgl. Bibl. Num. S. 34 Note 22). Auf zwei der von Buonarotti mitgetheilten alten Begräbniss-Gläsern hat der
Oron dieselbe Form des in der Mitte des fraglichen viersäuligen Gebäudes dargestellten Gegenstandes, wobei auch
die Enden der daselbst niedergelegten heiligen Rollen

---

[42]) Wenn Bossuet sichere Kunde von dieser Eigenthümlichkeit
der Sekel Bar-Kôkabs gehabt hätte, so würde er daraus einen
Grund zur Unterstützung seiner Meinung haben entnehmen können, dass der Apostel Johannes den Bar-Kôkab vorherverkündigt
habe unter dem prophetischen Bilde von *STELLA magna ardens tan-
quam facula*, welche *cecidit de caelo in tertiam partem fluminum et
in fontes aquarum* (Offenb. VIII, 10, 11), s. auch vorhin Note 33.

eben so angedeutet zu sein scheinen, als auf den angezogenen alten Gläsern. Auf einem dritten Glase sind zwei
Säulen vor demselben Oron dargestellt, vielleicht wegen
des beschränkten Raumes, anstatt der vier Säulen auf
den Sekeln Bar-Kôkab's. Möglicherweise hat dieser auch
deshalb den Typus gewählt, um den Seinigen die Herrschaft Hadrian's um so gehässiger zu machen, indem dieser gegen 480 jüdische Synagogen soll haben zerstören
lassen (Basnage, Hist. des Juifs, l. VI, ch. IX, §. 24).

Der andere Typus des Lulab nebst einer schönen
Cederfrucht erinnert die Juden an ihr fröhlichstes Fest,
welches vorzugsweise nur das Fest genannt wurde, nämlich das der Lauberhütten (Ackermann, Archaeol. Bibl.
§. 344), und vielleicht wird damit auch auf die Freude
über die wiedererlangte Freiheit bei der Wiederkehr·die-
ses fröhlichen Festes hingedeutet, wie solches bekanntlich
im Anfange des ersten jüdischen Krieges unter Nero sich
ereignet hat (Jos. B. Jud. II, 19, 1, 2). Die beständig
links gesetzte Ceder zeigt übrigens, dass der Lulab in
der Rechten, die schöne Frucht aber in der Linken pflegte
getragen zu werden.

Die beiden Trompeten (Tubae) sind ohne Zweifel
kriegerische, der Vorschrift Mosis (IV, 10, 1) entsprechend,
zum Zeichen des Aufbruchs des Lagers (vgl. I. Makk.
XVI, 8). Ihre Gestalt stimmt mit der von Flavius Josephus gelieferten Beschreibung völlig überein (Ant. III,
12, 6).

Der Palmzweig innerhalb eines Lorbeerkranzes scheint
sich auf Bar-Kôkab's Siege zu beziehen, und vielleicht
auch auf ihm von seinen Landsleuten gegebene Geschenke,
da diese vorher gezwungen waren, solche fremden Für-

sten darzubringen (I. Makk. XIII, 37): *Coronam auream et bahen* (gr. χαι την βαϊνην; vgl. II. Makk. XIV, 4). — Der kleine Krug oder Oenochoe nebst Palmzweig scheint sich ebenfalls auf Libationen und Dankopfer für erlangte Siege zu beziehen [43]). — Die Lyra, welche zu dem Palmenzweige und dem Lorbeerkranze oder der Weintraube ein Seitenstück bildet, ist ein schönes Symbol der Freude über die wiedererlangte Freiheit. Der frucht-tragende Palmbaum und das Weinblatt spielen auf die zwei Hauptproducte des glücklichen gelobten Landes an, dessen vollen und beständigen Besitz die durch den Pseudo-Messias Bar-Kôkab verführten Juden sich ver-sprachen.

Die Urne mit zwei Henkeln und der mit einer Gemme verzierte Kranz, welche die Typen der grösseren Münze oder vielmehr Medaille des Bar-Kôkab von Bronze bilden (Nr. 9), beziehen sich vielleicht auf die ihm als dem ver-meinten Messias von dem getäuschten Volke gezollten Ehren. Der Kranz mit der Gemme würde ihm nämlich dargebracht sein in Rücksicht auf die Worte des Psalm XX: *posuisti in capite ejus coronam de lapide pretioso* [44]), und

---

[43]) Auch die vier Becher heiligen und gesegneten Weins, die seit etwa der Zeit des Akibha, welcher den Bar-Kôkab als Messias anerkannte, bis jetzt von jedem Juden bei dem Passahmahle pflegen, getrunken zu werden, werden zur Erinnerung und Dankbezeugung für die vierfache Befreiung des israelitischen Volkes eingeschenkt, welche in folgenden göttlichen Worten ausgedrückt ist (II. B. Mos. VI, 6, 7): *Ego Dominus qui educam vos de ergastulo Aegyptiorum, et eruam de servitute, ac reducam in brachio excelso et judiciis ma-gnis, et assumam vos mihi in populum et ero vester Deus* (cf. Bux-torf, Synag. Jud. c. XVIII, p. 421).

[44]) In der Weissagung des Propheten Zacharias (cap. IX, 16), welche sich auf das künftige Glück des israelitischen Volkes bezieht, werden die Fürsten und die Juden selbst *lapides sancti* oder *lapi-des coronae* genannt (Mariana, Ackermann, al. ad. Zach. l. c.).

das Gefäss mag zur Aufbewahrung des Oels der heiligen Salbung gedient haben, indem auf einem alten Gräber-Glase neben zwei jüdischen Candelabern zu sieben Lampen [45]) zwei Hörner für heiliges Oel abgebildet sind, nebst einer Urne von sehr ähnlicher Gestalt wie die auf der Münze Simons, Fürsten von Israel (Buonarotti, Vetri, tav. II, 5 p. 22—23). Nach jüdischen Ueberlieferungen soll Bar-Kôkab die heilige Salbung aus der Hand des Akibha [46]) in der Stadt Bitther erhalten haben (s. Basnage, Hist. des Juifs l. VI, ch. 9, §. 15).

Aelia Capitolina

von neuem als römische Colonie durch Hadrian begründet im Jahre 136 der gewöhnlichen Zeitrechnung, oder bald darauf.

Herr de Saulcy beabsichtigte ein genaues und vollständiges Verzeichniss aller kaiserlichen Münzen dieser

---

[45]) Gewöhnlich glaubt man, dass im Heiligthume des von Herodes wiederhergestellten Tempels nur ein Candelaber sich befunden habe (s. Ackermann, Arch. Bibl. §. 331); aber Flavius Josephus (B. Jud. VI, 8, 3) zeigt, dass deren wenigstens zwei vorhanden gewesen.

[46]) Der Name dieses berühmten Weisen aus Tiberias, welcher von einem chaldäischen „Ferse" bedeutenden Worte hergeleitet ist, (vgl. Bartolocci, Biblioth. Rabbin. T. IV, p. 272), findet sich, vielleicht aus Verehrung, wiederholt in der Person eines Valerius ACHIBAS, beerdigt an der Via Appia vor der porta Capena (Annali arch. T. XXIV, p. 306) und eines Caulius ACIBAS, welcher seinem hochverdienten Patron P. Caulius Coeranus in Pozzuoli ein Grabmal errichtete (Nuovo Bull. arch. Napol. an. III, p. 53). Minervini macht den allzukühnen Vorschlag, ACIBAS in ALIBAS zu verwandeln. Der Freigelassene des P. Caulius wird ursprünglich ein syrischer Sklave mit dem Namen ACIBAS gewesen sein.

Obgleich übrigens der durch Bar-Kôkab erregte jüdische Krieg gewöhnlich als der letzte dieses unglücklichen Volkes angesehen wird, so war doch ein fernerer unbedeutenderer um das Jahr 198

auf den Trümmern Jerusalems gegründeten Colonie zu
geben, aber es scheint mir, dass er viel zu wünschen
übrig lässt. So hat er zum Beispiel den wichtigen und
besondern Typus der drei Capitolinischen Gottheiten,
nämlich des Jupiter sitzend zwischen Pallas und Juno, diese
beide stehend und mit Stola bekleidet, keineswegs richtig
aufgefasst, einen Typus, welcher den Münzen der Flavier
römischen Gepräges entnommen ist, und zugleich an die
Schmach der besiegten Juden erinnert, welche gezwungen
waren, dem Capitolinischen Tempel die Didrachme zu bezahlen, welche vordem dem Jerusalemschen Tempel gezahlt
wurde [47]). Eine Münze des Antoninus Pius hat er ausgelassen, welche auf dem Revers die Siglen C. A. C. und
drei stehende Frauenzimmer mit der Stola bekleidet zeigt
(Mionnet, Sup. nr. 8), die ich für drei Nymphen halte
(vgl. Eckhel, T. 11, p. 24, 153) in Rücksicht auf das vierfache Nympheum, τετρανυμφον, welches Hadrian in Aelia

---

nach Chr. denn nach Spartianus (in Sev. 16) *senatus Judaicum trium-*
phum decreverat (Antonino Caracallae), *idcirco quod et in Syria res*
bene gestae fuerant a Severo. Auch der H. Hieronymus erwähnt in
seiner Chronik (ad ann. V. Severi) *Judaicum et Samariticum bellum*
ortum vel resumptum.

[47]) Auch der Typus des Legions-Adlers auf einer Münze Ha-
drians scheint zur Schande und Verspottung der Juden ausgewählt zu
sein, die vordem die durch Pilatus in Jerusalem eingeführten römischen Feldzeichen nicht duldeten (Jos. Ant. XVIII, 3, 1). Herr
de Saulcy (p. 185) erblickt, wiewohl mit einigem Zweifel, auf einer
Münze des Decius den sitzenden Jupiter mit dem Adler zu
seinen Füssen, der aber in seiner Abbildung eher eine kleine
menschliche Figur scheint; aber man muss hier mit Mionnet den
sitzenden Serapis erkennen, mit ausgestreckter Rechten wie um
den dreiköpfigen Cerberus zu beschwichtigen (vgl. Eckhel, T. IV, p. 30).
Auf einer andern Münze erblickte Herr de Saulcy den stehenden
Bachus mit dem Kopf des Serapis in der ausgestreckten
Rechten, aber es wird eher der Kopf des Lycurgus oder Pen-
theus sein (vgl. Hygin. Fab. 132; Euripid. Bacchae v. 1247).

Capitolina gar aus Ueberbleibseln des heiligen Tempels
hatte bauen lassen (Chronic. Alex. ann. 3 Hadr. cf. Thesaur.
Ling. Gr. Didot s. v.). Aus Ueberbleibseln des Tempels
liess dieser Augustus auch ein Theater bauen, welches
mit dem Cultus des Bacchus in Verbindung stand, der
in der That auf Münzen von Aelia mit dem Kopfe des
Antoninus Pius zur andern Seite erscheint, welcher
von Schauspielern, vielleicht in Athen, ΝΕΟΣ ΔΙΟΝΥΣΟΣ,
neuer Bacchus, genannt wird (Franz, El. epigr. Gr. p. 260;
cf. Eckhel, T. VII, p. 18). Herr de Saulcy fordert die
Numismatiker auf, Münzen des Commodus nachzuforschen,
welche doch unter denen von Aelia nicht fehlen könnten,
da dieselbe sich nach ihm COMMODIANA nannte; aber
durch den gelehrten Pellerin (Mel. I. p. 282) ist eine
solche schon längst bekannt gemacht mit der Inschrift
IMP. C. L. AEL. AV... und dem Kopf des Commodus,
welche Herr de Saulcy selbst (p. 173 pl. XVI, 1, 2) unrichtig dem Antoninus Pius scheint zugeschrieben zu haben,
indem er den Buchstaben T mit dem von Pellerin gegebenen L verwechselt hat. Letzterer hat die Abbildung
einer seltenen kleinen Münze des Antoninus Pius gelie-
fert, welche nach dem Revers die Buchstaben ΚΛΟ oberhalb eines schreitenden Schweines oder Ebers zeigt (Pellerin, II. Suppl. Pl. II. n. 12 p. 52). Sestini (Descr. Num.
vet. p. 545, Mus. Hed. P. III, p. 111) und Mionnet (Descr.
nr. 14) haben diese Buchstaben gelesen K. A. C., als Ini-
tialen von *Kolonia Aelia Capitolina;* hierzu würde der
Typus vortrefflich passen, indem bekanntlich *in fronte
ejus portae (Aeliae Capitolinae), qua Bethlehem egredimur,
SVS SCALPTVS in marmore significans Romanae potestati
subjacere Judaeos* (S. Hieronym. in Chronic. ann. XX, Hadr.).
Herr de Saulcy lieset dagegen ΚΛϵ und hält die Lesart

Mionnets für mehr als verdächtig, ohne Pellerin's und
Sestini's Erwähnung zu thun, welche doch wohl von Bedeutung sind. Ihm macht das anstatt C gesetzte K als
Initiale von Kolonia grosse Schwierigkeit, aber, anderen Vorkommens zu geschweigen, findet man auch
KOΛ und KOL für Colonia auf lateinischen Münzen von
Damascus (Rasche, Lexic. sub KOΛ); und anderntheils
würde er sich in Verlegenheit befinden, dieser Münze
eine andere Stelle anzuweisen, da, wenn man KΛE
lesen wollte, sie zwei Sprachen haben würde. Die Aufschrift der Vorderseite IMP. CAES. ANTONINO stimmt
mit den anderen Münzen von Aelia überein, welche ebenfalls die Inschriften im Dativ haben.

Herr de Saulcy gesteht, nicht zu wissen, woher Mionnet
eine besondere Münze von Aelia Capitolina mit griechischer Inschrift entnommen habe; aber es war doch genügend, dass sie den beiden grössten Kennern vorgekommen
war: Pellerin (Rec. Pl. CXXXV, 9; cf. Melang. II, p. 247)
und Eckhel (Cat. Mus. Caes. - P. I. tab. IV, 14). Diese
beiden ausgezeichneten Numismatiker befanden sich jedoch
in Folge der Mangelhaftigkeit der Inschrift in einem Irrthume, wenn sie diese Münze der *Colonia Aelia Capitolina* beilegten, wohingegen jetzt, durch Vergleichung eines
theilweis vollkommener erhaltenen Exemplars, welches im
Jahre 1847 durch Herrn von Rauch (Annali archeol. T. XIX,
p. 282 tav. P. nr. 5) bekannt gemacht wurde, feststeht,
dass sie der *Colonia Aurelia Carrhae* in Mesopotamia
restituirt werden muss. Hier die Beschreibung, entnommen einer Zusammenstellung der von Pellerin, Eckhel
und Lajard (Acad. des Inscr. T. XX, P. II, pl. VI. nr. 4
p. 56) gegebenen Abbildungen, und eines schönen Exem-

plares im K. Estensischen Museum, welches jedoch in
Ansehung der Inschriften sehr mangelhaft ist:
ϹЄΠΤΙΜΙΟϹ ϹЄΟΥΗΡΟϹ belorbeerter Kopf des Septi-
mius Severus.

Ŗ) ΚΟΛ ΛΥႦΗΛΙΛ ΚΛ (sic). Viersäuliger Tempel,
innerhalb dessen ein Götterbild von ovaler Gestalt,
. verschleiert und auf einen dreibeinigen Tisch gestellt; zu jeder Seite ein römisches Feldzeichen
mit einem Zierrath nach Art eines Tempelchen:
auch vier zunehmende Monde, einer über dem gedachten Götterbilde, zwei andere über den beiden
Feldzeichen und der letzte im Giebelfelde des
Tempels. Br. 6.

Das halbrunde verhüllte Götterbild scheint das Symbol des Gottes Μην oder Lunus zu sein, oder des Sol,
von den Emisenern und andern Götzendienern des Orients
Elagabalus genannt (cf. Eckhel T. III, p. 311). Mit dem
Cultus dieses Göttergestirns wird unter dem in diesen
äussersten Gegenden siegreichen Severus sehr passend der
Cultus der unbesiegten römischen Feldzeichen sich verbunden haben, in Rücksicht auf die durch Crassus
in der Nähe von Carrhae in Mesopotamia verlorenen
Feldzeichen, welche hernach durch Augustus glücklich wieder erobert wurden. Die beiden Feldzeichen
befinden sich, wie ich erwähnte, jedes in seinem Tempelchen von nachstehender Gestalt. Dieses ist von
grosser Wichtigkeit, weil es dem Ausspruche des
Dio Cassius (Hist. XL, 18) zur Seite steht, welcher allein unter den alten Schriftstellern eines
kleinen Tempels, νεως μικρος, Erwähnung thut, in welchem
die Legions-Adler eingeschlossen zu werden pflegten.
Eckhel (T. VIII, p. 493) bekennt, dass er nie irgend ein

antikes Monument angetroffen habe, welches uns einen
Begriff von dem Tempelchen der Adler der römischen
Legionen gäbe; aber ein solches konnte nicht von dem
der beiden römischen Feldzeichen verschieden sein,
welche auf der Münze von Carrhae vorgestellt sind.
Auch mussten die Tempelchen von Holz, ξυλινα ναϊδια,
ähnlicher Beschaffenheit sein, in welchen von den Römern die Bildnisse ihrer verstorbenen Vorfahren aufbewahrt wurden (Polyb. VI, 53; cf. N. Bull. arch. Napol.
An., I, p. 121, 122). In ähnlicher Weise erblickt man
nicht selten auf römischen Grabsteinen die Büste des Verstorbenen zwischen zwei einen Bogen tragenden Säulen
aufgestellt, die solchergestalt ein Tempelchen bilden.

Nachschrift.

Die ehrwürdigen Väter der Gesellschaft Jesu — Marchi, Patrizii und Pianciani, haben mit besonderem Wohlwollen mir die Nachricht mitgetheilt, dass im Kircherschen Museum des Collegium Romanum sich ein Stater oder Tetradrachmon, durch Bar-Kôkáb übergeprägt, befindet, mit Typen und jüdischen Inschriften, ähnlich dem bei Perez Bayer (p. 141, tav. VI, nr. 1) abgebildeten und in diesem Anhange von mir unter Nr. 2 der Münzen Bar-Kôkab's beschriebenen. Derselbe wiegt 274 Gran oder eine halbe Unze weniger 14 Gran, indem die Münze schon vor ihrer Umprägung sehr vernutzt gewesen ist. Auf der Vorderseite ist die jüdische Inschrift vollkommen lesbar, und zwischen der Spitze des Lulab und dem Buchstaben ׳ (Jod), der Initiale des Namens Jerusalem, erblickt man die Spuren der griechischen Buchstaben NOC, ein unwiderlegliches Zeichen der Umprägung. Auf der Rückseite ist von den drei letzten Buchstaben des Namens שמעון, Simeon, nur eine schwache Spur des untern Theils übrig geblieben, aber die ersten beiden sind durchaus deutlich. Das scharfe Auge eines Mannes von grosser Erfahrung in der Numismatik ermächtigte den P. Pianciani, in diesem NOC die Endung des Namens Vespasians zu erkennen; aber wegen des mondförmigen Sigma könnte man es vorziehen, dafür zu

halten, dass dieser Sekel geprägt sei über ein Tetradrachmon von Antiochia mit dem Bilde und der Umschrift des
Titus, oder Domitians, oder Trajans. Ein Tetradrachmon
des Vespasian von Antiochia im K. Estensischen Museum
wiegt 14,40 Grammen, und eines von Trajan 14,10 Grammen; dieses, angenommen, dass es einigermassen vernutzt
war, als es übergeprägt wurde, entspricht genügend dem
Gewicht der andern Sekel des Bar-Kôkab, welches 13,75
Grammen erreicht (s. Note 36). Uebrigens habe ich
Unrecht gehabt, als ich vermuthete (Note 35), dass dieses ausgezeichnete von Bar-Kôkab umgeprägte Tetradrachmon nur eine einfache griechische Drachme sei,
indem dasselbe ausser allen Zweifel setzt, dass von diesem Simon Bar-Kôkab und nicht schon von dem Hasmonaeer Simon alle die Sekel herrühren, die durch die
Typen des Lulab und des viersäuligen Gebäudes sich
kenntlich machen.

C. Cavedoni.

Erklärung der Münzabbildungen.

Hofbuchdruckerei der Gebr. Jänecke in Hannover.

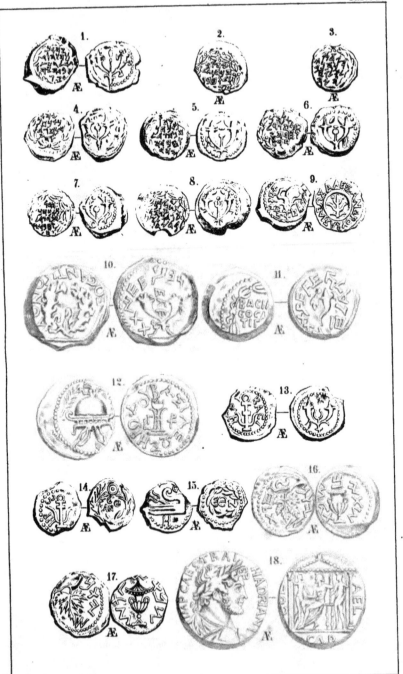

HEBRÄISCHES ALPHABET.

Neu-Hebräisch.		Alt-Hebräisch auch Samaritanisch genannt.
א	*Aleph*	
ב	*Beth*	
ג	*Ghimel*	
ד	*Daleth*	
ה	*He*	
ו	*Vau*	
ז	*Zain*	
ח	*Cheth*	
ט	*Theth*	
י	*Iod*	
כ	*Caph*	
ל	*Lamed*	
מ	*Mem*	
נ	*Nun*	
ס	*Samech*	
ע	*Ain*	
פ	*Pe*	
צ	*Tsade*	
ק	*Koph*	
ר	*Resch*	
ש	*Scin*	
ת	*Tau*	

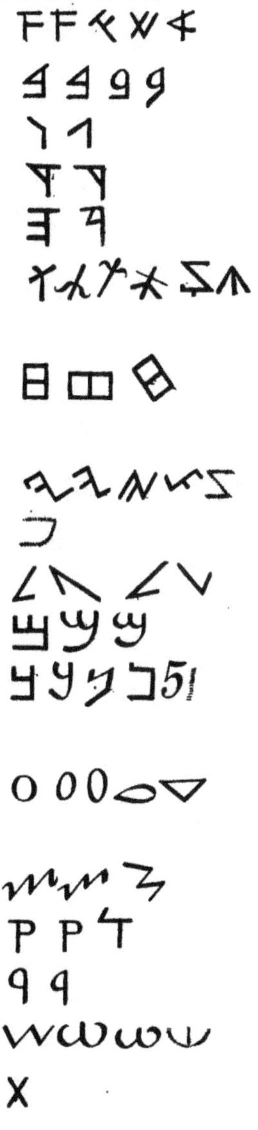

Hof-Steindr. d. Gebr. Jänecke.

CPSIA information can be obtained
at www.ICGtesting.com
Printed in the USA
LVHW042122310323
743153LV00020B/548